D1985818

BoD

Das Buch …

… beginnt als historischer Roman im nordwestlichen Europa um das Jahr 50 n. Chr. und nimmt uns auf einer spannenden Reise voller Abenteuer in großen Sprüngen mit ins antike Rom, ins Italien des frühen Mittelalters, in die Mitte Deutschlands und Italiens zu Anfang des 21. Jahrhunderts und schließlich wieder nach Rom im Jahr 4172, um uns am Ende in die Gegenwart zurück zu bringen.

Und natürlich erleben unsere jungen Helden in allen Zeitaltern spannende Abenteuer und sie alle, über die Jahrtausende hinweg haben eine starke, geheime Verbindung, die aber immer wieder neu entdeckt werden will – aber Taogs Geheimnis und ob es je gelüftet wird, wird an dieser Stelle natürlich noch nicht verraten!

Und noch eine Bemerkung zum Schluss: Alle Personen, einige Stätten und diverse, oft sehr sympathische Computer sind frei erfunden und etwaige Ähnlichkeiten zu historischen oder existieren Personen, manchen historischen Sehenswürdigkeiten und den besagten Computern sind rein zufällig.

Die Autoren

Maja Groll wurde 1987 in Höxter geboren und ist in Steinheim / Westfahlen aufgewachsen. Als sie dieses Buch mitgeschrieben hat, war sie Schülerin der 7. Klasse des Städtischen Gymnasiums Steinheim. Dies ist ihr erster veröffentlichter Roman.

Esther M. Nitsche wurde 1962 in Frankfurt am Main geboren, sie ist in Lübeck als Kinder- und Jugendärztin tätig. Unter dem Pseudonym Ino Amani sind von ihr im Privatverlag ein paar Kurzgeschichten auf deutsch und englisch erschienen, dies ist ihr erster Roman.

Maja Groll, Esther M. Nitsche

Taogs Geheimnis …

… ein Abenteuer in mehr als 4 Jahrtausenden …

Ein (nicht nur) Jugend-Roman

Umschlaggestaltung und Foto: Esther M. Nitsche

Herstellung und Verlag:
Books on Demand GmbH, Norderstedt

Printed in Germany
ISBN 978-3-8423-3000-9

Für

Oma und Tante Ruth, Opa und Onkel Hans-Ullrich, dem wir es so gerne gezeigt hätten, und Onkel Paul

Danke!

Danke, lieber Wolf[1], nicht nur für deine vielen detaillierten Informationen zum Schulwesen über die Jahrhunderte und Jahrtausende, sondern auch, dass du uns fortgesetzt motiviert hast, dieses Buch zu Ende zu schreiben und tausend Dank für dein wohlwollendes und doch kritisches inhaltliches Lektorat und Dank an dich, Irmgard, dass du über Wochen zugelassen hast, dass Wolf seine geringe Freizeit zwischen dir und unserem Buchprojekt teilt!

Danke, liebe Frau Dr. Müller[2] für die grandiose Übersetzung des fiktiven Mithräischen Zaubergesangs in die lateinische Sprache, das Ergebnis ist ein Kunstwerk in sich!

Danke, liebe Tante / Oma Ruth für das orthographische und Interpunktions-Lektorat, ohne das dieses Buch nie hätte in den Druck gehen können! Und Danke, dass du vom ersten Mal, als wir dir von unserem Vorhaben erzählt haben, überzeugt warst, dass wir es zu Ende bringen und dass es ein viel- und erfolgversprechendes Vorhaben einer Schülerin und ihrer Großcousine ist.

Danke lieber Wolf-Dieter / Papa, daß Du die Kommunikation auf Distanz so perfekt für uns organisiert hast!

Danke, liebe Amy Moquin, danke lieber David Lawler für die Übersetzung des keltischen Zaubergedichts in die schöne, aber schwierige irische Sprache!

Danke, lieber Herr Hopson[3] für die ideelle und sogar angebotene materielle Unterstützung unseres Buchprojekts. Ihr Interesse am Thema hat uns ebenfalls sehr motiviert.

Danke liebe Pia Rosenthal für die Idee mit den keltischen Rezepten!

Danke an die vielen Jugendlichen, die in meine Praxis kommen und mich immer wieder teilhaben lassen an ihren Schulereignissen und Zukunftsideen.

---

[1] Prof. Dr. Wolf Völker, Bildungshistoriker, Universität Rostock

[2] Dr. Brigitte Müller, Gräzistin am Heinrich-Schliemann-Institut für Altertumswissenschaften der Universität Rostock

[3] Mitarbeiter von 'Forum Traiani' – einer Dienstleistungs-GmbH, die die Römerzeit lebendig hält

Grenzen erkennen kann manchmal schwierig sein,

Grenzen überwinden, ist eine Kunst …

Vorwort

Wie es zu diesem Buch kam? In die Schule müssen, in die Schule dürfen – ein Thema, das nachweislich Kinder und Jugendliche, aber auch deren Eltern, seit der Antike beschäftigt und es gibt keinen Grund, anzunehmen, dass sich dies in der Zukunft ändert, auch wenn sich der Kreis derer, für die Schulbildung erreichbar ist und auch die Schulformen immer wieder ändern.

Lernen ausschließlich durch mündliche Weitergabe des Wissens? Oder doch lieber aufschreiben – für uns selbst, damit wir es nicht vergessen, und auch für die Nachkommen?

Es kommt uns eigenartig vor, dass man im antiken Rom Schreiben lernte, bevor man sich dem Lesen zuwandte, aber immerhin durften auch damals bereits Mädchen wie Jungen die Schule besuchen, sie war nicht einmal den freien Bürgern vorbehalten, auch einigen Sklavenkindern stand die sogenannte Elementarschule offen. Der Vater legt alles fest, auch wer zur Schule geht, er darf sogar über Leben und Tod seiner Kinder entscheiden!

Im Mittelalter hingegen, ca. 1000 Jahre später, ist Schule nur einigen wenigen zugänglich und findet in den Klöstern und Domschulen statt. Zwar gibt es auch Nonnenklöster, die Mädchen Bildung vermitteln, in erster Linie aber ist das Lesen- und Schreiben lernen den Jungen vorbehalten, und da auch nur wenigen. Auch was gelesen werden darf, ist stark kontrolliert – finsteres Mittelalter! Und im 20./21. Jahrhundert haben wir Schulpflicht, alle müssen zur Schule, ob sie wollen, oder nicht! Auch die Eltern dürfen nicht entscheiden, dass ein Kind die Schule *nicht* besucht, sie haben allenfalls Mitspracherecht, auf welche Schule das Kind geht.

Das alles hat uns immer wieder beschäftigt und die Idee in uns geweckt, unsere Helden durch die Jahrtausende, auch durch die Schulen verschiedener Jahrtausende wandern zu lassen und dabei unterschiedlichen Gefahren ausgesetzt zu sein, sich den verschiedensten, schier nicht zu bewältigenden Aufgaben gegenüber zu sehen und die spannendsten Abenteuer zu erleben.

Aber es geht in diesem Buch nicht nur um Schule, es geht auch um die Erfahrung, daß sich Dinge in der Geschichte oft wiederholen, und doch immer der Einzelne mit den Geschehnissen fertig werden muß. Es geht auch um

Neugierde, Aufbruch, Entdeckungen, Integration, Akzeptanz und Anpassung, um, Unvoreingenommensein und Verstehenwollen… und schließlich die Erkenntnis, dass man nicht nur an einem Ort, sondern auch in einer Kultur und, eng damit verbunden, einer Zeit, zuhause ist.

Maja Groll und Esther M. Nitsche

Steinheim und Lübeck im Dezember 2010

Kapitel 1 – Der weite Weg von Robogdil über Dalriada nach Rom

Der Angriff auf das Kastell

Es ist das Jahr 145[4] und es ist kalt, dunkel und nass am westlichen Ende des Hadrianwalls. Missmutig wärmen sich die Legionäre die klammen Hände an einem Kohlebecken. „'Nur die Besten werden entsandt, um unsere unruhigste Grenze im hohen Norden zu bewachen' …", macht Sixtus die näselnde Sprache des Präfekten von Camulodunum [5] nach und spreizte gekünstelt seinen kleinen Finger ab. „Ich sage euch", fuhr er mit rauer Stimme fort, „kein Schwein erfährt auch nur, wenn wir hier erfrieren oder verhungern oder beides zusammen!". „Stimmt", pflichtete ihm Aulus bei, „Grenze verteidigen, was für eine hochtrabende Bezeichnung für diesen Mist hier … alle Nase lang kriechen irgendwelche Barbaren aus irgendwelchen Hinterhalten, schmeißen ein paar Steine, kratzen mit ihren Speeren an unseren Palisaden, legen ein bisschen Feuer und klauen Vorräte oder gar die heilige Gans der Juno, um sie aufzufressen – wir sind Krieger, keine Pförtner und keine Hofhunde des Imperiums". „Stimmt", brummt der einsilbige Spurius.

„Heeh … was machst du denn da, Lucius?!", der jüngste der Legionäre fuhr erschrocken hoch. Verträumt hatte er aus Wollflusen seines verschlissenen Umhangs ein Mützchen für den Aquila, den silbernen Adler der Legionsstandarte geformt und ihm aufgesetzt. Es war der Adler der neunten Legion, der, nachdem er einmal abhanden gekommen war, in diesem entlegenen Winkel Britanniens verwahrt wurde, da man ihn dort sicher wähnte … „Wenn der Zenturio dich erwischt, schickt er dich allein da `raus, mit den Pikten

---

[4] 145 nach dem julianischen Kalender der Römer, entsprechend dem Jahr 100 nach Christlicher Zeitrechnung

[5] Das heutige Colchester war bis zum Beginn des 2. Jh. die Hauptstadt Britanniens zur Zeit der römischen Herrschaft und wurde dann von Londinium, dem heutigen London abgelöst.

spielen“, grinste Sixtus breit. Lucius riss entsetzt die Augen auf, sammelte die Flusen ein und sah einen Moment lang so aus, als stiege ihm das Wasser in die Augen. Als er sich zur Legion gemeldet hatte, hatte er von Abenteuern, fernen Ländern, Palmen, Wüstensand, fremden süßen Früchten, feurigem Wein auf exotischen Hängen gereift, verführerischen Frauen mit dunklen Augen und ähnlichem geträumt. Und jetzt saß er hier in einem Land, in dem es keinen Sommer gab, nur graue und grüne Winter, wo kein Wein wuchs und keine Palmen, wo man Jahr ein Jahr aus fror, wo der Proviantweizen schon im Scheffel verschimmelte und die Kameraden nicht weniger frustriert waren, als er. „Zeit zu Bett zu gehen“, meinte Aulus, „das Öl wird knapp, wir müssen bei den Lampen sparen! Wer hat die erste Wache?“. Lucius hob die Hand. Die anderen nickten ihm zu und verließen die Wachstube, Lucius blieb allein zurück.

Im Schutz der Dunkelheit und des schottischen Nebels bahnt sich halb geduckt ein uneinheitlich und für die Kälte viel zu dünn bekleidetes und auch nur spärlich bewaffnetes, aber tapferes Grüppchen junger Männer den Weg durch das dichte Unterholz. Vorsichtig vermeiden sie, in die vielen seichten Sumpflöcher zu treten, die es um die Flussmündung herum reichlich gibt, und ebenso, durch unvorsichtige Tritte auf dürres Geäst zu verraten, dass sie da waren. Hinter einer weiteren großen Wasserlache tauchte der römische Grenzposten Maia [6] auf. Himmelhoch erhob sich der Palisadenwall, der Wachturm wirkte von hier unten uneinnehmbar.

Hunger, der Hunger ihrer Familien hatte die fünf hierher gebracht. Eigentlich hatten sie zu zwölft aufbrechen wollen, einen Tag hatten die Skoten am verabredeten Ort auf die befreundeten Pikten gewartet, diese aber waren nicht gekommen. Also waren sie, wenn auch verunsichert, alleine weiter gegangen. Die Pikten lebten schon seit je her in dieser Gegend. Sie hatte die Römer kommen und gehen sehen, hatten sie wiederkommen sehen und haben erlebt, wie der Wall gebaut wurde, der mitten durch ihr Stammesgebiet führte. Sie kannten nicht nur jeden Strauch und jede Pfütze hier, sondern auch alle Gewohnheiten der Römer. Nun mussten die Männer ohne das Wissen dieser Männer auskommen. Doch sie mussten etwas zu essen bekommen, sollten ihre Kinder und auch die Älteren unter ihnen nicht hungers sterben. Selbst die Kräftigsten unter ihnen fühlten die Schwäche langer Entbehrung und unguter Nahrung, wie Baumrinden, die sonst die Wildziegen fraßen und die sie aus

---

[6] Das westlichste Kastell des Hadrianwalls nahe dem heutigen Bowness-on-Solvay

Verzweiflung seit einigen Wochen ebenfalls aßen. Sie redeten nicht, zum einen, um Kräfte zu sparen, zum anderen, um etwaige römische Späher nicht auf sich aufmerksam zu machen.

Lucius schrak hoch, als er schabendes und ein wiederholtes dumpfes Geräusch vernahm. Er war eingenickt, die Glieder waren ihm vom unbequemen Sitzen in der Kälte ganz steif geworden. Er lauschte, es blieb ruhig, er trat aus der Wachstube und blickte hinunter in Richtung feindliches Piktenland – nichts außer tiefer Neumond-Dunkelheit … dann in Richtung Kastell - nichts. „Muss wohl geträumt haben", murmelte er und streckte sich, gähnte und rieb sich die Augen, die sich anfühlten, als habe er Sand hinein bekommen. Er trat aus der Stube auf den Wall, um in der klaren Nachtluft die Müdigkeit zu vertreiben.

Da … da war es wieder, ein Schaben, ein dumpfes Klopfen was näher klang, als zuvor – und ehe er nachdenken konnte, was es war, schaute er in ein fremdes, bärtiges Gesicht weniger als eine Armlänge entfernt, das von außen über die Palisaden kam. „Beim Zeus", entfuhr es Lucius, „das kann nur ein Geist sein". Seine Hand schnellte nach vorne, stieß den ‚Geist', vor die Brust, sodass dieser im hohen Bogen in den flachen Teich unterhalb des Walls fiel. Sehen konnte er es nicht, es war zu finster, aber er hörte das Platschen. Erst jetzt entdeckte Lucius zwei weitere Gestalten, die an den Palisaden empor zu klettern versuchten, an der niedrigsten Stelle, wo ein Feuer wenige Wochen zuvor einige der mächtigen Balken verkohlt hatte und die man mangels geeigneter Bäume noch nicht hatte flicken können. Mit dem stumpfen Ende seines Speers stieß er die Kreaturen, die ihm mehr Tier als Mensch schienen mühelos von der Befestigung, bevor er Alarm schlug. Bis seine Kameraden auf dem Wall erschienen, war von den Angreifern nichts mehr zu sehen oder zu hören.

„Airril[7], bist du verletzt?". „Shhh, Barra[8], alles in Ordnung, Mund halten, oder willst du die Römer jetzt auch noch hier `raus locken, nachdem wir sie geweckt haben?", erwidert Airril ebenso stimmlos. Wortlos finden sich die fünf im Schutz eines Weidendickichts wieder zusammen.

Ein zweiter Versuch wäre Selbstmord, das wissen sie. Erschöpft, enttäuscht und mit leeren Händen treten sie den Rückweg an. „Vielleicht fangen wir ja

---

[7] Sprich Erril, Betonung auf der ersten Silbe, Bedeutung unbekannt
[8] Sprich Barra Betonung auf der ersten Silbe, es bedeutet kleiner Blondschopf

unterwegs noch ein Rebhuhn", sagt der unverbesserliche Optimist Colla[9] als der Morgen zu dämmern beginnt. „Träum weiter", brummt Maon[10], der jüngste von ihnen. Er war einer von den beiden, die Lucius mit dem Speer am Erklimmen der Palisaden gehindert hatte. Seine rechte Hand schmerzt, was ihm Sorgen bereitet, den anderen möchte er es aber nicht sagen. „Klappe halten", sagt Eògan[11]. Schweigend setzen sie ihre Wanderung fort. Erst gegen Mittag erreichen sie den Scheideweg, wo sie die Pikten hatten treffen wollen, die kleinen, gedrungenen Männer und Frauen mit den tätowierten Körpern, die nie zu frieren schienen und selbst bei Eiseskälte noch halbnackt herum liefen und die so viel mehr Kraft hatten, als man vermuten würde, und flinke Füße jedoch einen etwas langsameren Verstand. Ob ihnen etwas zugestoßen war, oder ob sie es einfach vergessen hatten? Oder ob sie es nicht gewohnt waren, sich nach Mondphase und Tageslänge zu orientieren und zu verabreden?

Sie legen sich zum Abschied gegenseitig niedergeschlagen die Hand auf die Wange, wie es bei ihnen Brauch ist, dann gehen Colla und Eògan in nordwestliche Richtung weiter, Airril, Barra und Maon in nördliche. Bis zu ihren Duns[12] ist es etwa gleich weit und vor Einbruch der Dunkelheit sollten sie sie erreichen, auch wenn das Gelände zunehmend unwegsam und steinig wird, je weiter sie sich von der Flussmündung entfernen.

Da! Maon macht vor Freude einen Luftsprung: Fast wäre er auf die großen gesprenkelter Eier getreten! „Eier!", ruft er, „viele Eier!", Sofort sind Airril und Barra bei ihm und bestaunen die 7 großen, appetitlichen Eier in dem mit Flaumfedern gepolsterten Nest. Von den Eltern ist weit und breit nichts zu sehen. „Sie sind warm", sagte Barra, „das heißt, dies ist kein verlassenes Gelege voller verdorbener Eier". Vorsichtig hob er eines der Eier auf, schüttelte es leicht und hielt es gegen die Sonne. „Sie scheinen recht frisch zu sein", bemerkte er freudig „ich kann kein Küken darin erkennen".

Trotz der feuchten Kälte zieht er das Tuch aus dem ledernen Gürtel, das ihm als Mantel diente, und vorsichtig packen sie zusammen den Schatz hinein und binden das Tuch an das Ende eines Speers, damit die Eier beim Tragen keinesfalls zerdrückt würden. Ausgelassen knuffen sie Maon. „Dir ist es zu

---

[9] Sprich Kolla, Betonung auf der ersten Silbe, es bedeutet der Herausragende
[10] Sprich Muun es bedeutet der Held
[11] Sprich Jogan, Betonung auf der ersten Silbe, es bedeutet der Wohlgeborene
[12] Dun = rundliche Befestigung, siehe Anhang

verdanken, dass wir jetzt doch nicht mit leeren Händen nach Hause kommen!“, strahlt Airril, und Maon wird unsanft an seine schmerzende Hand erinnert. Dann suchen sie vorsichtig die Umgebung ab und tatsächlich finden sie noch 3 weitere Nester mit frischen Eiern. Die erkennbar angebrüteten Eier zweier Nester lassen sie zurück. Solche Eier machen keine gute Speise, besser es schlüpfen viele kleine neue Gänse daraus, die ihnen im nächsten Jahr wieder Eier legen würden. Kaum fasst das schmale Mantel-Stoffstück die köstliche Last, die sie nun an dem Speer so befestigt haben, dass Barra und Airril die Enden des Speers auf der Schulter tragen und das wertvolle Bündel zwischen ihnen hängt. Der Rest des Heimwegs vergeht unter fröhlichem Plaudern der drei und voller Vorfreude auf die gekochten Eier wie im Fluge.

Wie Airril, Colla, Eògan, Maon und Barra nach Dalriada kamen

Es ist Frühjahr, die Vorräte des Winters sind aufgebraucht und die Familien in den sich in die locker bewaldeten, steinigen grünen Hügel duckenden Duns hungern. Vor drei Wintern waren sie über das Meer hierhergekommen, dem Damm der Riesen[13] dem legendären ‘Clochán na bhFómharach’ folgend und auf ein besseres Leben hoffend. Mehrere Missernten hintereinander hatten zu Elend und Hungersnot im Königreich Robogdil[14] am nördlichsten Zipfel der grünen Insel geführt. Dalriada auf der anderen Seite des tiefen salzigen Wassers hatte so vielversprechend geklungen.

Ein Rat aus den Ältesten und Weisesten unter den Skoten war einberufen worden und hatte beschlossen, dass man eine Vorhut von 7 Familien und einem Druiden auswählen und über das Wasser schicken würde, um zu erkunden, ob die Lebensbedingungen dort besser seien. Unter den vielen Familien, die sich freiwillig gemeldet und ihre Fähigkeiten und Begeisterung, die sie für die Unternehmung besonders geeignet erscheinen lassen sollten, kundgetan und auch unter Beweis gestellt hatten, waren die von Airril, Barra, Maon, Eògan und Colla und sie wurden neben zwei weiteren von einer königlichen Abordnung ausgewählt und im Namen ihres Volkes zur Erkundung des neuen Landes entsandt.

---

[13] Damm des Riesen, Giant’s Causeway – siehe auch Anhang.

Bei den Druiden sah es schon anders aus. Hier wollte sich nicht nur keiner vordrängen, es meldet sich nicht einer freiwillig. Bei den Druiden hatte die königliche Gesandtschaft keinen Einfluss. Die Hüter religiöser Ordnung mussten das ganz unter sich ausmachen. Und das taten sie, auch wenn sie dafür 3 Tage und 3 Nächte brauchten. Sie schauten in den Mond, auf die Sterne und beobachteten die Schatten auf den Menhiren [15]. Sie taten es, indem sie Guirmean[16] auswählten.

„Das glaube ich jetzt nicht“, zischte Colla Airril ins Ohr „nur weil die ihn los sein wollen, sollen wir jetzt ihn mitnehmen?“. „Psht“, antwortete Airril, „mach nicht schon vor der Abfahrt Ärger“. Im Königreich Robogdil scheute man eine kleine Prügelei unter Freunden ebenso wenig, wie im Rest der grünen Insel[17]. Aber jetzt war weder der richtige Ort, noch der richtige Zeitpunkt für so etwas. Man packte alles, was transportabel war und auf der anderen Seite des Wassers nützlich sein könnte: Äxte, Speere, Schwerter, Pfeil und Bogen, ein wenig Kochgeschirr, Decken und Tierhäute sowie Körbe mit Vorräten für ungefähr 2 Monate für die Überfahrt und die erste Zeit auf der anderen Seite. Dann beluden sie den großen Curragh[18], den der König eigens für diesen Zweck hatte bauen lassen.

Zwei Tage nach Beltaine[19] - auch dieser Tag war von den Druiden als der vielversprechendste Beginn der Expedition ermittelt worden – gingen alle an Bord. Ein letztes Mal versuchte Guirmean die anderen Druiden davon zu überzeugen, dass er auf *dieser* Seite des Wassers viel nützlicher sei – sie schoben ihn über das schmale Brett, das zum Curragh hinauf führte und der Älteste gab ihm zum Schluss noch einen kleinen Schubs, damit er auch wirklich auf dem Schiffsdeck landete und nicht im letzten Moment umdrehte. Jeder der anderen Reisenden jedoch, erhielt vom Ältesten Druiden ein Amulett zu seinem persönlichen Schutze und um Morrigan, die Königin der Göttinnen, den Reisenden gewogen zu machen und dem Unternehmen damit Erfolg zu verleihen. Es waren kleine Amulette aus honigfarbenem leichtem und warmem

---

[15] Menhire = Hinkelsteine – siehe auch Anhang

[16] Sprich Guh-ru-man, Betonung auf der ersten Silbe, was so viel heißt wie ‘der Blaue’

[17] = Irland … und das halten die dort noch immer so …

[18] Sprich Kuhrach – siehe auch Anhang

[19] Bei den Kelten das Fest, das am 5. Vollmond nach der Wintersonnenwende –siehe auch Anhang

Stein, wie die Skoten ihn noch nie gesehen hatten. Er sah aus wie geronnenes Licht. Jedes Amulett war verziert mit spiraligen Mustern und hing an einem dünnen Lederband. Stolz erklärte der Älteste, dass es sich um Ómra[20] handele, einen wundersam-warmen Stein in dem die Sonne gefangen sei und den die Nordmänner[21] von weit her auf die grüne Insel gebracht hätten.

Die meisten, die ihm über die Planke folgten trugen ein kleines Bündel mit privaten Habseligkeiten eingeschlagen in ein wollenes Tuch oder eine Decke, zusammengehalten mit einem ledernen Gürtel oder Band. Jeder brachte, was ihm besonders wichtig war: ein Messer, eine Schale, eine Spindel, um auch in Dalriada die Wolle von Schafen und Ziegen zu Garn zu verspinnen … nur Maon trug ein etwas größeren Bündel. Auf Collas spöttische Frage, „Na? Hast du deinen Stall eingepackt?“, antwortete er nur mit einem geknurrten „Geht dich nichts an“.

Bei strahlendem Sonnenschein legten sie von der Küste Antrims ab, vom Ufer winkte, wer in der Lage gewesen war an den Strand zu kommen, vom Krabbelkind bis zum Greis. Würdevoll schickten die Druiden, die dem Anlass entsprechend in weiße Wollumhänge gehüllt waren, segnende Handbewegungen über das Wasser. Auf dem Curragh herrschte eine fröhlich-gespannte Stimmung, hoffte man doch, neues, fruchtbares Land zu finden und zu besiedeln. Und ein wenig Stolz verspürten sie auch alle, dass man genau sie dafür ausgewählt hatte.

Fast alle … alle bis auf Guirmean. Der Druide mit der schmalen Statur und dem schütteren Bärtchen saß trüben Blicks in der vorderen Ecke an Deck. Bis zum Schluss hatte er versucht, die anderen Druiden davon zu überzeugen, dass die Götter diese Expedition *nicht* und ihn schon gar nicht dabei sehen wollten (und er sich noch viel weniger). Vergeblich. Dazu kam, dass ihm der Rest der Gruppe nicht eben das Gefühl vermittelte, dass sie ihn dabei haben wollten. Er richtete seine wassergrünen Augen auf das ebenso grüne Meer und raunte: „Dies wird böse enden“, … … … „Eine Fahrt ins Verderben!“, … Airril bemerkte trocken: „Wofür haben wir dich denn dabei? Wende es ab, das Verderben! Ich denke du bist Druide!!!“. Guirmean antwortete nicht sondern versank wieder in

---

[20] Bernstein von der Ostsee, der über Handelsbeziehungen zu den norwegischen Wikingern nach Irland gelangt war

[21] Es bestand ein reger Handel zwischen norwegischen Wikingern und den keltischen Iren. Die Wikinger waren es auch, die einigen Iren die roten Haare bescherten, denn die Kelten waren eigentlich dunkelhaarig aber hellhäutig und oft helläugig.

schmollendes Schweigen, während die anderen sich Familiengeschichten erzählten und ihre Hoffnung auf das neue Land in den buntesten Farben ausmalten.

Nach eineinhalb Tagen bezog sich der Himmel empfindlich und ein leichter Wind kam auf, der stetig zunahm. Der Vorteil war, dass sie nun endlich etwas schneller voran kamen, hatten sie doch zwischenzeitlich sogar zu den Rudern greifen müssen, so wenig Wind hatte es gegeben.

Guirmean war nicht er einzige, der über die Reling hing und dessen Gesichtsfarbe zwischen gelblich und grünlich wechselte. Aber er war der einzige, der unaufhörlich drohendes Unheil, Tod und Verderben vorhersagte. „Ein Opfer", stöhnte er, „Die Götter verlangen ein Opfer". „Aber du opferst doch schon die ganze Zeit deinen Mageninhalt, was wollen die denn noch?", fragte Barra. Colla antwortete grinsend: „Vielleicht einen ganzen Druiden? … Nicht nur seinen Mageninhalt". Erschrocken blickte Guirmean auf, unsicher, ob es sich wirklich um einen Scherz handelte, auch wenn alle anderen lachten.

Vier Tage, nachdem der Wind aufgefrischt hatte, erreichten Sie Land – es war eine Insel, die, wie die Druiden vorhergesagt hatten, die gleichen Felsen aufwiesen, wie die Basaltsäulen an der Küsten Antrims, es musste sich um das nördliche Ende des Riesendamms handeln. Sie folgten der Küstenlinie in südlicher Richtung und erreichten kurz vor Neumond das Festland. Die Küste war steinig und unwirtlich und wenig einladend zum Ankern, sodass sie der Küste noch eine halbe Mondphase in südlicher Richtung folgten. Immer wieder ließen sie ihren kleinen Curragh zu Wasser und drei oder vier von Ihnen erkundeten das Land. Es war wieder Vollmond, als sie eine liebliche Flussmündung erreichten, in deren seichtem Wasser sie ankerten. Das Land dahinter war vielversprechend grün, hügelig und dicht bewaldet. Sie gingen an Land und beschlossen, sich hier genauer umzusehen.

Eine kleine Vorhut machte nur einen Tagesmarsch von der Küste entfernt mehrere verlassene Duns ausfindig, ein besonderes Glück, da dies ihnen aufwändigen Hüttenbau ersparte, nur wenige Reparaturen waren erforderliche. Alle werteten es als ein sehr gutes Zeichen der Götter … alle, bis auf Guirmean. Seine Gesichtsfarbe hatte sich zwar normalisiert, nicht aber seine Einstellung zu dieser Expedition verändert. Während die Männer sofort auf Jagd gingen und als weiteren Beweis der göttlichen Gunst gleich mit zwei fetten Hasen, mehreren feisten Rebhühnern und Blesshuhn eiern nach Hause kamen, blieb Guirmean bei den Frauen und half Holz sammeln, Feuer machen und dergleichen.

Dun in Dalriada[22]

Das erste Fest feierten sie ausgelassen und fröhlich – froh wieder festen Boden unter den Füßen zu haben, denn auch wenn sie es in Guirmeans Gegenwart nie zugegeben hätten, sie alle hatten sich auf dem Wasser nicht wohl und nicht sicher gefühlt, froh, so einen guten Ort als Ausgangspunkt für ihre Erkundungen gefunden zu haben, froh gleich am Tag der Ankunft so reichlich Nahrung gefunden zu haben …

Und schon weniger als einen halben Mond später wurde ein zweites, noch üppigeres Fest gefeiert, da sie bereits kurz nach ihrer Ankunft sogar neue Freunde gefunden hatten. Auf der Jagd hatte Maon als erster das Gefühl gehabt, dass sie beobachtet, vielleicht sogar verfolgt würden. Erst hatten die anderen ihn

---

[22] Aquarell von Maja Groll

ausgelacht, dann aber wurde es auch ihnen unheimlich. Als unvermittelt drei gedrungene Männer mit nacktem, aber auffällig gemustertem Oberkörper[23] vor ihnen standen, mitten auf einer recht großen Wiese, waren sie vor Schreck wie gelähmt. Da sich kein Mann in knapp knöchelhohem Gras verstecken kann und sie niemanden hatten kommen sehen, konnte es sich ihrer Meinung nach nur um Geister handeln, Geister von furchterregendem Äußerem. Bewaffnet waren die Männer mit Speeren, bekleidet nur mit einem Lendenschurz aus weichem Leder. Nach einiger Zeit lösten sich die Männer aus ihrer Starre, zumal die bunten Männer keine Anstalten machten, ihnen etwas zu tun. Mit Gesten verständigten sie sich … und jagten schließlich gemeinsam weiter, wobei sie einen großen Hirsch zur Strecke brachten. Die Skoten stellten fest, dass die kleinen Fremden ihnen in der Jagdkunst überlegen waren, haushoch überlegen aber waren sie ihnen im Verstecken und lautlosen Anschleichen.

Der Hirsch wurde bei einem großen gemeinsamen Fest der Neuankömmlinge mit den Bunten und ihren Frauen, die ebenso verziert waren und auch mit auf die Jagd gingen, verzehrt. An diesem Abend, zwei Monde nach dem Aufbruch aus Robogdil, nahm Maon erstmals sein Bündel aus der Ecke seiner Hütte im Dun und wickelte es aus. Es enthielt seine Harfe. Die anderen jubelten, als sie es sahen. Skoten lieben die Musik und Maon begann, nachdem er sein Instrument gestimmt hatte, sein erstes Lied auf schottischem Boden zu spielen und Beathag[24], seine Frau sang dazu. Die bunten Männer und Frauen lauschten ebenso andächtig, wie die Skoten, obwohl sie kein Wort verstehen konnten von Beathags Lob auf das neue Land und ihre Hoffnung auf eine wunderbare Zukunft. ‚Dalriada' nennen sie das neue Land – ein Name der später noch einmal für mehrere Jahrhunderte in Vergessenheit geraten sollte.

Und jetzt sollte sich herausstellen, dass Guirmean doch sehr nützlich sein konnte: Als Druide hatte er vieles lernen müssen, auch wenn Humor, so Colla, offenbar nicht dazu gehörte. Verstehen, begreifen und wenn die Situation dieses erforderte, sich verständlich machen gehörte zu den Hauptpunkten in der langwierigen, anstrengenden und auch nicht ganz ungefährlichen Ausbildung eines Druiden. Die Bunten und die Skoten konnten sich nur durch Gesten mühsam und unvollständig verständigen, aber es dauerte nicht lang, da verstand

---

[23] Die Picten trugen – männlich und weiblich – Tätowierungen, daher der Name, der auf Latein 'die Bemalten' bedeutete

[24] Sprich Beh-hag mit der Betonung auf der ersten Silbe, es bedeutet Lebensspenderin

und sprach Guirmean ihre Sprache und wurde zu einem wertvollen Dolmetscher.

Mit Guirmeans Hilfe erfuhren die Skoten von den Bunten von Menschen mit eigenartigen Sitten, Kleidung, die klang wie ein Kochtopf, wenn man daran klopfte, mit endlos langen Häusern aus Bäumen und Wänden so hoch wie diesen. Es handelte sich dabei um die Römer und den Hadrianwall. Die Bunten hatten sie gut beobachtet und konnten ausführlichst und abendfüllend berichten.

DIE RACHE DER RÖMER

„Sehe ich etwa aus wie ein vandalischer Holzfäller?", Der kräftige Aulus baute sich breitbeinig vor seinem Zenturio auf, der instinktiv einen Schritt zurück wich. Die römischen Legionäre kochten vor Wut. Eine Delegation aus Camulodunum war vor vier Wochen dagewesen, die nördlichen Grenzbefestigungen zu besichtigen und hatte den Zustand der Festung Maia und des angrenzenden Wallabschnitts bemängelt. Der Zenturio hatte erklärt, dass während der Wintermonate an eine Reparatur nicht zu denken gewesen war und sie alle Hände voll zu tun gehabt hätten, die vielen kleinen Angriffe der Barbaren abzuwehren. Auch seien die Männer bei schlechter Gesundheit, da sie die feuchte Kälte nicht gewohnt seien und die Verpflegung zu wünschen übrig ließe. Anstelle zusätzlicher Nahrungsmittel, oder vielleicht Schläuchen mit Wein, hatte die Delegation nur den Aquila zurück gelassen, um ihn sicher versteckt zu wissen, und der kleinen Mannschaft aufgetragen, ja gut auf die Standarte aufzupassen, damit sie nicht wieder in die Hände des Feinds fiele. Und eine nachdrückliche Ermahnung an den Zenturio, so bald wie möglich die Befestigungen auszubessern.

Seit gestern hatte der Regen aufgehört, der Nebel hatte sich so weit gelichtet, dass man wenigstens dreihundert Fuß weit gucken konnte. Die Legionäre stehen vor der Befestigung an der Stelle, wo die Skoten versucht hatten, das Bollwerk zu überwinden und betrachten die Schäden. Am Fuß der Palisaden war die Stelle zu erkennen, an der Barra Airril geholfen hatte, in die Höhe zu kommen. Der weiche, moorige Grund war etwas eingesunken, kurz dahinter befand sich das seichte Wasser, wo Airril gelandet war, nachdem Lucius ihn von der Befestigung gestoßen hatte. Der Zenturio hatte sie alle hier hinaus beordert, um die von oben verordneten und augenscheinlich auch notwendigen Reparaturen in Angriff zu nehmen. Es war unübersehbar, dass auf dem kurzen Abschnitt mindestens 12 Bäume ganz ausgewechselt werden mussten, an anderen Stellen mussten Teile ersetzt werden und Scharten, die als Kletterhilfe für nächtliche Angreifer dienen könnten, mussten so geglättet werden, dass Hand und Fuß keinen Halt mehr darin fanden.

Mit verschränkten Armen stehen die Legionäre da, während der Zenturio erklärte, was sie alle sehen konnten. In der Gegend, soweit sie gucken konnten, gab es aber keine Bäume mehr, die diese Bezeichnung verdienten. Sogar Feuerholz war knapp geworden, sie würden weit laufen müssen, bis sie in Zukunft auch nur genug zusammen bekamen, das Essen zu kochen oder die Stuben zu heizen. In Camulodunum, da waren sie fein raus, da hatten sie Villen mit Fußbodenheizung, wie im alten Rom, das erforderliche Holz wurden auf Schiffen über das Meer und dann den Fluss hinauf gebracht. Aber hier, da waren sie froh, wenn sie Holzkohle in einem Becken anzünden konnten für ein wenig qualmende Wärme, aber selbst das Holz hierfür war schwer zu beschaffen. Bäume auswechseln bedeutete mindestens einen Tagesmarsch weit in feindliches Gebiet marschieren, den Baum fällen und wieder bis zum Lager zurück schleifen. Der Stamm würde dann zu einer Palisade verarbeitet, dickere Äste für Reparaturen heran gezogen und die dünneren für ein viel zu stark rauchendes Feuer benutzt, wie dies bei grünem, viel zu feuchtem Holz entsteht. Und das mindestens zwölf Mal! Ein Dutzend Chancen für die Pikten sie aus dem Nichts heraus, als könnten sie sich in Mauselöchern verstecken, zu überfallen, Ihnen Proviant, Waffen und Werkzeug wegzunehmen, wenn nicht sogar das Leben.

Der Zenturio spürte, dass sich die Stimmung seiner Leute gefährlich verdunkelte und in seinem Kopf ratterte es, fieberhaft dachte er nach, was er für solche Situationen auf der Militärschule gelernt hatte. „Du musst sie ablenken, beschäftigen, belustigen", dachte er sich, … „aber *wie*? In diesem von allen Göttern verlassenen und vergessenen Teil der Welt? *WIE*?". Hier gab es keinen Zirkus, dessen Besuch in Aussicht gestellt werden konnte, auch keine Sonderration süßen Weins, keine Leckereien, die bei einem Fest gereicht werden könnten … da, endlich fiel es ihm ein: „Männer", sagte er mit sicherer Stimme, „Männer, bevor wir uns aber an die Arbeit mit den Palisaden machen, werden wir den Eindringlingen von vorvorletzter Nacht eine Lektion erteilen, die ihnen die Lust auf solche Abenteuer vergehen lassen wird". Sein Vorschlag wurde jubelnd und grölend begrüßt, dem Zenturio fiel ein Stein von der Brust, denn ein Legionärsaufstand war wirklich das letzte, worauf er hier am Ende der Welt Lust hatte.

Willig lauschten die Legionäre nun seinen Vorschlägen zu den erforderlichen Arbeiten NACH dem Ausflug, sie machten sogar einige konstruktive Vorschläge aus den eigenen Reihen. ‚Pane et Circensem', [25] es war so einfach, und es funktionierte immer.

Für den Abend wurde eine Versammlung einberufen, zu der auch alle erreichbaren Späher mit geladen wurden, um Informationen über das feindlichen Hinterland und seine Bewohner zu sammeln. Als allen klar wurde, dass sie gegen unbemalte Barbaren und nicht gegen die hinterhältigen Pikten ausrücken würden, waren sie überzeugt, dass sie mühelos siegen würden. Die benachbarten Wachposten wurden angefragt, ob sie sich beteiligen wollten oder bereit waren, die Wache des Postens zu übernehmen, während diese Truppe draußen war. Schließlich waren sie zweiundsiebzig Mann, die ausrücken würden, die einhundertundzwanzig Mann sollten Kastell und Wall bewachen, einen Abschnitt, der sonst von zweihundert Mann verteidigt wurde, acht Mann waren verletzt oder erkrankt und konnten sich weder drinnen noch draußen an der Aktion beteiligen.

Die Römer brachen lange vor Morgengrauen auf in die von den Spähern vorgegebene Richtung. Am frühen Vormittag wollten sie das feindliche Dorf gefunden und erobert haben. Sie waren allerbester Laune. Alles war klar – sie würden kommen, sehen und siegen und mit vielen jungen, kräftigen Gefangenen ins Kastell zurück kehren, wo sie sie in wenigen Wochen dem regelmäßig vorbeisegelnden Sklavenhändler zum Kauf anbieten würden. Pikten waren, nachdem in Rom die erste Neugierde befriedigt worden war, nicht mehr viel wert. Sie galten als störrisch und wenig gelehrig und überaus unwillig ihre Fähigkeiten in den Dienst römischer Bürger zu stellen. Heute aber hofften sie gut verkäufliche Menschen zu finden, für die sie im Tausch begehrten Wein, Trockenfleisch, weiches, warmes Tuch, Tierfelle und auch Gold einzutauschen hofften. Sie marschierten in Formation, wie sie es gelernt hatten. Allerdings hatten sie Marschieren auf gepflasterten Straßen und Plätzen gelernt und geübt. Hier liefen sie über morastigen, von dornigem Gestrüpp bestandenes, hügeliges Land mit nur gelegentlich erkennbaren Pfaden, von denen man nicht wusste, ob sie von Menschen getreten oder von Tieren auf dem Weg zu Wasser- und Futterstellen gemacht worden waren.

---

[25] 'Brot und Spiele' – siehe Anhang.

Sie kamen viel langsamer voran, als sie gedacht hatten. Die Sonne ging auf und noch immer konnten Sie den schmalen Streifen des Hadrianwalls erkennen, wenn sie sich umschauten. Die Sonne stieg höher und noch immer trotteten sie langsam durch das Buschwerk. Gegen Mittag war das Einzige, was ihre Laune aufrecht erhielt, dass sie noch nicht von Pikten angegriffen worden waren, sie waren nicht einmal einem begegnet, es schien, dass sie durch völlig unbesiedeltes Gebiet wanderten. Weder sahen sie Menschen, noch Spuren, die Menschen hinterlassen hatten. Es gab, so bemerkte Aulus, einfach 'keine Zivilisation'. Die Bäume wurden zunehmend höher und der eine oder andere hatte schon die Qualität, die sie in ein paar Tagen suchen würden. Dies gab ihnen einen ersten Vorgeschmack auf die Reparaturarbeiten. Soweit also würden sie für jeden einzelnen Stamm gehen müssen. Diese Feststellung wirkte sich nicht eben positiv auf die Stimmung der Legionäre aus.

Als die Sonne sich bereits wieder dem Horizont näherte, waren sie überzeugt, sich verlaufen zu haben und im Begriff umzukehren, da kommen ihnen in kurzer Folge alle drei Späher der Vorhut aus drei verschiedenen Richtungen aufgeregt entgegen. Der erste berichtet, dass sich ganz in der Nähe, sicher weniger, als zwei römische Meilen entfernt ein Dorf befindet, in dem offenbar Vorbereitungen zu einem größeren Fest stattfinden, sie hätten ein Schaf oder eine Ziege oder so etwas am Spieß, die sie über einem Feuer rösteten. Auch Pikten seien einige dabei, der Großteil aber seien hochgewachsene Barbaren mit langen Haaren, Männer und Frauen und nur wenige Kinder. Der Zweite Späher berichtete, ebenfalls auf ein befestigtes Dorf gestoßen zu sein, dort sei es allerdings recht ruhig gewesen, nur zwei oder drei Bewohner habe er gesehen und mehrere Kleinstkinder. Der dritte Späher beschrieb ein ganz ähnliches, etwas weiter entfernt liegendes Dorf, ebenfalls steinbefestigt, jedoch wohnten Pikten dort, auch ihm war nichts Besonderes aufgefallen.

Da der Römertrupp ohnehin vor Einbruch der Dunkelheit nicht wieder im Lager sein würde, beschlossen sie, die Dämmerung abzuwarten, bevor sie angreifen. Sie teilten sich auf: Eine halbe Hundertschaft sollte das Dorf mit den Festvorbereitungen angreifen, zwölf Mann das Piktendorf und zehn Mann das Dorf, das so wenig Bewohner zu haben schien.

Sie warteten, bis die Sonne untergegangen war und vertrieben sich die Zeit, indem sie sich gegenseitig erzählten, wie überlegen sie waren, wie leicht dieser Feind zu besiegen war und wie sie dafür sorgen würden, dass er nie wieder die Palisaden beschädigen würde. Allen voran Lucius, der nicht müde wurde, zu betonen, dass man bei derlei Feinden eigentlich keine Waffen brauche, man könne sie einfach so umstoßen. Als es dämmerte, begannen sie, sich anzuschleichen. Tatsächlich dauerte es nicht lange, bis sie den Feuerschein im Dorf durch die Bäume hindurch wahrnehmen konnten und fröhliche, fremde Musik vom Wind zu ihnen herübergetragen wurde.

Ein Fest mit jähem Ende

Seit der Rückkehr der Männer mit dem großen Eierfund war keine Woche vergangen. Zwischenzeitlich hatten Maon und Airril zusammen mit den Pikten ein wildes Schwein zur Strecke gebracht, sie hatten reichlich Feuerholz gesammelt und was sie an essbaren Kräutern, Rindenstücken und Wurzeln hatten finden können. Alle freuten sich auf das große Fest. Bereits mittags hatten sie angefangen, das Schwein über dem Feuer zu garen, immer wieder rieben sie das Tier mit der Wildkräutermischung ein, es roch herrlich. Die Frauen hatten brotartige Fladen aus den Wurzeln und Rindenstücken zubereitet, in Ermangelung von Getreide. In einer kleinen Schale fing Beathag das Fett, das vom großen Braten tropfte, auf, um später darin die Eier zu braten.

Als die Sonne sich dem Horizont näherte, kamen die Pikten und die Skoten aus dem anderen Dun, unter ihnen Colla und Eògan mit ihren Frauen. Sie begrüßten sich herzlich und erledigten die letzten Vorbereitungen zusammen. Als das Fleisch gar war und die grüne Frühlingssuppe[26] im Kessel fertig, brieten sie die Eier mit dem Schweineschmalz auf heißen flachen Steinen, dann begann der Festschmaus. So viel hatten sie schon lange nicht mehr zu essen gehabt, sie waren rundum glücklich und nach langer Zeit hatten sie wieder einmal das Gefühl, dass alles gut werden würde in diesem Land. Noch vor weniger als einem Monat hatten sie sich sehnlichst ihren Curragh zurück gewünscht, um heim zu segeln nach Antrim. Das Boot war vor mehr als einem Jahr Seeleuten aufgefallen, Sklavenhändlern, wie die Pikten sagten, die es an ihr großes Boot gebunden und weggeschleppt hatten. Bis dahin hatte es friedlich in der Bucht vor Anker gelegen. Danach blieben den Skoten nur noch ihre kleinen Curraghs, die sie benutzt hatten, um an Land zu kommen und die gut waren, um damit auf den Flussseitenarmen zu fahren, aber nicht, um sich damit auf das offene Meer hinaus zu wagen.

---

[26] Brennessel-Wiesenkerbelsuppe siehe Anhang

Die Festgesellschaft war bereits zum gemütlichen Teil des Abends übergegangen. Sie saßen und lagen halb um das Feuer herum, und kauten in Ermangelung eines Nachtischs auf süßlichen jungen Grasstielen und sprachen reichlich dem vergorenen Beerenmost zu, der noch vom letzten Herbst in großen Fässern lagerte. Er schmeckte widerwärtig, aber hatte eine wunderbar berauschende Wirkung.

Sie erzählten sich Geschichten, wahre, fast wahre und erfundene. Immer abwechselnd die Skoten und die Pikten. Der Geschichtenvorrat schien unergründliche und die Themen reichten von Riesen in grauer Vorzeit, von wundersamen Tieren an Land und im Wasser bis zu Geschichten, in denen die Römer grundsätzlich zu Narren wurden und die Pikten und Skoten ihnen durch List und Geschicklichkeit haushoch überlegen waren.

Zwischen den Geschichten spielte Maon seine Harfe mal zum Tanz und mal zu wunderbaren Balladen, die seine Frau Beathag dazu anstimmte. Es ging ihnen gut und sie waren glücklich. Sie fühlten sich so sicher in der Abgeschiedenheit ihrer kleinen Dörfer, dass sie keine Wachen aufgestellt und keinen Posten platziert hatten. Der übermächtige Angriff der Römer kurz nach Einbruch der Dunkelheit traf sie völlig unerwartet und unvorbereitet. Plötzlich waren sie da, scheinbar überall und scheinbar hunderte von ihnen. Die Frauen rannten um ihr Leben, um im Innern des Duns Schutz zu suchen. Die steinernen Rundhütten mit den kleinen Türen waren auch leichter zu verteidigen. Die Männer der Skoten und Pikten sprangen leicht taumelnd auf, suchten nach ihren Waffen, aber bevor sie sie auch nur gefunden hatten, waren die ersten von ihnen schon tot.

„Nicht die Barbaren, nur die Pikten", brüllte der Zenturio immer wieder in Mitten des Getümmels. Der Kampf war kurz und vom ersten Moment an hoffnungslos gewesen. Viele Pikten hatten ihr Leben gelassen, die Skoten aber saßen zusammengetrieben in der Steinumfriedung, die das Dun umgab, gefesselt, die Römer standen breitbeinig vor ihnen, auf den Speer gestützt. Der Zenturio beriet sich mit Aulus und Sixtus, ob es ratsam sei, noch den gleichen Abend zurück zu kehren, oder die Nacht im Dun zu verbringen und bei Tageslicht zurück zu marschieren. Die Gegend war unwegsam, das Risiko, sich trotz des klaren Himmels und Mondschein zu verlaufen, war groß. Andererseits war unklar, ob es Angriffe von weiteren Pikten oder Barbaren der Gegend geben würde, wenn sie hier blieben. Schließlich entschieden sie sich aber doch zumindest bis zur Morgendämmerung zu bleiben und teilten die Männer in Wachen ein.

Im Kastell

Es dämmerte. Leicht benebelt durch den Alkohol des Beerengebräus waren Airril, Maon, Barra, Eògan und Colla eingenickt gewesen. Nur Guirmean hatte gar kein Auge zugetan. Jetzt wurden sie alle sehr unsanft geweckt. Lucius piekte ihnen mit dem stumpfen Ende der Lanze in die Rippen und forderte sie auf, aufzustehen. Guirmean war schlohweiß im Gesicht und wiederholte mit unheilvoller Mine und belegter Stimme: „Ich wusste, dass es böse enden würde, ich wusste es … die Götter haben diese Expedition von Anfang an nicht gut geheißen". „Brauchen wir den???", fragte Lucius an den Zenturio gerichtet und zeigte auf Guirmean. Der Zenturio schaute kurz auf und sagte: „Nimm mal mit – ist glaube ich einer von deren Priestern, man kann nie wissen …!": Und nach einer Pause fügte er hinzu: „Sieh' zu, dass der da", und er zeigte auf Maon, „seine Leier mitnimmt. Der und das Goldkehlchen", wobei er auf Beathag zeigte, „sind in Rom ein Vermögen wert!".

Das kleine Häufchen Skoten trottete mit gebundenen Händen und aneinandergebundenen Füßen, die ihnen eben erlaubten einen Fuß vor den anderen zu setzen, bewacht von einer Überzahl Römer los. Als sie den Steinwall verließen wendeten sie erschrocken den Blick von ihren toten Freunden ab, mit denen sie vor wenigen Stunden noch gelacht und gefeiert hatten. Die Toten blieben zurück und würden vermutlich wilden Tieren zum Opfer fallen, da nicht zu erwarten war, dass andere Pikten herkommen, sie finden und bestatten würden. Guirmean blickte trüb und vielsagend von einem zum anderen in der Gruppe, als wollte er sagen: „Schaut es euch an, das wird auch unser Schicksal sein eines Tages".

Sie liefen und liefen und liefen. Auch den Römern wurde der Weg lang, da sie mit den Gefangenen noch viel langsamer voran kamen, als auf dem Hinweg. Insbesondere die Frauen hatten Schwierigkeiten, sich in Gebüsch und Gestrüpp fortzubewegen mit den gebundenen Füßen, sodass der Zenturio kurz nach Mittag anordnete, ihnen zumindest die Fußfesseln zu nehmen, da sie sich ohne ihre Männer sicher nicht von der Gruppe entfernen würden und sie anderenfalls noch in 3 Wochen nicht wieder im Lager wären.

Trotzdem war es bereits lange dunkel, als sie das Kastell Maia erreichten, wo sie jubelnd wie die Sieger nach einer großen Schlacht von ihren daheim gebliebenen Kameraden empfangen wurden. Auch wenn die Realität ganz anders aussah, wenn die Römer in haushoher Übermacht ein kleines feierndes Dorf überfallen hatten, tat den Legionären die Anerkennung der Kameraden ebenso gut, wie die Aussicht die Barbaren gewinnbringend an den nächsten Sklavenhändler zu verhökern. Die Stimmung war, so stellte der Zenturio fest, gerettet.

Gleich am nächsten Morgen bot Lucius sich an, die Gefangenen nach Rom zu bringen, notfalls auch alleine. Die anderen lachten schallend. Lucius ist Legionär! Ob ihm denn nicht klar sei, dass er seine Truppe nicht verlassen kann. Nein, man würde warten, bis der Sklavenhändler, der regelmäßig im Kastell vorbei schaute und allerlei nette Waren anbot, käme.

Dies allerdings dauerte diesmal noch fast 3 Mondphasen. In der Zwischenzeit lebten die Skoten nicht schlecht. „Schmeckt eigentlich ganz gut“, sagte Maon. „So viel und regelmäßig haben wir schon lange nicht mehr gegessen“, fügte Beathag hinzu. Sie saßen auf dem Holzboden im ersten Stock eines Wachturms, vor ihnen Schüsseln mit fetten Hühnchenstücken, weiche Brotfladen und zu Trinken gab es mit Wasser stark verdünnten Wein. Die Römer wussten ganz genau, dass halb verhungerte Sklaven nicht annähernd so viel Geld einbringen würden, wie wohl genährte. Auch bekamen sie regelmäßig die Gelegenheit, sich zu waschen, sogar mit angewärmtem Wasser. „Im Dun würde es mir besser schmecken“, brummte Airril. Guirmean schwieg, da niemand mehr hören wollte, dass er von vornherein wusste, dass diese Expedition zum Scheitern verurteilt war. Es hielt ihn aber nicht davon ab, selbst kräftig bei den Mahlzeiten zuzulangen. Allerdings bemerkte der Rest der Gruppe allmählich, dass die Druidenausbildung offenbar wirklich anspruchsvoll war. Guirmean war der lateinischen Sprache in groben Zügen mächtig gewesen und schon bald nach ihrer Ankunft im Kastell konnte er sich, wenn er wollte, ganz gut mit den Römern verständigen. Sogar ihre Schrift konnte er entziffern, die so ganz anders war, als die nur gelegentlich verwendeten Ogham[27] Zeichen ihrer Insel. Überall gab es Schriftzeichen – auf den Waffen, in Möbelstücke eingeritzt, an den Wänden. Die meisten lauteten: „Lucius war hier“, oder so ähnlich. „Die müssen ein unglaublich schlechtes Gedächtnis haben“, stellte er fest „wenn die alles aufschreiben müssen, sogar wo sie am Abend zuvor waren“, und gemeinsam

---

[27] Sprich 'O-em' Runenartige keltische Schriftzeichen – Siehe Anhang.

wunderte man sich, dass die Römer jeden Abend nach Hause fanden und noch mehr, dass sie die Welt regierten, woran es offenbar keinen Zweifel gab.

So lebten die Skoten eigentlich nicht schlecht, es gab viel zu essen und keine körperliche Arbeit für sie. Und doch waren sie nicht wirklich glücklich, da ihnen die Freiheit genommen war und sie keine Ahnung hatten, wie es weiter gehen würde.

Die lange Reise

Fast drei Mondphasen hatten die Skoten im Römerlager verbracht, die Tage waren länger geworden, die Bäume grün und das Beltaine Fest stand kurz bevor. Ein Fest, das sie dieses Jahr wohl nicht feiern würden. Die Römer wurden unruhig, liefen geschäftig hin und her und riefen sich halbe Sätze zu: In der Bucht war eine Galeere mit großen Segeln gesichtet worden, und beim Näherkommen bestätigte sich die Vermutung, dass es sich um den sehnlich erwarteten und überfälligen Sklavenhändler handelte.

Brutus hatte stark überlegt, ob er den Nordzipfel des römischen Reiches überhaupt wieder anlaufen sollte, die Geschäfte dort waren die Mühe eigentlich nicht wert. Dieses Mal aber sollte er überrascht werden. Die Legionäre begrüßten ihn überschwänglich und nach einem Begrüßungstrunk zeigten sie ihm die Beute: 9 Skoten – 5 kräftige Männer und 4 Frauen, wobei ein Mann und eine Frau Musik machten, ach ja und noch ein etwas schlankerer Zauberer. Kritischen Blicks musterte Brutus die Gruppe. Sie war wohl genährt, sauber, schön gewachsen und wirkte gesund. Nur der 'Zauberer' wirkte ebenso mickrig wie missmutig. Zwei Tage verhandelten die Römer um den Preis, dann waren sie sich einig. Drei Tage später wollten sie aufbrechen.

„Zwei Tage nach Beltaine", dachte Guirmean, er ahnte nichts Gutes. Das man sie nach Rom bringen wollte, hatte er den Unterhaltungen der Römer bereits entnommen, aber wie?!

„Wie kommt man denn so nach Rom", fragte er beiläufig Lucius, als sich die Gelegenheit bot. Lucius lachte, „Mit dem Boot natürlich, zum schwimmen ist es zu weit!". Guirmeans Augen weiteten sich, er erinnerte sich nur zu gut, wie er um die gleiche Zeit vor drei Jahren grün im Gesicht über die Bordwand gehangen hatte, Tag um Tag. „Nein …", sagte er heiser „… und wie lang ist man da so unterwegs???". „Och", antwortete Lucius, der es selbst eigentlich nicht wusste. Monate oder gar Jahre war er unterwegs gewesen, zu Fuß erst von Rom nach Norden und über die Alpen, dann weit nach Germanien hinein, dann wieder zurück, nach Westen, Gallien, und an der Küste Galliens hatte man sie dann eingeschifft nach Britannien. „Och, so drei Monate oder so?! …".

Inzwischen waren die anderen Römer auf die Unterhaltung aufmerksam geworden und mischten sich ein. „Sei froh, dass du nicht die größte Strecke laufen musst, wie wir!", sagte Sixtus. „Nein …", jetzt lag etwas Flehendes in Guirmeans Stimme, „bitte nicht wieder auf ein Boot, ich beschwöre euch beim Haar der Urmutter Morrigan, lasst mich hier bleiben, auch alleine, ich werde euch von großen Nutzen sein können!". „Ich kenne deine Oma nicht", antwortete Aulus, „ich weiß nicht einmal ob sie Haare hat, und ich kann mir auch im Moment nicht vorstellen, wo und wie du nützlich sein könntest … und wenn schon ….. es gibt keine Alternative, ihr gehört alle schon dem da", und er zeigte auf Brutus, „der hat gutes Geld und feine Ware für euch Barbaren[28] bezahlt". Aber Guirmean gab nicht auf. „Nicht meine Großmutter, die Urmutter, die Mutter allen Seins, die Königin der Göttinnen", sagte er beschwörend … aber die Römer lachten nur. „Kenne ich nicht", sagte Sixtus „Romulus und Remus wurden von einer Wölfin gesäugt und haben dann Rom gegründet und jetzt ist Rom die mächtigste Stadt der Welt". „Eine Wölfin?", fragte Guirmean ungläubig nach. „Jawohl, eine Wölfin", bestätigte Lucius mit Genugtuung, da er offenbar etwas wusste, was dieser Zauberpriester nicht kannte. Und nach eine kleinen Weile schickte Guirmean hinterher: „Ich verstehe, also wenn meine Uroma eine Wölfin wäre, würde ich mich auch rasieren wollen!". Die übrigen Skoten unterdrückten ein Kichern, die Römer blickten Guirmean verständnislos an, zuckten die Achseln und fuhren in ihren Tätigkeiten fort. Die Unterhaltung war beendet, aber das Schicksal der Bootsfahrt nicht abgewendet.

Im Morgengrauen des übernächsten Tags bestiegen sie die Galeere. Das Schiff war viel größer, als der Curragh, mit dem sie gekommen waren, aber ebenso unbequem. Und im Bauch des Schiffs saßen viele Männer angekettet auf Bänken und bewegten Ruder im Takt, ohne sehen zu können, wohin sie fuhren. Die Skoten aber wurden in einen fensterlosen Raum unter Deck gesperrt.

---

[28] Die Römer nannten die Ureinwohner von ihnen eroberter Landstriche gern 'Bärtige' war abfällig sein sollte, die Römer selbst rasierten sich.

„Untersteh` dich, hier zu reihern", zischte Airril Guirmean zu, der ihn nur mit seinem ‚ich-habe-es-immer-gewusst-dass-dies-böse-enden-wird'-Gesicht anguckte. Als sich Ihre Augen an das Halbdunkel gewöhnt hatten, sahen sie, dass sie nicht alleine waren. In die Ecke gekauert saßen dort noch 7 weitere Gestalten.

Es dauerte eine Weile, bis sich die Gefangenen untereinander verständigen konnten und wieder war es Guirmeans Sprachkenntnissen zu verdanken, das es überhaupt ging. Nach und nach stellte sich heraus, dass die vier Männer und drei Frauen, mit denen sie den Holzverschlag ohne jeden Komfort teilten, aus Cymru[29] stammten. Sie sprachen eine Sprache, die der der Skoten ähnelte, dennoch so fremd war, dass sie zumindest in der ersten Zeit auf Guirmeans Übersetzungen angewiesen waren.

Guirmean genoss sichtlich, dass die Cymraeg sprechenden Leidensgenossen nicht müde wurden, ihn nach Herkunft und Schicksal der Skoten zu befragen, nach ihrem Glauben und ihrem Wissen. Blumig berichtete er, sie wurden nicht müde ihm zu lauschen und nahmen klaglos in Kauf, dass jeder dritte Satz davon handelte, dass er von Anfang an gewusst habe, dass diese Unternehmung übel enden würde.

Airril und Barra wurde angesichts Guirmeans endloser Monologe, von denen sie nur ungereimte Bruchstücke verstanden, zunehmend misstrauisch. „Was in aller Welt erzählt der da?", fragte Barra. „Tja", näselte Guirmean leicht affektiert, „dafür müsstest du jetzt Fremdsprachen können, nicht wahr, Barra?". Barra kochte vor Wut. Dies änderte sich jedoch schlagartig, als Colla sich einmischte und sagte: „Keltische Götter mögen keine überheblichen Druiden, Barra, warte nur, ich glaube, die werden einen Sturm schicken!". Schlagartig verbesserte sich Barras Laune und Guirmean wurde blass vor Schreck und setzte seine Ich-ahne-Unheil-Miene auf. Dann gab er sich einen Ruck und sagte mit annähernd fester Stimme: „Das kannst du gar nicht ahnen, dafür bist du gar nicht ausgebildet, Colla". Der aber lachte nur und sagte „Ich ahne es auch gar nicht, ich habe nur so ein Gefühl".

Leider behielt Colla mit seinem ‚Gefühl' recht und damit bestätigte sich auch Guirmeans Unheils-Ahnung: Der Sturm kam, und zwar heftig. Die Gefangenen wurden im Bauch des Schiffs hin und her geschleudert und Guirmean war

---

[29] Lat. Cambria, heute Wales. Der Name lebt in der waliser Volkspartei Plaid Cymru noch fort.

hundeübel. Tagelang ging das so. Mal dachten sie, es werde ruhiger, da schien der Wind nur Atem geschöpft zu haben und kam mit doppelter Macht zurück. Keiner wusste mehr, wie lange die Naturgewalt anhielt, irgendwann aber muss der Wind nachgelassen haben und die erschöpften und halb verhungerten – seit Tagen war keiner gekommen, ihnen Wasser und Brot zu bringen - Kelten waren eingeschlafen.

Inzwischen hatten die Gefangenen aus Cymru und Dalriada, ehemals Robogdil gegenseitig die Sprache so weit erlernt, dass sie sich verständigen konnten und waren in ihrer miserablen Situation zu Freunden geworden. Neirin [30] und Anwen[31] sowie Rhys[32] und Gwawr[33] waren ein jeweils Paar, Cadfael[34], Gwyn[35] und Rhianú [36] Geschwister. Sie waren alle aus dem gleichen Dorf und ihre Geschichte glich der der Skoten aufs Haar. Auch sie waren überfallen worden in Zuge eines Racheakts der Römer für wiederholte Angriffe auf die Kastelle, auch sie waren verschleppt worden und sollten in Rom als Sklaven verkauft werden.

Gegenseitig versorgten sie sich die Wunden, die sie sich in den Sturmnächten zugezogen hatten und gegenseitig stützten sie sich, als endlich wieder ein Legionär zu ihnen kam, um ihnen Essen und vor allem Wasser zu bringen.

„Hey du“, sagte der ebenfalls stark mitgenommen aussehende Legionär in der zerrissenen Tunika und zeigte auf Guirmean, „verstehst du auch `was von Heilkunst?“. Guirmean zögerte einen Moment. Die Heilerei war nicht sein Schwerpunkt in der Druidenausbildung gewesen, mit Kranken hatte er nie etwas zu tun haben wollen. Aber er witterte eine Chance, durch bejahen wenigstens für einen Moment aus dem stinkenden, stickigen Verlies heraus zu kommen. „Sag´ ja und nimm mich mit!!!“, Guirmean schaute zur Seite. Es war Rhianú, die ihm dies blitzschnell zugezischt hatte. Und ehe er sich versah hörte er sich mit bedächtiger Druidenstimme auf Latein sagen: „Ja … aaaa…a … … … aber nur, wenn ich fachkundige Assistenz bewilligt bekomme … … … … bin ich bereit, mir das einmal anzusehen … … …“. Der Legionär guckte, es dauerte einen Moment bis er verstand und antwortete: „Und wo, bitte, soll hier fachkundige

---

[30] Sprich Nirin = männlicher Vorname und heißt der Edle
[31] Sprich Annouen = weiblicher Vorname und heißt die Schöne
[32] Sprich Rüs = der Begeisterte, Enthusiastische
[33] Sprich Gu-or = weiblicher Vorname und heißt Morgendämmerung
[34] Sprich Kedfel = männlicher Vorname und heißt Prinz der Schlacht
[35] Sprich Gu-in = männlicher Vorname und heißt der Gesegnete
[36] Sprich Ri-a-nuu = weiblicher Vorname und bedeutet edle Jungfrau

Assistenz herkommen?". Guirmean richtete sich auf, schaute sich langsam um und schließlich blieben seine Augen auf Rhianú ruhen und er sagte klar und bestimmt: „Hier!". Der Legionär zuckte die Achseln und murmelte etwas wie: „Meinetwegen, ich bin ja nicht krank!", und hieß die beiden mitkommen.

Der Weg an Deck führt vorbei an den Galeerensklaven, die sich in miserablem Zustand befanden, noch weit schlimmer, als die Gefangenen im Verließ. Sie hatten entzündete Wunden, geschwollene Gliedmaßen und die meisten von ihnen dösten erschöpft auf ihren Bänken angekettet. Es stank überall nach Exkrementen und Erbrochenem. Guirmean versuchte, die Luft anzuhalten, der Römer rümpfte die Nase nur Rhianú ließ sich nichts anmerken und schaute mitleidig von einem zum anderen.

An Deck war die Luft warm und frisch. Sie lagen vor Anker vor einer steilen, steinigen Küsten. Die Sonne schien und Küstenvögel umkreisten das Schiff. In der Kajüte an Deck lag Brutus. Sein Gesicht verriet, dass er Schmerzen hatte. Seine Augen waren geschlossen, dunkle Schatten zeichneten sich unter ihnen ab und Schweißperlen standen auf seiner Stirn. Als der Legionär die Decke hochhob, öffnete Brutus die Augen und stöhnte. Rhianú erschrak und Guirmean wurde schlecht. Brutus linker Unterschenkel sah furchtbar aus. Der Fuß stand viel zu weit zur Seite, vom Knie abwärts war die Haut gespannt, bläulich und feuerrot. Ganz offenbar war der Knochen gebrochen, aber nicht nur das, auch schien sich die Verletzung stark entzündet zu haben.

Rhianú schaute sich die Sache genauer an, während Guirmean versuchte mit etwas Abstand die Fassung zu wahren. „Das sieht nicht gut aus", sagte sie. Brutus stöhnte erneut und der Legionär fauchte sie an: „Das weiß ich auch … und der da", er zeigte auf Brutus, „noch viel besser. Was wir wissen wollen: könnt ihr ihm helfen?"

Rhianú antwortete nicht, und nicht nur, weil sie ihn nicht verstanden hatte, wortlos bedeutete sie auch Guirmean, zu schweigen. Sie richtete sich auf und schaute erst Brutus, dann den Legionär nur ernst und schweigend an. Rhianú war jung, sie war auch nach den ganzen Strapazen noch wunderschön … aber ungeachtet ihrer Jugend hatte sie in diesem Moment eine Ausstrahlung, die nur tiefes Wissen verleihen kann. Sie schaute dem Legionär direkt in die Augen – und schwieg. Nach drei oder vier gespannten Atemzügen holte der Legionär Luft und sagte: „Verzeihung … … … wir haben euch geholt, um zu fragen, ob ihr Kelten eine Möglichkeit seht, Brutus sein Bein zu retten". Rhianú ließ sich weitere drei Atemzüge Zeit, dann antwortete sie: „Das weiß ich nicht, aber wir können es versuchen“. Guirmean übersetzte so getragen, wie er es in diesem Moment vermochte. Der Legionär legte die Decke zurück auf Brutus Bein. „Was braucht Ihr?“. Rhianú antwortete „Genau das ist das Problem. Ich bin nicht sicher, ob das hier zu beschaffen ist. Brutus Blut ist stark vergiftet. Es muss entgiftet werden, damit der Körper eine Chance hat, das Bein zu heilen. Dafür sind außer sauberen Verbänden Kräuter und Pilze, Wurzeln und besondere Rinden erforderlich. Sonst wird erst das Bein sterben, der Tod wird dann immer weiter zu seiner Mitte wandern und schließlich wird er sterben“.

Nach Guirmeans Übersetzung schaute der Legionär sie ungläubig an: „Wo sollen wir das denn herbekommen?“. Rhianú antwortete nur ruhig: „Eben!“ Und Brutus riss die Augen auf und stöhnte: „Mach `was!!!“. Der Legionär hatte gelernt und wandte sich nun höflich an Rhianú: „Hast du denn eine Idee, wie das zu beschaffen wäre?“. „Verbände müsstest du aus Kleidung fertigen“, sagte Rhianú. „Die Kräuter … … … die einzige Chance, die wir hätten, wäre, an Land zu gehen und welche zu suchen!“. „Dann geh`“, sagte Brutus. „Oh nein“, sagte Rhianú, „erstens kenne ich mich hier gar nicht aus und weiß nicht einmal, wo ich suchen muss, zweitens brauchen wir viel, da müssen wir schon alle los gehen“. Der Legionär lachte, selbst Brutus entfuhr: „Ha, das könnte euch so passen, und dann seid Ihr weg!“. „Dann“, sagte Rhianú ruhig, „dann bring uns beide bitte wieder nach unten“. Guirmean schaute ungläubig. Wenigstens sie und er hätten so eine Chance auf Freiheit gehabt, und Rhianú ließ sie einfach verstreichen? Fragend schaute er sie an, doch sie reagierte gar nicht.

Sie waren noch keine zwei Schritte Richtung Niedergang gegangen, da rief Brutus: „Hol sie hoch, verdammt hol sie hoch und lass sie meinetwegen alle Kräuter sammeln, zum Kuckuck, meinetwegen das ganze Galeerenkroppzeug noch dazu! Ob ich abkratze oder die sind weg, wo ist da der Unterschied?“. Fragend schaute der Legionär zurück, aber Brutus schien es ernst zu meinen, also ließ er Rhianú und Guirmean stehen und holte den Rest der Skoten und Cymren an Deck.

Inzwischen war es spät am Tag geworden. Die Kelten durften die Nacht in Decken gehüllt und nach einem guten Abendessen an Deck verbringen. Mit Sonnenaufgang brachte ein Beiboot sie ans Ufer. Der Legionär versprach ein Essen und frisches Wasser, wenn die Sonne am höchsten stand. Kurz vor Sonnenuntergang sollte er sie zur Galeere zurück rudern.

An Land angekommen hielten die Skoten und Cymren erst einmal eine Besprechung ab. Der Boden schien unter ihren Füßen zu schwanken, so sehr hatten sie sich schon an das Schaukeln an Bord der Galeere gewöhnt. Airril sagte: „Wir hauen natürlich ab – und zwar JETZT“. „Klar“, sagte Neirin und Rhys nickte. Colla zögerte. „Hier, wo wir keine Ahnung haben, wo wir sind, ob hier Riesen, Ungeheuer oder wilde Horden, die Kelten fressen wohnen?“. „Wo wir weder Pflanzen, noch Tiere kennen“, fügte Beathag hinzu .... „Was meinst du, Guirmean, vielmehr, was meinen die Götter?“. ... Aber Guirmean braucht nur den Satz zu beginnen, sie alle kannten sein Ende: „... die Götter haben diese Unternehmung vom ersten Tag an nicht gut geheißen ...“.

Es entspann sich eine hitzige Diskussion, die sicher eine Stunde oder länger anhielt und zu keinem Ergebnis führte. Schließlich sagte Rhianú: „Lass uns Kräuter, Rinden und Wurzeln sammeln, ein Tag wird dafür bei Weitem nicht ausreichen, wir lernen das Land und das, was hier wächst, kennen, wissen, ob es hier klares, wohlschmeckendes Wasser gibt und außerdem sind wir im Moment so erschöpft und ausgemergelt, dass wir weder weit kommen würden, noch uns ausreichend verteidigen könnten“. „Stimmt“, sagte Beathag, und Maon pflichtete ihr ebenfalls bei und nach und nach auch der Rest der Mannschaft.

Sie sammelten, schälten, gruben und suchten. Um Mittag kam das Boot mit Nahrungsmitteln zurück, wie versprochen, und am Abend wurden sie abgeholt. Nicht alles, wonach sie gesucht hatten, hatten sie gefunden, auch nur wenig frisches Wasser und Anhalt dafür, dass Menschen hier wohnten, lebten und jagten, gab es auch nicht.

Wieder an Bord bereitete Rhianú mit Beathags Hilfe einen Tee aus der Rinde der Salweide zu, den sie Brutus schluckweise einflößten, dann fertigten sie einen kunstvollen Verband für das Bein an, der zugleich kühlen und die Entzündung aus dem Körper ziehen sollte. Dann reichte sie ihm eine Schale der ‚grünen Genesungsuppe‘[37], bei deren grün-schleimigem Anblick Brutus zunächst das Gesicht verzog, sich aber nicht traute, sie abzulehnen. Als er sie probiert hatte, merkte er, dass sie erstaunlich gut schmeckte, sie erinnerte ihn an den Knoblauch seiner Heimat. Guirmean war froh, dass ihm im Zusammenhang mit der Krankenversorgung keiner mehr irgendwelche Aufmerksamkeit schenkte.

---

[37] Bärlauchsuppe siehe Anhang.

Brutus spürte bald die schmerzlindernde und fiebersenkende Wirkung des Weidenwassers und fiel in einen tiefen Schlaf. Der Legionär war in gleichem Maße vom Können der Keltin beeindruckt, wie sie ihm gleichzeitig unheimlich wurde. „Die Frau kann und weiß wirklich viel“, sagte er zu Guirmean, „dabei dachten wir eigentlich, du bist der Druide“. Beleidigt zischte Guirmean zurück: „Die macht auch aus Männern Kröten, wenn ihr danach ist!“. Der Legionär erschrak und glaubte ihm jedes Wort.

Der Abend an Deck war lau, Maon hatte auf Brutus Geheiß seine Harfe zurück erhalten und spielte, Beathag und Gwawr sangen abwechselnd Lieder aus ihrer Heimat. Sie hatten gut gegessen und fast hätten sie vergessen können, dass sie eigentlich Sklaven waren, die zum Verkauf nach Rom gebracht werden sollten.

Der nächste und übernächste Tag verliefen ähnlich und irgendwie kam die Frage einer Flucht gar nicht mehr auf. Am dritten Tag war Brutus Bein so weit abgeschwollen, dass Rhianú es mit Beathags Hilfe gerade richten und anschließend einen festen Verband mit Stöcken zur Schienung anlegen konnte. Das Fußgelenk würde vermutlich steif bleiben, Brutus aber aller Aussicht nach sein Bein nicht verlieren.

Zum Dank für die gute Pflege des Kapitäns und Kommandeurs der Galeere durften die Kelten sich fortan an Deck frei bewegen, gut einen Mond nach Beltaine lichtete die Galeere den Anker und setzte ihre Reise fort.

Ankunft in Rom

Außer Guirmean hatte keiner der Kelten mehr eine Vorstellung, wie lange sie schon unterwegs waren. Irgendwann waren sie durch eine Meerenge in ruhigeres Wasser gekommen, das grünblau und über weite Strecken klar war. Delfine begleiteten die Galeere und Brutus ließ immer mal wieder Anker werfen, ruderte mit dem Legionär und ein zwei weiteren Mann an Land und kam gelegentlich mit weiteren Sklaven zurück. Der Verschlag unter Deck war wieder gefüllt. Ein Teil der neuen Gefangenen, die sich Hibernier nannten., sprachen eine Sprache, die der der Kelten ähnelte, andere wieder verständigten sich in kehligen Krächzlauten, waren von dunklerer Hautfarbe und hatten pechschwarze Augen.

Das Wasser, auf dem sie sich jetzt befanden nannten die Römer ‚Mare Mediterraneum'[38], das Meer von Mittelerde oder das Meer mitten in der Erde, wie Guirmean etwas unsicher übersetzte. Er gab zu, noch nie davon gehört zu haben, was die übrigen Kelten stark verunsicherte. Schließlich aber beschlossen sie gemeinsam, dass sich entweder die Römer irrten oder aber es sich um einen Scherznamen für dieses Wasser handelte.

Nach einigen Tagen und Wochen wurden die Römer an Bord ganz unruhig. Ihren Gesprächen entnahm Guirmean, dass sie sich Rom näherten. Brutus war den Kelten, insbesondere Rhianú sehr dankbar, dass sie sein Leben und sogar sein Bein gerettet hatte, er behandelte sie alle mit großer Höflichkeit und ließ sie an allen Annehmlichkeiten, die das Galeerenleben zu bieten hatte teilhaben, auch wenn das nicht viele waren. Aber seine Dankbarkeit ging nicht so weit, dass er ihnen oder auch nur Rhianú die Freiheit geschenkt hätte.

Als sie in Ostia vor Anker gegangen waren rief er sie zusammen. Und erstmals, seit sie zum Sammeln von Kräutern, Wurzeln, Pilzen und Rinden ausgesandt worden waren, wurden ihnen wieder Fesseln angelegt. Er erklärte sachlich: „Ich bin euch dankbar und werde an euch denken, wenn ich in Britannia vorbei komme – aber Ihr seid Barbaren, seid Sklaven. Ich habe für euch bezahlt, euch durchgefüttert und hierher gebracht, dafür will ich auch Geld sehen, viel Geld". Guirmean schaute ungläubig, Airril polterte erzürnt los und beschimpfte ihn auf Gälisch und Beathag konnte und wollte ihre Enttäuschung ebenso wenig verbergen, wie Maon. Brutus aber ließ das kalt. Guirmean setzte seine druidigste Mine auf und sagte mit seiner tiefsten Stimme: „Die Götter werden dich dafür verfluchen!". Doch Brutus lachte nur: „Ach Guirmean, das sind euch Götter, das macht nichts! Wir haben andere!". Dann fiel sein Blick auf Rhianú, die die ganze Zeit still im Hintergrund gestanden hatte. Sie sagte nichts, aber sah ihm fest in die Augen. Eiskalt waren ihre stahlblauen Augen, eiskalt und gefährlich ruhig. In diesem Moment hatte Brutus das Gefühl, dass ihm das Blut in den Adern gerann, er meinte zu spüren, dass das Leben aus seinem genesenen Bein wich, es wurde kalt und schmerzte, es schwindelte ihm.

„Sag` was, Rhianú, sag` *du* etwas!", flüsterte Colla, dem in diesem Moment sein sonst unerschütterlicher Humor abhanden gekommen war. „Es wird uns nicht helfen", erwiderte Rhianú, „aber er wird an uns denken, glaube es mir!". „Davon haben wir auch nichts", antwortete Colla resigniert und stieg in das Boot, das sie

---

[38] Mittelmeer

ein gutes Stück flussaufwärts in Richtung Stadt bringen sollte. Wenig später legten sie am Ufer an. Gemeinsam mit vielen anderen wurden sie fast wie Vieh in Richtung Stadt getrieben. Die Sorge der Kelten, vorzeitig voneinander getrennt zu werden, erwies sich als unbegründet, denn Brutus und der Legionär achteten sehr darauf, dass sie zusammen blieben und nicht in der Menge abhandenkamen. Der Weg war nicht sehr weit und auch nicht mühsam auf Roms gepflasterten Straßen. Die kleine keltische Gruppe kam aus dem Staunen gar nicht heraus, erst über die Straße an sich, die wie ein endloses Band des Riesendamms Clochán na bhFómharach daheim in Robogdil wirkte. Zwar hatte Robogdil gepflasterte Wege und auch kleinere Straßen, aber nichts, was den breiten römischen Alleen auch nur entfernt glich. Noch mehr aber wunderten sie sich über die vielen riesigen Häuser, als sie die Stadt erst einmal erreicht hatten. Westlich von Robogdil gab es ein sehr großes, uraltes teilweise überdachtes Fort von knapp 70 Fuß Durchmesser, den Grianan Aileagh, den Sonnenpalast, so erzählte man sich, einen Palast, wohl gemerkt, inmitten einer grünen hügeligen Landschaft. Aber von so etwas wie diesem hier, hatten die Kelten noch nie gehört, geschweige denn so etwa gesehen. Je weiter sie kamen, desto kleiner und machtloser fühlten sie sich. „Ich komme mir vor wie eine Ameise“, flüsterte Colla Rhianú zu. „Das ist in Ordnung“, flüsterte diese zurück, „Ameisen können riesige Hügel bauen, wenn sie zusammenhalten!“.

Die Nacht verbrachten die Kelten eng aneinander gedrängt in einem muffig riechenden Verschlag nahe des Forum Boarium, wo Roms größter Sklavenmarkt stattfand. Am nächsten Morgen erhielten sie die Gelegenheit, sich mit angewärmtem Wasser zu waschen, das nach Blumen roch, und sie erhielten neue Kleidung, die aus Tüchern bestand, wie die Römer sie trugen. Beathag, Maon und Anwen wollten diese ‘Lappen’ wie sie sagten, nicht; Brutus und zwei Frauen, die die Sachen gebracht hatten, ließen ihnen aber keine Wahl. Ihre eigenen Kleider wurden ihnen genommen. Nur die Ómra-Talismänner durften die Skoten behalten. Kurz hatte Brutus überlegt, ob er sie an sich nehmen soll, als er sie bei dieser Gelegenheit zum ersten Mal sah, denn die Skoten hatten sie unter der Kleidung auf der Brust getragen. Dann beschloss er aber, dass dieser Schmuck die Sklaven noch edler aussehen lassen würde und dies ihren Wert und damit ihren Preis steigern würde. Schließlich brachte Brutus Maon noch ein größeres Paket. Erfreut stellte Maon fest, dass es seine Harfe enthielt. „Die Leier hier spielst du, wenn ich es dir sage, hörst du?“, sagte Brutus und drückte Maon das Bündel an die Brust.

Das Geschehen auf dem Markt erlebten die Kelten wie einen bösen Traum. Wie Ware wurden sie beguckt und betatscht, immer wieder pries Brutus die Vorzüge seiner ‚Schützlinge' an, die anderen Sklaven, die noch hinzu gekommen waren interessierten ihn hingegen kaum. Sie waren schnell verkauft, meist als Feldsklaven. Brutus steckte das Geld des Kaufpreises ein, ohne es recht zu beachten.

Claudius und Julia schlenderten über den Markt. Sie suchten Haussklaven und waren bester Dinge. Julia malte sich aus, wie sie mit ihrer Neuerwerbung die Freunde beim nächsten Bankett beeindrucken würden und Claudius freute sich, dass sie solchen Spaß bei der Sache hatte. Sie gehörten zu den wohlhabenden Bewohnern dieser Stadt und es war nur Recht, dass sie dies auch zur Schau stellten. Bei den Angeln blieben sie stehen. Niedlich, diese blonden Geschöpfe, aber wenn sie immer so ein miesepetriges Gesicht machten, war mit ihnen kein Staat zu machen. Vielleicht eine kleine Nubierin? „Nein", Julia schüttelte den Kopf, „Marcellus und Laelia hatten mal eine, die konnte nicht singen, wollte nicht tanzen und überhaupt sei das eine Katastrophe gewesen, sagt Laelia". „Und die Germanen sind zu tollpatschig", schob sie gleich hinterher, als ihr Mann an einem Stand mit breitschultrigen blonden, bärtigen Männern und kräftig gebauten Frauen stehen blieb. „Guck mal da", sagte sie zu Claudius und zeigte auf Maon, „der bringt sein Instrument gleich mit!". Brutus bemerkte die Aufmerksamkeit, die man seinen Sklaven schenkte, sofort und hielt Maon an zu spielen und Beathag dazu zu singen. Julia war begeistert, Claudius handelte den Preis aus.

Und nun ging es plötzlich Schlag auf Schlag. Kaum waren Brutus und Claudius sich handelseinig, drängte ein hagerer, kahlköpfiger Römer auf eine Preisfindung für Guirmean. „Was denkst du denn", sagte Brutus, „das ist immerhin ein Druide, glaubst du, den gibt es geschenkt?". „Na ja, der Jüngste ist er ja nicht grad", entgegnete der kaufinteressierte Römer. „Eben", sagte Brutus, „je erfahrener, desto teurer". „Ach", entgegnete der andere schlagfertig, „und auf dem Sterbebett dann unbezahlbar, oder wie?". Guirmean wandte den Blick ebenso resigniert wie vielsagend zum Himmel. Dieser Blick aber war es, der dem Käufer so unverwechselbar druidisch erschien, dass er bereit war, auf Brutus überhöhte Preisforderung einzugehen.

Und wenig später wurden auch Rhianú und Colla an ein wohlhabendes römisches Ehepaar verkauft, das, wie sie später erfahren sollten, nur wenige Häuser von Claudius und Julia entfernt wohnte. „Sie hier hat ganz besondere

Gaben", hatte Brutus den Käufern zugeflüstert, als sie sich über den Preis einigten, und zeigte auf Rhianú, „es grenzt an Zauber und Magie! Ich gebe sie wirklich nur sehr ungern her, aber mein Lebensstil erlaubt keine eigene Sklavenhaltung, zu schade!". Und diese Information verfehlte ihre Wirkung nicht. Auch die andere Kelten fanden innerhalb kürzester Zeit einen neuen Besitzer. Brutus konnte mit seinen Einnahmen des heutigen Tages mehr als zufrieden sein.

Julia war glücklich über ihren Kauf. Die beiden neue Sklaven wirkten zwar etwas schüchtern, aber auch, als seien sie edler Herkunft. Sicher würden sie sich gut mit Habinnas, dem karthagischen Paidagogos verstehen, von dem sie hoffte, ihn bald brauchen zu können. Julia und Claudius ging es gut. Sie waren gebildet, Claudius hatte einen angesehenen Posten, sie hatten gute Freunde, bewohnten ein schönes Haus auf dem luftigen Quirinalhügel und führten ein angenehmes Leben. Nur Kinder hatten sie noch keine. Viele römische und griechische Ärzte hatte Julia deswegen bereits konsultiert, war der Empfehlung auf Luftwechsel durch Urlaub im ehemaligen Etrurien gefolgt, war in den Tempel der Vestalinnen gegangen, hatte sich allerlei Ritualen unterzogen und allerlei Opfer dargebracht. Aber bisher war sie nicht schwanger geworden.

Sie wischte den trüben Gedanken beiseite und schaute sich wieder um. Dann kicherte sie leise und sagt flüsternd zu ihrem Mann: „Hast du gesehen? Tiberio hat schon wieder einen exotischen Priester gekauft? Was macht er nur mit denen?". Claudius zuckt mit den Achseln. „Weiß auch nicht, vielleicht sammelt er sie, so wie du die teuren punischen Silberschalen?".

Es war noch keine Woche vergangen, da erreichte die Nachricht von einem plötzlichen, heftigen und unerwarteten Unwetter auf See die Stadt, wie dies auf dem Mittelmeer innerhalb weniger Stunden heraufziehen kann. Neben einigen Fischerbooten war diesem Unwetter einer Sklavengaleere zum Opfer geworden. Die Besatzung hatte sich an Land retten können, nur der Besitzer der Galeere, der Sklavenhändler Brutus hatte sich so unglücklich mit seinem linken Unterschenkel in einem Loch der Planken an Deck verfangen, dass er sich nicht befreien konnte und von dem sinkenden Schiff mit in die Tiefe gerissen worden war. Guirmean, der so gerne einen Zusammenhang zwischen dem Geschehenen und dem von ihm vorhergeahnten Fluch der keltischen Götter hergestellt hätte, wurde von niemandem beachtet.

Aber egal, wie deutlich Rhianú sagte, dass sie mit dem Unwetter nichts zu tun habe, es glaubten ihr weder die Römer noch die keltischen Sklaven der Stadt, man respektierte sie, schätzte ihre Fähigkeiten hoch und zugleich mischte sich eine gewisse Furcht in die Anerkennung. Außer bei Colla, der seinen ungetrübten Humor wiedergefunden hatte.

Kapitel 2: Taogs Schulzeit

Der Skotenjunge Taog

Hausaufgaben

Es ist das Jahr 158[39]. Tuccius sitzt auf dem Boden des Studierzimmers und kratzt sich am Kopf. Die Rechenaufgaben, die Calculator[40] Tarquinius ihnen gegeben hatte, waren schwer. Er fragte sich zum wiederholten Male, ob er beim Abschreiben vielleicht einen Fehler gemacht hatte, oder ob die Aufgaben vielleicht gar nicht lösbar waren. Habinnas, sein Paidagogos, der ihn täglich zur Schule brachte und auch wieder abholte und der auch seine Hausaufgaben beaufsichtigte, war lange nicht so streng wie die Schulsklaven seiner Klassenkameraden. Er prügelte nie, war selbst sehr gebildet und seine Freunde liebten es, von ihm mit abgeholt zu werden oder auch die Hausaufgaben bei Tuccius zuhause machen zu dürfen. Aber bei diesen Matheaufgaben konnte er auch nicht helfen. Er gab zu die Fragestellung gar nicht zu verstehen und eigentlich war er es auch gewesen, der zuerst vermutet hatte, dass die Aufgabe an sich einen Fehler haben muss. Claudius, Tuccius' Vater, ließ sich gar nicht erst darauf ein, sich mit der Frage zu beschäftigen, er sagte nur: „Das musst du schon alleine machen, mein Junge. Hätte Tarquinius gewollt, dass deine Mutter und ich Hausaufgaben machen, hätte er sie uns vermutlich mit einem Boten geschickt …", und er lachte. Tuccius hatte das Gefühl, dass dies ein besonders geschicktes Ausweichmanöver seines Vaters war, um nicht zugeben zu müssen, dass er die Aufgabe auch nicht lösen kann, aber auch das half ihm nicht weiter.

Habinnas, der kurz das Zimmer verlassen hatte, kam mit einem Glas Honigwasser mit Rosenblättern wieder. „Hier, Tuccius, nimm das mit ins Atrium[41], genieß es dort, es wird dir den Kopf frei machen, und wenn du es ausgetrunken hast, mach' erst mal mit Latein weiter". Tuccius gab nicht gern auf. Er war es gewöhnt, Aufgaben lösen zu können, wenn er sich nur ein wenig anstrengte. Trotzdem nahm er den Rat des klugen Mannes, dessen dunkle

---

[39] Entsprechend dem römischen julianischen Kalender, was dem Jahr 113 n. Chr. entspricht.

[40] Der Mathelehrer

[41] Der Innenhof römischer Villen, bißchen wie ein Garten, um den das Haus herum gebaut war, meist mit einem Wassersammelbecken (Zisterne) und etwas Grün und einem schattigen Laubengang, der es umgab

Schläfen bereits leicht ergraut waren, an. Habinnas hatte etwas sehr überlegtes, vielleicht sogar weises an sich, was nicht durch großes Wissen allein erklärt ist. Lebenserfahrung und Menschenkenntnis, Achtung vor der Natur und Anerkennen von Andersartigkeiten zeichneten ihn mindestens so sehr aus, wie seine Bildung und seine feinen Umgangsformen. All dies bewunderte Tuccius, der viel Zeit mit Habinnas verbrachte. Habinnas Ratschläge wirkten immer uneigennützig und wohlmeinend, das machte es Tuccius so leicht, sie zu befolgen.

Taogs erste Schreibversuche mit Tabula und Stylus[42]

Latein ... Tuccius saß unter dem Maulbeerbaum im Atrium und dachte nach, während der das süße kühle Honigwasser trank. Er schaute nach oben. Bald würden die Maulbeeren reif sein. Das war immer ein Spaß. Die Früchte reifte fast auf einmal und was nicht innerhalb kurzer Zeit aufgegessen wurde, verdarb. Seine Eltern erlaubten ihm dann immer, seine Freunde mit zu bringen und sie aßen Maulbeeren, bis sie Bauchschmerzen hatte und wenn sie satt waren, bewarfen sie sich zuweilen auch mit den weichen dunkeln Früchten, was regelmäßig zu Ärger führte, insbesondere mit den Haussklaven, die für die Wäschen zuständig waren. Tuccius freute sich schon auf die Zeit.

---

[42] Schrift auf römischer Tabula und Foto von maja Groll

Er holte seine Gedanken zurück ... Latein ... Viele Schüler hatten von, Livius, dem Litteratus[43] zusätzliche Wachstäfelchen erhalten, um bis zur kommenden Woche eine Geschichte zu verfassen. Das Thema war ‚Wo wir herkommen und wer wir sind', eine Arbeit mit der sie beweisen sollten, dass sie reif waren nach den langen Sommerferien[44], von der Elementar- auf die Grammatikschule zu wechseln. Nachdem sie Lesen und schreiben gelernt hatten, Auswendiglernen und Rechnen, nachdem sie gelernt hatten sich durch Kälte und Hitze nicht vom Studieren abbringen zu lassen und sich auch sportliche Fähigkeiten angeeignet hatten, sollten die Besten von ihnen Gelegenheit erhalten, auf der Grammatikschule die Kunst der Rede[45] zu erlernen, eine in Rom sehr geschätzte Fähigkeit. Tuccius seufzte. Er wusste natürlich genau, was der Lehrer hören wollte. Es war die Geschichte, die mit zwei Säuglingen, die von einer Wölfin groß gezogen werden, eine Stadt gründen, die immer größer wird, anfängt und mit dem römischen Weltreich aufhört. Die ganze Pracht dieses riesigen Staats sollte in der Geschichte zum Ausdruck kommen, die ganze Herrlichkeit der römischen Kultur ... oder das, was seine Lehrer dafür hielten.

Tuccius, der Adoptivsohn

Da war es wieder dieses eigenartig intensive Gefühl, nicht dazu zu gehören, anders zu sein, und vor allem auch, nicht schlechter zu sein, nur anders. Es war nicht seine Geschichte! Weder die Wölfin, noch das Weltreich! Seine Geschichte war nicht annähernd so großartig, so gewaltig, so triumphierend. Aber sie war mindestens ebenso spannend, so bewegt, so aufregend! Andererseits, wer war er denn wirklich?! Tuccius, der Römerjunge aus gutem Hause, der täglich von seinem Paidagogos in eine der besten Schulen Roms gebracht wurde, mit anderen Römerkindern unterrichtet wurde, römische Kleidung trug und römisches Essen aß ... und Tuccius, der fast täglich von einigen seiner Klassenkameraden verlacht wurde.

Vor elf Jahren war er als Kind von Julias und Claudius' Lieblingssklaven Maon und Beathag zur Welt gekommen. Er war ihr erstgeborener Sohn und wuchs ebenso frei in der schönen römischen Villa auf, wie seine Eltern sich dort auch bewegten. Die Hauptaufgabe seiner Eltern war es, die Herrschaft durch Musik und Geschichten zu unterhalten und von beidem schienen Maon und Beathag

---

[43] Der Schreib- und Leselehrer

[44] Römische Schüler hatten 4 Monaten Sommerferien!

[45] Rethorik

unendlich viel zu kennen. Und Taog[46], so nannten sie ihren Sohn, war immer dabei.

Julia und Claudius hatten immer noch keine eigenen Kinder, die sie sich so sehr wünschten. Der kleine Taog wuchs ihnen von Tag zu Tag mehr ans Herz, zumal der Junge ausgesprochen liebenswert und gelehrig war. Er lernte die lateinische Sprache ebenso schnell, wie die keltische Muttersprache. Auch Habinnas, der Paidagogos, der ja in dieser Familie nichts zu tun hatte, außer auf einen Sohn von Julia und Claudius zu warten, hatte Freude an dem Kind und aus Spaß brachte er ihm griechischer und punische Kinderlieder, Abzählreime und Spiele bei. Taog blieb nicht das einzige Kind seiner Eltern, als er dreieinhalb Jahre alt war, hatte er schon zwei kleinere Geschwister.

Eines Abends beim Abendessen, als Julia wieder einmal den kleinen Taog auf dem Schoß hatte und ihn mit Honiggebäck verwöhnte, sprach sie aus, was sie schon lange hin und her überlegt hatte. Wenn Taog doch sowieso wie ein Sohn bei ihnen aufwuchs und ihnen offenbar eigene Kinder versagt blieben, warum konnten Sie nicht Beathag und Maon, die offenbar keinerlei Probleme hatten, Kinder zu bekommen, fragen, ob sie ihnen Taog an kindesstatt überlassen würden. Es würde sich kaum etwas ändern. Das Kind wäre seinen leiblichen Eltern ebenso nahe, würde mit ihnen und seinen Geschwistern im gleichen Haus aufwachsen, ja sogar seine Muttersprache sollte er weiter sprechen können und seine kleine niedliche Freundin, die am gleichen Tag wie er geboren war und ebenfalls Keltin war, sollte er regelmäßig weiter sehen dürfen.

Beathag und Maon waren von Julias Vorschlag zunächst schockiert. Es war unvorstellbar für sie, ihren Sohn abzugeben. „Das geht nicht“, sagte Beathag sofort, „ es ist ein sehr besonderes Kind“. Julia lächelte verständnisvoll: „Ich weiß, deshalb haben wir ihn ja auch so lieb gewonnen. Wir wollen euch das Kind ja auch nicht wegnehmen, er soll doch nur besondere Chancen bekommen, die er als Sklavenjunge nicht hat“. „Herrin, sie verstehen nicht“, entgegnete Beathag, während Maon von Schreck gar nichts sagen konnte, „Taog ist an Beltaine geboren, die Götter haben Großes mit ihm vor!“. „Beathag“, sagte Julia wieder, „glaubst du nicht, dass Taog die Gaben Eurer Götter besser nutzen kann, wenn er eine Schulbildung erhält und als freier Mann aufwächst?“, „… natürlich … besser, als wenn er nur das Kind von Sklaven ist!“, sagte jetzt Maon leicht verbittert. Hier brachte sich Claudius erstmals ein. „Das Gesetz

---

[46] Sprich Tuuk, es bedeutet Philosoph / Gelehrter / Dichter im Gälischen

verbietet, euch einfach frei zu lassen, das wisst ihr. Aber lebt ihr nicht wie freie Bürger in meinem Haus? Der Schulbesuch aber wäre Eurem Sohn verwehrt und auch die Ausübung eines anderen Berufs als den eines gebildeten Sklaven, zumindest bis er 35 Jahre alt ist. Und: Wenn Ihr, die ihr sicher noch viele schöne, kluge, gesunde Kinder haben werdet, euch auf unseren Vorschlag einlassen könnt, versichere ich euch dass auch Ihr freie römische Bürger sein werdet, sowie ihr euer 35. Lebensjahr vollendet habt, wie das Gesetz es erlaubt". Julia, die die Mischung aus Angst, Schmerz, Zweifel und Unentschlossenheit in beiden Gesichtern sehr gut erkennen konnte entließ Maon und Beathag mit den Worten: „Geht jetzt schlafen, überdenkt unser Angebot, denkt auch daran, was das für euren Sohn bedeuten würde. Schlaft drei Mal darüber und dann teilt uns mit, wie ihr euch entschieden habt. Wenn ihr euch gegen unser Angebot entscheidet, wollen wir nie wieder darüber sprechen und es wird nichts anders sein, als bisher, gute Nacht!", „Gute Nacht", hauchten auch Beathag und Maon.

Die erste Nacht verbrachten die beiden schlaflos, den nächsten Tag grübelten sie. Die darauffolgende Nacht sprachen sie vor allem darüber, dass sich so viel nicht ändern würde, da Taog ja in ihrer Nähe bliebe ... und in der dritten Nacht kamen sie wiederholt überein, dass es eine einmalige Chance sei, die sie ihrem Sohn nicht aus Egoismus vorenthalten dürften. Und so gingen sie am dritten Tag schon zur Zeit des Frühstücks zu Julia und Claudius und teilten ihnen mit, dass sie das Angebot, ihren Ältesten zu adoptieren, annehmen würden.

So ganz blieb es natürlich nicht beim Alten. Als Römerjunge konnte Taog unmöglich einen keltischen Namen haben, auch wenn Julia ihn bis heute als Kosenamen verwendete wenn sie besonders zärtlich zu ihm sein wollte. Seine neuen Eltern nannten ihn Tuccius, weil es dem Klang seines skotischen Namens nahe kam. Auch schlief er fortan nicht mehr im Bett seiner Eltern, die ja für die Musik im Hause zuständig waren, nicht für die Kinderbetreuung – von ihren eigenen Kindern abgesehen. Er teilte sein Zimmer mit der eigens für ihn abgestellten Kindersklavin Larthia[47]. Sie war Etruskerin, ein fröhliches Mädchen von knapp sechzehn Jahren, die alles tat, um Taog, jetzt Tuccius, aufzumuntern und zum Lachen zu bringen. Dennoch fühlte er sich die ersten Nächte ohne seine Eltern und seine Geschwister unendlich einsam und er weinte fast nur. Tagsüber ging es ihm gut und er vergaß ganz, dass er jetzt woanders hingehörte,

---

[47] Larthia (das th wird gesprochen wie im englischen) ist ein etruskischer Mädchenname, der sich auf Grabinschriften im alten Etrurien findet, seine Bedeutung aber ist unbekannt.

vom Sklaven- in den Herrenstand gewechselt hatte. Dies lag nicht zuletzt daran, dass Julia Wort gehalten hatte und Tag für Tag seine beste Freundin Niamh holen ließ. Die beiden waren ein Herz und eine Seele, sie erkundeten die Welt gemeinsam und so profitierte auch Niamh[48], die Tochter von Rhianú und Colla, von seiner neuen Stellung innerhalb des Haushalts. Denn jetzt durfte Taog, wie sie ihn natürlich weiterhin nannte, viel mehr, als zuvor. Sogar einige Sklaven hörten auf ihn, wenn er etwas verlangte oder unternehmen wollte.

Niamh und er teilten jedes Geheimnis, jedes Geschenk und jedes Erlebnis. Auch die Geschichten ihrer Eltern und die ihrer Groß- und Urgroßeltern, die sie selbst nur gehört hatten, die Geschichten ihrer Riesen und Ungeheuer, ihrer Götter und Geister. Und sie wurde nicht müde, selbst noch einiges hinzuzuerfinden und sich gegenseitig zu erzählen. Wie Taog hatte auch Niamh reichlich Musikalität von ihren Eltern geerbt und eine lebhafte Fantasie. Tuccius seufzte, als er daran zurück dachte. Warum nur hatten Niamh und er sich in den letzten Jahren so entfremdet? Er war doch kein anderer geworden, seit er zu Schule ging. Oder doch?

„Tuccius", hörte er Habinnas rufen, „Tuccius, ich hatte dir doch nur einen Becher Honigwasser gebracht und nicht ein ganzes Fass! Das kann doch nicht sooo lange dauern, es zu trinken, auch wenn man es genießt!". Tuccius hörte auf zu träumen und ging zurück ins Haus, wo er brav eine Geschichte von einer Wölfin, über die Gründung einer großen Stadt, über triumphale Feldzüge und großartige Eroberungen schrieb. Alles andere war sein Geheimnis. Und die kleinen Splitter davon, die er irgendwann einmal aus Versehen verraten hatte, waren Grund genug, dass er in der Schule schrecklich gehänselt wurde. Außerdem will er unbedingt auf die Grammatikschule kommen. Er ist neugierig, endlich Geschichten lesen zu dürfen und nicht nur Lehrsätze, in Büchern blättern zu dürfen und selbst Schriftrollen in den Händen halten zu dürfen. Er will alles daran setzen, dass er diese Gelegenheit erhält.

Niamh, das Keltenmädchen

Rhianú und Colla waren gemeinsam von einem angesehenen Bürger Roms erstanden worden. Ihre Herrin war die Freundin von Julia und fast gleichzeitig hatten die beiden Paare sich für den Kauf der Keltensklaven entschieden. Schon auf dem Schiff hatten die beiden Gefallen aneinander gefunden. Jetzt aber, als

---

[48] Keltisch-walisischer Mädchenname, sprich Niew, das bedeute die Strahlende, Helle

das mit dem Sturm und dem Untergang des Sklavenhändlers passiert war, war Rhianú dem fröhlichen Colla etwas unheimlich. Natürlich hätte er das nie zugegeben, aber seine Scherze gingen ihm nicht so leicht von den Lippen wie sonst. Da half es auch nichts, dass Rhianú immer und immer wieder beteuerte, dass sie weder mit dem Sturm, noch mit dem Untergang des Bootes und am allerwenigsten damit etwas zu tun gehabt hatte, dass Brutus sich mit dem Fuß zwischen den Planken verfangen hatte, wie berichtet wurde, und deshalb mit der Galeere in die Tiefe ging. Viele Monate ohne vorhergesagte Unglücke vergingen, bis Colla endlich sein Misstrauen verlor.

Den Kelten ging es gut in ihren Familien, so gut, wie es Sklaven eben nur gehen konnte. Häufig konnte Colla Maon und auch Beathag sehen, ganz gelegentlich auch Guirmean, der inzwischen mit andren Druiden und Priestern verschiedenster Herkunft um die Wette weißsagte, ohne dass je etwas davon eintraf. Tag ein Tag aus aber war es Rhianú, die ihm am nächsten stand mit ihrer keltischen Herkunft, dem so ähnlichen Glauben an Naturgewalten und Zeitengänge und einem schier unerschöpflichen Schatz an Sagen und Erzählungen, die er so oder so ähnlich schon von seiner Mutter und Großmutter gehört hatte. „Wir Kelten sind ein Volk des Wortes und eines, das Wort hält!“, sagte sie immer wieder und brachte damit ihr unverhohlenes Misstrauen dem geschriebenen Wort gegenüber zu Ausdruck. Und Colla wurde nicht müde, ihren Geschichten immer wieder zu lauschen, wenn die Arbeit des Tages erledigt war.

Es war ein wunderschöner Spätherbsttag im Jahr 157[49] mit strahlend blauem Himmel und wenig Wind, der in den wenigen verbliebenen, goldgelben Blättern der Esskastanie vor der Stadt raschelte. Beathag und Rhianú trafen sich hier gerne, wenn sie beide frei hatten. Diesmal konnten beide Frauen das Treffen kaum abwarten. „Du errätst es nie!“, rief Beathag schon von weitem, als sie Rhianú sah, die lachend und winkend antwortete: „ … ich muss dir auch unbedingt etwas erzählen …“. Als sie sich umarmt hatten, redeten sie gleichzeitig drauf los, unterbrachen sich, bedeuteten jede, dass doch die andere zunächst reden solle, redeten wieder gleichzeitig weiter … bis sie nur noch lachten. Und trotz des Durcheinanders, das sogar die Elstern, die mit schräg gelegtem Kopf dem menschlichen Gezwitscher gelauscht hatten, verwirrte, wussten sie am Ende beide, was die andere hatte sagen wollen: Sie erwarteten

---

[49] Nach römischem, julianischem Kalender, das Jahr 112 nach christlichem Kalender

beide ein Kind! Beathag von Maon, Rhianú von Colla! Lachend beschlossen sie, dass das doch nun ein gutes Zeichen für ihre Zukunft in diesem fremden Land sei!

„Nun mach´ schon auf!" … Ungeduldig klopft Colla an das Tor von Julia und Claudius` Villa, „…mach auf!". Es ist drei Tage nach Beltaine im Jahr 158 und Colla kann seine Neuigkeiten kaum für sich behalten. Endlich hört er Schritte, aber es ist nicht Maon, der ihm öffnet, sondern Habinnas, der ihm sogleich bedeutet, er solle doch bitte leise sein, alle im Haus seien froh, dass das Baby endlich eingeschlafen sei und nicht mehr schreie. Ungläubig schaut Colla ihn an. „Das Baby???", „Ja", antwortet Habinnas, „vor drei Tagen hat Beathag einen kräftigen Jungen zur Welt gebracht, hat euch die Nachricht noch nicht erreicht? Nana, die Nubierin sollte es euch eigentlich melden". In der Tat hatte vor zwei Tagen das Nubische Sklavenmädchen von Julia bei Colla und Rhianú angeklopft, sie aber hatten sie weggeschickt mit den Worten, im Moment keine Zeit zu haben. Jetzt schämte sich Colla dafür. „Wann, sagst du, ist der Junge geboren?", „Vor ziemlich genau drei Tagen", gab Habinnas zurück, „In der Nacht, wie die meisten Babys. Warum?". Zögernd antwortete Colla: „Weil unser Mädchen in genau derselben Nacht geboren wurde!". „Das kommt schon mal vor", entgegnete Habinnas amüsiert „überleg mal, wie viele Menschen in Rom wohnen, wie viele Kinder hier geboren werden … da kann nicht jeder seine eigene Nacht haben, oder?", … aber Colla hörte ihm nur halb zu.

Colla eilte die Flure der Villa entlang bis zu Beathags und Maons Kammer. Er gratulierte dem Paar zur Geburt ihres Sohns, aber noch bevor er das Baby bewunderte und feststellte, dass es der schönste Babyjunge sei, den er je gesehen hatte – zugegebenermaßen waren das nicht viele, aber das tat ja hier nichts zur Sache – platzte er mit seiner eigenen Nachricht heraus. Beathag und Maon freuten sich außerordentlich mit ihm. Beathag strahlte: „Dann können die beiden ja immer zusammen Geburtstag feiern und Beltaine dazu! Auf diese Weise werden sie nie vergessen, was ihre Wurzeln sind, auch wenn sie in diesem sonnenverwöhnten Land aufwachsen!".

Colla sputete sich, um nach Hause zu kommen und die unglaubliche Nachricht Rhianú mitzuteilen. Anders als Beathag wurde Rhianú ganz ernst und feierlich, als sie es hörte, und sagte: „ich glaube … das heißt … unsere Götter haben Großes vor mit deiner Tochter und dem Sohn deines Freundes und meiner Freundin … hoffentlich nichts Gefährliches und nur Gutes!". „Nanana", lachte Colla, „du wirst doch nicht anfangen zu guirmeanern, oder? Obgleich …

Habinnas hat mir gesagt, dass Frauen, die ein Kind bekommen haben, manchmal ganz komisch werden!". „Für Männer gilt das dann ja nicht, die kriegen keine Kinder – warum werden die dann komisch???", fauchte Rhianú zurück, musste dann aber lachen und sagte: „Du hast Recht, wir sollten uns einfach nur freuen, auch darüber, dass unsere Kinder gemeinsam an Beltaine Geburtstag feiern können". Verdutzt erwiderte Colla: "Genau das hat Beathag auch gesagt ... aber ... Beltaine fällt doch jedes Jahr auf einen anderen Kalendertag, wie soll das gehen?". „Der Geburtstag *unserer* Kinder ist an Beltaine und fällt dann eben jedes Jahr auch auf einen anderen Tag, Beltaine findet jedes Jahr statt, also haben sie auch jedes Jahr Geburtstag – und wer hat schon das Glück, an Beltaine Geburtstag zu haben, an dem großen Fest???". Ganz logisch war Colla diese Argumentation nicht, aber er nickte und vermied Rhianú Habinnas Rechnung mit der Anzahl neugeborener Kinder in Rom und Anzahl von Tagen im Jahr wiederzugeben. Er war froh, dass sie wieder glücklich war und hätte um nichts in der Welt riskiert, dass sie erneut in diesen nachdenklichen Gemütszustand verfiel.

Taog [50] und Niamh [51] waren beide kräftige Säuglinge, die zu prächtigen Kleinkindern heran wuchsen. Von frühester Kindheit an, sorgten ihre Mütter dafür, dass sie sich häufig sahen und miteinander spielen konnten. Als Julia und Claudius Taog adoptieren, überhäuft Rhianú Beathag mit Vorwürfen, weil sie dies zugelassen hat. Aber Julia hält Wort, Taog und Niamh sehen sich gerade ebenso häufig, wie vor der Adoption und auch Niamh profitiert von Taogs neuer Position im Haushalt der Herren seiner Eltern. Und Taog genießt es, Rhianús vielen Geschichten zu lauschen, die sie zu erzählen weiß, von fernen, kalten Meeren, von Riesen und Elfen, von Morrigan der Urmutter, von Königreichen dieser Welt und der Zwischenwelt der Geister, die weder zu den Göttern, noch den Menschen gehören, von Mondphasen, die man beobachten und Mondwirken, das manche spüren können, von Kräften die gegeben sind und anderen, die erworben werden müssen.

„Mutter, Taog sagt, er findet die alten Weisheiten spannend, aber leben tun wir in dieser Welt, meint er". ... „Taog", sagt Rhianú, und etwas Bedauerndes schwingt in ihrer Stimme, „Taog ... er ist ein kluger Junge, aber ich fürchte, Rom hat ihn eingefangen und verdorben ... ". Schweigend gehen sie beide

---

[50] Der Gelehrte, Philosoph
[51] Die Helle, Strahlende

weiter. Es ist ein wunderschöner Sommertag und die Luft hängt voller Duft würziger Kräuter. Niamh ist mit ihrer Mutter zum unzähligsten Mal in den Wäldern vor der Stadt unterwegs, wo Rhianú ihr alles beibringt, was sie selbst über Heilkräuter und Zaubertränke weiß, über die Wirkung der Pflanzen und auch Erden auf den Körper, aber auch auf die Seele und den Geist. Rhianú ist sehr angesehen für ihre Heilkunst und viele kommen deswegen zu ihr. Manche ganz öffentlich, andere heimlich in der Dunkelheit oder vermittelt über Boten, damit niemand erfährt, dass sie oder er die Hilfe der ‚keltischen Zauberfrau' in Anspruch nimmt.

Rhianú selbst ist sehr bescheiden und diskret im Zusammenhang mit ihrer Kunst – und auch das bringt sie ihrer Tochter bei: „Du kannst helfen, aber Heilen tun die Götter - oder aber nicht, immer wie sie es für richtig halten. Stelle nie den Wunsch und Willen der Götter in Frage und vor allem stelle dich ihnen nie in den Weg". Und noch eine Botschaft wird sie nicht müde zu wiederholen, Niamh kann sie schon im Schlaf, auch wenn sie immer noch das Gefühl hat, sie nicht wirklich verstanden zu haben, zumindest ihren Sinn begriffen zu haben: „Dein wichtigstes Werkzeug ist dein gutes Gedächtnis und dein Gespür für die Kraft des Lebens. In dem Moment, wo du es aufschreibst, ist dein Wissen tot. Und totes Wissen ist nutzlos". Dies, das wusste Niamh ganz genau, richtete sich gegen die Römer, die alles, aber auch ALLES aufschrieben und so in Rhianús Augen bergeweise nutzlosen, toten Wissens produzierten.

„Aber er ist doch einer von uns!", versucht Niamh den Gesprächsfaden wieder aufzunehmen. „Er war einer von uns, Niamh, Julia und Claudius haben ihn zu ihrem Sohn gemacht, haben ihn römisch gekleidet, römisch erzogen und schicken ihn auf eine römische Schule, was erwartest du?", … leise setzte sie hinzu: „… und Beathag, meine beste Freundin, hat es zugelassen, dabei seid ihr beide an Beltaine geboren …". Niamh gab auf. Diese Gespräche verliefen immer gleich und endeten in Schweigen. Sie freute sich auf das Musikfest zur Sommersonnenwende. Sie würde mit ihrer Mutter Kräutertrank und ein Mohn-Brot vorbereiten, für das sie die Haselnüsse bereits im vergangenen Herbst gesammelt, den Thymian heute ganz frisch gepflückt[52]. „Mohn?", hatte Niamh ganz erstaunt gefragt, als sie mit ihrer Mutter besprochen hatte, was sie vorbereiten würden. „Warum nicht?", hatte Rhianú ausgelassen geantwortet,

[52] Haselnuß-Thymianbrot, siehe Anhang

„was den Vestalinnen bei ihren großen Feiern recht ist, sollte uns billig sein, findest Du nicht?“[53].

Maon würde da sein mit seiner Harfe und Beathag würde singen und viele andere keltische Sklaven aus ganz Rom würden da sein und mit ihnen im alten Steinbruch feiern. Sie hatte auch Taog gefragt, hatte sich ein Herz genommen und ihn angesprochen, obwohl er sich seit Monaten nicht mehr von sich aus gemeldet hatte. Er hatte freundlich aber zurückhaltend geantwortet. Er wolle sehen, ob er Zeit hat, viel Hoffnung könne er ihr aber nicht machen, da er sich intensiv auf die Aufnahmeprüfung der Grammatikschule vorbereiten müsse.

Niamh hatte sich nicht anmerken lassen, wie enttäuscht sie von dieser Reaktion war, dazu war sie viel zu stolz. Aber sie war sehr traurig gewesen, zumal ihre Mutter auf diesem Fest erstmals offiziell verkünden würde, dass ihre Tochter die Heilkunst und Kräuterkunde und die tiefen Geheimnisse der Natur von ihr erlerne und sie erwarte, dass sie bald so kundig sei, wie sie selbst. Zwar konnte Niamh sich das selbst gar nicht vorstellen, dass ihre Mutter dies aber vor allen Leuten sagen wollte, machte sie unendlich stolz und nichts hätte sie glücklicher gemacht, als wenn Taog dabei gewesen wäre.

DER SCHÜLER TUCCIUS

Strafarbeiten

„Es ist Sommer“, denkt Tuccius, „und ich sitze nur und brüte über zizerweis Schriftstücken und schreibe!!!“. Er seufzt „und alles nur wegen dieser dämlichen Petze!“. Tuccius ist wütend, wütend auf seine Klassenkameraden und wütend auf sich selbst, dass er so unvorsichtig gewesen war. Er hätte es besser wissen sollen! Wie oft hatte er in den letzten vier Jahren bei seinem ehemaligen Kindermädchen Larthia in der Küche gesessen und geweint, weil die anderen Kinder ihn hänselten. Julia und Claudius wollten nichts davon hören, waren die Eltern der anderen Kinder doch ihre Freunde, Habinnas sagte in diesen Situationen nur: „das kann dir alles egal sein, Hauptsache, du lernst viel! Du wirst die, die dich jetzt ärgern, hinter dir lassen, das Leben aber liegt vor dir,

[53] Mohn war ein Luxusartikel in Rom, Naschwerk mit Mohnsamen ist in antiken Schriften überliefert. Siehe auch Anhang.

nutze deine Chancen". Sicher hatte Habinnas recht, aber er war es trotzdem leid, Tag für Tag vor allem von den schwächeren Schülern als Streber bezeichnet zu werden. Mit Fingern zeigten sie auf ihn, wenn keiner der Lehrer es merkte und zischten ‚Sklavenjunge', ‚Keltenstreber', und Ähnliches. Er musste sich sehr zurück halten, denn er war kräftig, drahtig und wendig, aber Julia und Claudia hatten ihm eingeschärft: „Du wehrst dich nur mit Worten, egal, was passiert, wir wollen nie, nie hören, dass du dich prügelst, es sei denn in Notwehr" …

Er liebte Julia und Claudius und hatte ihnen viel zu verdanken, niemals wollte er ihnen Verdruss bereiten, ganz abgesehen von der Macht, die ein römischer Vater über seine Kinder besaß, selbst töten durfte der Vater den Sohn, wenn er dies für angebracht hielt. „Aber wenn sie zu dumm sind, die Worte zu verstehen", gab er dann wohl trotzig zurück, aber Julia erwiderte nur: „dann verdienen sie dein Mitleid, nicht deine Prügel", und Claudius sagte gar: „Dann musst du lernen, deine Worte so zu wählen, dass sie sie verstehen". … „So dumme Worte gibt es nicht", dachte er dann trotzig und ging entweder in das Gymnasium[54], um sich auszutoben, oder in die Küche, um sich von Larthia die kritiklose Zuwendung zu holen, die er jetzt brauchte.

Tuccius der wissbegierige Buchbinder

„Was genau war eigentlich schief gegangen", überlegte Tuccius. Schon seit der zweiten Klasse war er es leid gewesen, immer nur die gleichen Merksätze in Wachstäfelchen zu ritzen, um sie am nächsten Tag wieder wegzupolieren. Er hatte so viele Gedanken in seinem Kopf, er wollte sie aufschreiben, wie die ‚großen Männer' von denen seine Lehrer immer ehrfurchtsvoll berichteten. Er war ein guter Schüler und fleißig. Dadurch war er bei seinen Lehrer recht beliebt, besonders sein griechischer Calculator, der ihnen das Rechnen beibrachte, aber auch selbst sehr belesen war und privaten Rethorikunterricht, sozusagen Nachhilfe erteilte, hatte ihn in sein Herz geschlossen. Wenn Tuccius besonders schnell mit seinen Aufgaben fertig geworden war, nahm Aristos ihn beiseite und ließ ihn Buchstaben und Zahlen auf Papyrus lesen. Es waren mathematische Zusammenhänge, die dort beschrieben wurden, benannt nach einem Griechen namens Pythagoras. Wenn Aristos recht hatte, konnte man mit diesen Formeln die ganze Welt erklären! An einem Tag hatte Tuccius Aristos freudestrahlend berichtet, dass er nun alles wisse. Alles, was auf dem Papyrusblatt stand, hatte er sich gemerkt und auf 7 Wachstäfelchen

[54] So hießen im alten Rom die Sporthallen, nicht etwa die höheren Schulen.

wiedergegeben. Aristos hatte gestaunt und bestätigt, dass alles richtig war. Dann hatte er gelacht und einen ganzen Stapel Papyri geholt, die zusammengeheftet waren. „Das, Tuccius“, lächelte er, „was du gelesen hast, war doch nur der Anfang, oder hattest du geglaubt, die Erklärung der gesamten Welt Lässt sich auf einem Papyrusblatt zusammenfassen?“.

Beschämt hatte Tuccius auf seine Wachtäfelchen geblickt, die plötzlich so unscheinbar wirkten, verglichen mit dem Berg beschriebenen Papyrus, neben dem sie lagen. Auf dem Heimweg aber beschäftigten ihn drei Dinge: Wie würde es einem gelingen, sich all das zu merken, was auf so vielen Papyri steht? Ob es wohl stimmte, dass man damit die gesamte Welt, was sie ist und was sie bewegt, erklären kann? Und: Wie macht man so ein Buch und beschreibt es? Bisher kannte er nur die Schriftrollen[55] aus Papyrus, die ‘Volumen’, die ihn schon sehr beeindruckten. Wie viel mehr aber diese gebundenen Bücher, in denen man blättern konnte, wie in den dreifachen oder vierfachen Wachstafeln, aber die so viel mehr Seiten umfassten.

Die letzte Frage erschien ihm die greifbarste und gleich am nächsten Tag fragte er Aristos danach. „Du bist aber ein neugieriger Junge“, hatte dieser geantwortet. Papyri zu Kodices binden, das brauchst du vermutlich nicht einmal auf er Grammatikschule, sondern erst, wenn du auf die Rethorikschule gehst und deine eigenen Gedanken so vielschichtig werden, dass du sie aufschreiben musst. Aber – wenn du es unbedingt wissen willst, ich kenne jemanden, der kann Galleeisentinten kochen und Papyri binden, wenn du willst, frage ich ihn, ob du ihm einmal zuschauen darfst“. Und ob Tuccius wollte. Gleich am nächsten Tag brachte Aristos ihn in die Werkstatt und scherzte: „Wenn du hier auch so schnell lernst, wird die Schule deine Hilfe sicher gut brauchen können!“. Und Tuccius lernte schnell. Das Schneiden und Binden der Papyri war eigentlich ganz einfach. Das Tintesieden hingegen eine ganze Wissenschaft! Meist sammelte der alte Mann die Galläpfel[56] selbst, die getrocknet und gemahlen wurden. Dann wurde das Pulver aufgekocht und der Sud durch ein Filter gegossen. In der so gewonnenen ‘Galle’ wurde hellgelbes getrocknetes Harz[57] gelöst. Aus einem

---

[55] Die ‘Volumen’ waren die häufigste Buchform im Rom der Antike – siehe auch Anhang.

[56] Kleine Auswüchse an Bäumen, die durch die Eiablage der Gallwespe gebildet werden – siehe auch Anhang.

[57] Gummi arabicum – siehe auch Anhang

Tontopf mit Essig, an dessen Grund Eisenspäne und alte Nägel lagen[58], schöpfte der Meister dann etwas der trüb-braunen Brühe, um diese ebenfalls zu filtern und schließlich mit der Harzgalle zu mischen.

Dann wurde getestet. Noch war die Flüssigkeit recht hell, aber die Tinte musste gut fließen, einen dünnen, glänzenden Film auf Papyrus, Pergament oder den dünnen Holztäfelchen ergeben, die für kurze, alltägliche Nachrichten verwendet wurden[59] . Sie durfte keine Klümpchen bilden, aber auch nicht auf dem Papyrus verlaufen. Wie gut eine Tinte gelungen war, sah man aber nicht nur an ihrer Fließeigenschaft, sondern vor allem daran, wie farbintensiv sie nach einiger Zeit wurde[60]. Tuccius merkte sich alles, zuhause ritzte er es in ein Wachstäfelchen, das er ganz vorsichtig aufbewahrte, damit ihm sein neu gewonnenes Wisse nicht gleich wieder abhandenkam.

Tuccius stellte sich sehr geschickt an und konnte dem alten Papyrusbinder und Tintensieder bald hilfreich zur Hand gehen in seiner geringen Freizeit. Zum Dank erhielt er ab und zu ein Schilfschreibrohr[61], einen Calamus, von ihm und einmal sogar einen herrlichen kleinen Glasflacon mit Tinte. „Heb´ sie gut auf“, sagte der alte Mann, „irgendwann wirst du deine eigenen Papyri und vielleicht sogar Pergamente schreiben, wenn du so weiter machst, und in ganz Rom wirst du keine bessere Tinte dafür finden können!“. Wie einen Schatz bewahrte er die kleinen Fläschchen an einem geheimen Ort im Garten seiner Eltern auf.

Wie Aristos bereits scherzhaft gesagt hatte, freuten sich an seiner Schule die Gelehrten, dass sie jetzt jemanden hatten, der ihnen Papyri binden konnte, ohne dass sie die Arbeit für teures Geld einem Papyrusbinder geben mussten. Als Lehrer waren sie zwar angesehen, verdienten aber sehr wenig. Tuccius boten sie an, ihm Wiederholungsaufgaben zu erlassen, die verhasst waren aber dem Einprägen des Gelernten dienten und Zuckerbackwerk, wenn er dafür dann und wann einen Kodex zusammenstellte und band. Seine Bitte nach einem Blatt Papyrus als Dank, anstelle des Naschwerks, nahmen sie als Scherz und lachten darüber. Tuccius band so schöne Papyrushefte, dass es sich herumsprach und

---

58 Auf diese Weise bildet sich Eisensulfat, das der Tinte später die Farbe verleiht – siehe auch Anhang

59 Holztäfelchen zum Schreiben – siehe auch Anhang

61 Ein Stück speziellen Rohrs, das schräg angeschnitten wie eine Feder funktionierte – siehe auch Anhang

bald auch Lehrer anderer Schulen und wohlhabende Leute kamen und Kodices bei ihm binden ließen. Die Schule nahm Geld dafür ein, Tuccius aber brauchte in den Fächern, die er ohnehin beherrschte, nicht zu repetieren und bekam mehr Naschzeug, als eine Schulklasse vertilgen konnte. Er nahm davon, wonach ihm war, den Rest schenkte er seinen Mitschülern. Die Papyrusabfälle, die beim Zuschneiden der Blätter anfielen, nahm er mit nach Hause und übte auf ihnen Schreiben. Anfangs dachte er, er würde es nie lernen. Der Gänsekiel blieb an den Fasern hängen, die wertvolle Tinte spritzte überall hin und machte hässliche Flecken. Die Buchstaben waren krakelig und unansehnlich – anders, als wenn er in Wachstäfelchen geritzt hatte! Aber nach und nach wurde er mit dem Material vertraut und brach nur noch selten eine Feder beim Schreiben.

Tuccius war nicht unglücklich mit dieser Nebentätigkeit in der Schule. Dennoch fand er, nicht zu Unrecht, dass auch ihm ein Lohn für diese Arbeit, die er gut erledigte, zustand und nicht nur der Schule das Geld, das sie damit einnahm. So fing er irgendwann an, für jeden Kodex, den er band, ein ganzes Blatt Papyrus für sich abzuzweigen. Es merkte niemand. Es war nicht ungewöhnlich, dass Papyrus beim Schneiden oder Falten brach. Tuccius aber arbeitet ausgesprochen vorsichtig, sodass er keinen Verlust hatte. So wurde niemand misstrauisch, was den Papyrusverbrauch beim Binden anging. Die abgezweigten Blätter bewahrte er hinter dem Regal in der kleinen Bibliothek der Schule auf, da er in diesem Raum am Tisch auch die Kodices nach der regulären Schulstunde band. Wenn er alleine war, beschnitt er diese Blätter und wenn er eine ausreichende Zahl zusammen hatte, band er sie zu einem flachen Kodex und nahm diesen bei nächster Gelegenheit in seiner Tunika versteckt mit nach Hause, wo er sie zunächst unter seinem Schlafplatz versteckte. Irgendwann aber hatte er das Verstecken aufgegeben. Alle im Hause wussten, dass er Papyri bindet und die Schule deswegen stolz auf ihn war. Er war es leid, immer heimlich in irgendwelche Ecken gekauert seine Schreibübungen zu machen, auch wollte er mit dem Schreiben in seine schöne Hefte beginnen. Also erklärte er allen, die fragten, dass diese Hefte aus Abfällen gebunden seien und versteckte sich nicht mehr zum Schreiben. Als Claudius ihn so emsig sah, ließ er ihm sogar ein Stehpult in seiner Größe anfertigen, er war ungemein stolz auf seinen Adoptivsohn.

Fünf Hefte hatte Tuccius sich bereits gebunden, als er das dritte Blatt für das Sechste Buch vorsichtig hinter das Regal gleiten ließ, er war damals in der dritten Klasse gewesen. „Was machst du denn da?“, … wie angestochen war Tuccius herum gefahren und hatte Caecilia direkt ins Gesicht geschaut. Er muss so in Gedanken vertieft gewesen sein, dass er nicht gehört hatte, wie sie herein gekommen war. „Musst du dich so anschleichen?“, hatte er hervor gestoßen, „du hast mich erschreckt!!!“. „Erschrecken tut sich nur, wer ein schlechtes Gewissen hat!“, hatte sie keck geantwortet. Die Sekunden hatten ausgereicht, dass er die Fassung zurück gewonnen hatte und er hatte entgegnet: „Warum sollte ich ein schlechtes Gewissen haben?

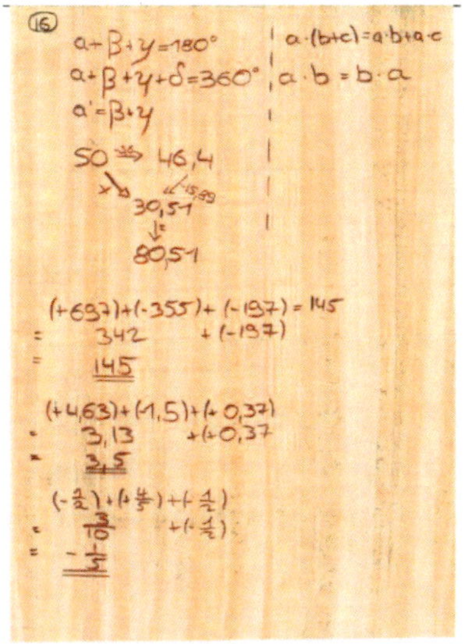

Mathematik auf Papyrus [62]

Das ist mein Papyrusvorrat, falls mir beim Binden für einen wichtigen Kunden einmal mehr als ein Blatt zu Bruch geht! Das macht man so. Und ich habe keinen anderen Ort, den Papyrus aufzubewahren!“. Caecilia war mit der Antwort zufrieden. „Eigentlich ist mir ja ganz egal, was du mit dem Papyrus machst“, hatte sie gesagt, hatte ihn noch in ein Gespräch über irgendwelche Nebensächlichkeiten verwickelt und war gegangen. In ihm aber hallte ‚nur-wer-ein-schlechtes-Gewissen-hat‘ noch lange nach.

Das war vor mehr als einem Jahr gewesen. Caecilia hatte sich nie wieder für seinen Papyrus oder seine Arbeiten in der Bibliothek interessiert. Im Viertel hatte sich ein neuer Papyrusbinder niedergelassen, sodass die Aufträge für Tuccius seltener wurden. Allerdings hatte er inzwischen 7 unterschiedlich dicke Bücher aus dem abgezweigten Papyrus gebunden und es würde lange dauern, bis er diese alle vollgeschrieben hätte.

---

[62] Formeln auf Papyrus & Foto von Maja Groll

Der Schulverweis

Er hatte an seinem Schreibpult im Arbeitszimmer seines Vaters gestanden, als er plötzlich eine Mädchenstimme fragen hört, „Was machst du denn da?“, Wie 14 Monate zuvor war er zusammengefahren und hatte sich umgedreht, seine Feder machte dabei einen dicken Klecks in sein schönes Papyrusbuch. „… habe ich dir nicht schon einmal gesagt, du sollst dich nicht so anschleichen? Was machst du überhaupt hier???“, hatte Tuccius Caecilia angefahren, während er blitzschnell das Buch zugeklappt und in seiner Tunika hatte verschwinden lassen.

Aber zu spät, während sie sagte: „Kijal[63], euer Küchensklave, hat mich hereingelassen, er war wesentlich höflicher als du und dabei bin ich doch nur gekommen, um dir zu sagen, dass wir beide die Aufnahmeprüfung für die Grammatikschule geschafft haben. Ich weiß es von meinem Vater und dem hat es der Leiter der Grammatikschule persönlich gesagt, die kennen sich nämlich von früher ...“, hatte sie sich ihm genähert. Und mit den Worten: „Was hast du denn da versteckt?“, machte sie einen Satz nach vorne und griff das Buch, das in den Falten seiner Tunika lag. Sofort hatte er versucht, das Buch wieder zu erlangen, Caecilia aber war zur Tür gerannt, er hinterher. Durch Atrium und Eingangshalle lieferten sie sich eine hitzige Verfolgungsjagd, dann sprang Cecilia durch die Haustür auf die Straße und verschwand mit dem Buch. Tuccius blieb wie gelähmt zurück.

Habinnas hatte nur das Ende des Ereignisses mitbekommen und stellte Tuccius nun zur Rede. Schließlich gehörte es sich nicht für einen Jungen aus gutem Hause einem Mädchen wild hinterher zu laufen. Als er Tuccius Verzweiflung über den Verlust des Buches sah, gab es für ihn nur zwei Erklärungen. Entweder, es stand etwas darin, was nicht öffentlich bekannt werden durfte, oder es stimmte mit dem Buch an sich etwas nicht. Nach und nach entlockte er Tuccius die Wahrheit über die Entstehung des Buches und auch über Caecilia und wie sie ihn beim Beiseiteschaffen von Papyrusblättern ertappt hatte.

Habinnas machte ein ernstes Gesicht. In der Küche machte das Larthia Kijal Vorwürfe, dieser, selbst noch ein halbes Kind war, fing an zu weinen. Die Stimmung war allgemein denkbar schlecht. „Ich denke, das ist etwas, was dein Vater wissen muss“, sagte Habinnas schließlich. Tuccius war die Vorstellung,

[63] Sprich Kiejal= Wahrscheinlich auch skotischem Ursprung jedoch nicht genau bekannt.

seinem Vater mitteilen zu müssen, dass er über Jahre Papyrus entwendet hatte, um sich selbst Hefte zu binden, ausgesprochen unangenehm.

Claudius aber reagierte überraschend gelassen. „Wenn ihr mich fragt, ich fand es die ganze Zeit nicht in Ordnung, dass sie meinen Tuccius so ausgenutzt haben. Hätte es ihm nicht so viel Freude bereitet, wäre ich längst eingeschritten. Was den Papyrus angeht, Tuccius, das war dumm von dir. Entweder, du hättest auf dem Papyrus als Lohn bestehen müssen, was dein gutes Recht gewesen wäre, oder aber du hättest mich fragen können, dann hätten wir ein paar Blatt Papyrus gekauft. Einfach nehmen, ohne Vertrag, das ist Diebstahl, das geht nicht. Andererseits ist es auch Unrecht eine Arbeitskraft in Anspruch zu nehmen, ohne Lohn zu zahlen. … Jetzt warten wir erst einmal, was überhaupt passiert. Sieh´ zu, dass du das Buch wiederbekommst, denn Caecilia hat ja wohl am wenigsten Anspruch darauf, und sag´ Bescheid, wenn du Hilfe brauchst!“.

Der nächste Schultag war die Hölle gewesen. Erst verlief alles normal, außer dass er keine Gelegenheit bekommen hatte, Caecilia alleine zu sprechen. Immer befand sie sich laut scherzend in einer Gruppe anderer Schüler. Gleich in der ersten Stunde wurde verkündet. Wer von Ihnen die Aufnahme in der Grammatikschule geschafft hatte. Als Tuccius Name verlesen wurde, meldete sich Caecilia. Der verdutzte Lehrer sagte: „Nanu, Caecilia, hast du *dazu* etwas zu sagen?“. „Jawohl“, erwiderte sie, „Tuccius braucht nicht auf die Grammatikschule zu gehen, er schreibt schon jetzt seine eigenen Bücher!“. Die anderen in der Klasse hatten schallend gelacht. Der Lehrer hatte sie zur Ruhe berufen und gefragt: „Wie kommst du denn darauf?“. Und Caecilia hatte das Buch, *sein* Buch aus dem Ausschnitt ihres Kleides gezogen und für alle sichtbar hochgehalten. Caecilia saß auf der anderen Seite des Klassenraums, es gab kein drankommen für Tuccius. Er rief nur: „Das ist *mein* Buch!!! Gib´ es her!!!“. Alle in der Klasse griffen danach, es wechselte die Hände schneller, als man schauen konnte, bis schließlich der Lehrer aufstand, mit lauter Stimme für Ordnung sorgte und das Buch an sich nahm.

Tuccius wurde für nach dem Unterricht in die Bibliothek, die gleichzeitig als Lehrerzimmer diente, beordert. Dort hatte er gestanden und es schien endlos zu dauern, bis man ihn herein rief. Er hatte Bauchschmerzen. Alle Lehrer der Schule waren dort versammelt, Aristos begann. „Tuccius, wir haben deine Ausführungen gelesen. Sie sprechen von einem wachen Verstand, der sich intensiv mit den Lehren des Pythagoras und anderen griechischen Gelehrten befasst. Was wir aber von dir wissen wollen ist, wie kommst du an das Buch?

Und bevor du dich in Unwahrheiten verstrickst, Caecilia hat uns dazu bereits einiges erzählen können!“. Tuccius war übel, er hätte sich in einem Mauseloch verkriechen wollen! Stotternd berichtete er, wie er an den Papyrus gekommen war, und wie er sich die Bücher gebunden hatte – ja er gab sofort zu, dass es mehr als ein Buch gab, wenn er auch nicht die konkrete Zahl nannte. Als er fertig geredet hatte, wurde er wieder vor die Tür geschickt.

Als sie ihn wieder herein holten, merkte er sofort, dass die Stimmung nicht günstig war für ihn. „Tuccius“, begann Aristos wieder, „ich bin enttäuscht von dir, wir alle sind enttäuscht von dir. Und wir denken, dass du nicht geeignet bist, die Grammatikschule zu besuchen, geschweige denn weiter zu gehen auf die Rethorikschule oder gar zu studieren. Nicht, weil du nicht intelligent genug bist, sondern, weil dir die Tugenden fehlen, die einen guten römischen Bürger ausmachen, Ehrlichkeit und Aufrichtigkeit. Möglicherweise hängt dies ja mit deiner Herkunft zusammen. Wir bedauern, die letzten vier Jahre an dich verschwendet zu haben! Du bist eine Schande für unsere Schule und auch für deine Adoptiveltern, die das Beste für dich gewollt hatten. Versuch´ etwas Anständiges aus deinem Leben zu machen und vergehe dich nie wieder an römischem Eigentum!“. Tuccius war schwindelig. Aristos sagte ihm das Schlimmste, was ein Lehrer seinem Schüler sagen konnte.

Wie in Trance wankte er nach Hause. Alles, was Habinnas ihm entlocken konnte, war: „… keine Grammatikschule …“. Auch Claudius brachte nichts aus ihm heraus. „Tuccius!!! Wenn wir dir helfen sollen, musst du uns schon sagen, was passiert ist!!“, sagte er eins ums andere Mal. Aber Tuccius war wie versteinert. Alles, worauf er hingearbeitet hatte, war plötzlich zerschellt … weil ein Mädchen petzen und sich wichtigmachen musste … oder aber weil er Papyrus genommen hatte, er ihm nicht gehörte??? Wer hatte denn nun den Fehler gemacht, eine Klatschbase oder er, Tuccius mit den großen Plänen??? Schließlich war es das Larthia, die ihn zuerst zum Weinen, dann zu Reden brachte. Und als er einmal angefangen hatte, sprudelte es nur so aus ihm heraus. Erst ganz wirr und durcheinander – was in der Klasse passiert war, was im Lehrerzimmer, dann zunehmend geordnet und nacheinander.

Das Lehrertribunal

„Das wollen wir doch einmal sehen“, meinte Claudius, als er endlich alles begriffen hatte. „Als erstes musst du mir jetzt einmal beweisen, dass du wirklich so ein gutes Gedächtnis hast, wie alle immer sagen. Ich brauche so viele Namen von Leuten, für die du Kodices gebunden hast, wie dir einfallen“. Das war relativ einfach für Tuccius. Er betrachtete seine Kodices als kleine Kunstwerke. Bei jedem war etwas Besonderes gewesen. Und an Hand dieser Besonderheiten konnte er sie jetzt zuordnen. Er bekam 37 Namen von Kunden zusammen, für die er in den letzten zweieinhalb Jahren gebunden hatte, für manche mehr als ein Heft. Umgehend schickte Claudius 3 Boten los, in Erfahrung zu bringen, was diese Leute für die Hefte bezahlt hatten. Einen vierten Boten schickte er zur Schule, um gleich für den nächsten Morgen einen Gesprächstermin mit dem Kollegium, möglichst dem vollzähligen Kollegium, zu vereinbaren. „Du bleibst morgen erst einmal zuhause, in diesem Zustand lernst du sowieso nichts. Aber sei bereit, falls ich dich rufen lasse, musst du schnell in der Schule sein. Habinnas wird dich natürlich begleiten, wie immer!". „Natürlich, wie immer", pflichtet Habinnas bei, Tuccius nickte nur. Er glaubte nicht, dass sein Vater irgendetwas an der Situation ändern könnte, aber er liebte ihn dafür, dass er es versuchte.

Die Lehrer reagierten erstaunt auf Claudius´ Anfrage, trauten sich aber nicht, seine Anfrage abschlägig zu beantworten. Sie hatten ein ungutes Gefühl, auch wenn sie überzeugt waren, in Tuccius Fall richtig und im Sinne des römischen Bürgertums entschieden zu haben. Am nächsten Morgen waren die Lehrer auch wirklich alle da, Claudius erschien fast pünktlich. Ruhig und gelassen setzte er sich in ihre Runde und bat, dass man ihm doch noch einmal den Vorfall aus Sicht der Lehrer schildere. Wie am Tag zuvor ergriff Aristos das Wort: „Tuccius ist wirklich ein vielversprechender Schüler, ich will sagen, wir alle sind, ähem, waren sehr überzeugt von ihm. Und, nun ja, ich meine, bei all dem, was sie für ihn getan haben, ich meine, wenn man bedenkt, welche Chance sie dem Sklaven jungen …". Hier unterbrach Claudius Aristos unflüssige Rede sehr bestimmt: „Was er ist und wo er herkommt weiß ich sehr gut. Ich will wissen, was hier los ist, ob es stimmt, dass sie, meine Herren, meinem Sohn die Eigenschaften absprechen, die ihn zu einem geschätzten römischen Bürger machen und ob es stimmt, dass sie verhindern, dass er eine höhere Schulbildung erhält!". Die Lehrer wechselten unsichere Blicke, es entstanden Minuten angespannten Schweigens.

Dann nahm Aristos sich zusammen und schilderte so sachlich, wie er es vermochte, was passiert war und dass man in der Tat auf Grund der Unehrlichkeit, der Entwendung von Eigentum römischer Bürger, dem Ausnutzen einer unbeobachteten Situation im Kollegium einstimmig der Meinung sei, dass ein solcher Junge kein guter römischer Bürger werden würde und er daher auch keine höhere Schulbildung erhalten solle, die ihn unter

Umständen in die Lage versetzen würde, seine unlauteren Geschäfte mit noch viel mehr Raffinesse auszuüben.

Claudius hörte sich das alles an, und als Aristos geendet hatte, fragte er, um wie viele Bürger es sich den handle, die betrogen worden wären, für wie viele Kunden außerhalb der Schule, Tuccius denn gebunden habe. „Mindestens fünfzig", bemerkte Livius, der Litteratus, der, wie die anderen bisher eher im Hintergrund gewesen war, sofort. „Das wüsste ich doch gern genauer, haben Sie Namen?", erwiderte Claudius. Betretenes Schweigen füllte den Raum. Und nachdem keiner mehr was sagte, fügte er an: „Das muss sich doch an Hand der Bücher nachvollziehen lassen!". Das Schweigen wurde bleiern. Claudius machte Habinnas, der auch ihn begleitet hatte ein Zeichen. Es sah so aus, als würden sie Tuccius vielleicht doch gleich noch brauchen!

Schließlich sagte der Livius mit einem sehr gezwungenen Lächeln: „Aber Claudius, so etwas muss man doch nicht aufschreiben, das sind doch Kleinigkeiten … wenn man sich das so im Großen und Ganzen merkt …". Claudius zog einen der Papyrusstreifen, die Tuccius als Abfall mit nach Hause gebracht hatte, aus seiner Tunika. „Kleinigkeiten? Mein Sohn erinnerte sich immerhin an 37 Namen von römischen Bürgern, für die er Bücher gebunden hat. Knapp 20 von diesen haben meine Boten erreicht. Die Summe, die allein von diesen zwanzig an die Schule gezahlt wurde, ist nicht unerheblich. Wie haben sie denn die Steuern berechnet, die unserem Kaiser davon zustehen, wenn Sie sich die Summen nicht aufgeschrieben haben?". Die Lehrer rutschten inzwischen unruhig auf ihren Stühlen hin und her. Dieses Gespräch nahm einen ganz unguten Verlauf! Aristos hätte sich nur zu gern mit dem Leiter der Schule abgesprochen … wie sollten sie jetzt reagieren??? Er gab dem Schulleiter ein Zeichen, sagte dann: „Bestimmt ist das irgendwo vermerkt, komm bitte mit, Sixtus, wie werden die Bücher durchschauen, was dort zu finden ist. Es wird jedoch ein Weilchen dauern, immerhin müssen wir ja fast 2 Jahre durchsehen!".

Es war wenig Zeit vergangen, da machte auch schon Habinnas Claudius ein Zeichen durch das offene Fenster. Er war mit Tuccius zurück. Claudius lächelte. Da konnte er ja seinen zweiten Trumpf ausspielen. „Und da ist noch etwas …", Aristos´ und Sixtus´ Köpfe fuhren gleichzeitig hoch, als sie dies durch die offene Tür hörten. Sie wussten beide, dass nichts über Tuccius Papyrusbindedienstleistung in den Büchern stand. Tuschelnd hatten sie versucht, eine Strategie zu entwerfen, wie sie Claudius unschädlich wieder los würden.

Aber es fiel ihnen nichts ein. Stattdessen fiel Claudius wieder etwas ein, es war zum Heulen!

„Alle Kunden“, setzte Claudius an, und vergewisserte sich mit einem Blick in die Runde, dass ihm auch alle zuhörten, „alle Kunden, die meine Leute befragt haben, hätten Tuccius sehr gerne ein Blatt Papyrus oder sogar mehr, für seine Arbeit geschenkt. Stattdessen sei ihnen mitgeteilt worden, Tuccius sei ja noch ein Kind, wenn sie ihm einen Gefallen tun wollten, sollten sie ihm Zuckergebäck schenken“. Aristos kam wieder zur Tür herein: „Dann hätte Tuccius das sagen müssen“, sagte er, „einfach nehmen geht aber nicht!“. Jetzt konnte Tuccius sich nicht mehr zurück halten, durch das offene Fenster rief er „Ich *habe* das gesagt, aber sie haben alle nur gelacht!“. „Tuccius!!!“, Claudius Stimme war sehr bestimmt, „Tuccius, durchs Fenster rufen gehört sich nicht. Komm zu uns herein, wenn du etwas dazu zu sagen hast. Immerhin geht es hier ja um dich und deine Zukunft!“. „Ja, entschuldige!“, hauchte Tuccius, er klopfte an und trat in den Raum, in dem er tags zuvor so gelitten hatte.

„So“, sagte Claudius „und jetzt noch einmal ordentlich, damit die Herren sehen, dass du aus gutem Hause bist!“. „Verehrter Aristos!“, begann Tuccius mit belegter Stimme „verehrter Aristos, als ihr mir zum ersten Mal sagtet, meine Bindearbeit sei so gut und so geschätzt, dass auch Kunden außerhalb der Schule Interesse daran hätten, habt Ihr mir Befreiung von Repetition in Fächern, die ich gut beherrschte versprochen und Naschwerk. Da schon sagte ich euch, ich hätte lieber selbst ein wenig Papyrus. Aber Ihr, auch die anderen Lehrer, habt nur gelacht darüber, das erinnere ich gut!“. „Stimmt, stimmt“, nickte Aristos, „das hatte ich, das hatten wir alle für einen Scherz gehalten!“. Er lächelte gönnerhaft. „Ach“, schaltete sich Claudius wieder ein, „dann hat Tuccius also doch danach gefragt?“. „Na ja ..“, druckste Aristos herum, „gefragt … also ich, also wir hatten das nicht wirklich als Frage verstanden!“. „Sagen Sie mal, wie viel Blatt Papyrus muss man denn so rechnen gehen beim Binden zu Bruch … ?“. Ohne zu zögern entgegnete Livius, der sich schon zuvor an der Diskussion beteiligt hatte: „Also mein Papyrusbinder rechnet ein Blatt pro einfachem Kodex als Verlust durch brechen oder andere Fehler!“. Strafend sah Aristos zu ihm herüber, aber es war zu spät. Claudius fragte: „Tuccius, jetzt eine ganz ehrliche Antwort: Wie viele Blätter gehen dir in der Regel zu Bruch?“. „Vater, in der ganzen Zeit, in der ich für die Lehrer und andere gebunden habe, waren es nur drei Blatt!“, antwortete er stolz.

„So", sagte Claudius ruhig „ich fasse zusammen: Mein Sohn hätte als Dank für die gute Arbeit, die er geleistet hat, gern dann und wann ein Blatt Papyrus gehabt, dies wurde ihm nicht gewährt. Er hat Reserven gebildet in Höhe des zu erwartenden Verlusts durch Bruch des Papyrus, was ich für sein Alter außerordentlich umsichtig finde. Diese Rücklagen hat er nicht gebraucht, er hat sie an sich genommen – in wie fern das Unrecht ist, vermag ich nicht zu sagen. Bleibt als letzte Frage die der Steuern – wie weit sind die Herren denn mit den Büchern?".

Aristos und Sixtus wurden ganz blass um die Nase, hatten sie doch bei dem Verlauf des Gesprächs und Wechsel zu anderen Themen gehofft, das Thema Bücher sei in Vergessenheit geraten. „Nun", fuhr Claudius fort, „keine Antwort ist auch eine Antwort! … Ich denke, es gibt jetzt zwei Möglichkeiten. Die eine ist, die Herren bleiben bei ihrer Entscheidung, was die schulische Zukunft meines Sohnes angeht. Wir lassen die rechtliche Lage, was den Eigentümerwechsel der Papyrusblätter angeht durch ein gutes römisches Gericht prüfen. Und was die Einnahmen der Schule – oder gar des Schulleiters??? – durch die Arbeit meines Sohnes angeht. Nun, da es dabei um darauf anfallenden Steuern geht, das prüft das am besten ein Steuerbeamter des Kaisers. Dabei wäre es sicher hilfreich, wenn den Herren noch die Namen der anderen mindestens dreizehn Kunden einfielen, deren Namen meinem Sohn entfallen waren." Claudius blickte in die Runde der versteinerten Lehrergesichter. Nach einer kurzen Pause fuhr er fort: „Oder, den Herren fällt ganz plötzlich ein, dass mein Sohn doch über alle Tugenden verfügt, die ihn zu einem guten römischen Bürger machen und sie entschuldigen sich in aller Form für den bedauerlichen Irrtum bei ihm. Er zum Dank wird Ihnen dafür am Ende der Ferien und unmittelbar vor seinem Wechsel auf die Grammatikschule ein wohl recherchiertes und gut ausformuliertes Referat darüber halten, welche Tugenden das denn sind, die uns römische Bürger vor den Barbaren auszeichnen!".

Der Entscheidungsprozess des Lehrerkollegiums war in wenigen Sekunden beendet. Ein Termin für eine offizielle Entschuldigung, wieder im Beisein von Claudius, der sich das nicht entgehen lassen wollte, wurde für den nächsten Nachmittag anberaumt. Und Tuccius wurde im Beisein aller Lehrer und aller Schüler feierlich versichert, dass es keinen geeigneteren Schüler für den Besuch der höheren Schule geben würde, als Tuccius. Tuccius bewunderte seinen Vater für sein Wissen und seinen Überblick … aber während alle seine Klassenkameraden den Sommer genossen, herum tollten und allerlei Abenteuer erlebten, studierte Tuccius philosophische Schriften über die Tugenden des

Menschen im Allgemeinen und des Römers im Besonderen … und dann und wann schrieb er neben Formeln und Skizzen seinen ganzen Frust in den dünnsten der sieben Kodices, in den, den er nach dem ganzen Theater von seinen Lehrern feierlich zurück erhalten hatte.

Kapitel 3: Taog – ein Kelte im kaiserlich-römischen Dienst

Tuccius, der römische Beamte

Es war ein herrlicher Sommertag im Jahre 174[64], an dem Tuccius in Begleitung seines knapp zwei Jahre alten Söhnchens Fionn Flavius[65] seinen Eltern einen Besuch abstattete. Tuccius hatte darauf bestanden, dass sein Sohn einen keltischen und einen römischen Namen trug, obgleich Julia und Claudius dies nicht so gerne gesehen hatten. Inzwischen aber hatten auch sie sich daran gewöhnt. Schon lange hatte er mit Sylvia seine eigene, wenn auch sehr viel kleinere Villa im gleichen angesehenen Viertel wie seine Eltern bezogen, aber gern und in regelmäßigen Abständen kehrte er in das Haus zurück, in dem seine leiblichen und seine Adoptiveltern lebten. Auch Habinnas lebte dort noch, sein Paidagogos, inzwischen ergraut und gebeugt, begleitete er immer noch liebevoll diejenigen Sklavenkinder zur Schule und zurück, denen Julia und Claudia den Schulbesuch ermöglichten, denn inzwischen war es durchaus üblich, dass die Kinder angesehener Haussklaven die öffentlichen Grundschulen besuchen durften. Tuccius war das einzige Kind von Julia und Claudius geblieben, seine leiblichen Eltern aber hatten noch viele weitere Kinder bekommen, von denen die jüngsten noch bei ihren Eltern lebten, die älteren aber waren bereits selbst Sklaven in angesehenen Haushalten geworden, eigene Kinder jedoch hatte noch keiner von Ihnen.

„Nun, Tuccius, wie geht das Leben so am kaiserlichen Hof?". Claudius war stolz auf seinen Sohn, der Grammatikschule und Rethorikschule mit Auszeichnung abgeschlossen und sogar ein Studium erfolgreich absolviert hatte. Jetzt bekleidete er die angesehene Stellung eines Schreibers, Beraters und Rechtsgelehrten am kaiserlichen Hofe und war wohl angesehen und allgemein geachtet. Lachend antwortet Tuccius: „Was willst du hören, Vater, trockene Fakten, oder spannende Intrigen?". Claudius und Julia lachten herzlich. Sie liebten den Humor ihres Sohnes. Habinnas lachte auch, konnte sich eine

[64] Nach julianischem Kalender der Römer, was dem Jahr 129 n. Chr. entspricht

[65] Fionn bedeutet der Blonde, der strahlende, der Held, Flavius ebenfalls der Blonde/Gelbhaarige

Bemerkung aber nicht verkneifen: „Irgendwann kommst du mit deinen Sprüchen noch einmal in große Schwierigkeiten! Nicht immer kann dein Vater dich heraushauen, wie damals mit der Papyrusgeschichte! Bei Hofe hast du es nicht nur mit ein paar selbstgefälligen Lehrern zu tun, da hängt das Giftfläschchen manchmal schon ein wenig tiefer über dem Teller!". „Ach Habinnas, sieh doch nicht immer so schwarz", Julia griff nach ihrem Weinkelch, „es lieben doch alle unseren Tuccius, vor allem, weil er so fröhlich, fleißig und zuverlässig ist". Sie hatte die ganze Zeit Fionn Flavius geherzt, und sich nicht beruhigen können, dass er ganz wie sein Vater in diesem Alter aussehe und jetzt bereits so wach und wissbegierig wirke, wie dieser.

Und Claudius lachte wieder. „Die Papyrusgeschichte!!!", er klopfte sich vor Vergnügen auf die Schenkel, „Die Papyrusgeschichte!!! Ja, das war eine tolle Sache – das Wichtigste ist doch immer, dass einem im entscheidenden Moment das Richtige einfällt oder begegnet!!! Wusstest du eigentlich, dass Caecilias Vater damals die Idee mit der Steuer hatte? Er ist ja Rechtsgelehrter, wie du … eine tolle Idee war das, und wie schlagartig verständnisvoll die Lehrerschaft auf einmal wurde, großartige Geschichte …". Er lachte noch immer …

Ein Schatten huschte über Tuccius Gesicht. Caecilia – Jahre hatte er den Namen verdrängt gehabt, jetzt war ihm die ganze Situation wieder vor Augen. Dieses Biest, das ihm das Buch entrissen, am nächsten Tag in der Schule in die Höhe gehalten hatte, die Strafpredigt der Lehrer, der Schulverweis … und dann waren sie auch noch gemeinsam in der gleichen Klasse der Grammatikschule gewesen und Caecilia hatte so getan, als sei alles nur ein Scherz gewesen, hatte ihn bei den neuen Mitschülern, die sie natürlich alle sofort kannte, als ‚mein Freund Tuccius', vorgestellt. Und er war zu höflich gewesen, ihr zu widersprechen.

„…heh, Tuccius, hörst du mir überhaupt zu?", Claudius schaute ihn an, „… wie früher, da hast du auch oft vor dich hin geträumt … hast später behauptet, dabei kämen dir die besten Ideen! Nun ja, an Ideen scheint es dir ja wirklich nicht zu mangeln! … und??? Schreibst du immer noch heimlich 'Tagebuch' in kleine Papyrusbücher, die du selbst gebunden hast?", Claudius lachte wieder: „Nein … natürlich nicht, dafür hast du in deiner Position ja gar keine Zeit!", gab er sich selbst die Antwort. Geschickt wechselte Tuccius das Thema, er machte Julia ein Kompliment zu ihrer neuen Haartracht, fragte nach den Nachbarn und gab kleine, unverfängliche Geschichten von Hofe zum Besten, die jedoch keinen seiner Kollegen und Vorgesetzten in schlechtem Licht dastehen ließen, denn er wusste nur zu gut, dass Habinnas Recht hatte mit seiner Warnung.

Als die Sonne sich dem Horizont näherte, verabschiedete sich Tuccius, da er noch einmal ins Amt müsse, einige Vorgänge abzuschließen, die am nächsten Tag dem Kaiser zur Entscheidung vorgelegt werden sollten, aber nicht, bevor er sich von seinen leiblichen Eltern verabschiedet hatte. „Rhianús Tochter Niamh ist für ihre Heilkunst inzwischen so bekannt, wie ihre Mutter, und sie ist ebenso hübsch, wie diese, du solltest sie einmal sehen! Als Kinder habt Ihr doch so gerne miteinander gespielt!“, hatte Beathag zum Abschied gesagt.

Eher langsam ging er den Weg zunächst zu seiner Villa zurück, von wo er einen Pferdewagen zum Amt nahm, da der Fußweg zu lang gedauert hätte. Wie stolz sie auf ihn waren, Claudius und Julia, und wie sie doch nur einen ganz kleinen Teil von ihm, den ‚offiziellen‘ Teil, ‚Tuccius‘, kannten. Niamh … das war so lange her, es klang für ihn, wie aus einer anderen Welt. Seine leiblichen Eltern konnten so wenig mit der Welt anfangen, in der er jetzt lebte. Sie waren nicht unglücklich, es ging ihnen gut im Haus von Julia und Claudius. Als diese ihnen angekündigt hatten, dass sie sie frei lassen würden, sowie dies möglich sei, hatten beide geantwortet: „Bitte nicht – was sollen wir denn machen, in diesem Land, in dem wir nur dieses Haus kennen … wie sollten wir uns ernähren und Steuern zahlen? Bei euch geht es uns gut …“, und es war nicht zu übersehen, dass Julia und Claudius sich über diese Antwort gefreut hatten.

Tuccius wurde geliebt – von Beathag und Maon auf Grund der Blutsbande, die sie verbanden, von Julia und Claudius, weil sie in ihm ihren einzigen Sohn sahen und stolz auf den erfolgreichen Rechtsgelehrten waren, der er dank ihrer Unterstützung geworden war. Keiner aber kannte den forschenden, von Neugier getriebenen ‘Taog’, der fast jeden Abend über die Geheimnisse der Natur, vor allem die Gesetze der Mathematik und Physik nachdachte, eine Neugier, die damals von Aristos geweckt worden war und seinen griechischen Papyri. Ein Wissensdurst, der ihn seither nie mehr losgelassen hatte. Geweckt von dem gelehrten, aber so verbohrt-schwachen Aristos, der ihn im entscheidenden Moment hatte fallen lassen, wie eine heiße Kastanie.

‘Taog’ war es, der nach wie vor immer wieder in die kleinen Kodices schrieb, die er als Kind gebunden hatte. Sieben Stück waren es, der erste ganz dünn, mit jedem Buch traute er sich mehr Hefte zusammen zu binden, bis der dickste selbst wieder 7 Hefte umfasste … und diesen Siebten Kodex würde er bald anbrechen. Während das Pferd in die Einfahrt des großen Amtsgebäudes einbog, fragte er sich wieder einmal, ob er den achten und alle weiteren Kodices wieder selbst binden sollte, oder aber, seiner Position angemessen, binden lassen sollte, wie schon die Bücher, die er auf der höheren Schule und im Studium verwendet hatte, denn ‘die sieben’ waren seine ureigensten Geheimbücher und nicht für den täglichen Gebrauch in Schule und Studium bestimmt gewesen.

NIAMH, DIE HEILERIN

„Nein, nein und noch einmal *NEIN*!“, ärgerlich trat Niamh mit dem Fuß auf. „Ein für alle Mal, ich bin keine Priesterin, werde nie eine sein und will auch gar keine sein!“. Ihr Gesicht war vor Erregung gerötet, ihre dunkelgrünen Augen blitzten, als sie ihr dunkles, in der Sonne kastanienrot schimmerndes Haar zurückwarf. „Und jetzt haut ab, ich bin hier um Kräuter zu sammeln und ihr stört mich!“. Aber der schmächtige, junge, rothaarige Mann und die Frau mittleren Alters mit dem graumelierten Schultertuch ließen sich nicht abwimmeln. „Die Zeichen des Himmels! Wir haben sie gesehen. Du hast gesagt, es solle regnen binnen zwei Sonnenaufgängen – und??? Es hat geregnet, gestern, genau zwei Sonnenaufgänge später!“, der junge Mann sah sie beschwörend an. „Ja, du hast befohlen, es solle regnen und es hat geregnet!“, pflichtete die Frau ihm mit belegter Stimme bei. „*NEIN*!“, Niamh war es leid „*NEIN*, ich habe am Himmel gesehen, dass es regnen *wird*, die Wolken hatten die Form, die mir sagt, dass Regen kommen wird!“. Die Frau und der Mann wechselten bedeutungsvolle Blicke. „Der Himmel … sie hat gesagt der Himmel!!! … die Götter verständigen sich mit ihr über Wolken … *WOLKENSPRACHE*!!!! …“. Der Blick der Frau verklärte sich geradezu! Er nickte. Niamh hätte schreien können vor Ärger, oder heulen, oder beides … sie wusste aber, dass ihr das nicht helfen würde. „Wenn ihr mich nicht SOFORT alleine lasst, sage ich der Erde, sie solle sich auftun und euch fressen!!!“, fuhr sie die beiden stattdessen an. „Nein“, stießen beide gleichzeitig hervor, „bitte nicht, wir gehen, wir gehen ja schon, sind schon weg … weg … weg …“. Eilig stolperten sie den Hang hinunter, während Niamh sich auf einen Stein setzte und den Kopf in ihre Hände stützte.

Wie hatte es dazu kommen können? Sie war doch eine ganz normale Frau, die sich für die Natur interessierte und vor allem dafür, wie man sie dem Menschen nutzbar machen konnte. Sie weigerte sich sogar, viele der geheimnistuerischen Rituale anzuwenden, die ihre Mutter ihr als ‘Hilfsmittel’ gezeigt hatte, da sie überzeugt war, dass die Menschen sie brauchten für eine maximale Wirkung der Kuren, da der Glaube der Menschen die Heilwirkung der Kräuter vervielfache.

Sie heilte ohne Ansehen der Herkunft, auch wenn die Sklaven keltischer Abstammung es zu gern gesehen hätten, dass sie nur ihnen zur Verfügung stand. Sie behandelte Hundebisse bei römischen Offizieren mit der gleichen Sorgfalt wie die Trinkunlust des nubischen Neugeborenen, machte der alten Frau mit dem Brustleiden ebenso liebevoll lindernde Wickel, wie sie dem jungen Mann den gebrochenen Unterarm schiente, damit der ruhig gestellte Knochen wieder gerade zusammenwachsen konnte.

Es musste damit zusammenhängen, dass sie die alten Geschichten liebte, die Märchen und Sagen aus dem Land ihrer Eltern, und weil sie sie so gut behalten und wiedergeben konnte, erzählten ihr Menschen aus aller Herren Länder ebenfalls viele wunderbare Geschichten, die sie in ihren Erzählschatz aufnahm. Abends, wenn sie sich trafen, um zu singen und zu tanzen, erzählte sie diese Geschichten, wenn sie darum gebeten wurde. Die Geschichten handelten von Elfen und Zauberern, von Riesen und Zwergen, von Herrschern über die Naturgewalten, von übernatürlichen Kräften, von Ver- und Entzauberungen. Sie konnte es sich nur so erklären, dass die Menschen verzweifelt nach jemandem suchten, dem sie hinterher laufen konnten. Jemandem mit Macht, möglichst übernatürlichen Fähigkeiten. Und das die Menschen, die ihr nachstellten, den Unterschied zwischen den Märchen, die sie erzählte, und ihrer bodenständigen Heilkunst nicht kannten.

Sie stand wieder auf. „Majoran und Pfefferminze – das muss doch hier zu finden sein!“, sagte sie zu sich selbst. Es knackte irgendwo ganz in ihrer Nähe. Sie zuckte zusammen. „Bitte nicht die nächsten ‘Verehrer’“, dachte sie. Aber es blieb still. Entweder war es trockenes Holz, das in der Wärme arbeitete, oder ein Tier im Gebüsch. Keine Menschenseele nahm sie mehr war. Zufrieden atmete sie durch.

Niamh war noch nicht ganz wieder zuhause angekommen, da kam ein kleines Mädchen auf sie zu gerannt. „Du musst“, die Kleine schnappte nach Luft, „Du musst mal ganz schnell kommen! … Der Stallsklave von Quintus Taccius hat sich verletzt, der Pferdeknecht, der Arm ist fast ab … bitte!!!“. Niamh dachte kurz nach, drückte dann dem Mädchen ihr Bündel mit den duftenden Kräutern in die Hand und sagte: „Da, trag´ die zu mir nach Hause, aber vorsichtig, und gib sie meiner Mutter. Sag´ ihr auch, wo ich bin. Dann laufe ich sofort weiter!“. Das Mädchen nickte und Niamh bog in Richtung Stallungen ab.

Der junge Mann lag mit schmerzverzerrtem Gesicht auf dem Stroh. Der rechte Arm hing unnatürlich an seiner Seite und oberhalb, wo die Schulter eigentlich eine Rundung bildet, war eine Kuhle zu sehen. Niamh sah sofort, was los war und fragte ihn: „Wie ist das passiert?“. „Der Hengst vom Herrn ist durchgegangen, hat mich weggerissen, habe nicht schnell genug losgelassen!“. „Vermutlich kann ich das richten“, sagte Niamh „wenn der Knochen nicht verletzt ist, musst du nur ein paar Tage Ruhe halten. Ist er verletzt, kann ich dir nicht versprechen, dass du den Arm wieder so benutzen kannst, wie bisher, dann braucht er vor allem lange Zeit, um überhaupt zu heilen!“. „Wie stellst du dir das vor? Ich bin Pferdesklave, ich kann keine Ruhe halten!!!“, presste der Verletzte hervor. „Dann“, erwiderte Niamh ruhig „dann kann ich leider nichts für dich tun!“.

Erstaunt schaute Quintus Taccius, der Herr des Hauses, der unbemerkt hinzugetreten war, die junge Frau mit der aufrechten Haltung an, die sich umdrehte, um zu gehen. „Jetzt weiß ich, warum meine Leute alle so großen Respekt vor ihr haben“, dachte er. Er sagte aber: „Natürlich wird er Ruhe halten, dafür sorge ich – tu´ bitte, was du tun kannst, um ihn wieder herzustellen“. Niamh drehte sich zu ihm um, schaute dem untersetzten, kahlköpfigen Mann mittleren Alters in seine kleinen glänzenden Augen. Sie war fast einen halben Kopf größer, als er. „Das ist sehr fürsorglich! Nicht alle Herren kümmern sich so um ihre Leute. Doch muss er selbst bereit sein Ruhe zu halten, bis der Arm geheilt ist, sonst lohnt sich meine Mühe nicht!“. Fragend sah Quintus Tuccius seinen Sklaven an, der sich beeilte zu bestätigen, dass er Ruhe halten werde und was immer sonst man von ihm wünsche auch tun würde, nur damit sie ihm helfe.

Niamh schaute sich um. Im Stall waren noch weitere starke junge Männer zugegen, deren Hilfe würde sie brauchen. Den kräftigsten, den sie dazu in der Lage hielt, wies sie an, den jungen Mann um den Brustkorb kräftig zu halten. Sie versuchte, den Arm auf eine eventuelle Knochenverletzung hin abzutasten, was ihr durch die kräftigen Muskeln hindurch aber nicht gelang. Der Sklave verzog vor Schmerzen das Gesicht. Dann stellte sie ihren bloßen Fuß in die Achselhöhle des Verletzten und zog einmal mit einem kräftigen Ruck an seinem Arm. Der Oberarmknochen sprang hörbar zurück in das Schultergelenk und sofort sah die Schulter wieder aus, wie eine normale Schulter. Der Patient hatte keinen Lauf von sich gegeben. Niamh untersuchte nun vorsichtig. Der Arm ließ sich bewegen, wenn auch unter starke Schmerzen. Auch konnte der Mann alle Finger bewegen und sie konnte das Leben auch noch pulsieren spüren am

Handgelenk, die Hand war warm. Mit einem festen Tuch band sie den Arm mit gebeugtem Ellenbogen an den Körper und wies die Leute an, den Verband ja nicht anzurühren, bis sie wieder kam. „Nimm hiervon heute Abend einen Scripulum[66]“, sagte Niamh und reichte dem Verletzten eine kleine Phiole, die Sirupus papaveri[67] enthielt, „es wird Dir helfen, Ruhe zu halten heute Nacht“. Beinwell und Pfefferminze für einen Sud, der getrunken die Heilung fördern und die Hitze aus dem Körper ziehen sollte, würde sie mit dem Mädchen vorbeischicken, das sie verständigt hatte.

In der folgenden Zeit kam sie täglich vorbei, um nach ihrem Patienten zu schauen und war erfreut, dass die Heilung zügig verlief. Der Mann war jung und kräftig und es war anzunehmen, dass er schon bald wieder den Arm würde benutzen können, wenn erst die Schulter nach völliger Genesung wieder beweglich geworden wäre.

Nach Ihren Besuchen setzte sie sich häufig noch in der Küche der großen Villa von Quintus Taccius mit den anderen Sklaven zusammen. Die Männer und Frauen des Hauses kamen aus aller Herren Länder und sie liebte es, ihren Geschichten zu lauschen, die sie sich wohl einprägte, ebenso, wie sie selbst ihre liebsten Geschichten zum Besten gab, einige vom Wirken der Urmutter Morrigan und natürlich zum wiederholten Male die von Fionn McCumhaill[68] und dem Riesendamm, dem ‘Clochán na bhFómharach’ im fernen, nördlichen, smaragdgrünen Land. Sie erzählte, bis allen von Lachen die Tränen liefen. Sie liebte es, wenn sie Menschen zum Lachen bringen konnte und war überzeugt, dass dies für die Gesundheit auch ganz entscheidend wichtig war. Und vom Herrn des Hauses war sie, nicht zuletzt aus diesem Grund, auch wohl gelitten und gern gesehen.

---

[66] Römisches Maß ca. 1,9 ml, siehe auch Anhang ‘ römische Hohlmaße’.

[67] Mohnsirup, der in Rom zur Schmerzstillung weit verbreitet war. Siehe auch Anhang.

[68] Sprich Fionn McCool

Glaubensrichtungen, Weltanschauungen und ungewollte Ehrerweisungen

Der Fisch als geheimes Zeichen

Es war Constantinos, der griechische Haussklave von Quintus Taccius, der sie überredete mit zu einem geheimen nächtlichen Treffen der 'Fischler', hauptsächlich Sklaven, aber auch einigen wenigen freien römischem Bürgern mit in den alten Steinbruch zu kommen. Den lustigen Namen trugen sie, weil sie sich gegenseitig durch einen sehr einfach gezeichneten Fisch[69] zu erkennen gaben.

Eng in ihren wollenen Umhang gehüllt, lief sie schweigend mit einer Gruppe von Frauen und Männern mit, die sich leise durch die steingepflasterten Gassen der Stadt bewegten. Nach ungefähr einer Stunde, der Mond war schon aufgegangen, endeten die letzten Häuser und sie bogen rechts auf einen Sandweg ab, nach einer weiteren halben Stunde konnte sie in der Ferne Lichter ausmachen. Beim Näherkommen erkannte sie, dass es Fackeln und Laternen waren, die von Leuten am steilen Hang zum Steinbruch gehalten wurden. Bei Tageslicht sah das alles so einladend aus hier, jetzt in der Nacht schien ihr der Ort unheimlich. Schatten huschten die Felswände entlang, keiner sprach laut, alle verständigten sich nur flüsternd. Elisabeth neben ihr gab ihr ein Zeichen zu folgen, schweigend tat Niamh das auch. Dann erkannte sie, dass die Männer sich alle auf die eine Seite des Steinbruchs begaben, dorthin, wo eine Art Bühne zu sehen war, wie in einem Amphitheater, die Frauen, ausgestattet mit wesentlich weniger Licht, blieben auf der anderen Seite und suchten sich einen einigermaßen bequemen Platz zum Stehen.

Dann, auf ein für Niamh nicht zu erkennendes Zeichen hin, stimmte die große Zahl von Menschen einen schwebenden Gesang an. Es klang unwirklich, sphärisch und zugleich gespenstisch in der Dunkelheit. Die Wände des Steinbruchs warfen die Klänge zurück, sodass eine Vielfalt von Stimmen in der Aushöhlung des Bergs hin- und herzu schwappen schien. Statt nach Kräutern und sonnenwarmen Steinen roch es nach vielen Menschen, die einen anstrengenden Tag hinter sich hatten und nicht alle rochen gleichermaßen gesund. Niamh, die eine sehr feine Nase hatte, versuchte dies auszublenden und sich auf das zu konzentrieren, was sie sah.

---

[69] Es war das gegenseitige Erkennungszeichen der frühen Christen in Rom

Sie wollte verstehen, was dort vor sich ging, was diese Menschen hierher zog und was sie hier suchten. Leise flüsterte sie Elisabeth zu: „Ich verstehe nichts, was singt ihr da?". „Das ist Hebräisch, die Sprache unseres Herrn, wir singen seinen Lobpreis", erwiderte Elisabeth. Die Umstehenden warfen ihnen strenge Blicke zu. Niamh würde später weiter fragen, dachte sie sich. Aufmerksam verfolgte sie, was sich nun auf der Bühne abspielte. Ein bärtiger Mann ergriff das Wort, in einem Latein mit schwerem Akzent las er erst aus einem Buch vor. „Totes Wissen … totes Wissen…", schoss es Niamh durch den Kopf. „Du willst nicht voreingenommen sein!!! Beobachte, verstehe!!!", befahl sie sich selbst und konzentrierte sich wieder auf das, was sie sah. Der Mann war fertig mit dem Vorlesen und erklärte nun das, was er vorgelesen hatte … lange! Dann kam der nächste an die Reihe. Wo waren die Priesterinnen? Und ging es wirklich immer nur um einen Mann, der von den Römern als Verbrecher zu Tode verurteilt worden war? Irgendwann wurde da vorne etwas gegessen, es konnte aber nicht viel sein. Sie, die sie oben standen, schauten nur zu dabei. Die Veranstaltung zog sich über Stunden hin und Niamh wurden die Beine müde. Schließlich war sie den ganzen Tag bereits auf Kräutersuche unterwegs gewesen. Aber auch die meisten anderen, die hier standen, hatten einen Tag voll körperlicher Anstrengung hinter sich.

Auf dem Heimweg stellte sie Elisabeth tausend Fragen, von denen diese, die selbst noch ganz ergriffen war von der Zeremonie, nur einen Bruchteil beantworten konnte. Sie verstand so viel, dass die Feier der Erinnerung an die Ermordung und Wiederauferstehung eines Mannes in Palästina galt, der am Vorabend seines Todes zu mit seinen Freunden zu Abend gegessen hatte und dass dieser versprochen hatte, dass alle auferstehen und ewig leben würden, die an ihn glaubten.

Die Geschichte beeindruckte Niamh, aber sie fand sie auch ziemlich grausam und traurig. Am meisten aber beschäftigte sie die Frage, warum ausschließlich die Rede von Männern war. Statt einer Urmutter schien es hier einen Urvater zu geben, der ‚Herr', wie alle ehrfürchtig flüsterten, war auch ein männliches Wesen, und gleichzeitig der Sohn des Urvaters. Ebenso waren alle Priester Männer, und nach allem, was sie verstanden hatte, gab es zwar eine Gottesmutter, die aber selbst keine Göttin war. Dies war für Niamh am wenigsten zu begreifen. Und obgleich es offenbar zumindest eine göttliche Familie gab, schien es keine Geschichten darüber zu geben, dass diese auch mal ausgelassen waren und feierten. Die göttliche Familie schien in einem fremden Land zuhause zu sein, einer römischen Provinz, weiter entfernt, als

Griechenland und Karthago. Vielleicht so weit weg, wie Robogdil und Dalriada? Aber die Menschen, die sich in der Nacht im Steinbruch versammelt hatten, kamen keineswegs alle aus diesem Land. An Morrigan und die vielen keltischen Götter glaubten, soweit Niamh wusste, nur keltische Sklaven und deren Kinder und Kindeskinder.

Es dämmerte bereits der Morgen, als Niamh wieder zuhause war. Sie schlich sich ins Haus und in ihr Zimmer und fiel in einen tiefen, erschöpften Schlaf, in dem sie von Fackeln, mystischen Gesängen und erregten Reden in Latein mit fremdem Akzent träumte und immer wieder von ermordeten jungen Männern. Frauen kamen in ihrem Traum gar nicht vor. Als sie am nächsten Morgen aufwachte, war sie nicht wirklich erholt.

Noch zwei Mal ging sie mit Elisabeth und Constantin zu diesen nächtlichen Treffen, als Constantin und Elisabeth sie zu bedrängen begannen, 'eine von Ihnen' zu werden, in ein Wasser zu steigen, um in die Gemeinschaft der ‚Fischler' aufgenommen zu werden. Dies lehnte Niamh jedoch ab. Sie liebte ihre eigene, bunte, oft fröhliche Götterschar und – das wollte sie Elisabeth natürlich nicht so offen sagen – sie bevorzugte auch eine Frau an der Spitze der ganzen heiligen Gesellschaft zu sehen, auch, wenn sie einsah, dass die römische Gesellschaft dies nicht so ganz wiederspiegelte. Immerhin hatten die Römer ihre Vestalinnen, mit denen Niamh sich sehr gut verstand und mit denen sie sich bereits intensiv über die verschiedenen geistigen Welten ausgetauscht hatte.

Habinnas, der gute alte Habinnas, Taogs Paidagogos, hatte ihr von dem Orakel in Delphi erzählt, wo ebenfalls eine Priesterin eine Schlüsselposition innehatte, und auch von Karthago, wo Priesterinnen wie Priester gleichermaßen zwischen den Menschen auf dieser Welt und den Göttern in der anderen vermittelten. Und einmal hatte er ihr auch verraten, dass die Römer nicht nur die Länder zu ihren Provinzen gemacht hatten, sondern auch diverse Götter gleich mit übernommen hatten, da sie eigentlich keine eigenen hatten. Dies aber, so sagte er, hörten die Römer nicht gern, daher sei es nicht angebracht, öffentlich darüber zu reden. Habinnas wusste nicht nur sehr viel, er war auch sehr klug! Die Fischlerei auf jeden Fall war offenbar eine feierliche Männerreligion, was aber die Frauen dort zu suchen hatten, verstand sie nicht.

Elisabeths und Constantins Freundlichkeit Niamh gegenüber kühlte merklich ab, als klar wurde, dass sie sich nicht würde 'taufen' lassen. Hierüber war Niamh sehr enttäuscht, da sie angenommen hatte, die beiden seien so etwas wie

Freunde und nicht nur Werber für eine Glaubensgemeinschaft. Und der Vorwurf, dass man ihren dreimaligen Besuch der Feierlichkeiten nun, da sie nicht dazu gehören wolle, als Spionage auslegen würde, kränkte sie.

Niamh begegnet Joseph

Dennoch merkte sie sich die Geschichten gut, denn man konnte, so dachte Niamh, gar nicht genug Geschichten kennen, um diese Welt wirklich zu verstehen. Als Joseph, der schmalgesichtige, feingliedrige Joseph mit der kräftigen Nase im Gesicht, anbot, ihr seinen Glauben näher zu bringen, war sie auf Grund der gemachten Erfahrungen bereits wesentlich vorsichtiger. Auch er lebte im Hause von Quintus Taccius, hatte sich immer sehr im Hintergrund gehalten, aber sehr wohl beobachtet, was sich zwischen Niamh, Elisabeth und Constantinos abgespielt hatte. Niamh willigte ein, aber legte die Bedingungen fest: Bei Tageslicht, auf einer Wiese vor der Stadt, keine Versammlungen, keine Heimlichkeiten, keine Zeremonien! Joseph wunderte sich nun doch, stimmte aber zu. Auf einem sonnenwarmen Felsen sitzen, umgeben von duftenden Kräuter und summenden Insekten, mit einem herrlichen Blick auf die Stadt Rom zu ihren Füßen erzählte er ihr alles, was er über seinen Glauben wusste. Es waren unglaublich spannende teils brutale, teils rührende Geschichten, die Joseph zu erzählen wusste. Und zu Niamhs ganz großer Verwunderung, wiederholten sich auch Geschichten, die sie bei Constantinos und Elisabeth gehört hatte.

Als sie dies zu Joseph sagte, lachte der. „Natürlich! Eigentlich sind die Fischler Juden, wie wir, aber während wir noch auf den Erlöser warten, glauben die, er sei schon dagewesen. Aber mal ehrlich, Niamh, glaubst du, dass ein Erlöser sich würde von den Römern hinrichten lassen? Er wäre doch mächtiger, oder?“. „Ich weiß nicht, Joseph“, erwiderte Niamh, „dafür verstehe ich zu wenig von Eurem Gottvaterglauben … aber sag´ mir doch, warum euch Götter so furchtbar ernst sind, dass sie kein bisschen fröhlich sein, feiern und ausgelassen sein können“. Und nach einer Weile fügte sie keck hinzu „… und warum überhaupt ein Urvater? Kriegen denn bei euch in Judäa nicht auch die Frauen die Kinder und spenden so das Leben? Ich achte, liebe und verehre Morrigan … sie ist einfach überall! Hier im duftenden Kraut, in der Wärme des Steins, im rauschen des Wassers … und wenn ich mich der Natur bediene, wirkt sie durch meine Hände heilend! Nichts davon kann ich in Euren Männerreligionen finden – sei mir nicht böse, Joseph, ich freue mich sehr, dass du mir alle diese Geschichten erzählt hast, und ich werde sie gut in meinem Gedächtnis bewahren, aber ich glaube doch, dass diese Welt von weiblichem Geist belebt, von männlichem aber beschützt wird“.

Erstaunt, aber freundlich schaute Joseph sie an. „Das habe ich ja noch nie gehört … und findest du wirklich, dass unser Gott – Niamh, es *gibt* nur einen, und das ist ‘Er’ … wirklich!!! – so furchtbar grimmig ist?“. Niamh sprang auf und setzt ihren Fuß wissentlich auf das Kissen aus wildem Thymian, um eine Duftwolke loszutreten. „Hast du ein Glück, dass Morrigan nicht nachtragend und rachsüchtig ist, wie euer Gott. Sie *ist* einfach, sie straft nicht, sie belohnt nicht – manchmal kann ein Priester sie gewogen machen, die Natur zu unseren Gunsten zu lenken, aber beileibe nicht immer. Sie sorgt einfach dafür, dass diese Welt sich immer und immer wieder erneuert … und hat kein Problem, andere Götter neben sich … naja sagen wir unter sich … zu dulden ..“.

Gemeinsam gingen sie den Hügel hinunter in Richtung Stadt zurück. Da wollte sie aber doch noch was wissen: „Sag ´mal, seid Ihr auch so viele, wie die Fischler und trefft ihr euch auch in der Nacht in Steinbrüchen und so und haltet heimlich lange Zeremonien ab?“. „Nein“, erwiderte Joseph, „wir sind viel weniger. Da wo wir herkommen, haben wir Tempel für unseren Gott, dort treffen wir uns für Zeremonien. Unsere Priester heißen Rabbi auf Hebräisch“. „Ach, auch Hebräisch? In dieser Sprache singen die Fischler“, unterbrach Niamh ihn. „Ja“, sagte Joseph „ich habe dir doch schon erklärt, dass wir ursprünglich die Gleichen sind … also, der Rabbi leitet die verschiedenen Zeremonien, zum Beispiel das Sabbatgebet, aber auch die Beschneidung der Jungen“. „Die *WAS*???“, entfuhr es Niamh „*WAS* schneidet ihr den Jungen ab?“. Joseph druckste herum, bis Niamh endlich sagte „Was auch immer … wenn ein Körperteil nicht sehr krank oder so stark verletzt ist, dass er nicht mehr genesen kann, gibt es keinen Grund, ihn abzuschneiden, basta!“. Joseph war einerseits erleichtert, dass sie das Thema damit beendet hatte, andererseits hätte er ihr zu gerne erklärt, dass es für einen Judenjungen ganz wichtig war, beschnitten zu sein. Dass es eine Frage des gegenseitigen Erkennens war und auch – so hatten sie ihm seit früherster Kindheit gesagt – der Gesundheit und der Hygiene … Aber er traute sich nicht.

„Du, Niamh“, sagte er, bevor sie wieder bei der Stadt waren, „also das mit dir und Morrigan und so, das ist für dich bestimmt in Ordnung, aber wenn ich dir den Rat eines Sklaven mit offenen Augen und Ohren geben darf – sei vorsichtig, wem du davon erzählst. In Rom kann schnell vieles falsch verstanden werden …

und bitte, lass auch das, was ich dir über 'Ihn' und unsere Rabbis erzählt habe unter uns bleiben, ja?". Niamh versprach es ihm.

Geheimnisvolle Weisheiten bleiben Niamh verschlossen

Es war bei einer ähnlichen Gelegenheit, wie der ausgerenkten Schulter von Quintus Taccius Pferdesklaven, dass Niamh Muksas[70] kennenlernte. Er war cilicischer[71] Herkunft und angesehener Sklave im Hause von Trajanus Terzius, einem Weinhändler, der sein schönes Anwesen im Norden von Rom hatte. Es lag so weit auf der anderen Seite der Stadt, dass Niamh es nur mit dem Pferdewagen erreichen konnte, den Trajanus ihr eigens schickte, damit sie die Gesundheit seines Kellermeisters wieder herstellte, der an einem unklaren Gelbfieber litt.

Für den Kellermeister konnte Niamh nur wenig tun, das sah sie sofort. Sie ließ ihm einige Tees da, verordnete ihm eine Kost mit wenig Fleisch und Eiern aber viel Gemüse und Getreidebreien und verbot ihm strengstens den Genuss von Wein, auch gewürztem Wein. Seine Gelbsucht war nicht die Folge eines starken Fiebers, vielmehr eines ausschweifenden Lebens mit zu viel Weingenuss. Sein Bauch war vergiftet und unter dem rechten Rippenbogen lag fühlbar ein Stein statt weicher Eingeweide. Unter der Diät ging es dem Mann spürbar besser, allerdings machte Niamh kein Geheimnis daraus, dass sie ihn nicht würde heilen können und setzte diplomatisch hinzu, „… mehr kann ich nicht tun, den Rest könnten höchstens noch die Götter bewirken!".

Trajanus war erwartungsgemäß nicht glücklich über diese Aussage, akzeptierte sie aber und stellte bei ihrem dritten Besuch fest: „… Du könntest gutes Geld mit deinen Kuren verdienen, solange es meinen Kellermeister noch gibt, könntest allerlei Hokuspokus veranstalten, stattdessen bist du ehrlich und geradeheraus … das schätze ich sehr, ich vertraue dir mehr, als unseren römischen Quacksalbern, die ich da hatte, die von Aderlass bis Zahnziehen alles geraten haben, natürlich gegen gutes Honorar … aber ich werde tunlichst vermeiden, dies öffentlich kundzutun, schließlich will ich ja nicht, dass dir etwas zustößt!!! Wenn du es dir aber überlegst, wäre ich schon bereit, dich gegen eine stattliche Summe deinen jetzigen Herren abzukaufen! Dein Leben bei mir würde sich von dem einer freien römischen Bürgerin nicht unterscheiden". Dies war

---

[70] Ein cilicischer, später in die griechische Sprache übernommener Männername, der vermutlich bereits aus der Bronzezeit stammt, die Wortbedeutung ist unklar.

[71] Cilicia (Latein), auch Zilizien oder Kilikien – siehe auch Anhang

mehr Anerkennung, als einer römischen Sklavin, die sie ja immer noch war, offiziell zuteilwerden konnte. „… nicht, dass dir etwas zustößt“, … dieses Rom mit seinen unendlichen Intrigen, Vergiftungsfällen, Morden und scheinbaren Selbstmorden. Niamh bedankte sich sehr höflich, erklärte aber, dass sie gern bei Ihren jetzigen Herren, in dem Hause, in dem auch ihre Eltern lebten, bleiben wolle, bei Bedarf aber immer wieder gern in das Haus Trajans zurückkehren würde, um zu helfen, wo sie könne.

Der Kellermeister lebte noch etwa 6 Monate, das war länger, als Niamh angenommen hatte, und er starb, wie sie vorhergesagt hatte, indem er so viel Blut erbrach, bis er ganz weiß wurde und das Herz aufhörte zu schlagen. Hieran hatten auch die tatsächlich zu Hilfe gezogenen Priester und deren Bitten an die Götter nichts ändern können.

Die hochgewachsene Frau mit der milchweißen Haut, den dunklen Haaren und wachen dunkelgrünen Augen unter dichten dunklen Wimpern gefiel Muksas. Während ihres Krankenbesuchs hatte er alles versucht, um mit ihr ins Gespräch zu kommen, so recht hatte ihm dies aber nicht gelingen wollen. Aber dann hatte er etwas gefunden, womit er ihre Aufmerksamkeit fesseln konnte: Geschichten! Er hatte ihr in der Küche ein Märchen aus seiner cilicischen Heimat erzählt, eines, das seine Mutter ihm und seine Großmutter seiner Mutter erzählt hatte. Eine Geschichte, die weit, weit weg zwischen Sonnenaufgang und Mittag spielte und die von Erdgeistern und Sonnenvögeln handelte. Interessiert und aufmerksam hatte sie ihm gelauscht und im Gegenzug hatte sie ihm eine Geschichte erzählt, eine spannende Geschichte von einer smaragdgrünen Insel im eiskalten Meer des Nordens, auf der Elfen und Zwerge zuhause waren und die Menschen neckten, ihnen aber auch halfen.

Sie verstanden sich gut und verabredeten sich wieder, um sich gegenseitig vom Land ihrer Eltern zu erzählen. Niamh liebte Rom. Es war so aufregend und man traf so viele verschiedene Menschen. Alle suchten sie das Gleiche – Glück, Zufriedenheit, Gesundheit, ein Auskommen, ein Dach über dem Kopf und eine Antwort auf die Frage nach dem Ursprung und dem Sinn des Lebens … und alle hatten so verschiedene Ideen wie dieses Glück zu finden sei und so unterschiedliche Antworten auf die Fragen! Natürlich war sie Keltin am Grunde ihres Herzens, doch das unausgesetzte Heimweh ihrer Eltern nach dem Land ihrer Vorfahren war ihr fremd. „Mama“, pflegte sie häufig zu sagen „Keltin sein ist doch eine Denkweise, kein Wohnort …“, „Das kannst du nicht verstehen“, erwiderte Rhianú dann immer, und sie hatte Recht.

Und eines Tages fingen Niamh und Muksas an, über ihren Glauben zu diskutieren, Anlass war eine Geschichte Niamhs über Morrigan gewesen. Während Niamh Muskas sehr lebhaft über die höheren und niederen Götter ihres Glaubens berichtete, über die alles durchdringende Kraft der Urmutter Morrigan, der Schöpferin allen Lebens, war Muskas auffällig still. Bis Niamh ihn irgendwann direkt fragte. „Ich … Niamh ich bin Mithräer und damit zu völligem Stillschweigen verpflichtet! Du bist eine Frau!!!“[72]. „Was soll das denn heißen!“, empörte Niamh sich, die sehr wohl Gerüchte über diese neumodische Glaubensform gehört hatte, aber nicht so recht etwas damit anzufangen wusste und gehofft hatte, nun endlich zu erfahren, was es damit auf sich hatte. „Weißt du“, druckste Muksas herum, „diese uralte Religion kommt von noch weiter her, als Cilicien, aber dort war sie zuhause, bei meinen Vorfahren! …“. „Das mag ja alles sein, Muksas, aber das erklärt nicht, warum du mir nichts davon erzählen willst! Oder wolltest du mir gerade sagen, dass sie so alt ist, dass keiner mehr etwas davon weiß? … Du auch nicht …“, bohrte Niamh. Muksas verzog das Gesicht, „ … ich weiß davon, viel sogar!!! Habe ich doch bereits den Grad eines Persers erreicht!!!“. „Ach“, sagte Niamh, „und eben warst du noch Cilicer, außerdem bist du römischer Sklave, was denn noch alles???“. Sie hatte das Gefühl, dass er sie nur neckte. Muksas war unbehaglich, aber auf keinen Fall wollte er dieser Frau gegenüber als unwissend erscheinen. Also ließ er Niamh schwören auf alles, was ihr heilig war, dass sie keinem Menschen gegenüber auch nur ein Sterbenswörtchen über das erzählen würde, was er ihr zeigen und erzählen würde.

In den Hügeln vor der Stadt trafen sie sich wieder, es war bereits Herbst, das Laub verfärbte sich golden und raschelte zu ihren Füßen. Aber die Sonne war noch warm und der Kastanienhain duftete nach Pilzen. Niamh und Muksas aber hatten keine Zeit nach den nussig-appetitlichen Boleti[73] zu suchen, die es hier reichlich gab. Sie hatten einen weiten Weg vor sich.

Heimlich und sich immer wieder vergewissernd, dass ihnen niemand folgte, folgten sie in raschem Schritt einen ganzen Tag lang die römischen Straße nach Nordosten in Richtung Berge. Die Nacht verbrachten sie auf einem dicken Polster aus Kastanien- und Buchenlaub unter einem Felsvorsprung, den Muksas kannte und der geschützt hinter Buschwerk lag. Um die Mittagszeit des

---

[72]Der Mithraskult kam vermutlich mit Legionären nach Rom- siehe auch Anhang.

[73] Boletus edulis = Steinpilz

folgenden tags bogen sie von der gepflasterten Straße ab und liefen auf schmalen Pfaden weiter. Dies war anstrengender und sie kamen erheblich langsamer voran, auch wurde es steiler und unwegsamer. Am Nachmittag schließlich schlängelten sie sich durchs Gebüsch und obgleich sie sich weit entfernt der Stadt befanden, schaute Muksas sich immer wieder um, ob ihnen auch wirklich niemand folgte, schließlich kamen sie vor einer Felswand zu stehen. Vorsichtig wischte Muksas Flechten und Laub beiseite, da zeichnete sich eine Tür im Felsen ab. Niamh staunte. Auch sie kannte die Gegend so gut wie ihr Kräuterbündel. Wie konnte ihr diese Tür bisher entgangen sein? „Das ist unsere Spelunca[74], unsere Höhle! Schau du dich darin um, ich passe auf dass keiner kommt. Wenn ich pfeife, musst du *sofort* rauskommen und dich hier draußen ganz schnell verstecken, verstanden? Ich erkläre dir alles später!“.

Drinnen mussten sich Niamhs Augen erst an die Dunkelheit gewöhnen. Es war ein relativ kleiner Raum mit gewölbter Decke, die wie ein Sternenhimmel gestaltet war. Am Ende des Raums befand sich ein furchterregendes Bildnis, auf dem ein Jüngling mit wunderschönem Antlitz einem Stier, auf dem er saß, mit einem Messer die Kehle durchschnitt. Obgleich es sie gruselte, ging sie näher an das Bildnis heran. Da war noch mehr: Eine Schlange züngelte zum Stier hinauf, dessen Blut auf den Boden strömte, ein Rabe blickte den Jüngling unverwandt an. Niamhs Augen gewöhnten sich immer mehr an das Dunkel, sie ging noch einen Schritt weiter nach vorne. Ein Hund saß da auch, an der rechten unteren Ecke, dann entdeckte sie einen kleinen Skorpion, eine Schale … und ganz rechts und ganz links im Bild, am schwersten zu erkennen, stand je ein Mann mit einer Fackel in der Hand. Der eine hielt sie aufrecht, wie man eine Fackel hält, um zu leuchten, die Spitze der Fackel des anderen aber zeigte nach unten.

In Niamhs Kopf arbeitete es. Es musste einen Zusammenhang mit diesen Figuren geben. Rabe, Skorpion, Hund … Stier, aber der wurde ja getötet, warum? Ein Opfertier! Aber für wen? Wem wurde hier gehuldigt? Als Niamh wieder an das Tageslicht stieg, war sie geblendet. „Und?“, Muksas schaute sie gespannt an „Was denkst du?“. „Ich denke, dass du die Spelunke jetzt erst mal wieder verschließt, wir uns ein ruhiges Plätzchen suchen und du mir dann mal was erklärst“. Muksas war einverstanden.

Als sie eine gute Viertelstunde entfernt vom Eingang der Spelunke auf einem Felsvorsprung saßen, fing Niamh an: „Die Tiere, das sind doch sicher

---

[74] So nannten die Römer die Mithraskulträume häufig

Sternbilder, oder? Aber warum wird der Stier geopfert, und wem? Und was sollen die Fackelträger? Und was bedeutet 'Perser'?". Muksas schluckte. Wie hatte Niamh das so schnell erraten. Es war Bestandteil einer langen, mühsamen Ausbildung gewesen, der er sich hatte unterziehen müssen. War sie doch eine Hexe? Aber nun konnte er nicht zurück, jetzt musste er ihr Rede und Antwort stehen[75]. „Also, ich kann ja nicht alles auf einmal beantworten … das Einfachste zuerst: Nein, wir töten keine Stiere, das ist ein Symbol, es steht für den Wechsel in ein Zeitalter, und schon vor 278 Jahren haben wir eigentlich den Stier durch einen Widder ersetzt!", Niamh verstand gar nichts. „Was für ein Zeitalter? Und wieso Widder???". Selbst Muksas hatte das noch nicht so ganz verstanden. Obgleich er ja bereits 'Perser' war. „Kennst du den Himmelsäquator?", fragte er Niamh.

Jetzt wurde es spannend. Himmelsbeobachtung war eine von Niamhs liebsten Beschäftigungen. Ob es das Wetter war, die Berechnung der keltischen Festtage, wie Beltaine, wo sie und Taog … sie seufzte innerlich 'Taog!', wie lange hatte sie schon nicht mehr an ihn gedacht! … wo sie und Taog Geburtstag feierten, der so jedes Jahr auf einen anderen Tag fiel. „Nein", sagte sie „wo und wann ist der zu sehen?". Muksas versuchte, es ihr zu erklären und Niamh versuchte, ihm zu folgen. „… auf jeden Fall ist es so, dass die Fixsterne, von denen wir immer denken, sie hätten einen festen Platz am Himmel, doch langsam, ganz, ganz langsam verschoben werden, sodass die Sternbilder ihre Position ständig kaum merklich verändern[76]„.

Niamh lauschte gespannt. Dies galt aber nicht für ihren Geburtstag, denn der wurde nach Sonnenwende und Mondphasen berechnet, nicht nach Fixsternposition. „Und wir huldigen der Macht, die in der Lage ist, das Firmament zu verschieben! Sie ist stärker selbst als die Sonne, es ist Mithras, der Sol invictus[77]. Sol selbst, der bei den Griechen Helios heißt, hat dies eingesehen und bei einem gemeinsamen Mahl haben sie ihren Frieden besiegelt. Die beiden Fackelträger, die du gesehen hast, stehen für die Tag- und Nachtgleiche. Der Mann mit der Fackel nach oben für die Frühlingstagundnachtgleiche, der mit der Fackel nach unten für die Herbsttagundnachtgleiche, die demnächst ansteht. Wir

---

[75] Über den Mithraskult – siehe auch Anhang

[76] 128 vor Christus hat der griechische Gelehrte Hipparch eben diese Entdeckung gemacht – siehe auch Anhang unter „Religionen im antiken Rom"

[77] Übersetzt sich mit die unbesiegte Sonne, bedeutet aber der Sonnenbesieger oder der, der stärker ist, als die Sonne

feiern jeden Sonntag unseren Mithras, die Tagundnachtgleichen sind mit unsere größten Festtage, daher hätte es schon sein können, dass außer uns noch jemand auf dem Weg hierher ist, um das Fest vorzubereiten. Und hast du gesehen, wie die beiden die Beine gekreuzt halten?". „Ja", sagte Niamh und musste schmunzeln, weil sie sich gefragt hatte, ob die beiden wohl dringend auf die Toilette – oder hinter den Baum – mussten. „Gesehen habe ich es, aber warum tun sie das?", und versuchte, Muksas nicht merken zu lassen, was sie gedacht hatte. „Es sind alles Symbole … die gekreuzten Beine stehen für den Schnittpunkt zwischen Himmelsäquator und der Ekliptik, sie symbolisieren den Frühlings- und den Herbstpunkt".

Niamh hing an seinen Lippen. „Fahr fort, Muksas, das ist zu spannend!". „Es gab eine Zeit, da stand der Frühlingspunkt im Zeichen des Stiers, dann wanderte er in das Zeichen des Widders und wieder mehr als zweitausend Jahre später in das Zeichen der Fische. Der Stier musste geopfert werden, dass aus seinem Blut und seinem Samen sich die Welt von Grund auf erneuere. Vor 278 Jahren, wurde der Widder für die Erneuerung der Welt geopfert und wir befinden uns im Zeitalter der Fische … und in , lass mich rechnen … … … im Jahr 2057[78] werden die Fische geopfert werden müssen für die Erneuerung der Welt und das Zeitalter des Wassermanns wird anbrechen …und alle 60 Jahre, wenn das Firmament ein sechsunddreißigstel der Strecke zurück gelegt hat feiern wir ein besonders großes Fest in der Nacht der Tag- und Nachtgleiche, nein, eigentlich feiern wir das ganze Jahr, in dem diese Bewegung erfolgt. In 22 Jahren ist es wieder soweit … aber das ist natürlich nichts im Vergleich zu dem unglaublichen Fest, das zum Zeitpunkt eines Wechsels stattfindet … 2012 …". Niamh atmete tief durch. „Das werden wir aber wohl kaum erleben", sagte sie, „nicht einmal mit der stärksten keltischen Kräutermedizin!". „Nein", antwortete Muksas, wir nicht, aber vielleicht unsere Kindeskinder!", „Kindeskindeskindeskindes …. Undsoweiter-Kinder nehme ich mal an", lachte Niamh.

Der Mithraismus faszinierte sie. Sie wollte immer mehr wissen. Muksas fuhr fort: „Wir lernen dort, wir lernen, die Welt zu verstehen und Mithras zu respektieren, er ist die Macht in allem". „Vielleicht", wandte Niamh ein, „vielleicht nennen ja wir diese Macht Morrigan, ihr nennt sie Mithras …". „Nein", ganz entschieden lehnte Muksas dies ab. „Mithras ist Mithras und nie und nimmer weiblich!!!". Niamh zuckte mit den Schultern, forderte ihn dann

---

[78] Nach julianisch-römischen Kalender, entsprechend 2012 nach Christus

aber auf, weiter zu erzählen. „Wie man in der Schule Klassen absolviert, nach der Grundschule die Grammatikschule kommt, nach dieser eventuell die Rethorikschule, so kann man im Mitrhaismus verschiedene Stufen der Einweihung erreichen. Wie in der Schule auch, bleibt der eine oder andere bereits auf der ersten Stufe stehen, wenige Ausgewählte aber schaffen es bis zur obersten, der siebten Stufe, der des Vaters [79]. Jede Stufe hat einen Namen und entspricht einem der Wandelgestirne, denen sie zugeordnet ist. Als 'Perser' befinde ich mich auf der fünften Stufe, die dem mächtigen Saturn entspricht. Die Prüfungen, die wir machen müssen, sind nicht einfach. Sie erfordern ein hohes Maß an geistiger und körperlicher Disziplin …“. Er schwieg. Er wusste genau, dass er Niamh bereits viel zu viel erzählt hatte. Er brach seinen Schwur, den wichtigsten Schwur, den er bereits bei seiner Aufnahme in den Kreis der Mithrasanhänger geschworen hatte, den Schwur des unbedingten Schweigens.

Aber Niamh ließ nicht locker. „Muksas, ich will Mithräerin werden! Hilf mir dabei!“, Muksas zuckte zusammen. „Niamh, das geht nicht, das habe ich dir doch schon erklärt, unser Kult Lässt nur Männer zu!!! Vielleicht werde ich es mit dem Leben bezahlen müssen, dass ich dir das alles erzählt und gezeigt habe!!!“. „Was für ein Quatsch …“, entfuhr es Niamh, „es weiß ja keiner … aber genauso ein Unsinn ist es, dass Ihr keine Frauen zulasst. Wissen ist doch weder männlich, noch weiblich! Und es kann der Welt doch nur nützen, wenn interessierte Frauen auch wissen, wie sie funktioniert, oder?“. Muksas war verzweifelt: „… Niamh … nein, es geht nicht! Da ist auch noch mehr, mehr, als ich dir erklären kann …!“. „Eben“, entgegnete Niamh, „… da du es nicht kannst, muss einer eurer Priester es tun!“.

Die Diskussion führte zu nichts, auch merkte Niamh, dass Muksas sich zunehmend in Bedrängnis fühlte, sie konnte auch spüren, dass er Angst hatte. Angst vor seinem Gott Mithras und dessen Zorn, oder Angst vor seinen Glaubensgenossen? Nach allem, was sie verstanden hatte, interessierte sich Mithras für Weltenläufe und nicht für einzelne Menschen, also war er vermutlich weder strafend, noch rachsüchtig, noch nachtragend. Dann mussten es die anderen Mithräer sein, vor denen er sich fürchtete. Und Menschen konnten gefährlich sein, das wusste jeder, der in Rom wohnte, auch Niamh. Der Weg

---

[79] Einweihungsstufen im Mithraskult – siehe Anhang „Religionen im antiken Rom“

nach Hause ging, da es vorwiegend bergab ging, schneller, als der Aufstieg. Wieder übernachteten sie unter dem Felsvorsprung. Aber auch am nächsten Tag wollte das Gespräch zwischen Ihnen nicht so recht in Gang kommen.

Zwei Monate später hatte Trajanus Niamh wieder holen lassen, da er selbst erkrankt war. Muksas empfing sie an der Tür und flüsterte: „Es geht ihm schlecht, sehr schlecht, aber er wollte keinen anderen Arzt an sich heranlassen, wir durften nur dich holen. Aber: Kein Sterbenswörtchen davon an irgendjemanden, verstanden? Er fürchtet um seinen guten Ruf!". Niamh nickte. Sie hoffte inständig, dass Trajanus nichts Schlimmes habe, denn wenn bekannt würde, dass ein angesehener römischer Bürger unter ihren Händen verstorben war, wäre sie ihres Lebens nicht mehr sicher und ihre Familie auch nicht!

Sie betrat die abgedunkelte Kammer des Hausherrn, der verschwitzt und blass in seinen Kissen lag. Als erstes ließ sie die Fenster öffnen, um Luft in den stickigen Raum zu lassen und auch Licht, um den Patienten beurteilen zu können. Ein ganz spezieller, wenn auch unangenehmer Geruch stieg ihr in die Nase. Niamh war erleichtert, das kannte sie.

„Wann habt Ihr zuletzt Vogelfleisch und Eier gegessen?", fragte sie. „Vor drei Tagen", stöhnte Trajanus. „… und wie oft musstet Ihr euch gestern erbrechen?", Matt winkte Trajanus zu Muksas herüber, der eine Wachstafel hielt „Von morgens bis mittags neun Mal, von mittags bis abends zehn Mal, in der Nacht noch drei Mal, heute noch nicht … Das Vomitorium[80] enthielt zum Schluss fast nur noch bittergrünes, schaumiges Gallewasser", antwortete dieser. „Hm", sagte Niamh, „… und wie oft habt ihr euch entleert?". Muksas zögerte. Dies war eine ausgesprochen indiskrete Frage. Trajanus aber bedeutete ihm, zu antworten, so sagte er: „Seit gestern Nachmittag etwa ein Dutzend Mal. Seit heute Mittag aber auch das nicht mehr… ". „… und Fieber? Seid ihr heißer, als normal?". „Ja", antwortete Trajanus selbst mit matter Stimme „aber weniger, als gestern …".

Niamh tastete den Bauch ab und fühlte den Puls, sie untersuchte die Haut der Hände und schaute Trajanus in die Augen. Dann trat sie einen Schritt zurück und lächelte. „Ihr habt verdorbenes Geflügel oder Eier verzehrt! … und die gute

---

[80] Der Römische Begriff für eine Brechschale, die auch bei Tisch verwendet wurde, damit die Herrschaften, wenn der Magen voll war, sich erleichtern und dann weiteressen konnten. Eine aus heutiger Sicht eher unappetitliche Vorstellung.

Nachricht ist, Ihr habt das Schlimmste schon hinter euch!". „Verdorben …", Trajanus hielt inne, „… vielleicht auch … *vergiftet*???". „Nein, nein", unterbrach Niamh ihn sofort, „hier war keine Menschenhand im Spiel, die Speisen waren einfach nur zu alt! Ihr müsst jetzt sehr viel trinken, am besten Wasser mit Honig und eine Prise Salz Und um den Darm wieder gesunden zu lassen lasse ich euch eine Mischung bitterer Kräuter da, aus denen soll euer Koch euch einen Sud mit Honig und etwas Salz kochen, den Ihr abgekühlt schluckweise trinkt. Dann sollte es euch binnen 2 Tagen wieder gut gehen. Nur achtet darauf, in den nächsten 7 Tagen keine schweren Speisen zu euch zu nehmen!". … Sie schickte sich zu Gehen an, „… und sagt Eurem Koch, dass er keine Speisen servieren soll, die länger als drei Tage zubereitet waren, bei diesem Wetter …". „Danke", … Trajanus ließ sich in seine Kissen zurück sinken, erleichtert, da er sich schon einem ähnlichen Schicksal gegenüber sah, wie es seinen Kellermeister ereilt hatte, „Danke … aber vor drei Tagen habe ich nicht zuhause gegessen, meinen Koch trifft da keine Schuld …".

„…sie hat ihn geheilt …", „ja, durch Beschwörung und Handauflegen … ich hab´s durch den Türspalt genau beobachtet", … „… als sie ihn angefasst hat, hat ist er kurz über dem Bett geschwebt, ich habe es genau gesehen!!!", „und er war plötzlich lila grau, dann wieder weiß …", … …. „… vergiss es, das wird sie wieder ablehnen, habe ich schon von meinem Cousin gehört, er hat das auch probiert …", „ja, meine Tante hat gesagt, dass sie dann androht, sie von der Erde verschlingen zu lassen, lass es lieber, … !..". Das Getuschel verstummte sofort, als sie den Raum verließ und die Grüppchen von Sklaven, die sich scheinbar zufällig vor der Tür des Hausherrn versammelt hatte, zerstreuten sich auf der Stelle. Niamh tat, als hätte sie es nicht bemerkt und ging zunächst zum Warmwasserbecken, um sich die Hände zu waschen, dann in die Küche, wo sie vom Koch ein schönes Stück Brotfladen und eine Schale mit Suppe gern annahm.

Muksas setzte sich zu ihr. „Werde doch einfach ihre Priesterin, Niamh! Sie brauchen jemanden und du hast das Zeug dazu!". „Hör auf!!!! Fang du nicht auch noch damit an!", erwiderte sie barsch. „Ich will nicht irgendeine Anführerin orientierungsloser, leichtgläubiger keltischer Sklaven sein, ich will selbst lernen, ich suche selbst jemanden, der *mir* beibringt, was ich noch nicht weiß, aber brauche, um die Welt zu verstehen!". „Niamh …", fing er wieder an, „… versteh´ doch …". „Muksas, ich verstehe sehr viel, ich verstehe auch von Vielem sehr viel, aber DAS verstehe ich nicht und will ich auch gar nicht verstehen! Wo meine Leute herkommen … nein, ich weiß, an den keltischen

Sklaven Roms kannst du es nicht mehr sehen, deren Wurzeln wurden gekappt, deren geistiges Erbe weitgehend verschüttet … aber dort, wo meine Leute herkommen halten die Frauen die Weisheit zusammen, mindestens ebenso sehr, wie die männlichen Priester! Und wir sind damit nicht alleine auf dieser Welt! Muksas, ihr macht einen großen Fehler …“. Muksas hatte sich erschrocken umgesehen, aber mehr hatte Niamh zum Glück nicht gesagt, es waren keine gefährlichen Worte gefallen … „Niamh …“, fing er mit einem bittenden Ton in der Stimme wieder an. Aber Niamh war aufgestanden, hatte sich beim Koch bedankte zur Tür gewandt. „Niamh, überleg´ es dir noch einmal mit deinen Leuten, du sagst doch selbst, das Wissen sei verschüttet, du aber hast es …“. „Ach, wenn du nicht verstehen willst, Muksas, fahr zum Hades[81] …“, sagte sie und verließ die Küche. Nur den letzten Satz hatten andere Sklaven mitbekommen, die unmittelbar vor dem Küchenfenster standen.

Niamh wird den Ruf, über Zauberkräfte zu verfügen, nicht los

Zwei Tage später erhielt Niamh zusammen mit einem großzügigen Geschenk die Nachricht, dass Trajanus Terzius sich wieder bester Gesundheit erfreute. Einen halben Mond später erfuhr sie, dass Muksas vom Huf eines ausschlagenden schwarzen Hengstes, der so etwas noch nie gemacht hatte, mit voller Wucht am Brustkorb links getroffen worden war und wenige Stunden darauf seinen Verletzungen erlegen war. Niamh war zutiefst betrübt, waren sie doch im Ärger auseinander gegangen und sie hätte ihn noch so viel fragen wollen. Sie war sich sicher gewesen, dass sie ihn mit der Zeit dazu gebracht hätte, weitere Geheimnisse seines Glaubens preis zu geben. Den Gedanken, dass sein Tod doch Folge seines Verrats an Mithras Geheimkult sein könnte, wischte sie sofort wieder beiseite. Im Innersten war sie überzeugt, dass solch klare Geheimwissenschaft nur aus politischen Gründen durch Menschen, genauer gesagt durch mächtige Männer von Frauen ferngehalten wurde, nicht weil es der (oder die?) oberste der Götter (oder Göttin?) so forderte.

Wie ein Lauffeuer aber verbreitet sich unter den Sklaven Roms die Nachricht von Niamhs angeblichem Fluch, den sie über Muksas gesprochen habe, damals in der Küche, und der von Mal zu Mal detaillierter, blumiger und falscher wiedergegeben wurde, sowie von Muksas, des Cilicers, tragischem Ende. Und

[81] = Hölle

mehr als je geriet Niamh durch den Wunsch ihrer Landsleute, ihre Anführerin zu sein, in Bedrängnis.

Taog der Forschende

Taog seufzte, als er zum vielleicht hundertsten Mal rekapitulierte: Sixtus hatte Land von entfernten Verwandten geerbt, das an das Anwesen des Weinbauern Claudius grenzte. Dieses Land hatte er an Laurentius verpachtet, da er es selbst nicht bewirtschaften wollte. Dieser wiederum hatte allerlei Tiere angeschafft, von denen eines, namentlich eine Ziege, auf Claudius Grundstück gefressen haben soll. Mit Zeugen belegt ist dabei das einmalige Fressen einer Ziege auf einer Wiese nahe der Grundstücksgrenze, zur Anzeige gebracht worden war von Claudius aber das wochenlange tägliche Fressen von mindestens 3 Tieren auf einem ganzen Acker mit Schädigung des dort angebauten Weizens. Es forderte nun Claudius von Sixtus Pacht für den fraglichen Acker für eine Erntesaison und, nachdem Sixtus Claudius deswegen öffentlich als spinnert bezeichnet haben soll, allerdings gibt es auch dafür keine Zeugen, eine Gutmachung.

Sixtus sagt, das gehe ihn nichts an, sein Land sei verpachtet und es sei auch nicht seine Ziege, und außerdem habe er nie ausgesprochen, dass Claudius spinnert sei, obgleich dies auf der Hand liege. Laurentius sagt, es tue ihm leid, dass die Ziege die Grundstücksgrenze nicht respektiert habe, er wundere sich über Claudius´ Verhalten, sei aber bereit, 2 Sesterzen für die bezeugte und mindestens elf weitere Grasmahlzeiten der Ziege zu bezahlen. Die Vernichtung der Ernte eines ganzen Ackers aber müsse erst nachgewiesen werden, bevor er dafür Schadensersatz zu leisten bereit sei. Außerdem zweifle er an, dass seine 7 Ziegen, selbst wenn sie tagelang in Ruhe hätten fressen können, was an sich schon unwahrscheinlich sei, einen ganzen Acker leerfressen könnten. Der hinzugezogene Gutachter, ein Mann, der als Experte in Sachen Ziegen galt, bestätigte, dass 7 Ziegen sehr lange brauchen würden, einen ganzen Acker leer zu fressen, zumal insbesondere Ziegen nicht nur das Korn, die Ernte, verzehren würden, sondern die ganze Weizenpflanze.

Taog seufzte wieder, dies war nur eine der unsinnigen Streitereien, in denen er, untermauert mit seinem juristischen Wissen, eine Einigung herbei führen sollte, bevor die Sache vor Gericht entschieden wurde. Tage und Wochen hatte er allein damit zugebracht, die Geschichte zunächst einmal zu erfassen, die Mosaiksteinchen aus Claudius wüsten Anschuldigungsreden, Sixtus ablehnenden, wortkargen Kommentaren und Laurentius blumigen Berichten über das Land und seine verschiedenen Tiere – alleine sieben verschiedene

Hühnersorten hielt er, aber das spielte hier wirklich keine Rolle. „Haben die Menschen eigentlich nichts anderes zu tun?“, fragte er sich zum hunderttausendsten Mal. Nachbarschaftsstreitereien schien eine Lieblingsbeschäftigung der Römer zu sein. Und hatte er wirklich Schule und Universität mit Auszeichnung abgeschlossen, um sich mit solchen Banalitäten zu beschäftigen? Die Gelegenheiten, wo er bei Hof Bericht erstatten durfte oder bei wichtigen Sitzungen als Schreiber Protokoll führen durfte, waren zwar spannend, aber selten.

„Zum Glück“, dachte Taog, „zum Glück gibt es noch etwas Anderes“. Er lächelte und klappte die Akte zu, ordnete seine Tunika und machte sich auf dem Heimweg. Zuhause angekommen freute er sich auf seinen Sohn, der inzwischen selbst zur Schule ging und seinem Vater Löcher in den Bauch fragte. Er war Sylvias und sein einziges Kind geblieben. Vor sieben Jahren war Sylvia wieder schwanger gewesen, irgendetwas aber hatte nicht gestimmt. Sie hatte starke Bauchschmerzen bekommen, war immer schwächer geworden und schließlich gestorben, ohne, dass ihr einer der vielen hinzugezogenen Ärzte hätte helfen können. Eine Schwangerschaftsvergiftung hatten sie es genannt, mehr aber hatten sie dazu auch nicht sagen können. Seit dem wuchs Fionn Flavius von Larthia, Taogs eigener Kindersklavin, und seinem Paidagogos Phaidon betreut bei ihm auf. Ein Schatten huschte über Taogs Gesicht, als er sich an Sylvias schwere Krankheit erinnerte. Er hatte sie sehr geliebt.

Zusammen mit Fionn Flavius genoss er das liebevoll von seinen Sklaven zubereitete Abendessen, dann ließ er sich berichten, was sich so in der Schule zugetragen hatte und stellte erstaunt fest, dass auch sein Sohn hier und da unter Hänseleien zu leiden hatte, die er bei sich immer darauf zurück geführt hatte, dass er ein adoptierter Sklavenjunge gewesen war. Offenbar lag es nicht, oder zumindest nicht nur an der Herkunft, es reichte, etwas anders zu sein. Und auch Fionn Flavius war ‘anders’, er war neugierig, hinterfragte die Dinge und obgleich er nicht rebellisch veranlagt war, tat er sich doch schwer, sich Regeln um ihrer selbst Willen zu beugen.

Später am Abend zog Taog sich in sein Arbeitszimmer zurück, wo er einen Stapel Kodices, relativ kleine, gebundene Papyrusbüchlein einem Bündel entnahm. Er bewahrte seinen ‘Schatz’ in ein Leinentuch gewickelt auf. Nachdenklich nahm er alle Büchlein nacheinander in die Hand, er fing mit dem dünnsten an. Damals, vor vielen Jahren hatte er noch eine Kinderschrift gehabt, zwar eine ordentliche, aber doch eine Kinderschrift. Seite um Seite hatte er mit seinen Gedanken gefüllt, damals hatte er noch mit seiner ersten Galleeisentinte geschrieben, die er von seinem Lehrmeister erhalten hatte. Erst heute wusste er zu schätzen, was für eine wertvolle Tinte dies gewesen war. Er hatte noch sehr stark aufgedrückt beim Schreiben, und er erinnerte sich, wie oft er den Federkiel hatte anspitzen müssen und wie oft er sich gar neue Federn hatte besorgen müssen. Die eine oder andere Seite hatte einen runden hellen Fleck – es waren die Stellen, wo seine Tränen auf das Papier getropft waren, wenn er traurig oder wütend oder beides nach der Schule geweint und zum Trost in sein Büchlein geschrieben hatte, sein Büchlein, das nur ihm gehörte und von dem seine Klassenkameraden nichts wussten … bis zu einem verhängnisvollen Tag. Aber das war alles Vergangenheit.

Neben dem Text befanden sich auch sehr viele mathematische Zeichnungen und Formeln in diesen Kodices. Allen voran die Lehren des Griechen Pythagoras, aber auch unbekannterer Lehrmeister. Es war Wissen und eigene Experimente und Beobachtungen zu Geometrie und Messmethoden, zu Landkarten und Wegbeschreibungen. Zunehmend beschäftigte er sich später mit Zahlen an sich und ihrem Verhältnis zueinander, auch mit der mathematischen Erklärung der Schönheit, wie das menschliche Auge bestimmte Zahlenverhältnisse als schöner empfindet, als andere, mit dem Phänomen der Symmetrie. Dann folgte eine Zeit, da interessierten ihn die Größenverhältnisse und Proportionen des menschlichen Körpers, er rechnete und maß, zeichnete und versuchte Gesetzmäßigkeiten zu entdecken. Danach hatte er das Thema wieder ganz gewechselt und war zur Wetterbeobachtung und Vorhersage zurück gekehrt, die er zuvor bereits einmal kurz betrieben hatte. Schon vor Jahren war er für sich zum Schluss gekommen, dass Tieropfer keinen Einfluss auf das Wetter haben, Wolkenformen und Windstärke aber sehr wohl. Damals hatte er angestrengt nachgedacht und versucht, sich zu erinnern, was Niamh und ihre Mutter immer gesagt hatten. Denn ihre, wenn auch oft märchenhaft blumigen, Vorhersagen waren sehr viel häufiger eingetreten, als die der Priester, mit denen er sonst so zu tun hatte. Allerdings konnte er sich nur schemenhaft erinnern, oder hatten sie ihm vielleicht auch gar nicht mehr über ihre Kunst verraten?

Taog war am vorletzten Buch angekommen, das letzte war noch vollkommen unbeschrieben. Das sechste der sieben Bücher befasste sich fast ausschließlich mit der Beobachtung des Sonnenlaufs und des Nachthimmel und mit der Zeitmessung.

Er nahm die Feder in die Hand, legte sie dann aber doch wieder weg. Er wusste einfach noch zu wenig, um weiter zu schreiben. Nur bruchstückhaft hatte er von einem neuen griechischen Lehrer gehört, der, so schien es, faszinierende neue Erkenntnisse zum Lauf der Sterne hatte. Wieder nahm er die Feder in die Hand und versuchte eine Zeichnung, um die wenigen Informationen zu einem Bild zusammen zu fügen. Hipparch, so hieß der Grieche. Vergeblich hatte Taog versucht, in den Bibliotheken irgendetwas über ihn zu finden. Vielleicht würde er ja am kommenden Abend mehr erfahren, da war er mit Epimarchos verabredet. Epimarchos war ein freigelassener griechischer Sklaven mit sehr fundiertem philosophischem Wissen, der Jahre lang als Paidagogos in angesehenen römischen Haushalten tätig gewesen war. Als er dies dachte, tauchte das freundliche Gesicht von Habinnas in seinen Gedanken auf. Der gute Habinnas, ihn hatte er natürlich auch gefragt, und hatte sogar das Gefühl, dass Habinnas irgendetwas wusste, ihm aber auswich. Aber alle Bemühungen seinerseits, mehr zu erfahren, blieben vergeblich. Nun galt seine Hoffnung Epimarchos. Er klappte das Buch wieder zu und wickelte den Stapel in das Leinentuch, bevor er das Bündel in die Wandnische legte.

Der Abend war lau und Taog ging zügig die Straße entlang zum Platz, wo er Epimarchos treffen wollte. Er hatte das Gefühl, einem Geheimnis auf der Spur zu sein, aber niemand in der Straße schien zu merken, dass er nicht nur unterwegs war, um vielleicht mit Freunden zu Abend zu essen. Auf den Stufen zum Amtsgebäude machte er Halt. Epimarchos war noch nirgends zu sehen. Es dämmerte, die Sonne ging unter, Epimarchos war immer noch nicht da, Taog hatte sich inzwischen auf die Stufen gesetzt und mit dem Gedanken angefreundet, dass der Grieche vielleicht gar nicht kommen würde. Da bog er um die Ecke winkte, und als er näher kam, entschuldigte er sich vielmals. Taog verstand nicht so richtig, was nun genau dazwischen gekommen war, aber freute sich, dass er noch gekommen war.

Zusammen schlenderten sie nun die Straßen entlang und Epimarch fragte: „Was genau willst du eigentlich wissen?". „Alles", antwortete Taog, „ich will alles wissen, was er gesagt, gelehrt hat!". Epimarch blieb stehen und schaute Taog ungläubig an. „Alles?", … „… das tut mir leid, aber alles weiß ich auch nicht!". „O.k.", erwiderte Taog „erzähl mir einfach alles was *du* weißt über seine Lehren!".

„O.k. … also er ist in Griechenland ein ausgesprochen berühmter Mann!", begann er „das Herausragendste ist vielleicht, dass er verlangt, dass ein Arzt einen Schwur leistet, seinem Patienten nicht zu schaden! … keiner kannte den Menschlichen Körper und seine Funktionen so gut, wie er. Er ist der Begründer der modernen Heilkunst und seine Untersuchungsmethoden und Kuren sollte noch heute jeder Arzt kennen!". Höflich wartete Taog, bis Epimarch eine Pause machte und sagte dann: „Das ist alles furchtbar interessant, mehr aber würden mich seine astronomischen Studien interessieren!". Wieder schaute Epimarchos fragend. „Astronomische Studien? Gut möglich, dass Hippokrates sich damit auch beschäftigt hat, bekannt ist mir da aber nichts und dafür ist er auch sicher nicht berühmt!". „Hipparch [82] , nicht Hippokrates", wandte Taog ein. „Hipparch??? Nie gehört", erwiderte Epimarchos und wirkte etwas verschnupft. „Ich dachte, du interessierst dich für unsere berühmten Griechen! Vielleicht kann ich dir ja noch etwas über Pythagoras erzählen?", setzte er versöhnlicher hinzu. Taog erwiderte „Den habe ich schon rauf und runter studiert", war aber mit Gedanken bereits ganz woanders.

Da war sie wieder, diese Mauer. Jedes Mal, wenn er glaubte, der Lösung einen kleinen Schritt näher zu kommen, sich seiner ‚großen Idee' zu nähern, kam dieser Punkt, an dem er nicht weiter kam. Es war, als liefe er in Sackgassen, eins ums andere Mal. Er bekam kaum mit, dass Epimarchos sich verabschiedete und ging gedankenversunken nach Hause.

Es musste doch möglich sein, an dieses Wissen zu kommen, von dem er annahm, dass es zumindest einen Teil zur Antwort auf seine dringendste Frage liefern konnte. Seit Jahren beschäftigte ihn die Frage der Zeit. Ein Punkt hat nur eine Dimension, aber schon eine Linie zwei und ich kann mich auf ihr vor und zurück bewegen, ebenso im Raum mit seinen drei Dimensionen. Damit scheint nur die Eindimensionalität statisch zu sein, dem einen Punkt verhaftet. Auch die Zeit ist eine Dimension, die nicht statisch ist, nicht steht, da sie vergeht, da sie läuft. Damit wäre es nur logisch, wenn es mindestens theoretisch wäre, sich auch in ihr vor und zurück zu bewegen. Alle, mit denen er hierüber hatte reden wollen, hatten entweder gelacht, oder ihn angeschaut, als sei er nicht ganz richtig im Kopf. Er aber hatte sich vorgenommen, dieser Frage nachzugehen, bis er diese Theorie entweder bewiesen oder aber bewiesen hatte, dass dies nicht stimmte. Wer sollte ihn in dieser Sache also weiter bringen, als jemand, der sich mit Zeitmessung und Planetenbewegungen befasst hatte?

---

[82] Hipparch von N. war einer der berühmtesten Astronomen und Geographen der Antike

Taog machte einen Plan. Nachdem das zufällige Suchen nach diesem Wissen an vielversprechenden Orten offenbar zu nichts führte, würde er jetzt systematisch vorgehen. Er würde nach und nach all jene aufsuchen, die für sich in Anspruch nahmen, viel Wissen zu besitzen. Das waren Lehrer, Gelehrte aber auch Priester aller verfügbaren Religionen. Irgendwo musste es doch möglich sein, auf dieses Wissen zu stoßen. Und notfalls würde er sich ein Jahr frei nehmen müssen bei Hofe, um nach Griechenland zu reisen und dort auf die Suche zu gehen.

In den nächsten Wochen und Monaten setzte Taog diesen Plan konsequent um, aber erfolgreich war er nicht. So suchte er bei Hofe tatsächlich um die Erlaubnis nach, ein Jahr reisen zu dürfen, was er dort damit begründete, dass er sich in anderen Rechtssystemen kundig machen wolle. Man bedeutete ihm, dass er fehlen würde, dass man aber stolz sei, dass er diese Reise mache. Auch seine Adoptiveltern Claudius und Julia waren zwischen Stolz und Traurigkeit hin- und hergerissen. Nur seine leiblichen Eltern konnten gar nicht verstehen, dass er auf Reise gehen wollte und erinnerten sich sofort, was das Ergebnis ihres Aufbruchs in Robogdil gewesen war, aber nicht, mit welchem Enthusiasmus sie aufgebrochen waren. Ihm selbst viel es aber vor allem schwer, Fionn Flavius zurück zu lassen, er war noch zu klein, um sich mit ihm auf eine unsichere Reise zu begeben und er wäre in der Obhut der Sklaven in Rom besser aufgehoben, hatte er beschlossen.

Zehn Monde lang war Taog unterwegs, redete mit vielen Menschen, machte sich reichlich Notizen. Einmal begegnete er tatsächlich einem alten Mann, dem der Name Hipparch etwas sagte, der wusste, dass sich dieser Mann mit dem nächtlichen Sternenhimmel und der Sonnenbewegung beschäftigt hatte, aber mehr leider auch nicht.

Voller neuer Eindrücke und Erfahrungen kehrte Taog nach Rom zurück und nahm sein Amt bei Hofe wieder auf. Er wurde gefeiert und bewundert, aber das, was er gesucht hatte, hatte er nicht gefunden. Bei einer der Feiern anlässlich seiner Rückkehr sagte sein alter Schulfreund Flavius mehr im Scherz: „Ach Tuccius, was ich dir noch sagen wollte … das heißt … ‚sammelst' du eigentlich immer noch Gelehrte, Priester und Propheten? …. „Klar", erwiderte Taog lachend, „aber in Rom haben ich sie alle durch, deshalb musste ich doch auch nach Griechenland reisen". … „Du, ich glaube, ich hab´ da noch wen für dich, einen Keltenpriester, einen echten ‚Druidus' – sagt er zumindest … nicht mehr ganz frisch, aber neu in unserer Gegend … auf dem Weg nach Ostia ´raus wohnt er in einem Waldstück … “. Es lachte die ganze Gesellschaft, Taog lachte mit, horchte aber auf.

Taog und Niamh finden sich wieder, um sich für immer zu verlieren

Niamh sucht den Druiden auf

Es war nicht kalt, aber es nieselte und damit war es unangenehm feucht und auf dem Boden des lichten Kastanien- und Eichenwaldes standen hier und da Pfützen. Es roch nicht unangenehm, ein wenig modrig, ein wenig nach Pilzen, die es in dieser Gegend reichlich gab. Vorsichtig trat Niamh über einen kleinen Bachlauf und schaute in einer Lichtung nach oben, um die Richtung auszumachen. Der grau verhangene Himmel verriet nichts, außer dass es Herbst wurde. Niamh beschloss, sich auf die Beschreibung zu verlassen, die eine alte Frau ihr gegeben hatte. Eines Abends, als sie wieder einmal ganz verzweifelt gewesen war, weil ganze Horden, wie es ihr schien, von keltischen Sklaven oder solche, die sich dafür hielten, hinter ihr her waren, dass sie Priesterin und Anführerin werden solle. Tatsächlich war es den betreffenden Abend nur ein Dutzend Menschen gewesen, doch hatte sie sich stark in die Enge gedrängt gefühlt.

Als sie auf den Stufen des Forum Romanum nach Einbruch der Dunkelheit gekauert hatte, hatte sich die alte Frau neben sie gesetzt. „Das ist aber nicht sicher für ein junges Mädchen nach Einbruch der Dunkelheit hier herum zu sitzen“, hatte sie in gutem Latein aber mit einem Akzent, der an den ihrer Eltern erinnerte, gesagt. „Egal“, hatte Niamh geantwortet … und dann irgendwann hatte sie der Frau alles gesagt. „Mag sein“, hatte diese gesagt, „dass du über besondere Gaben verfügst … vielleicht aber auch nicht“, … und nach einer Pause hatte sie hinzugefügt: „Entscheidend ist aber, ob du die Rolle einer Priesterin und Anführerin leben willst, oder nicht. Und wenn nicht, ist es das Beste, du Lässt dir von einem Keltenpriester, einem Druiden, der nur zu gern auch Anführer wäre, helfen, diese Menschen umzulenken!“. … Und dann hatte sie ihr den Weg in die Einöde in Richtung Ostia, Roms Hafen, beschrieben.

Das war vor etwa zwei Monden gewesen, einen halben Mond später hatte sie sich dann tatsächlich auf den Weg gemacht. Nach mehreren Stunden Fußweg hatte sie endlich die Lichtung mit der Reisig-gedeckten, runden Feldsteinhütte gefunden, die die alte Frau ihr beschrieben hatte. Davor befand sich eine Feuerstelle und Reste von Dingen, die Niamh gar nicht so genau wissen wollte … es sah aus, wie allerlei Innereien relativ kleiner Tiere. Ratten? Vögel? … es gruselte sie etwas, aber sie nahm sich zusammen und rief nach dem Druiden. Erst, nachdem sie zum dritten Mal laut den Namen, den die alte Frau ihr genannt hatte, gerufen hatte: „Gurus Manix!!!“, hörte sie plötzlich *über* sich eine eher leise, beschwörende Stimme: „Du störst das Ritual, was willst du?“.

Sie schaute nach oben und tatsächlich, da saß ein Mann im Baum! „Ich komme auf Empfehlung …“, erst jetzt fiel ihr auf, dass sie den Namen der alten Frau gar nicht wusste. „… Auf Empfehlung meiner … meiner Tante!“, fuhr sie nach einer kurzen Pause fort. „Sie sagt, wenn mir einer helfen kann, dann du!“, …

„Viiieeelleicht …“, kam es gedehnt von oben. Dann recht zügig hinterher: „Aber nicht heute! Heute ist Vollmond und ich sammle Misteln!“. Der Druide hielt das mondsichelförmige Messer mit seiner rechten Hand demonstrativ in die Höhe. Niamh wunderte sich. „Auf dieser Eiche wachsen aber doch gar keine Misteln!“, sagte sie und zeigte auf die Krone. „Das macht nichts!“, sagte Gurus Manix in etwas näselnd-blasiertem Ton und im wahrsten Sinne des Wortes von oben herab, „es geht hier um das Ritual!!!“.

Niamh im Wald bei Guru Manix[83]

[83] Aquarell von Maja Groll

„Aha", sagte Niamh verständnislos „ich bin aber von Rom, aus der Stadt bis hier gelaufen, um mit dir zu sprechen!". „Geht nicht, der Mond wartet auch nicht!", kam es von oben, „komm wieder, wenn er verschwunden ist, einen Tag davor oder einen Tag danach, früher oder später ist da nichts zu machen". … „… Ich weiß schon, warum du kommst …", sagte er mit einem theatralischen Blick in Richtung blauem Himmel. Dabei verfehlte er den nächsten Ast und wäre um ein Haar abgestürzt. Niamh warte noch eine Weile, falls er es sich anders überlegt, aber er fuhr fort in dem schönen alten Baum herumzusteigen. Da machte sie sich tatsächlich auf den Rückweg. Die Vorstellung bei Neumond wieder zu kommen, jetzt, wo die Tage länger wurden, behagte ihr gar nicht, aber offenbar blieb ihr nichts anderes übrig.

Jetzt war einen Tag vor Neumond, beim letzten Verschwinden des Mondes hatte sie andere Aufgaben erledigen müssen. Sie folgte dem Weg, den das letzte Mal gegangen zu sein sie sich erinnerte. Immer wieder erkannte sie Steine oder Bäume, die sie das letzte Mal auch gesehen hatte, und ihr die Sicherheit gaben, noch auf dem richtigen Weg zu sein. Und dann kam sie wieder an die Lichtung mit der Rundhütte. Diesmal brannte vor der Hütte ein Feuer, es roch nach gerösteten Kastanien … und noch etwas, etwas sehr unangenehmem. Und dann sah sie es auch schon. Auf dem Boden ausgebreitet lag allerlei totes Getier. Ratten, Vögel, Schlangen, Frösche. Und der Geruch ließ ahnen, dass diese Tiere nicht eben erst getötet wurden. Niamh hatte das Gefühl, sich übergeben zu müssen. Vorsichtig atmete sie durch den Mund und vermied den Blick auf die Tierleichen. Vor der Hütte saß Gurus Manix und hieß sie mit großer Geste willkommen.

„Setz dich, Mädchen", sagte er … „ich wusste, dass du kommen würdest". Niamh dankte ihm und nahm auf einem Stein Platz, sodass sie mit dem Rücken zu Feuer und Opfertieren saß. „Wie heißt er?", fragte er. „Es ist nicht einer, das wäre ja einfach, es sind viele, ich weiß nicht wie viele, und ihre Namen kenne ich auch nur zum Teil!", erwiderte sie, denn er hatte ja schon beim letzten Mal gesagt, dass er wisse, weshalb sie komme.

Gurus Manix zog die Augenbrauen zugleich fragend und kritisch hoch. „Viele???", wiederholte er. „Ja", sagte sie nur. „Ich fürchte, da kann ich dir nicht helfen!", sagte er und machte Anstalten, sich zu erheben. „Liebeszauber für einen, ja das ist eine Spezialität von mir, aber für eine ganze Meute, nein, dafür würde ich mich auch nicht hergeben!".

„Wieso Liebeszauber???“, entfuhr es Niamh „Ich will keine Priesterin sein, keine Anführerin!!!“. Niamh war seit Jahren mit Eògan[84] verheiratet, ebenfalls einem keltischen Sklaven, Musiker, wie ihre Eltern. Sie waren glücklich und hatten bereits drei gesunde Kinder miteinander, um die sich Rhianú, ihre Mutter, liebevoll kümmerte, wenn sie unterwegs war. Ein Lächeln huschte über ihr Gesicht, als das fröhliche Lachen ihrer ältesten Tochter, Gwawr[85], vor sich sah. Gwawr interessierte sich bereits jetzt intensiv für das, was ihre Mutter machte. Es war ihr von ihrer Herrschaft der Schulbesuch ermöglicht worden. Und tagtäglich stritten Mutter und Tochter über den Sinn und Unsinn des Schreibens, insbesondere des Aufschreibens. Meist endete es damit, dass Gwawr lachte und sagte: „Mama, du bist altmodisch, aber ich hab´ dich trotzdem lieb!:. Und Niamh wusste, dass sie ihre Abneigung gegen das Aufschreiben eigentlich nur mit ihrer Mutter teilte und denen, deren Fähigkeiten zum Schreibenlernen nicht ausreichten.

Jetzt war Gurus Manix Gesichtsausdruck voll Erstaunen, fast ein wenig dumm. „Keine Liebesgeschichte?“, fragte er ungläubig. „Nein!!!“, sagte sie „ich habe solide Heilkunst bei meiner Mutter gelernt und immer zugesehen, dass ich bei allen dazu lerne, die auch etwas davon verstehen. Aber das reicht den Menschen offenbar nicht, sie wollen unbedingt, dass ich auch noch Priesterin bin und ‘die Kelten anführe’, was auch immer das heißt. Allerlei Naturereignisse schreiben sie daher irgendwelchen Kräften zu, die ich haben soll … es ist nicht nur lästig, es macht mir manchmal richtig Angst! … nicht der Humbug, sondern die fordernden Menschen … manchmal denke ich, die könnten einen Menschen umbringen, wenn er ihnen nicht zu Willen ist oder sie auch nur meinen, dass er etwas gemacht hat, was er gar nicht gemacht haben kann … sei es Regen oder Hagel oder die Fehlgeburt eines ersehnten Fohlens!“.

Er schaute sie an: „Mich fragt ja keiner … ich wäre *zu* gern ihr Anführer! … mich fragt ja keiner!!!“, … „Ich!“, sagte Niamh irritiert, „ … ich frage dich doch!!! Kannst du mir helfen?“. … Nach einer kurzen Pause antwortete Gurus Manix, der die Fassung wieder gewonnen hatte: „Daaas … das ist eine größere Geschichte, da müssen wir bis morgen warten, bis wirklich Neumond ist, müssen Tränke brauen und dafür sorgen, dass nach Sonnenuntergang die Nebelkrähe das unsichtbare Gewand der Priesterin wieder von deinen schmalen

---

[84] Sprich Jogan, Betonung auf der ersten Silbe, es bedeutet der Wohlgeborene
[85] Sprich Gu-or, es bedeutet Morgendämmerung in walisisch-keltischer Sprache

Schultern nimmt". Er umfasste ihre Schultern fest. als er dies sagte. Niamh schöpfte Hoffnung und ließ Gurus Manix wissen, dass sie am nächsten Nachmittag wiederkommen würde. Schnell sagte Gurus Manix: „Du kannst heute Nacht in meiner Hütte bleiben, sie ist sehr gemütlich". Das wieder gefiel Niamh gar nicht. Sie dankte freundlich, lehnte aber ab und ging den Weg ein Stück zurück. Sie beschloss in einer kleinen natürlichen Höhle zu nächtigen, die sie auf dem Weg gesehen hatte.

Auch Taog findet zu Gurus Manix

Vorsichtig suchte sich Taog seinen Weg auf dem weichen nassen Waldboden. Zwar hatte es aufgehört zu Regnen, aber das Wasser tropfte noch von den Bäumen und seine Tunika war durchnässt. Noch vor Tagesanbruch war er aufgebrochen, um den 'Druidus' aufzusuchen, den sein Freund ihm genannt hatte. Viel Hoffnung hatte er nach all seinen Erfahrungen nicht, aber da er sich vorgenommen hatte, alle zu befragen, die in Anspruch nahmen, mehr zu wissen, als andere, gehörte dieser Mann auf jeden Fall dazu. Wenn man bedachte, dass er in Griechenland gewesen war, ohne etwas zu finden, war einen Druidus in den Wald zwischen Rom und Ostia zu suchen, ein vergleichbar geringer Aufwand. Zu Pferd war er auf der gepflasterten Straße bis zum Beginn des Waldes geritten. Da er seinen Sklaven mit den beiden Pferden aber zurück nach Rom geschickt hatte, würde er den Rückweg jedoch vollständig zu Fuß machen müssen. Er erwartete nicht, vor Einbruch der Dunkelheit wieder zuhause zu sein und er hoffte, dass die Gegend sicherer war, als man sich erzählte. Seinen Leuten hatte er gesagt, dass man nach ihm suchen solle, falls er binnen drei Tagen nicht zurück sei von der Fahrt.

Die Beschreibung, die er erhalten hatte, erwies sich als sehr genau und nach nur knapp zwei Stunden erreichte er die Lichtung mit der Rundhütte, von der man ihm erzählt hatte, davor war ein Feuerplatz, auf dem vor nicht allzu langer Zeit ein Feuer gebrannt hatte. Daneben stand ein Kessel und es lagen Teile von toten Tieren überall herum! Und jetzt stieg im auch der penetrante Geruch der diversen Gedärme und Kadaver in die Nase, über den Inhalt des Kessels dachte er besser nicht nach. Es gruselte ihn, dann nahm er sich zusammen, erinnerte sich, weshalb er hier war und schritt beherzt auf die Rundhütte zu. Solch ein Haus hatte er noch nie gesehen, dachte aber sofort: „Eine runde Sache … eigentlich nicht schlecht!", und ganz entfernt stieg eine Erinnerung in ihm hoch an Erzählungen seiner Mutter, die Skotin, die irgendwo in … Dalriada??? Hieß es so??? … auch in runden Häusern gewohnt hatte, bevor sie als Sklaven nach

Rom gebracht worden waren. Er klopfte. Sofort ertönte aus dem Innern der Hütte „Bist du´s schon, meine Kleine?". ... „Nein", erwiderte Taog erstaunt, „Nein, ich bin nicht sonderlich klein, im Gegenteil, gemeinhin gelte ich als eher groß und breitschultrig".

Es öffnete sich die Tür und der zerzauste graue Kopf des Druiden erschien. „Puh", dachte Taog, „der riecht ja noch schlimmer, als sein Zeug hier! Der muss ja Monate nicht gebadet haben!". Aber dann besann er sich, dass er den Weg nicht für ein Geruchserlebnis gemacht hatte, sondern ... Bevor er aber etwas sagen konnte, grinste Gurus Manix breit und sagte: „Schau einer an, doch nicht etwa das zweite Turteltäubchen ...", dann hielt er inne, sein Lächeln verschwand und er korrigierte sich selbst :„nein-nein ... war ja keine Liebesgeschichte ...". ... „Ich komme um ...", hob Taog an. Mit einer weit ausholenden Geste bedeutete Gurus Manix Taog zu schweigen. „Jetzt nicht, mein Guter, jetzt nicht ... was auch immer *dein* Anliegen ist, du kannst es mir vortragen, wenn die Sonne genau auf der Mitte zwischen ihrem höchsten Punkt und ihrem Untergang angekommen ist. Diesen Zeitpunkt haben die Götter mir für dein Anliegen mitgeteilt!". „Aber ... werter Druidus ...", nahm Taog einen neuen Anlauf, „... ich bin nicht einmal sicher, dass mein Anliegen etwas mit den Göttern direkt zu tun hat! ...". Ein strafender Blick von Gurus Manix ließ ihn wieder verstummen. „ALLES, junger Mann, ALLES hat mit den Göttern zu tun, und zwar direkt! Auf Wiedersehen, wenn du eine Antwort der Götter wünschst, auf Nimmerwiedersehen, falls nicht! Doch das, ich kann es dir jetzt schon sagen, wird böse enden! ... Jetzt geh, Ich habe eine wichtige Zeremonie für die Kleine vorzubereiten ...". Gurus Manix fiel in diesem Moment auf, dass Niamh ihren Namen nicht genannt hatte und er auch nicht danach gefragt hatte. „Und", fügte er eilig hinzu, „dass meine Hilfe nicht umsonst zu haben ist, muss ich ja vermutlich nicht extra betonen. Immerhin bin ich Druide mit einer langen, schweren Ausbildung!".

Achselzuckend ging Taog davon und hoffte für die mysteriöse ‚Kleine' nur, dass der Kessel, bzw. sein Inhalt, keine Rolle bei der Zeremonie spielen würde. Er ging im Wald spazieren, aß ein paar Beeren und mitgebrachte Weizenfladen. Die Pilze zu nehmen traute er sich nicht, er verstand zu wenig von diesen, die er als Delikatesse jedoch sehr schätzte.

Niamhs und Taogs Wiedersehen

Es war kurz nach der vom Druiden vorgeschriebenen Zeit, als er die Lichtung wieder erreichte, er hatte sich in den Entfernungen etwas verschätzt. Eine

Zeremonie war schon (oder noch?) in Gange. Der Druide mit dem zotteligen grauen Haupthaar und ebensolchem Bart vollführte einen bedächtigen Tanz begleitet von einem Singsang in einer fremden Sprache, auf einem Stein vor der Hütte saß eine junge Frau, fest eingehüllt in ein Tuch, das auch ihre Haare bedeckte. Der Druide hielt kurz inne, als Taog sich näherte und bedeutete ihm schweigend, sich ebenfalls zu setzen. Die junge Frau ergriff die Gelegenheit und sagte: „Gurus Manix, du wolltest die Nebelkrähe rufen, damit sie den unsichtbaren Mantel der Priesterin von meinem Schultern nehmen und forttrage, nicht um eine gute Ernte bitten!", und dachte: „auch ein Druide kann sich mal in der Beschwörung irren", aber eigenartig fand sie es schon.

Gurus Manix schaute betroffen: „Woher verstehst du meine Worte?". „Du sprichst sie in der Sprache meines Vaters", erwiderte sie. Und in diesem Moment erkannte Taog Niamh. „Niamh!!!", rief er „Was suchst du denn hier?". Mit kurzen Worten erklärte sie, was sie in den Wald geführt hatte. „Als Frau solltest du aber nicht allein durch die Wälder streifen!". Niamh lachte, „Das mache ich doch immer, nur nicht hier!". Der Druide räusperte sich hörbar und kündigte an, nun mit der Zeremonie fortzufahren, diesmal der richtigen. Wieder vollführte er bedächtige Bewegungen und murmelte einen Singsang, diesmal jedoch in einer Sprache, die keiner der beiden verstand. Dann folgte eine Pause, in der er auch den beiden jungen Leuten bedeutete zu schweigen. Dies wiederholte sich noch ein paar Mal, derweil näherte die Sonne sich dem Horizont.

„Jetzt", der graue Druide im grauen Mantel stand da mit ausgebreiteten Armen, „jetzt kommen die Nebelkrähen und nehmen dir den Schattenmantel ab!". Und er selbst erinnerte stark an eine zerzauste, alte Nebelkrähe, wie er dastand auf einem Bein, die Arme mit dem grauen, verschlissenen Gewand weit ausgebreitet.

Gespannte lauschte Niamh und schaute sich verstohlen um. Weit und breit war keine Nebelkrähe zu sehen. Überhaupt schienen wenig Vögel in der Nähe zu sein. Zweifel beschlichen Niamh. Gurus Manix aber schritt zum Kessel und kam mit einer Kelle voll übelst riechendem Gebräu zu zurück und sagte: „Und nun nimm elf kleine Schlucke vom Sud aus Mondmistel und 10 Geheimnissen, um dich von der Last zu befreien". Sie wandte sich angeekelt ab und stieß hervor: „Das ist ja widerlich! Ich will gar nicht wissen, was die 10 Geheimnisse sind, Mistel ist da auf jeden Fall nicht drin, denn auf meinem ganzen Weg habe ich keine gesehen, und du wärst sicher auch nicht auf einen Baum gestiegen, auf dem nicht eine Mistel wächst, um welche zu suchen, hättest du von anderen Orten gewusst, wo sie zu finden ist!!!". Gurus Manix aber ließ nicht locker und drängte Niamh mit beschwörenden Blicken und ebensolcher Stimme, zu trinken.

Da plötzlich stand Taog auf und fuhr dazwischen. Er stieß die Kelle beiseite, sodass der stinkende Sud auf dem Boden verschüttet wurde. „Hast du nicht gehört, was sie gesagt hat, du Vogelscheuche???“. Sein Gesicht war ganz rot vor Zorn und in diesem Moment vergaß er völlig, dass ja auch ihn ein Anliegen hierher geführt hatte. Niamh schaute ihn dankbar an.

Gurus Manix aber sackte in sich zusammen, setzte sich auf einen Stein und begann ungefragt, ihnen mit weinerlicher Stimme seine Geschichte vorzutragen, angefangen mit seiner Priesterausbildung, gefolgt von einer ungewollten Abreise in Robogdil, der Zeit in Dalriada, der unseligen Schiffsfahrt nach Rom, seiner Zeit im Hause Tiberios, wie es immer wieder Streit unter den verschiedenen Priestern in diesem Haus gegeben hatte und Tiberio ihn wider seinen Willen schließlich frei gelassen hatte. Da habe er nichts anderes zu tun gewusst, als sich von Guirmean in Gurus Manix umzubenennen, was den Römern eingängiger wäre und als einsiedlerischer Druide in die Einöde zurück zu ziehen und darauf zu warten, dass die Menschen für Hilfe zu ihm kämen. Niamh und Taog seien aber seit Wochen die einzigen Hilfesuchenden gewesen. „Und jetzt habe ich es wieder verdorben!“, lamentierte er.

Er tat Niamh und Taog schon leid, der alte Mann, wie er da so kauerte. Aber helfen konnten sie ihm auch nicht. Also ließ Taog ihm ein paar Sesterzen da und stellte ihm noch seine Frage, wobei er schon ahnte, dass sie unbeantwortet bleiben würde. Und in der Tat zuckte Guirmean, alias Gurus Manix nur die Achseln und erwiderte: „Ich bin keltischer Druide, und dann noch einer, der seiner Wurzeln beraubt wurde, nicht Grieche. Wie soll ich etwas über einen Mann namens Hipparch wissen? Nicht einmal gehört habe ich diesen Namen bisher!“.

Es dämmerte schon sehr stark, als Niamh und Taog aufbrachen. Wieder hatte der Druide Nachtlager in seiner Hütte angeboten, aber beide lehnten ab, da der Gestank schon außerhalb der Hütte kaum zu ertragen war und sich ihnen bei der Vorstellung des Hütteninneren der Magen umdrehte. Sie gingen rasch, solange sie noch etwas sehen konnten, denn heute war Neumond und es versprach stockfinster zu werden, um die kleine Höhle zu erreichen, in der Niamh bereits die Nacht zuvor auf einem mit duftenden Kräutern durchsetzten Laubpolster verbracht hatte.

Niamh und Taog

Niamh lachte: „… schon ein komischer Kauz, dieser Gurus Manix!". „Ja", pflichtete Taog ihr bei, „aber auch eine ziemlich tragische Gestalt!". Und dann erzählten sie sich gegenseitig, was sie in den letzten Jahren, in denen sie sich nicht gesehen hatte, erlebt hatten. Immer wieder redeten sie gleichzeitig, unterbrachen sich, fingen wieder an und lachten viel. Am meisten lachte Taog über die Geschichte mit den beiden, die Niamh gefolgt waren und erst bereit waren zu verschwinden, als Niamh angedroht hatte, der Erde zu befehlen, sich zu öffnen. Und Niamh meinte: „Es ist doch lustig, wie eine Situation, die wirklich unangenehm war, so unterhaltsam wird, wenn man davon erzählt!", und lachte auch. Wenn Niamh von ihrer Heilkunst und den Hilfesuchenden berichtete, war Taog ganz aufmerksam und still. Aber als sie von ihren Begegnungen mit den vielen Religionen Roms zu berichten begann, wurde er ganz hellhörig und fragte viel nach.

„Aber du musst mir auch von dir erzählen!", sagte Niamh, ich erzähle immer nur über mich! „Morgen", sagte Taog und gähnte. Schon lange waren sie, fast ohne es zu merken, an der Höhle angekommen, es war stockfinster geworden, da die Wolken auch die Sterne verschleierten und der Mond in dieser Nacht vollständig fehlte. Die Zeit war im Gespräch so schnell verflogen. „Wir haben ja noch den langen Rückweg bis Rom und meinem Pferdesklaven habe ich gesagt, er solle nicht warten, da ich ja nicht wusste, wie lange das hier dauern würde". „Du hast einen Pferdesklaven?", fragte Niamh erstaunt, sie hatte ganz vergessen, dass Taog ja auch Tuccius war, ein angesehener römischer Bürger. „… ja natürlich …", fügte sie dann leise hinzu, „ich bin ja immer noch selbst Sklavin, auch wenn es mir als solche sehr gut geht und ich alle Freiheiten genieße".

Am nächsten Tag brachen sie früh auf, nachdem Niamh ihnen ein erstaunlich leckeres Essen aus wilden Früchten, Nüssen und Pilzen mit Schmalz bereitet hatte, den sie aus Rom mitgebracht hatte. „Kraftnahrung für lange Wanderungen", hatte sie gesagt. Dazu hatten sie die Reste von Taogs Weizenfladen verzehrt. Jetzt war Taog an der Reihe zu erzählen. Niamh lachte immer wieder über seine juristischen Fälle, wo die Menschen um Grundstücksgrenzen, Hundegebell, die Ernte von auf der Grenze stehenden Obstbäumen und ähnliches stritten. „Dann ist es nicht deine Aufgabe, dich um Vergiftete oder Erdolchte zu kümmern?". „Nein, sagte er, das wird an anderer Stelle bearbeitet, Steuerangelegenheiten, die nicht rechtens sind, übrigens auch!".

„Schade", lachte Niamh, „Du könntest ja sonst vielleicht doch noch mal deine Schule …", Taog lachte … gedacht hatte er das auch schon mal!

„Aber was um alles in der Welt wolltest du von dem alten keltischen Zausel? Deine Wurzeln wiederentdecken??? Scheint bei Römern nichtrömischer Herkunft im Moment sehr modern zu sein!", sagte Niamh, als sie vorsichtig eine moorastige Wiese überquerten. „Nein …", Taog zögerte. Noch nie hatte er jemanden von dieser Sache irgendetwas erzählt. „Also …". „Du musst es mir auch nicht sage, wenn du nicht magst, ich kenne das, manche Sachen mag ich auch nicht erzählen oder in einer bestimmten Situation nicht erzählen … zum Beispiel, wenn es etwas mit Sylvia und ihrem Tod zutun hätte – ich habe davon gehört", sagte Niamh in das entstandene Schweigen hinein. „Sylvia … ich habe mich damals nicht getraut, dich zu holen …". „Wenn es stimmt, was man sich erzählt, hätte auch ich nicht helfen können. Wenn ein Kind im Mutterleib stirbt, nimmt es die Mutter häufig mit, ohne dass sich das verhindern Lässt!", sagte Niamh und schaute Taog von der Seite an, um zu sehen, wie stark ihn Sylvias Tod auch nach Jahren noch belastete. Sie wusste, dass er sich nie nach einer neuen Mutter für seinen Sohn umgeschaut hatte.

Er wirkte in Gedanken. „Nein, es hatte nichts mit Sylvia zu tun …", und nach eine Weile „doch, doch … ich würde dir schon gern erklären, warum ich hier war, wieder erfolglos hier war, nur … ich weiß nicht, wie ich es erzählen soll … ich müsste gaaaaanz weit ausholen … ich fürchte, wir haben die germanische Grenze erreicht, bis ich fertig bin …", und er lachte, aber nicht so unbefangen, wie zuvor. „Ich muss es ja nicht alles gleich heute verstehen …", sagte Niamh. Und Taog hob an zu erzählen. Er begann bei Pythagoras, bei der Lehre der Dimensionen, hielt immer wieder an, um mit einem Stöckchen Skizzen in den weichen Boden zu ritzen … und war fast bei den Zahlen und ihren Verhältnissen angekommen, da erreichten sie die Stadtmauern Roms.

„Ich bringe dich nach Hause", sagte Taog, aber Niamh lehnte ab. „Ich bin alleine losgegangen und ich kehre alleine zurück … nein, keine Widerrede … ich will das so!". Taog zuckte die Schultern und sagte „Wenn es dich glücklich macht!", … aber sie verabredeten sich gleich für den nächsten freien Abend, den Taog haben würde, in ungefähr einem halben Mond.

Sie waren beide schon ein Stück gegangen, da drehte sich Taog noch einmal um und rief „Ach, was ich noch sagen wollte: Weißt du was, wenn die Leute dich jetzt belämmern, schick´ sie doch zu dem Waldkauz!!! Der freut sich bestimmt sogar darüber!". Niamh lachte, dachte aber intensiv darüber nach. „Einen Versuch ist es allemal wert!", beschloss sie schließlich.

Gleich am übernächsten Tag sollte sie Gelegenheit dazu bekommen. Wieder lauerten ihr ein junger Mann und zwei mittelalterliche Frauen auf ihrem Heimweg von einem Krankenbesuch auf und stellten sich ihr in den Weg. Sie leierten eine ganze Litanei von Begebenheiten herunter, die sie Niamhs übernatürlichen Kräften zuordneten und endeten damit, dass Niamh sich unmöglich der Verantwortung des Priestertums entziehen könne. Niamh atmete tief durch, dann führte sie das Schauspiel vor, das sie sich in ihrer Kammer überlegt hatte: Tief schaute sie jedem einzelnen in die Augen, dann atmete sie tief und hörbar ein und aus … dann hob sie getragen zu sprechen an „Ihr irrt …", Pause. „… Ihr irrt in mir!". … Pause. … „Ich bin nur", jetzt folgte eine ausholende Geste, „ich bin nur euer Wegweiser, euer wahrer Anführer, euer Druide lebt im tiefen Wald, umgeben von den Wassern des Vergessens und den Kräutern des Lebens, beschützt vom grünen Blätterhimmel. Er ist eure Verbindung zu den Göttern …". … Dann schwieg sie und schaute in die Gesichter mit den aufgerissenen Augen und offenen Mündern vor ihr. Es dauerte einen Moment, bis eine der Frauen mit belegter Stimme fragte „… und wo ist dieser Wald??? Können wir ihn erreichen???". „Um das zu erfahren, kommt morgen an diese Stelle, ich will sehen, was ich für euch tun kann", … Sie ging einen Schritt nach vorne und die drei wichen wortlos zu Seite und ließen sie durch.

Hinter der nächsten Straßenecke schüttelte Niamh sich und schmunzelte. Das war einfacher und wirkungsvoller gewesen, als sie gedacht hatte. Und letztlich hatte sie mit den Dreien nichts anderes gemacht, als Gurus Manix am ersten Tag mit ihr. Kurzfristig beschlich sie ein schlechtes Gewissen. Dann aber sagte sie sich, diese Menschen suchen einen Leithammel um jeden Preis und im Wald wohnt jemand, der wäre so gern einer! Taog hatte schon gute Ideen, stellte sie zufrieden fest.

Die drei Suchenden waren pünktlich am nächsten Tag zur Stelle, das heißt, wie lange sie da schon gewartet hatten, konnte Niamh gar nicht sagen, da sie sich erinnerte, keine Zeit genannt zu haben. Erwartungsvoll schauten sie sie an. „Ihr drei Suchenden", … Pause . Niamh, die sonst gern schnell und zuweilen auch mit Gedankensprüngen redete war wieder ganz bedächtig, da sie in ihre Theaterrolle geschlüpft war. … „ich darf euch den Weg beschreiben, aber nur ein einziges Mal, danach ist meine Aufgabe für euch erfüllt … daher hört gut zu!“. Dies hatte sie sich überlegt, damit sie *diese* drei dann auch ein für alle Mal los war. Dann beschrieb sie, wie Guirmean alias Gurus Manix zu finden war, ermahnte die drei, ausreichend Nahrung für drei Tage mitzunehmen und setzte zum Schluss hinzu: „Und vergesst nicht die Opfergaben. Götter und Priester schätzen Gaben und ihr wollt doch weder den einen, noch den andere gegen euch erzürnen, nicht wahr?“. Betreten schauten die drei nach unten, denn für Niamh hatten sie nichts als Gabe dabei. Niamh spürte das und sagte: „die Dienste des Wegweisers sind umsonst, aber einmalig, vergesst das nicht!“. Wieder traten die drei brav zur Seite und ließen Niamh durch, als sie sich zu gehen anschickte.

Niamh und Taog trafen sich nicht nur den einen Abend, sie verabredeten sich immer wieder und immer besser verstand Niamh, womit Taog sich außerhalb seiner juristischen, beratenden und schreibenden Tätigkeit bei Hofe beschäftigte. Er ging nicht in den Circus, selten ins Theater, ab und zu Musikdarbietungen, bevorzugt in den Häusern seiner Freunde … er las und schrieb und vor allem dachte er nach.

Taog war immer wieder neugierig, was Niamh über die verschiedenen Menschen zu berichten hatte, mit denen sie in Kontakt kam, weil sie ihre Hilfe suchten, und auch über das ganze Wissen, das Niamh ausschließlich in ihrem Kopf zu bewahren schien. Beide lachten herzlich über die Idee mit dem Wegweiser, die ihre Wirkung nicht verfehlte und eins ums andere Mal gut funktionierte. Im Frühjahr machten die beiden sich noch einmal auf den Weg zu Gurus Manix, aus Neugierde, nicht weil sie Hilfe suchten. Der Weg war beschwerlicher, als im Herbst zuvor, da der Boden vom Winter völlig aufgeweicht war. Die kleine Höhle aber war glücklicherweise trocken geblieben. Und das Wetter war besser, als bei ihrem ersten Besuch. Als sie auf die Lichtung kamen, trafen sie Gurus Manix in bester Laune an. Die toten Ratten, Vögel und Reptilien waren Hühnchen- und Kaninchenknochen und diversen Eierschalen gewichen und über dem Feuer hing ein Kessel, dessen Inhalt verführerisch roch. „Hasenragout keltische Art“, schmunzelte Gurus Manix, darf ich euch zum Essen einladen? „Seit dem Tag, wo ihr beide hier wart und ich das Ritual für eine gute Ernte aus Versehen gehalten habe, reist der Strom Hilfesuchender nicht ab. Und sie haben oft mehr Opfergaben dabei, als die Götter und ich zusammen verzehren können!“. … „Und … haben die Nebelkrähen denn den Mantel der Priesterin auch erfolgreich von deinen Schultern genommen, meine Kleine?“. …“Ja…“, sagte sie zögerlich, „könnte man so nennen …“. Denn in der Tat bedrängte sie jetzt ja keiner mehr, Priesterin und Anführerin zu sein! Gurus Manix jedenfalls ließ sie wissen, dass es ihm in seinem ganzen Leben noch nie so gut gegangen sei! Der Grund von Taogs Besuch damals war ihm offenbar entfallen.

Niamh schaute nach oben, wo sie Gurus Manix erstmals gesehen hatte, schaute wieder zum Feuer und dann ungläubig wieder nach oben. Da war ein Mistelzweig, ein ganz, ganz kleiner, aber in seiner Form unverwechselbarer Mistelzweig! Gurus Manix folgte ihrem Blick und sagte: „Ja, er ist angegangen, ich habe es selbst kaum zu hoffen gewagt. Den Tag, als du das erste Mal hier warst, habe ich ihn dort oben eingepflanzt, da war er nicht grösser, als mein kleiner Finger … rechts und links daneben habe ich auch noch Samen der Mistel aufgebracht, dort ist aber noch nichts zu sehen. Manchmal muss man dem Glück eben ein wenig nachhelfen!". Und er schmunzelte wieder.

Das keltische Familiengeheimnis

Es war wieder einmal Frühsommer und der julianische Kalender schrieb das Jahr 192[86]. Die Arbeit in seinem Büro war erledigt und Taog auf dem Weg nach Hause. Er war in seinen Forschungen nicht viel weiter gekommen, aber er freute sich auf dem Abend, da er wieder mit Niamh verabredet war, Treffen, die er sehr genoss. Oft kam sie in seine Villa, meist aber trafen sie sich irgendwo in der Natur. Heute waren sie in einem Wäldchen vor der Stadt verabredet, da Fionn Flavius bei einem Freund eingeladen war, bei dem er auch übernachten würde. Daher würde es seinem Sohn nicht einmal auffallen, dass der Vater über Nacht weg blieb. Oft fuhr er mit einem leichten Wagen hinaus, in dem er Niamh auf dem Rückweg mitnehmen konnte, so auch heute.

Niamh verstand zunehmend, worum es Taog bei seinen Forschungen ging und an welchem Punkt er jetzt bereits seit fast zehn Jahren nicht weiter kam. Heute hatte sie Neuigkeiten für ihn. Immer noch lernte Niamh von ihrer Mutter und vereinte altes keltisches mit neuem römischen Wissen zum Nutzen ihrer Patienten. Und immer wieder beschloss die Mutter, dass sie einen Reifegrad erreicht hatte, der sie befähigte ein neues Geheimnis aufzunehmen.

Vor drei Tagen, an ihrem 45. Geburtstag, Beltaine 192, hatte die Mutter ihr, wie sie sagte, größtes und letztes Geheimnis anvertraut. Ein Geheimnis, dessen Bedeutung erst dann zutage trete, „wenn die Zeit dafür gekommen ist", hatte

[86] 147 nach Christus

Rhianú gesagt. Bis dahin werde es von der Mutter an die Tochter weiter gegeben. Und das, so erzähle man sich, seit etwa fünftausend Jahren.

Es war ein Lied mit einer sehr einfachen, fast an ein Kinderlied erinnernden Melodie, das Rhianú ihrer Tochter weitergab und es machte beim ersten hören keinen Sinn, wie Niamh fand. Rhianú sang es in der Sprache, in der ihre Mutter und ihr Vater miteinander sprachen, der Sprache aus dem fernen, geheimnisvollen, smaragdgrünen ‚Dalriada' und ‚Robogdil', obgleich das Lied ursprünglich aus Rhianús Heimat stammte, also eigentlich auf Cymraeg gesungen werden müsste. „Ich habe es für deinen Vater übersetzt", lächelte Rhianú, als ihre Tochter nachfragte, „und jetzt gefällt es mir so fast besser!".

An Dán

Rúndiambhra ama suite go
daingean in imeacht aimsire
Cabhraíonn na beacháin dhearga chun an slabhra a bhogadh
Eitleoidh tú ach ní bhíonn an tuirlingt maistrithe ag an uile duine.

Bearnaí ama,eítri éimse
Athrú saoil
Nuair boghann na réalta go tréan.
An bhfuil sé de dhánacht ionat?

Drúcht crann teile, am eacaineachtúil
Cuhacht neamh laghdeithe bhealtaine
Gan curtha i gcrích leis féin amháin sas chás áirithe seo.

Ag léimt díreach ar aghaidh b'fhéidir
Ach ag féachaint siar áfach
Ní chabhraíonn cumha,
Le himeacht ama agus na síóga ag boghadh
Go mín réid gasta san oíche
Rédhorcha chun an bearna a chlúdach le ceo bog liath
Ní aimseoidh tú an bealach ceart ar ais.

Was übersetzt so viel hieß wie:

Geheimnis der Zeitenläufe

Erdverhaftet Zeitenläufen,
lösen hilft der rote Schwamm,
fliegen wirst du, doch die Landung
nicht ein jeder meistern kann.

Weltenläufe Zeitenspalten,
wenn Gestirne mächtig walten
Weltenwechsel,
willst du´s wagen?

Lindentau … an gleichen Tagen
Beltainens starke Kraft
Doch hierfür nicht alles schafft.

Sprünge hin, das mag noch gehen
Aber dann zurück zu sehen
Heimweh, ach es mag nichts helfen,
haben Zeitenwandel Elfen Spalten sacht
rasch bei mondenfinstrer Nacht
nebelgrau und weich verwischt
findest du den Rückweg nicht.

Drei Tage jetzt beschäftigte sie dieses Gedicht bereits und vergeblich versuchte sie, seinen Sinn zu erschließen. Sie beschloss, es mit Taog zu teilen, obgleich ihre Mutter ihr eindrücklich gesagt hatte, dass dieses Lied nur zur Weitergabe von der Mutter auf die Tochter bestimmt war. Sie hatte ein etwas mulmiges Gefühl dabei, andererseits könnte es ja sein, dass genau dieses geheimnisvolle Lied etwas mit dem zutun hatte, was Taog suchte. Und da war noch etwas, was geheim zu halten sie eigentlich versprochen hatte, was sie ihm aber unbedingt doch zeigen wollte. Unter dem Arm trug sie außerdem ein großes Bündel, ein Geburtstagsgeschenk für Taog, das sie über Monate für ihn gefertigt hatte.

Es war drei Tage nach Beltaine 192 und die Natur um ihn herum lebte. Die Blumen dufteten, die Insekten summten in der Sonne des Spätnachmittags und selbst der kleine Bach, den er überquerte schien munterer zu plätschern, als sonst. Taog war guter Dinge und lächelte über sich selbst. Seit 42 Jahren war er Römer und noch immer feierte er seinen Geburtstag an einem keltischen Feiertag, der jedes Jahr an einem anderen Tag lag. Während er früher diesen Spalt zwischen den Kulturen als Belastung empfunden hatte, fand er ihn nun zunehmend bereichernd und bemühte sich, es auch Fionn Flavius, der den alten Geschichten neugierig lauschte, so gut wie möglich weiter zu geben. Er würde Niamh bitten, Fionn Flavius Geschichten zu erzählen und vielleicht sogar zu singen, wie ihre Mutter es damals für ihn gemacht hatte.

Er war mit seinem leichten Gefährt, vor das er ein gutes, zuverlässiges Pferd geschirrt hatte, auf der Höhe angekommen und setzte sich vor den Stein, an dem er mit Niamh verabredet war. Sie hatte gesagt, dieser Punkt liege auf dem Weg, es sei aber eine Überraschung. Erst nachdem er sich gesetzt hatte, hörte er das Gras rascheln, Niamh tauchte aus dem Gebüsch auf, sie war schon vor ihm hier gewesen. Sie brachte eine kleine Hand voll wilder Erdbeeren mit, die sie gemeinsam aßen. Niamh lachte: „Ist zwar kein Geburtstagskuchen, aber auch lecker!". … Taog ging an den Wagen und holte ein kleines Bündel heraus. „Wir können das ja noch hinterher naschen", sagte er und wickelte verführerisch duftende *GLOBVLI*[87] aus, die sie beide in kurzer Zeit verspeist hatten.

Dann fuhren sie gemeinsam weiter, Niamh wies den Weg. „Hier müssen wir den Wagen abstellen", sagte sie, „von hier kommen wir nur zu Fuß weiter … wie schnell das mit dem Wagen ging! Als ich letztes Mal hier war, haben wir einen guten Tag zu Fuß gebraucht!". „Wir? Warst du mit Eògan hier draußen?", fragte Taog. „Nein, mit Muksas", antwortete sie und als sie seinen erstaunten Blick sah, setzte sie hinzu: „Das kannst du höchstens nachher oder vielleicht morgen verstehen …". Es war ein wunderbar lauer Sommerabend und noch schön hell, als Niamh die Zweige beiseite bog und die Tür im Fels zum Vorschein kam. Sie schaute sich vorsichtig um, da sie, wie Muksas damals, Sorge hatte, sie könnten beobachtet werden. Sie versuchte, die Tür zu öffnen, aber der Riegel klemmte. Taog versuchte es ebenso, aber auch er bekam die Tür nicht auf. Inzwischen dämmerte es doch deutlich und Niamh sagte: „Es wird dunkel, da könntest du da drin sowieso nichts mehr sehen … wir gehen jetzt besser zur Höhle, und kommen morgen früh wieder …". „Was ist denn da überhaupt drin?", erkundigte sich Taog. „Das musst du sehen, das kann man schlecht beschreiben

---

[87] In Fett ausgebackene Gebäckkugeln, die gem. historischer Quellen in Honig getaucht und dann in Mohnsamen gerollt wurden. Stelle ich mir vor, wie in Honig getauchte und Mohn gewälzte Mutzenmandeln

…“, erwiderte Niamh. Sie ging einige Schritte in Richtung Waldrand. „Wo willst du hin?“, fragte Taog. „Zur Höhle …“, antwortete Niamh. „Ich kann das Pferd aber doch nicht die ganze Nacht geschirrt stehen lassen!“, sagte Taog. Das Pferd hatte sie ganz vergessen.

Sie gingen zur gepflasterten Straße zurück, fuhren ein kurzes Wegstück zurück, schoben den Wagen ins Gebüsch, sodass er von der Straße aus nicht gleich zu sehen war und nahmen das Pferd am Halfter ein kurzes Stück mit in den Wald, wo sie ihm die Vorderfüße zusammen banden, damit es sich beim Fressen nicht zu weit entfernte. Sie selbst überprüften beim letzten Licht des Tages die Höhle auf eventuell dort lebende Tiere, fanden sie leer vor und richteten sich eine Laubschütte für die Nacht her. Es war bereits dunkel, als sie fertig waren, daher aßen sie vor der Höhle unter dem klaren Sternenhimmel zu Abend. Es war so friedlich hier und es schien, als seien sie die einzigen Menschen unter diesem riesigen samtblauen Zelt mit den funkelnden Lichtern. Dieser Moment erschien Niamh richtig, um ihr Geburtstagsgeheimnis mit Taog zu teilen. Sie erzählte ihm, wie ihre Mutter es ihr weitergegeben hatte, wie sie aber hoffte, dass es Taog in seiner Arbeit endlich weiter bringen würde. Dann sang sie das Lied mit leiser Stimme, erst auf Cymraeg[88], dann übersetzte sie es ihm ins Lateinische. Taog war fasziniert. Immer wieder ließ er sie einzelne Zeilen wiederholen, dann sagte er. Das ist unglaublich spannend, ich werde es gleich morgen aufschreiben.

Niamhs Gesicht verfinsterte sich. „Das ist noch so ein Punkt, Taog“, sagte sie, „für die Römer und als Römer ist es dein Beruf zu schreiben, aber deine geheimen Dinge solltest du nicht aufschreiben. Das ist nicht gut, es wird dir Unglück bringen! Wirklich wichtige Dinge und Geheimnisse gibt man mündlich weiter! Das war schon immer so!!!“. „Niamh, ich bin aber nicht abergläubisch. … Und außerdem haben die größten Philosophen aller Zeiten immer alles aufgeschrieben! Wissen ist viel zu wertvoll, um das Risiko einzugehen, dass es vergessen oder falsch weiter gegeben wird!“. Niamh schüttelte den Kopf: „Wissen will leben, wenn es aufgeschrieben wird ist es tot!“. Taog schaute ungläubig. Die kluge Niamh und dann solcher Unsinn! Wie passte das zusammen? Niamh holte das Bündel, das sie getragen hatte, und wickelte es aus. Zum Vorschein kam eine wunderschöne polierte Kiste aus edlem Holz, dessen Farbton man in der Dunkelheit nur erahnen konnte. „Sie ist aus dem Holz der Kastanie, des Olivenbaums und der Zypresse, ich habe sie selbst gemacht!“.

---

[88] Keltische Sprache der Cymren, der heutigen Waliser

Taog staunte. Niamh hielt ihm die kleine Truhe hin, deren Metallverschlüsse ihn an die Fibel erinnerten, mit der seine Mutter ihr Gewand verschloss. Mit den Fingern fuhr er über die Oberfläche, in die ein Muster eingeritzt war, das er in der Dunkelheit nicht erkennen konnte.

„Sie ist wunderschön, Niamh“, sagte er. „Sie ist für dich, damit du deine Geheimbücher hinein legst und für immer vergräbst“. Taog schaute ebenso ungläubig, dass dies ein Geschenk sein sollte, wie über die Idee, seine wertvollen Kodices irgendwo zu vergraben. „Wir können das tote Wissen begraben, wie wir einen lieben Menschen begraben, lebendig aber bleibt es in unseren Köpfen!“, sagte Niamh aufmunternd. „Danke“, sagte Taog, „ich werde die Bücher dahinein legen, über die Sache mit dem Vergraben reden wir noch mal!“.

Sie tranken wieder etwas von dem gewürzten Wein, den Taog mitgebracht hatte, dann griff er in seine Tunika und zog ein Päckchen heraus. „Ich habe auch ein Geburtstagsgeschenk für dich“, sagte er, „aber nichts Selbstgemachtes. Ich habe es von meiner Mutter bekommen.

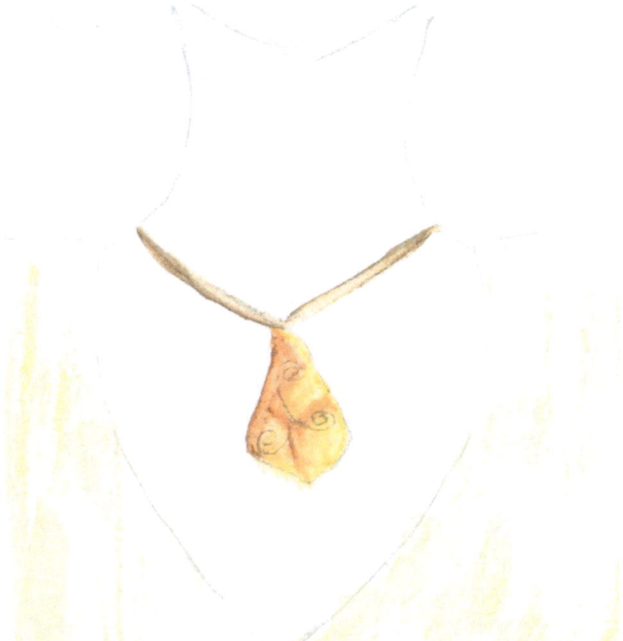

Der Ómra-Anhänger [89]

Wenn es stimmt, was sie sagt, kommt es aus unserer fernen Heimat“. Niamh öffnete das kleine Stoffbündel und hielt einen leichten, warmen Anhänger an einem Lederband in der Hand. Sie erkannte ihn sofort. „Es ist der gleiche Ómra-

---

[89] Aquarell von Maja Groll

Anhänger, den mein Vater meinem ältesten Bruder zu seinem zwölften Geburtstag geschenkt hat!", sagte sie.

Sie freute sich unbeschreiblich. „Ich werde ihn ab heute immer bei mir tragen!", sagte sie und drückte dem überraschten Taog einen Kuss auf die Wange.

Am nächsten Morgen brachen Sie früh wieder zur versteckten Holztüre auf. Wieder versuchten sie vergeblich, sie zu öffnen. Enttäuscht ließ sich Niamh vor dem Fels auf den Boden gleiten. „Dann musst du eben doch versuchen, mir zu erzählen, was da drin ist!". Niamh schaute ihn an … „…Ich weiß gar nicht, ob das geht, und auch nicht, ob ich mich an alles erinnere!", sagte sie. Schließlich aber versuchte sie es doch. Sie berichtete von der ‚Spelunca', dem halb unterirdisch gelegenen, kaum erleuchteten Raum, an dessen Ende sich ein großes Relief mit der Darstellung der Stiertötung befand. Und dann versuchte sie, so gut sie es erinnerte, wiederzugeben, was Muksas ihr so zögerlich darüber berichtet hatte.

„Mehr konnte ich nicht herausfinden", sagte sie, als sie fertig war. „Ich bin eine Frau, aber du, du könntest doch versuchen mehr darüber zu erfahren. Ich habe gehört, dass die Mithrasgemeinden fast täglich wachsen. Viele Römer aber auch viele andere Nationalitäten schließen sich der Lehre an … aber eben nur Männer", und sie verzog das Gesicht. „Und wenn das stimmt, was er mir gesagt hat, steht nächstes Jahr eine Veränderung an! Die Fische haben ein sechsunddreißigstel des Wegs zwischen Ihrem Auf- und ihrem Untergang zurück gelegt!".

Taog war ganz fasziniert von dem, was Niamh ihm erzählte aber auch von dem Gedicht des Vorabends. Erneut bat er sie, es auf Latein zu wiederholen. Seine Eltern hatten Skotisch gesprochen, was er aber auch nur bruchstückhaft beherrschte, da er es nur nutzte, wenn er mit seinen leiblichen Eltern zusammen war. Cymraeg hatte er nie gekonnt. Er war bemüht, sich jede Zeile einzuprägen.

Kaum zuhause angekommen, schrieb er die Verse nieder, zunächst auf einem korrigierbaren Wachstäfelchen, schließlich, als er sich sicher war, keine Silbe verfehlt zu haben, übertrug er es in seinen Kodex – es war das Erste, was er in sein siebtes und letztes Buch schrieb. Er grübelte … Zeile um Zeile … was mochte das bedeuten? *Lösen hilft der rote Schwamm, fliegen wirst du, doch die Landung nicht ein jeder meistern kann.* „Rausch", schoss es ihm plötzlich durch den Kopf, „Rausch von Rotwein und der Brummschädel am nächsten Tag",… Sollte das die Lösung sein? Bei seinem nächsten Treffen mit Niamh besprach er diese

Möglichkeit. In der Tat, unter Alkoholeinfluss verschwand das Zeitgefühl. Aber die Zeit an sich ging doch weiter. Oder musste man sich nur bewusst um den Zeitsprung vor oder zurück bemühen? Er versuchte es, da er sich unter ‚Rotem Schwamm' nichts vorstellen konnte, verwendete er unverdünnten roten Wein für sein Experiment. Außer Kopfschmerzen und Übelkeit hatte das aber keine Folgen. Das konnte es also nicht sein. Niamh aber wusste von Pilzen, die ebenfalls einen Rausch, allerdings einen ganz anderen, erzeugten. Diese waren in der Tat rot und man musste für die Wirkung das Wasser trinken, in dem die Pilze gekocht worden waren.

Niamh warnte ihn, dass der Genuss von ‚Schwebwasser' wie sie es nannte, nicht ganz ungefährlich sei und schon manchen Druiden das Leben gekostet habe. Er versuchte es trotzdem.

Es war eine eigenartige Erfahrung, wie er fand, er hatte das Gefühl vom Boden abzuheben und zu schweben, in einem ‚Nichts' zu schweben, völlig losgelöst. Als die Wirkung des Suds nachließ aber stürzte er zurück und die nächsten beiden Tage ging es ihm gar nicht gut. Niamh kam, nach ihm zu schauen und sie verabreichte ihm ein Gegengift, aber ihre Blicke sagten ihm „Ich habe dich gewarnt!".

Geheimwissenschaften und Zeitgeheimnisse

Schweigend stapfte Taog hinter den anderen elf Männern her. Es war stockfinster, kalt und regnerisch und er hatte keine rechte Ahnung, wohin sie unterwegs waren. Auf dem Quirinalhügel hatten sie sich bei Flavius, seinem Freund aus Grundschultagen, nach dem er auch seinen Sohn benannt hatte, getroffen. Nachdem der Abendstern aufgegangen war, waren sie losgelaufen und sollten ihr unbekanntes Ziel erreichen, bevor die Mitte der Nacht erreicht war. Es war die Nacht der Wintersonnenwende, die längste und dunkelste des Jahres.

Als er vor 3 Monden Flavius bedeutete, dass er sich für die Lehren der Mithrasanhänger interessierte, hatte dieser ihn begeistert in die Arme geschlossen, da er selbst dieser Glaubensrichtung angehörte. „Grad noch rechtzeitig", hatte Flavius gelacht und er hatte nichts verstanden. Inzwischen war er bei vielen Treffen gewesen und hatte viel, sehr viel gelernt. Es ging vor allem um Astronomie und natürlich um die Mächte, die dahinter standen. Begierig nahm Taog auf, was er über Sternenpositionen und Planetenbewegungen in Erfahrung bringen konnte. Was Niamh ihm damals erzählt hatte, erwies sich alles als korrekt wiedergegeben. Und zu seiner völligen Überraschung stieß er hier auf die vollständigen Lehren, hinter denen er seit mehr als zehn Jahren her war: Auf Hipparch den Gelehrten und Astronomen, der vor mehr als 250 Jahren gelebt hatte!

Der Anführer der Gruppe, es war Tarquinius, der älteste Bruder von Flavius, der auch den höchsten Rang der Gruppe innehatte, den vorletzten, den des Heliodromus[90]. Dieser Grad war der Sonne zugeordnet, daher war es nur recht, dass er diese wichtige Sonnenwendfeier leitete. Er blieb stehen und schaute sich um. Er wartete, bis alle ihn erreicht hatten und erklärte mit gedämpfter Stimme: „Wir sind da“. … „Wo?“, schoss es Taog durch den Kopf, aber er schwieg. „Ihr denkt sicher dass Ihr den Weg in vollständiger Dunkelheit zurück gelegt habt, aber ihr irrt. Vollständige Dunkelheit ist das, was jetzt kommt!“. Keiner sagte etwas, irgendwo hörte man Wasser leise auf eine Wasseroberfläche tropfen. „Wir befinden uns am Eingang zu einer Höhle, die auf Grund ihrer Beschaffenheit am Ende eine Kammer hat, in die wohl über Kanäle Luft gelangt, aber kein Licht. In dieser Kammer werden wir uns versammeln. Da wir vermutlich die Kammer nicht finden würden ohne Licht, werden wir uns bis dort mit einer Fackel helfen. Den Rückweg aber müssen wir alleine finden“. Taog war bei dem Gedanken nicht wohl. Andererseits wollte er auch nicht als Feigling erscheinen.

Flavius half Tarquinius die Fackel zu entzünden und im aufflackernden Licht sah Taog, dass auch dieser nicht so entspannt aussah, wie sonst. Einer nach dem anderen zwängte sich durch den engen Eingang der Höhle, die unmittelbar nach dem Eingangsspalt erstaunlich geräumig und trocken war. Die Wände waren mit allerlei Zeichen bedeckt, die aber mit denen im Mithräum nichts gemeinsam hatten. Tarquinius bemerkte Taogs fragenden Blicke und erklärte: „Dieser Ort ist sehr viel älter, als der Mithraskult bei uns. Er wurde seit vielen Jahrzehnten, vielleicht Jahrhunderten, vielleicht sogar schon Jahrtausenden als spiritueller Ort genutzt“. Diese Information faszinierte und gruselte Taog gleichermaßen. Die Gruppe setzte sich in Bewegung und folgte dem Gang, der sich aber bereits nach wenigen Schritten gabelte, sie nahmen den rechten Tunnel. Wieder ein paar Meter weiter gab es erneut einen Abzweig, an dem sie aber vorbei gingen, Die Fackel gab nur spärliches Licht. Spätestens ab der dritten Kreuzung gab Taog auf, sich den Rückweg selbst zu merken. Er hoffte Tarquinius wusste, was er tat.

Nach etwa zehn langen Minuten erreichten sie einen runden, kuppelförmigen Raum, in dem die Schritte hallten. Entlang der Wand befand sich eine

[90] Des Sonnenläufers

durchgehende Stufe, auf diese setzten die Männer sich. Der Raum war nicht groß, sie konnten sich, obwohl sie im Kreis saßen, gut berühren. Die Fackel brannte hell, heller als im Gang, was tatsächlich darauf hinwies, dass dieser Raum eine unsichtbare Frischluftzufuhr hatte. Als alle saßen, begann Tarquinius das Ritual zu erklären. Wenn die Fackel verloschen war, würden sie erst eine Zeit ganz stumm sein und eins mit der Finsternis werden. Dann würden Sie die Sphärenhymne anstimmen, einen Gesang ohne Worte, bei dem lediglich einzelne Töne an- und abschwellend gesummt wurden, bis sie einen einheitlichen, schwebenden Klangteppich ergaben. Und schließlich würde Tarquinius, dem als einziger das Wissen zugänglich gemacht worden war, das Lied anstimmen, mit dem das Jahr begrüßt wurde, in dem Die Fixsterne ein sechsunddreißigstel ihrer Strecke bis zum nächsten Wechsel vollendet haben würden. Und schließlich erinnerte er, wie bei jeder Zeremonie, daran, dass alles, was die Männer hier erlebten streng geheim gehalten werden musste. Taog dachte an Niamh, und an Muksas, den er nie gekannt hatte. Muksas musste sehr großes Vertrauen zu Niamh gehabt haben, wenn er bereit gewesen war, diesen immer und immer wiederholten Schwur für sie zu brechen. Und er dachte daran, wie unglücklich er ums Leben gekommen war, wischte den Gedanken, dass es etwas mit diesem Schwur zu tun gehabt haben könnte, sofort wieder beiseite.

„Hast du das schon einmal gemacht, Tarquinius? Warst du schon einmal hier?“, fragte Taog und alle blickten ihn erstaunt an. „Dieses Ritual ist zuletzt vor 60 Jahren zelebriert worden! Ich bin nur zwei Jahre älter, als du, Taog, wie soll ich dabei gewesen sein? Nur das Jahr, an dessen Frühlingstag-und Nachtgleiche ein sechsunddreißigstel des Wegs zwischen einem Zeitalter und dem Nächsten vollendet wird, wird es so begrüßt!“.

Taog schaute betreten zu Boden, aber die anderen munterten ihn auf. „Auch ein Taog kann nicht alles wissen“, meinte Terzius, der jüngste und ehrgeizigste unter ihnen. Dann löschte Tarquinius die Fackel und sie versanken in Finsternis. Eben meinte Taog zu spüren, dass die Luft doch knapp wird, da gab Tarquinius mit einem einzigen, kurzen, kehligen Laut das Zeichen, den Gesang zu beginnen. Nach und nach setzten alle ein, bis der ganze Raum von hunderten leiser, dunkler Stimmen erfüllt zu sein schien. Langsam, langsam verebbte der Gesang wieder, der Raum hallte noch einen Augenblick nach, dann war es wieder ganz still.

Nach einer gefühlten Ewigkeit hob Tarquinius mit leiser, singender Stimme an:

Tempus Fraktum – Limina Mundi

Adest porta: invenienda.
Adiuvet prudentia,
Angelic' et ros tillarum,
Umbra rubra, fasci' alba.

Numeri consentiant,
Sint dimensa tempora.
Sidera si pereant,
Intus renascentia.

Specie finitur rima,
Monstrat viam claritatis,
Tum in fundo vita danda.
Via longa: duo sitis.

TEMPUS VIA - VIA TEMPUS

Et observa fontis locum:
Solo vicis tempore
Limen tibi reperiendum
Quo reverti liceat.

Taog lief ein Schauer über den Rücken … das war es, das *musste* es sein!

Der Bruch der Zeit, die Schwellen des Universums

Das Tor ist da, musst es nur finden
Hilfe sei dir dein Verstand
Engelwurz und Tau von Linden
Roter Schirm mit weißem Band.

Zahlen müssen harmonieren
Zeiten wohl berechnet stimmen
Wenn Gestirne sich verlieren
Vollzieht Erneuerung sich von Innen.

Spalte darf nur scheinbar enden
Zeigt den Weg zu tiefer Klarheit
Muss am Grunde Leben spenden
Der Weg ist weit, geh ihn zu zweit!

Die Zeit ist Weg, der Weg die Zeit!

Und merk dir wohl den Punkt der Quelle
Denn nur in der Zeit des Wandels
Findest du erneut die Schwelle
Die die Rückkehr dir erlaubt.

Gebannt lauschte er den Worten, die noch einmal lauter, dann wieder kaum hörbar leise wiederholt wurden. Dann war es wieder ganz still, die Worte aber kreisten in Taogs Kopf. *Die Zeit ist Weg, der Weg ist Zeit* … war es nicht das, wonach er die ganze Zeit suchte? *Roter Schirm* … doch der Rauschpilz? Spielte der, der ihn so krank gemacht hatte, doch eine Rolle? *Muss am Grunde Leben spenden* … Wasser, welche Rolle spielte das Wasser hier? Er konnte es nicht erwarten, an seinen Schreibtisch zu kommen, seinen siebten Kodex, in den er in den letzten Jahre so wenig geschrieben hatte, in die Hand zu nehmen, aufzuschlagen …

Aber im Moment saß er in einem stockfinsteren, natürlichen Rundgewölbe in irgendeinem Berg und wusste noch nicht einmal, ob er das Tageslicht je wieder sehen würde. „Ich habe mich weder von Fionn Flavius, noch von Niamh richtig verabschiedet“, schoss es ihm durch den Kopf. In dem Moment erhoben sich auf ein kaum merkliches Zeichen von Tarquinius hin alle. Sie tasteten die Wand entlang und verließen den Raum durch den einzigen Eingang und folgten dem schmalen Gang, der sich nach wenigen Schritten erweiterte, sodass man bequem stehen und gehen konnte. Im Gang war die Luft sehr viel stickiger und modriger, als sie im Kuppelraum gewesen war. Sie gingen mit kleinen tastenden Schritten, eine Hand an der Wand, abwechselnd rechts und links, allen voran

Tarquinius. Wenn es galt abzubiegen, blieb er stehen, bis alle auf Tuchfühlung waren, dann erst ging er weiter. Keiner sprach, ihnen allen war gleich unwohl.

Sie hatten das Gefühl, dass der Rückweg eine Unendlichkeit dauerte, da plötzlich, als sie um die Ecke bogen, sahen sie den hellen Lichtspalt, der der Eingang sein musste. Alle atmeten erleichtert auf. Alle, außer Tarquinius, der als einziger wusste, dass man sich auch, wenn man sich verlaufen hatte, schmalen Lichtquellen nähern würde, durch die ein erwachsener Mann sich aber nicht hindurch zwängen konnte. Gerüchte waren ihm zu Ohren gekommen, dass vor diesen ‚falschen Ausgängen' die bleichen Knochen der Unglücklichen lagen. Energisch wischte er diesen Gedanken beiseite und hielt seine Männer an, angesichts des Lichtstreifs nicht unvorsichtig zu werden und sich gar noch zu verletzen. Ebenso langsam, wie den Rest der Strecke, legten sie auch das letzte Stück zurück.

Als sie den Spalt erreichten, schlüpften sie mühelos alle hindurch, wie sie Stunden zuvor hereingekommen waren. Draußen war es hell, sie mussten mindestens einen halben Tag im Innern des Bergs verbracht haben. Tarquinius war erleichtert, seine Aufgabe gemeistert zu haben, es war eine Voraussetzung irgendwann den höchsten Einweihungsgrad zu erreichen. Die Männer umarmten und bewunderten ihn. „Wie hast du das geschafft, Tarquinius", fragte Terzius. „Ich hatte die Information, dass der Weg nach drinnen der einzige der Wege im Innern der Höhle sei, der immer bergauf gehe, demnach der Weg nach draußen immer bergab", gab er zurück, „aber ob es stimmt, und uns sicher wieder ans Tageslicht bringt, wusste ich natürlich auch nicht".

Zwei Entschlüsse fasste Taog auf dem Heimweg: Er würde Niamh bitten, für Fionn Flavius da zu sein, falls ihm etwas zustoßen würde, insbesondere sollte sie dafür sorgen, dass er seine Wurzeln nie vergisst. Zum anderen würde er Fionn Flavius, der inzwischen selbst ein junger, erfolgversprechender Rechtsgelehrter geworden war und ganz in die Fußstapfen seines beliebten Vaters trat, in seine Geheimnisse einweihen und ihm die Kiste mit den Kodices zeigen, die im Falle eines Unfalls an ihn übergehen sollten.

Zuhause angekommen, gönnte sich Taog keine Ruhepause. Zu sehr beschäftigte ihn, was er in dieser Nacht erlebt hatte. „Herr, es steht mir nicht zu, dies zu sagen, aber ihr seht erschöpft und fast krank aus!", sagte sein Lieblingssklave,

„Soll ich euch das Tepidarium[91] vorbereiten und in der Küche Würzwein erhitzen lassen?". „Danke, nein", erwiderte Taog lächelnd, „es geht mir gut, ich war nur die ganze Nacht unterwegs, aber über ein Glas Honigwasser, ins Arbeitszimmer gebracht, würde ich mich sehr freuen. Eine Stärkung kann ich schon gebrauchen". Er wusch sich nur kurz Hände und Gesicht mit warmem Wasser, dann ging er zu seinem Schreibpult. Sein Sklave brachte das Honigwasser und Gebäck dazu. Taog schlug seinen siebten Kodex auf und schrieb er sofort das Gedicht der Nacht auf … und als er fertig war, das keltische, das Niamh ihm vor fünf Jahren vorgetragen hatte auf die gegenüberliegende Seite. Da standen sie. Uralte Weisheiten aus völlig verschiedenen Regionen und Kulturen.

Er ließ die Feder sinken. Die Parallelen waren ja noch deutlicher, als er sie erinnerte, jetzt aber spürte er die Müdigkeit, die Augen fielen ihm zu. Er legte sich hin und schlief auch sofort ein.

Klarheiten und Entdeckungen

Gleich am nächsten Tag rief Taog Fionn Flavius zu sich und bat ihn, sich zu setzen. Fionn Flavius war verwundert, folgte aber der Bitte seines Vaters, der ihm anbot, auch gleich zum Abendessen zu bleiben. Taog holte die wunderschöne Holzkiste mit den Flechtmustern auf dem Deckel, öffnete sie und zeigte Fionn Flavius einen Kodex nach dem anderen – bis auf den letzten, den siebten. Er hatte gerade eben die Kiste wieder geschlossen, Fionn Flavius ihr Versteck gezeigt und ihn gebeten, sie an sich zu nehmen, falls ihm etwas zustoße, da kam auch schon der Sklave und teilte ihnen mit, dass das Essen fertig sei.

Und keine drei Tage später traf Taog sich mit Niamh. Sie schlossen die Tür und gaben den Sklaven frei. Taog wollte verhindern, dass jemand mitbekam, was er Niamh erzählen würde. Erst aber nahm er Niamh das Versprechen ab, Fionn Flavius nicht seine Herkunft vergessen zu lassen, falls ihm etwas zustieße. Seit der Nacht in der Rundgrotte kam ihm das Leben so zerbrechlich, so vergänglich vor.

---

[91] Ein Warmwasserbad, normalerweise in öffentlichen römischen Bädern anzutreffen, den sogenannten Thermen

Dann bat er sie, noch einmal das Lied über die Zeit zu singen – sie tat es. Dann raunte er das Gedicht, das er in der Sonnenwendnacht gehört hatte. Niamh schaute ihn ungläubig an. Auch sie bemerkte sofort die Ähnlichkeiten und fragte nur: „Wo hast du *das* her?". „Von den Mithräern", erwiderte Taog, „und wenn ich auch nicht weiß, ob die Verschiebung der Fixsterne um ein sechsunddreißigstel ein ‚richtiger Zeitpunkt' ist, machen die Mithräer doch so viel Wind um diesen Moment, dass ich denke … es könnte vielleicht etwas bedeuten!".

„Ich helfe dir, wo ich kann", sagte sie. „Kannst du roten Pilzsud brauen?", fragte er. „Der wird nicht gebraut, das ist ganz einfach, die Pilze werden einfach nur aufgekocht, das Wasser ist bereits der Sud. Aber: Es ist Winter! Diese Pilze wachsen im Herbst!". Taog schaute enttäuscht. „Aber Lindentau von Beltaine habe ich noch – Du warst damals enttäuscht, hast gesagt, er schmeckt zwar süß, macht aber sonst nicht viel. Aber schau, auch er kommt in beiden Lieder vor!". Taog versuchte zu lächeln. „Und das Wasser, was meinst du, was es mit dem Wasser auf sich hat?". „Ich weiß nicht", sagte Niamh „mir scheint, es geht dabei um einen Ort … genauso gut kann aber natürlich alles wieder nur symbolisch gemeint sein".

Die Sklaven kehrten fröhlich von ihrem freien Nachmittag zurück und Niamh verabschiedete sich. Sie versprach über die Lieder nachzudenken und Augen und Ohren offen zu halten.

Zwei Monde später klopfte sie an die Tür von Tuccius Villa. Es war schon dunkel und die meisten im Hause schliefen schon. Tuccius aber war noch wach, sodass er selbst die Tür öffnete. „Niamh", rief er, „was ist passiert?". „Lass mich ´rein!", sagte sie, vom schnellen Laufen noch ganz außer Atem. Sie wirkte angestrengt, aber geradezu glücklich. „Du ahnst nicht, was ich gefunden habe!". Er ließ sie ein und sie gingen zusammen in die Halle, wo ein Kohlebecken wohlige Wärme verbreitete, da die Fußbodenheizung [92] bereits nicht mehr befeuert wurde. Sie stieß ihn geradezu grob zurück, als er versuchte, sie zur Begrüßung zu umarmen. „Nicht", sagte sie, „oder willst du den hier zu Mus machen?", Sie zog einen festen, kleinen roten Pilz aus ihrem Umhang, er war so jung, dass der Ring, der die Kappe einst am Stiel verschloss, noch gut zu erkennen war. Taog schaute ungläubig. „Das Band! Das ist der Rote Pilz mit

---

[92] Ja, die wohlhabenden Römer hatten bereits so etwas wie eine Fußbodenheizung, ebenso, wie das Antike Rom schon hohe Häuser mit vielen, eher kleinen Mietswohnungen kannte.

weißem Band … Wo hast du denn den her, aus Afrika?", fragte er. „Nein", sagte sie „der Winter war nicht sehr kalt, wir hatten ja kaum Frost oder Schnee. Dieser kleine Kerl hier wuchs von Laub verdeckt an einer geschützten Stelle. Er muss sich wohl in der Jahreszeit geirrt haben. Ich fand ihn, als ich nach Wurzeln mit heilkräftiger Wirkung suchte". „Und was machen wir jetzt mit ihm?", fragte Taog „den Sud brauchen wir doch erst in gut einem Mond, so lange hält er sich doch nicht". „Trocknen", sagte Niamh, „Trocknen, wie die meisten meiner Heilkräuter, die Krankheiten halten sich ja nicht an die Erntezeiten!". Das leuchtete Taog ein. Er holte Niamh und sich einen Becher Würzwein aus dem Weinkeller.

Der Fels am Wasser[93]

„Das ist aber nicht das einzige, warum ich dich in der Nacht störe, das heißt, ich wäre auch schon früher gekommen, aber der Rückweg bei dem Schlamm auf den Straßen war wirklich mühsam". „Was denn noch? Kann es noch etwas auch nur annähern so Aufregendes geben, wie einen Pilzfund im frühen Frühjahr, einen Fund, den man wider jeden Verstand herbeigesehnt hatte?". „Ich glaube schon", lachte sie, „ich glaube, ich habe den Ort gefunden, oder einen Ort gefunden, der in dem Lied der Mithräer vorkommt!". Bis ins Detail beschrieb sie Taog jenen gespaltenen hohen Fels, an dessen Grund sich ein glasklarer Quellstrudel drehte, ausgerichtet genau nach Süden.

Und der Horizont war so beschaffen, dass man Sonnenauf- und Sonnenuntergangspunkt von ihm aus genau über dem Meer in der Ferne sehen konnte. Taog holte sofort ein Blatt Papyrus und fertigte eine Skizze an, Niamh runzelte die Stirn. „Und jetzt halte dich fest: unmittelbar an diesem Stein wächst der Engelwurz … in dichten Büschen!". Taog konnte es kaum glauben. Am liebsten wäre er sofort losgelaufen, die Stelle zu bestaunen. Aber Niamh lehnte

[93] Foto Esther M. Nitsche

entschieden ab. Jetzt sah auch Taog, wie müde sie war und entschuldigte sich. Sie verabredeten sich für den übernächsten Tag.

Sie gingen nicht nur am übernächsten Tag dort hin, sondern in den nächsten drei Wochen mindestens fünf Mal. Bei Sonnenaufgang, bei Sonnenuntergang, mittags, zur Mitternacht … Egal zu welcher Tageszeit, diesem Ort wohnte ein ganz besonderer Zauber inne. Allerdings blieben ihre Aktivitäten nicht unbemerkt. Aber Taog ignorierte es ebenso, wie Niamh, wenn sie mitbekamen, dass die Leute tuschelten.

Neider

„Was machst du da?“. Wie vor 39 Jahren fuhr Taog erschreckt herum, als Caecilia unerwartet hinter ihm stand. „Was suchst du hier und wie bist du herein gekommen?“, fragte er, wie damals, und wie damals war er gerade dabei gewesen, Eintragungen in seinen Kodex zu machen. Den Fehler aber, das Büchlein einfach in seine Tunika zu schieben, machte er nicht wieder, vielmehr behielt er das zugeklappte Buch fest in der Hand. „Dein Sklave hat mich herein gelassen, ich habe ihm gesagt, wir seien alte Schulfreunde!“. „Das ist ja wohl übertrieben, findest du nicht?“, gab Taog zurück. „Ach Tuccius, du wirst nach so vielen Jahren doch nicht noch nachtragend sein, oder?“. Er antwortete nicht, sondern stellte erneut die Gegenfrage: „Was suchst du hier?“. „Ich wollte dich einfach mal sehen!“, sagte sie und ihr Blick schweifte durch das Zimmer. „Das kann ich mir nicht vorstellen! Man erzählt sich, dass du die Zerstreuung liebst, üppige Festlichkeiten und teure Speisen, Dinge, die du dir ja wohl leicht leisten kannst, nachdem du bereits zwei Männer beerbt hast …“. „Jetzt werd´ aber nicht persönlich!“, sagte sie, lenkte dann aber sofort wieder ein „Jaja, du hast schon recht, vielleicht bin ich ein wenig oberflächlich, aber was bleibt einer zweifachen Witwe, wie mir schon anderes übrig im Leben? Wissenschaft wie du habe ich ja nie ernsthaft betrieben. Die Schule diente mir in erster Linie dazu, einen nicht zu ungebildeten Mann zu bekommen …“.

Sie war mit sich zufrieden, dass ihr der Bogen zu Taogs Wissenschaft geglückt war und ihr Lächeln diesmal wirkte fast echt. „Du betreibst sie doch noch, die Wissenschaft, nicht wahr? Irgendwelche bahnbrechenden neuen Erkenntnisse?“, fragte sie und bemühte sich, dass es wie leichtes Geplauder wirkte. Taog schwieg. „Man erzählt sich, dass du etwas ganz großem auf der Spur bist … ein Schatz vielleicht? Reichtümer?“. „Ich glaube, es ist jetzt besser, wenn du gehst!“.

sagte Taog bestimmt, und zu seinem Sklaven, der eigentlich herein kam, um zu fragen ob er dem Besuch etwas anbieten dürfe, sagte er: „Gut, dass du kommst, Rellos, die Dame wollte gerade gehen, kannst du sie bitte zur Tür begleiten?“. Rellos verstand sofort und höflich aber bestimmt nahm er den Besuch mit sich fort, aber nicht ohne, dass Caecilia Gelegenheit gehabt hätte, theatralisch seufzend noch zu sagen „Ach der gute Tuccius, verschlossen wie eh und je … auf Wiedersehen!!!“. „Hoffentlich nicht“, dachte Taog, murmelte aber nur, „wünsche einen sicheren Heimweg“. Gleich würde er Rellos sagen, dass diese Person in seinem Hause unerwünscht war.

„Doch, ich bin ganz sicher!!!“, Caecilia schaute beschwörend von einem Gesicht zum nächsten. Die Männer hatten eher grobe Gesichtszüge und teilweise Narben, sie waren von gedrungener Gestalt und begriffen nicht allzu schnell. „Schätze, unermessliche Schätze müssen es sein, denen er auf der Spur ist!“. Dieses Wort verstanden die vier sofort. „Die Hälfte für euch, die andere Hälfte für mich!“, sagte Caecilia. Die Männer wechselten Blicke. Das mit der Aufteilung … darum würden sie sich kümmern, wenn die Beute in Sicherheit war, dann würde man sehen, was da war, und ob man der überspannten Person in ihrem feinen Tuch wirklich die Hälfte lassen würde. Erst Mal aber mussten sie an den Schatz kommen.

„Also“, hob Caecilia wieder an, „er schreibt alles ganz genau in kleine braune Bücher, die er immer bei sich trägt, hier vorne“, und sie machte eine Geste, „hier vorne in seiner Tunika“. Bringt mir dieses Buch oder auch Bücher, und ich sage euch ganz genau, wo der Schatz ist. Die Männer nämlich waren des Lesens und Schreibens nicht mächtig. Sie waren Seeleute gewesen, oder auch Seeräuber, so klar war das nicht. Sie konnten sich ihrer Haut wehren und waren nicht zimperlich. Für Feinheiten wie Lesen, Schreiben und Rechnen aber, hatten sie keine Zeit. „Ein Buch“, brummte der älteste, „Ein Buch also sollen wir holen, das kann ja so schwer nicht sein“. „Ist er ein Krieger“, fragte der Rothaarige neben ihm. „Bewahre“, erwiderte Caecilia, „er kann kaum einen Apfel aufschneiden, um ihn zu essen!“. „In Sport war er immer eine Null“, setzte sie hinzu, obwohl das wahrlich nicht stimmte, „wir sind zusammen zur Schule gegangen“, schob sie noch nach, um ihre Aussage glaubhafter zu machen. „Und was sollen wir mit ihm machen, wenn wir das Buch haben …?“. Mit seiner rechten Hand machte er eine Geste, die das Kehledurchschneiden symbolisierte. „Nichts, mit ihm macht ihr einfach gar nichts, kann sein, dass wir ihn noch einmal brauchen“. „Hm …“, brummte wieder der Älteste „und falls er aus

Versehen kaputt geht?". „Da müsst Ihr eben aufpassen!", beendete Caecilia ungeduldig die Unterredung.

Die Frühlingstag- und Nachtgleiche näherte sich plötzlich viel schneller, als erwartet, zumindest kam es Niamh und Taog so vor. Aber alles war vorbereitet. Niamh würde den Sud des roten Pilzes versetzt mit Lindentau von Beltaine des Vorjahres mitbringen, sie würden sich an dem Ort, den sie sich inzwischen so genau eingeprägt hatten, dass sie jeden Baum, jeden Stein, einfach alles dort kannten und erkannten, kurz nach Mitternacht treffen. Sie würden zwischen den Engelwurzstauden auf dem Fels über dem Wasser auf den Sonnenaufgang warten und in dem Moment, wo die Sonne über den Horizont trat die erste kleine Portion Sud zu sich nehmen und warten, ob dies ihnen einen Zeitsprung ermöglichte. Falls nicht, würden sie eine zweite Portion um Mittag, und falls dies auch nichts bewirkte, eine dritte bei Sonnenuntergang zu sich nehmen. Für den Fall, dass der Zeitsprung ausbliebe, die Übelkeit aber einsetzte, würde Niamh zudem reichlich Gegengift mitbringen. „Bis übermorgen", sagte Niamh, „bis übermorgen", erwiderte Taog und drückte Niamh zum Abschied.

Taog ging leise durch die kühle Frühlingsnacht, darauf bedacht, nicht unnötig auf trockenes Reisig zu treten. In der Luft hing der Duft von tausend Blüten, die Erde roch frisch und würzig, wie sie es nur im Frühjahr tut, das frische Gras unter seinen Füßen verbreitete eine leicht säuerlichen, ebenfalls sehr angenehmen Geruch. Taog war angespannt aber fröhlich. In wenigen Stunden würde er wissen, ob es ihm gelungen war, die Frage, die ihn seit fast vierzig Jahren beschäftigte, zu beantworten. „War es möglich, sich auf der Zeitachse, wie auf einer Linie vor und zurück zu bewegen?". Die Frage, wie man vor und wie man zurück kam, würde er angehen, wenn er bewiesen hatte, dass man sich überhaupt in der Zeit bewegen konnte.

Er bog um einen Felsen herum, da hörte er ein Geräusch. Noch bevor er sich umdrehen konnte, wurde er grob von hinten gepackt und zu Boden geworfen. Er spürte einen schmerzhaften Tritt in seine Flanke und eine Stimme krächzte: „Her mit dem Buch", „Sofort, wenn dir dein Leben lieb ist", sagte eine andere. Erst jetzt reagierte Taog. Mit beiden Beinen gleichzeitig sprang er auf und versetzte einem der Männer einen Schlag, dass dieser den Abhang hinunter rollte. Gleichzeitig aber bekam er selbst einen Schlag ins Gesicht und fühlte einen scharfen Schmerz am Hals, er wollte etwa sagen, aber brachte keinen Ton heraus, dann wurde ihm schwarz vor Augen.

„Scheiße“, … „Der ist hin …“. … der Rothaarige stieß mit der Fußspitze gegen Taogs leblosen Körper, der leicht zur Seite kippte und das Mondlicht schien auf sein weißes Gesicht mit der klaffenden Wunde darunter. Rasch durchsuchten zwei der Männer die Tunika. „Da iss nix“, sagte der eine, „Guck noch mal“, sagte der Älteste „Sie hat doch gesagt, er hat es immer bei sich“. „Guck doch selbst“, fauchte der Rotschopf zurück. Schließlich hatten sie sich sieben Mal davon überzeugt, dass sich kein auch noch so kleines Buch bei Taogs Leiche befand, dann machten sie sich auf den Weg zurück in die Stadt.

Niamh kam an der Spalte an. Sie war viel zu früh, was daran lag, dass sie mindestens so aufgeregt war, was das Experiment anging, wie Taog. Zum hundertsten Mal überprüfte sie das Fläschchen mit dem Sud, ihren Vorrat an Gegengift … und zu essen hatte sie auch etwas mitgenommen. Sie wusste zwar nicht, ob man es bei einer Zeitreise mitnehmen konnte, aber es konnte ja zumindest nicht schaden, etwas dabei zu haben. Als Mitternacht durch war, und Taog immer noch nicht auftauchte, wunderte sie sich. Als die Sonne aufging, und er immer noch nicht kam, ahnte sie nichts Gutes. Doch blieb sie sitzen, noch eine ganze weitere Nacht, falls er sich im Datum geirrt hatte, obgleich sie eigentlich wusste, dass etwas passiert sein musste, etwas Schreckliches.

Als Niamh am nächsten Mittag zu Taogs Haus kam, erfuhr sie die ganze traurige Wahrheit. Fionn Flavius war bereits da gewesen und hatte die Truhe in Sicherheit gebracht, jetzt kam er wieder und versuchte Niamh zu trösten und gleichzeitig Trost zu suchen. Zwei Täter waren schon gefasst worden, bei einem hatte man einen Ring gefunden, den Taogs Sklaven sofort als den seinen identifiziert hatten. Caecilia, eine Schulfreundin von Taog, wie sie sagte, hatte die entscheidenden Hinweise geben können, die zur Festnahme der Täter geführt hatten. Unklar war jedoch, warum diese angaben, Caecilia habe sie beauftragt ein Buch von Taog zu stehlen.

„Das Buch … diese unselige Aufschreiberei“, flüsterte Niamh. Sie war noch wie versteinert und konnte keine Tränen finden. So nah waren sie beide dran gewesen, so unsinnig erschien Taogs Tod ihr ausgerechnet zu diesem Zeitpunkt.

Kapitel 4: Finsteres Mittelalter

Die Klosterschule von Grottaferrata

NEIN", ... Er hatte wieder nur geträumt, zum Glück! Arduin saß senkrecht in seinem Bett, die dunkeln Locken klebten an seiner schweißnassen Stirn. Angestrengt schaute er ins Dunkel, allmählich konnte er die Umrisse der spärlichen Möbel in seinem Zimmer ausmachen. Sein rechtes Bein schmerzte. Vorsichtig fühlte er unter der Decke. Der Unterschenkel war noch stärker geschwollen und heiß. Er nahm die Decke ein Stück weg, aber es war zu dunkel, um zu sehen. Morgen würde er bei Ería vorbeischauen, auch wenn das die Mönche seiner Schule nicht so gern sahen. Ería und ihre Mutter verstanden sich sehr gut auf die Heilkunst. Auch im Kloster war viel Wissen zu Kräutern und Kuren vorhanden, aber das stand ihm als einfachem externem[94] Schüler, nicht zu Verfügung. Schon gar nicht, wenn heraus käme, wobei er sich die Verletzung zugezogen hatte.

Es war aber nicht die Verletzung und das Wundfeuer, das sich in seinem Bein ausbreitete, das ihn hatte schlecht träumen lassen. Es war das, was er wenige Tage zuvor heimlich beobachtet hatte.

Azzo war weg. Der lustige Azzo mit den roten Haaren, den Sommersprossen und den unzähligen lustigen Einfällen, Azzo, der so wunderschön singen konnte, dass die Erwachsenen oft zu weinen anfingen, Azzo, der seine Eltern nicht kannte und als Findelkind in Grottaferrata aufgewachsen war, wegen seiner vielen Dummheiten aber von der Scola interna auf die Scola externa verwiesen worden war[95]. Dort hatte Arduin ihn vor 2 Jahren kennengelernt und sie waren beste Freunde geworden. Anders als Arduin, hatte Azzo aber nicht den rechten Spaß am Lernen gehabt. Er mochte lieber Fische fangen, als Schreiben, die mehrere Stunden dauernden Gottesdienste waren ihm ein Graus. Das Einzige, was ihm in der Schule wirklich Freude bereitete, war das Singen. Und darin war er wirklich großartig. Die Uralten, langen Gesänge, die zu lernen sich manch einer Jahre lang quälte, merkte er sich im Handumdrehen und konnte sie schon

[94] Schule im Mittelalter, siehe Anhang

[95] Ob ein solcher Verweis bei einem im Kloster aufgenommenen Findelkind tatsächlich denkbar war in einem Kloster des 11. Jahrhunderts, ist unseres Wissens nicht belegt, es wurde in dieser Geschichte frei erfunden.

nach wenigen Übungsstunden fehlerfrei wiedergeben. Aber das Schreiben, das Lesen, das Auswendiglernen endloser Gebete, selbst das wenige an Rechnen was zu lernen ihnen erlaubt war und das Arduin so liebte, empfand Azzo als reine Zeitverschwendung und langweilig. Daher war er alles andere als traurig gewesen, dass er nun auf die Scola externa gehen musste, wo lediglich das 'Trivium', Grammatik, Rhetorik und Dialektik unterrichtet wurde, während in der Scola interna irgendwann auch das Quadrivium[96] gelehrt wurde. Fächer, an denen Arduin ganz besonderes Interesse gehabt hatte und was ihn viel mehr interessiert hätte, als die unendlich langen Stundengebete, die er erlernen musste.

In der Scola externa wurde geduldet, dass Azzo selbst dort, was das Lernen anging, kaum mit den andern Jungen mithielt, solange er pünktlich zu den auch oft langen Gesangsproben wieder im Innern des Klosters erschien und seine Melodien und liturgischen Texte parat hatte[97]. Oft hatte Azzo Arduin von den langen, auch anstrengenden Übungen für eine lockeren Stimmführung erzählt, er hatte ihm vorgemacht, wie er lernen musste mit rundem, offenem Lippenstand *‚ore rotunda'* zu singen. Arduin hatte gesagt: „Du siehst aus wie ein Karpfen mit Husten“, und beide hatte den Rest des Tages darüber gelacht. Er hatte Arduin vorgemacht, wie er angehalten wurde, beim Singen seinen Körper zu strecken, den Kopf zur heben und etwas nach hinten zu biegen, seine. Oberarme blieben dabei am Körper und die Unterarme und Hände unterstützten mit Gebärden Textinhalt und Vortrag, den *‚affectus*[98]. Wenn Azzo das alles lernte, wunderte sich Arduin, warum er dann das Lesen und Schreiben nicht erlernen wollte und konnte … und auch die Gebete, die doch leichter zu merken sein mussten, als diese unendlich langen Gesänge, bei denen er auch noch ‚Tanzen' musste, wie sie es heimlich nannten. Oft hatte er für Azzo die Hausaufgaben gemacht … bis letzten Sommer!

Schon vorletztes Jahr hatte sich dieser unsympathische Oddo für ihn interessiert. Zwei Mal im Jahr kam er, musterte mit kritischem Blick die Kinder, ließ sie singen – und jedes Mal nahm er ein, zwei, manchmal drei Jungen mit. Keiner dieser Jungen aber wurde je wieder gesehen. Und 1065 waren es Azzo und ein

---

[96] Arithmetik, Geometrie, Musik und Astronomie

[97] Gregorianischer Choral, siehe Anhang.

[98] Es gibt aus dieser Zeit ganz klare schriftliche Anleitungen für Chorleiter (Cantor und Musicus), wie sie den Jungen das Singen beizubringen hatten. Auf mittelalterlichen Bildern von Chören kann man die runden Fischmäulchen häufig bewundern.

weiterer Junge der Scola interna gewesen, alles Kinder, die ihre Eltern nie gesehen hatten, die mit Oddo gingen.

„Singen kannst du zuhause!“, hatte seine Mutter ihm eingeschärft, immer und immer wieder. „In der Schule erwarte ich von dir, dass du singst wie ein Eichelhäher im Stimmbruch! Mach es vor …“, Arduin hatte keine Ahnung, wie ein Eichelhäher im Stimmbruch klang, er wusste nicht einmal, ob Vögel einen Stimmbruch hatten, auch wenn die Gänse, die sie beim Haus hielten, dies manchmal vermuten ließen. Aber um seiner Mutter zu gefallen, riss er den Mund auf und ließ einige schräge, raue, einfach gruselige Töne verlauten. Die Mutter strahlte dann regelmäßig, drückte und küsste ihn und sagte: „Phantastisch, mein Junge … und in der Schule nur so, versprichst du es mir?“, Er versprach es, und hielt sein Versprechen auch, obwohl er nicht die leiseste Ahnung gehabt hatte, wofür er das tat. Azzo hatte gewusst, wie schön er eigentlich singen konnte. Seine ganze Familie war sehr musikalisch.

Als er das erste Mal bei Arduin zuhause war und mitbekam, wie nicht nur wunderbare Geschichten erzählt wurden, sondern auch gemeinsam gesungen wurde, hatte er Arduin mit aufgerissenen Augen angeschaut und selbst vergessen, weiter zu singen. Schnell, bevor irgendjemand etwas sagen konnte, bemerkte Arduins Mutter damals: „Er verträgt die Luft im Kloster, in Kirchen, überhaupt in großen Räumen nicht, zu viel Staub, da ist seine Stimme immer gleich weg!“. Azzo war mit der Erklärung zufrieden gewesen, und Arduin erleichtert.

Als Arduin zuhause erzählt hatte, dass Oddo diesmal Azzo mitgenommen hatte, war seine Mutter ganz bestürzt gewesen, er meinte sogar Tränen in ihren Augen aufsteigen zu sehen. Dann sagte sie: „… das habe ich die ganze Zeit befürchtet!“. Mehr aber war aus ihr nicht herauszukriegen gewesen, so viel er sich auch bemüht hatte. In den folgenden Wochen hatte Arduin gefragt, gefragt und gefragt. Er hatte gefragt, wer Oddo sei. „Oddo eben, warum?“, hatte er zur Antwort bekommen. Er hatte gefragt, wo Oddo her käme – es schien keiner zu wissen. Er hatte vor allem immer wieder gefragt, wo Oddo hingehe mit den Jungen und was mit den Jungen geschehe. Pater Basilius hatte mit seinem ewig blasierten Gesicht gesagt: „Zum Star machen sie ihn! *Er* hatte schließlich das Zeug dazu!“. Pater Gregorius aber hatte ihn intensiv angeschaut und langsam und leise zu ihm gesagt: „*Zu* viel fragen ist gefährlich, mein Junge, merk dir das!“, als hätte er damals schon geahnt, was Arduin vorhaben würde.

Das hatte Arduin gleichermaßen erschreckt, wie noch neugieriger gemacht. Ausgerechnet Pater Gregorius, zu dem Arduin so viel Vertrauen hatte, der alles erklärte, der so aufrecht, so ehrliche war, der am byzantinischen Ritus festgehalten hatte, auch nachdem sich, kurz bevor Arduin auf die Welt gekommen war, die heilige Kirche in eine Ost- und eine Westkirche gespalten hatte[99]. Azzos Verschwinden ließ Arduin keine Ruhe. Und je weniger er erfahren konnte, desto dringender wurde sein Wunsch, zu erfahren, wo Azzo war, und was er machte.

Über den Winter war daher sein Entschluss gereift, zu warten, bis Oddo wieder kam und ihm dann heimlich zu folgen. Er ahnte, dass das gefährlich sein würde, aber wenn es seinem Freund Azzo nicht gut ging, würde er ihm helfen müssen, notfalls musste er ihn wieder zurück bringen nach Grottaferrata!

Oddo kam wie immer kurz nach Ostern, auch wenn Arduin die Zeit bis dahin diesmal länger vorkam, als sonst. Wieder nahm er zwei Jungen aus der Scola interna mit. Arduin hatte alles im Blick. Gegen Mittag brach Oddo mit seinem Sklaven und den beiden Jungen auf. Arduin folgte ihnen. Im Ort braucht er noch keine besondere Vorsicht walten zu lassen, es waren viele Leute unterwegs, die ihn grüßten und ihm Grüße für Zuhause auftrugen. Beim Bäcker hielt Oddo an und kaufte ein Brot, das er umständlich in seinem Schnürsack verstaute, dann ging er weiter.

Arduin war erleichtert, dass Oddo nicht mit einem Wagen fuhr, was er befürchtet hatte. Ganz offenbar war er zu Fuß unterwegs. Es war schon Nachmittag, als die kleine Gruppe endlich den Ort verließ. Arduin folgte ihnen in gutem Abstand, immer darauf bedacht, sich im Schutz des Gebüschs zu bewegen. Als es dunkel wurde, näherten sie sich einem einzelnen Haus. Oddo klopfte mehrfach, bis jemand die Tür öffnete. Es sah aus, als diskutierte Oddo lebhaft mit jemandem, erst nach einer ganzen Weile wurde er mit seiner Begleiteter eingelassen. Arduin war zu weit weg, um verstehen zu können, was gesagt wurde. Als alle im Haus waren, schaute er sich um. Das Haus hatte nicht einmal einen Stall oder ein Nebengebäude, wo er hätte unterschlupfen können. Es war schon fast dunkel, als er einen großen Reisighaufen entdeckte. Er wühlte sich hinein und verbrachte so die Nacht einigermaßen warm und trocken, wenn

[99] 1054 spaltete sich die Kirche in die orthodoxe Ost- und die westlich-römisch-katholische Kirche.

auch ziemlich hungrig, da er sich nur einen Brotkanten und einen Apfel mit auf den Weg genommen hatte.

Der Morgen dämmerte eben, als er aufwachte. Über ihm krähte ein Hahn. „Aha“, dachte Arduin, „wo ein Hahn ist, sind auch Hühner, und wo Hühner sind, sind Eier!“. Und in der Tat musste er nicht lange suchen. Gierig schlürfte er drei rohe Eier aus, dann erst überlegte er, dass es sie vermutlich den Besitzern des Hauses gehörten und es Ärger geben könnte, wenn man ihn erwischte.

Leise und langsam pirschte er sich an das Haus heran, eines der Fenster stand offen und er duckte sich darunter. „Es ist Unrecht, was du tust, Oddo!!!“, Hörte er einen Mann mit belegter Stimme sagen. „Schlimmer!“, ergänzte eine Frauenstimme. Oddo lachte sein unangenehmes Lachen: „Habt Ihr nicht gutes Geld dafür bekommen? Wäre denn sonst dieser Hof schuldenfrei?“, fragte er. „Du hast davon geredet, dass wir stolz sein würden auf ihn, dass er berühmt würde und bewundert … was für eine unendlich große Chance es für ihn sei … Oddo, *wo ist er*???“, hob der Mann wieder an. Oddo schnaubte nur durch die Nase und entgegnete „Es hat halt nicht jeder … weiß man erst hinterher!“. „*Wo*, Oddo?“, wiederholte die Frau, Oddo sagte nichts mehr.

Gerade rechtzeitig, bevor Oddo ans Fenster trat, huschte Arduin unter den Fliederbusch und legte sich hinter den Pfingstrosen, die schon dichtes Laub hatten, flach auf den Boden, damit er nicht zu sehen war. Das Fenster wurde geschlossen, aber Arduin traute sich erst wieder, sich zu bewegen, als er Stimmen vor dem Haus hörte, die ihm sagten, dass Oddo mit Sklave und den Jungen aufbrach.

Sie liefen durch eine wunderschöne Landschaft in Richtung Sonnenuntergang, es ging fast immer bergab. Arduin aber hatte keine Augen für das, was ihn umgab, viel zu sehr war er damit beschäftigt, die kleine Gruppe nicht aus den Augen zu verlieren und gleichzeitig nicht aufzufallen. Einmal rasteten die vier, Arduin wäre um ein Haar zu nahe heran gekommen. Als sie stehen blieben und sich umsahen, bog er schnell einen schmalen Pfad nach links ab und erreichte nach wenigen Schritten einen Ort unbeschreiblicher Schönheit. Er stand auf einem kleinen Felsplateau, durch eine Spalte zu seinen Füßen blickte er in einen tiefen, klaren Quellstrudel und am Horizont sah er das Meer silbrig blau glänzen. „Das muss ich Ería zeigen“, dachte er sofort, dann konzentrierte er sich wieder ganz auf die vier, die er verfolgte.

Bald erreichten sie eine gepflasterte Straße, Arduin erkannte sie gleich wieder. Sie waren nicht so weit von Grottaferrata entfernt, wie er gedacht hatte. Der Weg über den einsamen Bauernhof war offenbar ein ziemlicher Umweg gewesen. Die Mönche sagten, die Via Tuscolana sei von den Römern gebaut worden und schon tausend Jahre alt. Arduin hätte es lieber gehabt, sie wären im Wald weiter gegangen, denn auf der breiten Straße mit den spärlichen Alleebäumen rechts und links war es schwer, sich zu verstecken. Erst versuchte er, im Wald zu gehen und mit den vieren etwa auf einer Höhe zu bleiben. Diese kamen aber auf der Straße so rasch voran, dass er im unwegsamen Gebüsch nicht mithalten konnte. Also folgte er ihnen jetzt auf der Straße in einem Abstand, der es eben noch erlaubte, die beiden Männer und beiden Jungen sicher zu erkennen, aber er hatte große Angst, sie könnten abbiegen und er könnte sie doch noch verlieren.

Aber sie bogen nicht ab, das Haus, zu dem sie wollten lag unmittelbar an der Via Tuscolana. Es war von einer Hohen Mauer umgeben und ein großes eisernes Tor schützte den Eingang. Quietschend schloss sich das Tor hinter ihnen, die Schritte knirschten auf dem Kies, das den Weg zum Haus bedeckte, dann hörte Arduin eine schwere Tür zuschlagen, danach wurde es still. Er lauschte angestrengt, konnte aber nur den Wind in den Bäumen hören und vereinzelte Vögel. Ganz in der Ferne bellte ein Hund. Um sicher zu sein, wartete er noch eine Weile, bevor er vorsichtig um das Gelände herum ging.

Die hohe Mauer umgab es komplett. Sie war kunstvoll aus großen, grob behauenen Steinen zusammengefügt, die an vielen Stellen dem Fuß beim Klettern guten Halt geben würde, dachte er sich. In unregelmäßigen Abständen, aber dennoch angelegt und nicht als Ergebnis von Verfall, hatte die Mauerkrone Vertiefungen, wie längere Scharten. Im Schutz eines Gebüschs zog er sich vorsichtig von einem Quader zum anderen hoch, bis er fast durch eine der Scharten blicken konnte. Eine Stimme unmittelbar unterhalb der Stelle, wo er eigentlich hineinspähen wollte, ließ ihn rasch wieder herunter gleiten. Er kauerte sich an die Mauer und lauschte. Er versuchte zu verstehen, was da geredet wurde, aber nur unverständliche Wortfetzen drangen zu ihm herüber.

„Gütiger Gott … hast du es aus eigener Kraft geschafft?“. … Mit einem Satz war Arduin auf die Füße gesprungen, er bebte am ganzen Körper und sein Herz raste, als er in die freundlichen Augen der alten Frau blickte, die vor ihm stand. Er war so damit beschäftigt gewesen, auf die Stimmen hinter der Mauer zu lauschen, dass er sie nicht hatte kommen hören. Noch immer brachte er kein

Wort heraus. „Komm mit mir mit", sagte sie, „ich wohne hier ganz in der Nähe, du kannst dich bei mir ausruhen, bis du wieder zu Kräften gekommen bist, und wenn du magst, kannst du mir dann alles erzählen …". Arduins Angst verflog allmählich. „Ich … ich suche meinen Freund …", versuchte er zögerlich. „Dort drin?", fragte sie. „ich … ich glaube schon …", stotterte Arduin unsicher. „Das ist kein guter Ort … warst du auch dort?". „Nein", antwortete Arduin. „Und du bist sicher, dass er dort drin ist … oder drin war …?", fragte sie wieder. Arduin zuckte nur die Achseln. Er hoffte natürlich Azzo dort wieder zu sehen, sicher war er sich aber natürlich nicht. Andererseits, wo sonst sollte Azzo sein? Er *musste* dort drin sein! Er musste einfach!

Ohne Worte, mit einer Handbewegung bedeutete die alte Frau ihm erneut, ihr zu folgen, und Arduin tat es einfach. Sie gingen wirklich nicht weit, ein kleines Stück in den Wald hinein, dann bogen sie zwei oder drei Mal ab, bis sie vor einem kleinen Haus ankamen, das auf einer sonnigen Lichtung stand. Mehrere Hühner liefen um das Haus herum, ein Hund bellte, eine Ziege kam neugierig gelaufen. „Ich bin übrigens Maria … oder Mamma Maria, wie du magst, so nennen mich hier eigentlich alle …". Mamma Maria hatte ihren Korb abgestellt und erst jetzt sah Arduin, dass er voll der allerschönsten Pilze war, von denen ein herrlich-waldiger Duft aufstieg. Er merkte plötzlich, wie unglaublich hungrig er war, er hatte seit den gestohlenen Eiern am Morgen nichts mehr gegessen. Als könnte Mamma Maria Gedanken lesen, sagte sie: „Jetzt mache ich uns erst ´mal etwas zu essen, dann kannst du mir mehr von deinem Freund erzählen …".

Mamma Maria staunte nicht schlecht, wie viel Rührei mit Pilzen ein hungriger Zehnjähriger vertilgen konnte! Und dazu Fladenbrot und Ziegenmilch mit Honig in ebenfalls reichlicher Menge. Arduin wischte sich den Mund mit seinem Hemdzipfel ab und bedankte sich höflich für die ebenso leckere wie reichliche Mahlzeit. Mit vollem Bauch sah die Welt gleich wieder ganz anders aus. Und Mamma Maria sah ohne ihr graubraunes Kopf- und Schultertuch und den unförmigen Überrock nicht annähernd so alt aus, wie er sie bei ihrer ersten Begegnung gesehen hatte. Bereits während des Essens hatte Arduin sich zurecht gelegt, wie er ihr Azzo beschreiben und seine Geschichte erzählen könnte, damit sie auch versteht, was er hier sucht und warum er ihn hier sucht. In wenigen Sätzen schilderte er ihr nun Azzo, der seine Eltern nicht kannte, im Kloster aufgewachsen war, außer Singen nur Flausen im Kopf hatte, deswegen der Scola interna verwiesen worden war und auf die Scola externa habe gehen müssen, aber dass sie sonst nie Freunde hätten werden können … bis zu dem Punkt, wo er von Oddo mitgenommen worden war und wie Arduin nirgends etwas in

Erfahrung hatte bringen können. Und schließlich, wie er den Plan gefasst und auch umgesetzt hatte, Oddo bei seinem nächsten Besuch zu folgen …

Maria hörte ihm aufmerksam zu, als er geendet hatte, sagte sie: „Wenn Oddo ihn geholt hat, dann hat er ihn auch hierher gebracht … armer Junge …“. Aber mehr, als dass es ein schrecklicher Ort ist, konnte er den Abend auch von Maria nicht herausbekommen. Doch Maria sagte ihm zu, dass sie helfen würde, heraus zu bekommen, ob Azzo noch dort war und wie es ihm ging. Marias ältester Sohn Tasso arbeitete als Schmied, sowohl in seiner Schmiede im nahegelegenen Dorf, als auch auf den Gehöften der Gegend. Am liebsten, so sagte Maria, fertige er edle Waffen an, er träume immer davon, dass ein erfolgreicher Ritter sich einmal bei ihm sein Kampfschwert schmieden lassen würde, stattdessen verbrachte er jedoch die meiste Zeit damit, Werkzeuge herzustellen oder zu reparieren. Tasso, so meinte Maria, könnte sich unter Umständen Zugang zum Haus mit der Mauer verschaffen, und sich umtun. Noch einmal ließ sie sich genau Azzo Äußeres beschreiben.

Dann stand sie auf, holte einige Würfel Speck aus der Küche und nahm ein rotes Bändchen aus einer Schachtel, die auf einem Bord neben dem Ofen stand. Arduin schaute sie fragend an. „Wir müssen Tasso doch wissen lassen, dass wir ihn morgen brauchen, oder?“, sagte sie und ging vor die Tür. Eine zahme Dohle kam, angelockt von den Speckwürfeln in Marias Hand. Maria fütterte sie, band ihr das rote Band um das rechte Bein und warf sie in die Luft. „Flieg, Paula“, rief sie, als die Dohle sich geschickt in der Luft fing und mit einem Krächzlaut davon flog. „Sie sie setzt sich jetzt bei Tasso auf den First oder in den Garten und zetert so lange, bis er sie bemerkt hat. Erst dann kommt sie zurück. Wenn Tasso unterwegs ist, kann das auch schon einmal zwei bis drei Tage dauern“.

Aber Tasso war nicht unterwegs, schon am nächsten Morgen war die Dohle wieder da und noch im Laufe des Vormittags kam auch Tasso. Lange bevor sie ihn sahen, konnten sie sein fröhliches Pfeifen hören. „Was gibt es denn so Dringendes?“, rief er von weitem. Tasso war ein Hüne von Statur, ganz wie Arduin sich einen Schmied immer vorgestellt hatte und ganz anders, als der Schmied, der immer nach Grottaferrata kam. Der war nämlich klein und dick. Tasso hatte ein wunderschönes neues, gebogenes Messer mit einem Griff aus poliertem, rötlichem Holz dabei, das er seiner Mutter schenkte. „Für deine Pilze … dachte ich …“. Maria freute sich sichtlich. Dann hörte sich Tasso an, weshalb seine Mutter ihn gerufen hatte. Sein Gesicht verfinsterte sich. „Das ist kein guter Ort“, sagte er, genau, wie seiner Mutter gestern, „… schon gar nicht für kleine Jungen!". „Du halt' dich da bloß fern!", setzte er mit einem intensiven Blick auf Arduin hinzu. Dann versprach er, sich am gleichen Nachmittag zu erkundigen. Sein Plan war ganz einfach. Er wurde relativ häufig zu dem Haus gerufen, um Werkzeuge zu reparieren oder anzufertigen, Zangen, Messer, selten auch mal einen Hammer oder eine Bratpfanne. Er würde einfach hingehen und so tun, als habe man ihn gerufen, und währen die Sklaven versuchen würden, herauszufinden, wer ihn gerufen hatte, und warum, würde er versuchen, herauszubekommen, ob Azzo da war, und wie es ihm geht.

Tasso ging und Arduins Tag zog sich scheinbar unendlich in die Länge. Zwar nahm Maria ihn mit zum Pilzesammeln, sie fanden auch eine ganze Menge, dann half er ihr, die Pilze zum Trocknen auf Bindfäden zu ziehen, für den Winter. Später besserten sie gemeinsam den Hühnerstall und auch den Auslauf aus, sodass der Fuchs bei Nacht keine Chance haben würde. Dazwischen hatte Maria ihm sogar süße Pfannkuchen mit Honig gebacken. Dennoch krochen die Stunden dahin, die Sonne wollte sich an diesem Tag irgendwie gar nicht auf ihrer Bahn bewegen. Endlich, die Sonne näherte sich schon wieder dem Horizont, kam Tasso zurück, diesmal pfiff er nicht.

„Und???", fragten Maria und Arduin wie aus einem Munde „Was ist mit ihm???". „…Er … er …. er war dort, aber jetzt nicht mehr", sagte Tasso nur. Er wich Arduins Blick aus. Als er nicht weiter redete, nahm Maria ihn beiseite. Im Nebenzimmer redeten sie leise, Arduin konnte sie nicht verstehen, aber er meinte schon zu vernehmen, dass Tasso etwas sehr Unschönes berichtete und Maria mit etwas wie: „…so etwas in der Art hatte ich befürchtet!", darauf reagierte. „Wir müssen es ihm sagen", hörte Arduin dann, die beiden kamen zurück.

„Arduin, dein Freund, Azzo … er ist … leider gestorben …er lebt nicht mehr… ". Arduin spürte, wie Tränen in ihm aufstiegen. „Nein …", presste er hervor „Nein …", und dann „… woran ist er denn gestorben, er war doch so gesund! Er ist *nie* krank gewesen in Grottaferrata". Und das war die Wahrheit. Während er und seine Geschwister irgendwelche Krankheiten mit roten Punkten, mit Fieber, mit geschwollenem Hals durchmachten, wurde Azzo nie krank. Azzo selbst war überzeugt davon, dass man nicht krank werden kann, wenn man ausreichend oft und laut singt, eine Theorie, die Arduin für unbewiesen hielt, was er Azzo aber nie sagte. Woran um alles in der Welt konnte Azzo also gestorben sein, ein Unfall? Blitzschlag? Mord????? „Er … er ist an einer Infektion, einer bösen Entzündung gestorben, er hatte eine Wunde, eine schlimme, sehr schlimme Wunde ...". An den Blicken, die Maria und Tasso tauschten, konnte er sehen, dass es da noch etwas geben musste, etwas, was sie ihm nicht sagten. Er versuchte vergeblich, noch mehr aus den beiden heraus zu bekommen, dann, nach und nach, überwältigte ihn der Schmerz über die Nachricht über den Tod seines besten Freundes. Maria nahm ihn in den Arm, um ihn zu trösten und er ließ es zu.

Am nächsten Morgen bekam er von Maria ein kräftiges Frühstück, dann sagte sie „Und jetzt musst du nach Hause gehen, versprich es mir, ja?". Er sagte nichts, er wollte Maria nicht enttäuschen, sie war so nett zu ihm gewesen, aber lügen wollte er auch nicht. Er musste herausbekommen, was dort passiert war, hinter den hohen, dicken Mauern. Maria schaute ihn an, als könne sie Gedanken lesen: „Geh' heim, Arduin, sieh' zu, dass dir nicht auch noch etwas zustößt!". Er machte eine Kopfbewegung, die ebenso gut ein Schütteln, wie ein Nicken hätte sein können. Maria zögerte einen Moment, dann ging sie in Richtung Hauptweg, Arduin wunderte sich, denn sie hatte ihren Korb nicht mit. Er folgte ihr aber. „Ich bringe dich noch bis zur Straße, zur Via Tuscolana", sagte sie. Sie hatten die alte Römerstraße noch nicht ganz erreicht, da bog Maria vom Weg ab, bahnte sich einen Weg durch Haselsträucher und hohes Gras, bis sie nach wenigen Schritten am Eingang zu einer Höhle angekommen waren. Er war mit einer Brettertür verschlossen. Sie rief Arduin, ihr zu folgen. „Wenn du irgendwelche Probleme hast, versteck dich hier". Und sie zeigte ihm, wie die Tür mit einem einzigen Handgriff zu öffnen, aber von innen zu verriegeln war. „Diese Höhle hat seit Jahrhunderten schon vielen als Zuflucht gedient! Paula würde mir Bescheid geben, wenn du hier bist!". Arduin wunderte sich, dass sie das alles tat und sagte und fragte sich, wofür, nickte aber.

An der Via Tuscolana schließlich trennten sich ihre Wege. Maria ermahnte ihn noch einmal, schnurstracks nach Hause zu gehen. Er wich ihren Fragen aus und bedankte sich herzlich für die liebevolle Gastfreundschaft. Ohne jede Eile ging er die alte Straße entlang, bis Maria wieder im Wald verschwunden war, dann aber drehte er um und lief eiligen Schritts zurück zum alten Haus mit der Mauer. Diesmal wählte er eine andere Stelle, um herauf zu klettern. Er erreichte ein kleines Fenster und blickte hindurch.

Er sah in einen Hof, in dem sich mehrere Jungen in etwa seinem Alter oder etwas jünger befanden. Aber anders als im Schulhof von Grottaferrata, tobten und spielten diese nicht oder rannten herum, sie waren auffällig blass und still, die meisten von ihnen saßen an die sonnenwarmen Steine gelehnt, einige von

Ihnen hatten die Augen geschlossen. „Warum“, zermarterte sich Arduin den Kopf „*Warum* waren die hier *alle* krank?“, Denn das waren sie ganz augenscheinlich. Und viel kränker, als Arduin vermutlich je gewesen war. Nachdem sich in dem kleinen Hof, in den er blicken konnte, nichts weiter tat, kletterte er wieder herunter und ging weiter an der Mauer entlang.

Wieder im Schatten eines Gebüschs kletterte er erneut hinauf, diesmal erklomm er die Mauerkrone und spähte vorsichtig hinüber. Er konnte etwas entfernt in einen großen Raum ohne Möbel schauen, die 8 Jungen, die sich darin befanden wurden offenbar dazu angehalten, zu turnen oder zu tanzen. Auch diese Jungen schienen keinerlei Spaß an der Bewegung zu haben. Einer, der Kleinste von ihnen, fing an zu weinen und wurde geschlagen. Arduin konnte zu wenig sehen, als dass er hätte verstehen können, was da vor sich geht. Wieder ließ er sich an der Mauer herunter rutschen und ging weiter.

Als er fast um das Gebäude herum gegangen war, er befand sich an der Südseite und die Sonne schien hell auf die graue Mauer, hörte er laute Stimmen, ein Junge und mindestens drei Männerstimmen, aber nicht unmittelbar hinter der Mauer, wie es klang. Es gab wenig Schutz auf dieser Seite, er schaute sich um und beschloss es trotzdem zu wagen, hinauf zu klettern. Als er an der ‘Scharte’ angekommen war, blickte er erneut in einen kleinen Hof, es war aber niemand darin. Die Stimmen, die er gehört hatte, drangen aus dem Raum dahinter, dessen Tür zum Hof und Fenster offen standen. Der Junge war halb nackt, es waren außer ihm vier Männer in dem Raum, drei hielten den Jungen fest, und plötzlich rissen ihm Arme und Beine auseinander und warfen ihn rücklings auf einen Tisch. Dann ertönte ein gellender Schrei des Jungen: „Laaauuuufff“, ... oder hatte er nur „Aaaaauuu!“ geschrien? Und Arduin sah, wie Blut spritzte[100] „Nein“, entfuhr es Arduin ganz laut, er war vor Entsetzen wie gelähmt. Ein metallischer Gegenstand fiel scheppernd zu Boden und vier Augenpaare starrten ihn an. Man hatte ihn entdeckt! Blitzartig füllte sich der Hof mit vielen Menschen, es herrschte Aufregung, der Junge, der wimmernd im Hintergrund lag, wurde gar nicht mehr beachtet, alle Aufmerksamkeit galt Arduin.

Arduin löste sich aus seiner Versteinerung, glitt blitzschnell die Mauer herunter und rannte. Er rannte um sein Leben, vor Augen das schreckliche Bild mit dem spritzenden Blut und in den Ohren den markerschütternden Schrei des Jungen.

---

[100] Castraten fürdie Musik, siehe Anhang.

Er erreichte die Via Tuscolana, als er die Stimmen hinter sich näher kommen hörte, auch Bellen war dabei, sie hatten offenbar Hunde mit! Er hatte keine Ahnung, wie viele hinter ihm her waren zehn?, zwanzig? hundert? … und er nahm sich nicht die Zeit, sich umzudrehen. Er hechtete über die Straße und rannte in den Wald. Schon nach wenigen Sätzen erreichte er das Haselgebüsch, zwängte sich zwischen den Ästen hindurch, ohne zu beachten, ob diese seine Kleidung zerrissen oder ihm das Gesicht zerkratzten. Eben hatte er die Höhle erreicht, da hörte er ein kurzes, hartes Kläffen hinter sich, ein kniehoher, gelbbrauner, geifernder Köter hatte ihn eingeholt, knurrte, fletschte die Zähne und schnappte nach ihm.

Während Arduin mit einer Hand die Brettertür zum Eingang der Höhle öffnete, trat er mit dem rechten Fuß nach dem Hund, der ihm auswich um aber gleich darauf nach seiner Wade zu schnappen. Arduin spürte einen starken Schmerz, er trat wieder, diesmal kräftiger, der Hund jaulte auf, Arduin schlüpfte in die Höhle und verriegelte die Klappe von innen. Das Bein schmerzte stark. „…aber bestimmt nicht so stark wie das, was Azzo durchmachen musste“, schoss es ihm durch den Kopf. Als sich seine Augen an das Halbdunkel gewöhnt hatten, sah er, dass auf einem sauberen Stück Stoff ein Krug mit Wasser stand und ein großes Fladenbrot lag. Maria hatte gewusst, dass er hier würde Zuflucht suchen müssen. Woher? Konnte sie doch Gedanken lesen oder Hellsehen? War sie vielleicht sogar eine Hexe? Die Gedanken schwirrten in Arduins Kopf herum, als er plötzlich ziemlich in der Nähe Tassos kräftige Stimme hörte, mit der er Arduins Verfolger von Marias Grundstück vertrieb. Dann wurde es still.

Arduin musste eingeschlafen sein, er erwachte erst, als er ein leises Klopfen am Baumstumpf oberhalb der Höhle hörte. Dann war es wieder still … kurz drauf klopfte es wieder. Vorsichtig, ganz vorsichtig öffnete er die Tür einen Spalt, da sah er Paula, die ihn mit schräg gelegtem Kopf von oben anschaute. Sein Bein schmerzte noch schlimmer, als zuvor. Paula flog weg und wenig später kamen Maria und Tasso. Sie sagten nichts. Tasso nahm Arduin auf den Arm, als wöge er nicht mehr, als ein Baby, und trug ihn zu Marias Haus. Maria kümmerte sich um die Verletzung, der Hund hatte Arduin eine ziemlich tiefe Fleischwunde zugefügt. „Du hättest dort nicht hingehen sollen“, sagte Maria nur, „aber ich verstehe, dass es dir keine Ruhe gelassen hat!“. „Es hätte aber auch anders ausgehen können!“, setzte sie nach einer weiteren Zeit des Schweigens hinzu. Sie wirkte nicht böse, nur traurig.

Eine Woche war Arduin bei Maria und Tasso geblieben, dann hatte er auf seine Rückkehr gedrängt. Seine Eltern und Geschwister hatten ja keine Ahnung, wo er war. Da er mit seiner Verletzung keinesfalls im Stande war, die ganze Strecke zurück zu laufen, begleitete Tasso ihn. Er hatte ein kräftiges Pferd, auf dem er normalerweise in Körben seine schweren Gerätschaften transportierte, die er für seine Arbeit auf den Gutshöfen brauchte. Jetzt ritt Arduin auf dem Kaltblüter. Am Ortseingang von Grottaferrata setzte Tasso Arduin wieder herunter. „Das letzte Stück musst du alleine gehen", sagte er. Sie verabschiedeten sich und Arduin humpelte nach Hause.

Das war vor zwei Tagen gewesen. Noch war er nicht in der Lage gewesen, über das zu sprechen, was er gesehen hatte.

Alte Familien und uraltes Wissen im Verborgenen

Ería beugte sich erneut über die Wunde, deren Ränder feuerrot waren und die hässlich klaffte. Sie war zum dritten Mal da, um nach ihm zu sehen, ihr dichtes dunkles Haar, das in der Sonne kastanienrot schimmerte, hatte sie zu einem einfachen Pferdeschwanz zusammen gebunden, damit es nicht auf die Wunde fällt, während sie sie reinigte. „Und, wie hast du die letzte Nacht geschlafen?", fragte sie Arduin. Sie hatte ihm einen Sud aus Weidenrinde [101] zu trinken gegeben, zubereitet nach einem geheimen Familienrezept und hoffte, dass dieser das Fieber senkte und Arduin einen Genesungsschlaf bescherte. „Gut", antwortete dieser, „ich habe zum ersten Mal nicht so schwitzen müssen, wenn nur die Träume nicht wären ...". Ería schaute auf, Arduin zuckte zusammen, jetzt war es heraus. Es war nur natürlich, dass Ería würde wissen wollen, was für Träume er meinte. Aber Ería fragte nicht, sie dachte „wenn er es mir erzählen will, wird er es schon irgendwann tun!", und wandte sich wieder der Wunde zu, die sie mit allerlei Kräutern, die zu einer Paste verrieben und mit Alaun und Schwefel versetzt war, einrieb und verband. Die Entzündung war tief und Ería fürchtete, dass Arduin sein Bein dadurch verlieren könnte, wenn nicht noch Schlimmeres. Hundebisse waren gefährlich, das wusste sie, und nicht immer gelang es, sie zur Abheilung zu bringen.

---

[101] Weidenrinde enthält neben diversen Stoffen, die nicht wirklich gesund sind, Salicylate, das heißt aspirinartige Substanzen, die Schmerzen lindern und Fieber senken.

Als sie sich ein letztes Mal nach vorne beugte, um den Verband zu kontrollieren, dass er auch nicht zu fest war und das Heilung bringende Blut abdrückte, fiel der goldgelbe, glatte Anhänger aus ihrem Ausschnitt und baumelte an seinem dünnen Lederband einen Augenblick lang dicht über Arduins Bein. Rasch steckte Ería ihn wieder zurück. „Lass´ ihn mich doch noch einmal sehen", bat Arduin, „Bitte". Zögerlich zog Ería ihn wieder hervor, nahm ihn aber nicht vom Hals. Arduin streichelte das warme, honigfarbene Material, das aussah, als sei die Sonne darin gefangen, und folgte mit der Fingerkuppe der dünnen, geschwungenen eingeritzten Linie an seiner Oberfläche. „Erzähl´ mir doch noch einmal seine Geschichte, Ería", sagte er und lächelte sie an. Ería lachte: „Du kennst die Geschichte doch inzwischen ebenso gut wie ich!", sagte sie „Eigentlich könntest *du* sie *mir* erzählen!!! Und außerdem, wer weiß, ob sie stimmt!". „Bitte", wiederholte er und sie seufzte: „Na gut …".

„Vor vielen, vielen hundert, vielleicht tausend Jahren lebte ein glückliches Volk auf einer smaragdgrünen Insel. Den ganzen Tag sangen und tanzten sie und erzählten sich wundervolle Geschichten. Aber dann kam eine Hungersnot und ein Teil des Volks brach auf, eine neue Heimat zu finden. Sie brachen auf in silbernen Schiffen und jedem, der aufbrach, gaben die Priester einen Anhänger aus geronnenem Licht, der sie beschützen sollte und den sie ihren Kindern und Kindeskindern weitergeben sollten. Und das ist dieser Anhänger, der in meiner Familie immer von Mutter oder Vater an das älteste Kind weiter gegeben wird, egal, ob es ein Mädchen oder ein Junge ist. Und dieses Kind der Familie steht unter einem besonderen Schutz der …", und jetzt senkte sie ihre Stimme zu einem Flüstern, „Lichtgötter". Und Arduin und Ería schauten sich verschwörerisch an, denn 'Götter' waren natürlich ihr Geheimnis in ihrer Welt, die von der Macht der Kirche geprägt war und in der Ketzer und Hexen gleichermaßen verfolgt wurden. Eine Angst, mit der Ería und ihre Mutter, von der das Mädchen die Heilkunst erlernte, ständig lebten, denn oft wurde im Dorf getuschelt, ob diese denn ganz rechtens sei, und wenn immer ein Unglück passierte, eine Seuche das Vieh dahin raffte oder irgendwo der Blitz einschlug, irgendeiner brachte es immer in Zusammenhang mit der ‚Familie mit den grünäugigen Mädchen', die das Wetter vorhersagen und Heilen konnten. Wenn ihnen aber etwas fehlte, dann kamen sie alle, meist im Schutze der Nacht, das Gesicht mit einem Tuch verhüllt, damit sie nur keiner erkenne. „Und die Lichtgötter", Ería flüsterte immer noch, „beschützen seither die Familien der Sonnensiegelträger, sogar als Rom zerstört wurde vor 600 Jahren, als die Westgoten die heilige Stadt drei Tage lang plünderten, kamen sie unbeschadet aus der bereits belagerten Stadt heraus, weil das Amulett alle, die es trugen und diejenigen, denen die aufrichtige Liebe der Amuletträger gehörte, in eine dichte Nebelwolke hüllte. So wanderten sie unbehelligt durch die Reihen der Belagerer hindurch, die sie für einen Nebelschwaden hielten und erreichten unbeschadet die albanischen Berge, wo ihre Sommerhäuser standen, in denen sie gesund und glücklich weiter leben konnten, auch wenn sie den Großteil ihres Vermögens verloren hatten …". Als Ería geendet hatte, schwiegen sie beide. Arduin liebte diese Geschichte.

Ería und Arduin verstanden und vertrauten einander seit frühester Kindheit. „Azzo stand nicht unter dem Schutz der Sonnengötter", sagte Arduin plötzlich, und jetzt brach es aus ihm heraus. Er erzählte Ería alles, was er in dem Haus an der Via Tuscolana gesehen hatte, und dass Azzo tot war. Er weinte. Und Ería weinte mit ihm. Dann trösteten sie sich gegenseitig und Ería sagte „Du bist ja ein richtiger Held, dass du versucht hast, Azzo zu finden und ihm zu helfen, falls er das braucht!", aber Arduin sagte nur: „Aber ich bin doch zu spät gekommen, meinst du, du hättest seine Entzündung heilen können, wenn ich ihn mitgebracht hätte?". „Nein", sagte Ería, „Bestimmt nicht, sie war sicher zu nahe am Herzen, da hilft keine Medizin der Welt!". Und Arduin war bei allem Schmerz über den Verlust seines Freundes erleichtert, dass Azzo nicht hatte sterben müssen, nur weil er nicht rechtzeitig da gewesen war.

Arduins Bein heilte von diesem Tag an zusehends und Ería war darüber ebenso glücklich, wie er selbst. Bald konnte er die Schule wieder besuchen, auch wenn er noch nicht wieder richtig laufen konnte. Als Pater Gregor ihn an seinem ersten Schultag ernst und fragend anschaute, wusste Arduin sofort, dass dieser von dem wusste, was er beobachtet hatte. Aber keiner der beiden verlor ein Wort darüber. Am herzlichsten begrüßte ihn Brendean, der fröhliche Pater aus Irland, der wunderbare Geschichten von seiner Reise über das Meer und die Alpen bis nach Grottaferrata erzählen konnte und felsenfest davon überzeug war, dass 'Schule' von irischen Mönchen[102] erfunden worden war, worüber die Mönche, die davon überzeugt waren, direkt von den Römern abzustammen, die Köpfe schüttelten.

Am besten aber waren seine 'Heidengeschichten' die er zu berichten hatte. Geschichten von Feen und Zauberern, von 'Leprechauns', kleinen frechen Männchen, die auf Goldtöpfen saßen, Seeungeheuern und Drachen. Stets

---

[102] In der Tat scheint „Schule" im Mittelalter aus den britischen Inseln zurück gekommen zu sein – siehe auch Anhang.

begann er diese Geschichten mit dem Satz: „Stellt euch mal vor, was die Menschen dort, wo ich herkomme, geglaubt haben, bevor sie gute Christen wurden", und dann hingen die Jungen der Schule an seinen Lippen, bis … ja meistens bis der Gesangslehrer oder Grammatiklehrer kam und sie zum Unterricht rief. Brendean vertraute Arduin irgendwann an, dass er sich einmal heimlich in die Bibliothek geschlichen hatte und wie gerne er einmal in einem der großen Bücher in der Bibliothek blättern und lesen würde. Brendean war gar nicht entsetzt gewesen, sondern hatte nur geantwortet: „Das kann ich mir vorstellen, dafür musst du, wenn du groß bist, nur einer von uns werden und besonders schlau sein, dann sollte das schon klappen!", und hatte gelacht.

Und Brendean war auch derjenige gewesen, der einen Abend, als Arduin wieder einmal sehr nachdenklich alleine saß da er seinen Freund so vermisste, zu ihm sagte: „Es passieren ständig viele schreckliche Dinge auf dieser Welt, aber es sind Menschen, die diese Dinge tun und andere Menschen, die sie zulassen. Das wird leider immer so sein. Deshalb ist es wichtig, ganz viele Menschen darin zu bestärken, dass sie nicht nur kein Unrecht begehen, sondern es auch nicht zulassen, wenn es neben ihnen geschieht!". Und Arduin nahm sich ganz fest vor, neben sich kein Unrecht geschehen zu lassen, wenn er erst einmal groß ist. Als er Zeuge eines großen Unrechts geworden war, hatte er noch nicht die Macht gehabt, es nicht zuzulassen. Aber warum hatte Brendean … oder Gregorius, er war doch einer der einflussreichsten Mönche hier … warum hatten sie nicht die Macht, dem Geschehen im Haus an der Via Tuscolana Einhalt zu gebieten, oder wenigstens zu verhindern, dass Jungen aus ihrer Scola interna mitgenommen wurden?

Inzwischen war Arduins Bein soweit verheilt, dass er mit Ería schon einige Spaziergänge in die Umgebung hatte unternehmen können. An einem schönen Sommernachmittag waren die beiden zu ihrem Lieblingsfelsen hinaus gelaufen und Ería fragte Arduin wieder einmal tausend Fragen über die Schule und er ließ sich von ihr Wolkenformen und Heilpflanzen erklären. „Das du dir das alles merken kannst!", staunte er immer wieder. Dann erzählte er ihr von den alten Büchern, die er gesehen hatte, als er sich mit Azzo einmal heimlich in das Klosterinnere und dort in die Bibliothek geschlichen hatte. Die Bücher waren der bestgehütete Schatz des Klosters und als Schüler der Scola externa für ihn unerreichbar.

„Wenn *du* dein ganzes Wissen aufschreiben könntest, und das deiner Mutter dazu, könnten doch ganz viele Menschen durch eure Heilkunst gesund werden, viel mehr, als ihr beiden behandeln könnt!“, sagte er. „Ich kann aber doch nicht schreiben, und meine Mutter ebenso wenig!“, wandte sie ein, „Ich finde es ja auch ungerecht, dass ich nicht zur Schule gehen darf“, sagte sie. „Ich auch …“, entgegnete er „aber ich könnte es dir leicht beibringen, wenn du willst, oder ich könnte es aufschreiben, wenn du mir alles erzählst!“. Aber sofort fiel ihm ein, dass er ja gar nicht wüsste, worauf oder womit er schreiben sollte. In der Schule durfte er nur lange, langweilige Texte mit Feder und Tinte auf Pergament abschreiben. Es war verboten, eigene Sätze zu Pergament oder auf die Holztafeln zu bringen – die Kopien mussten exakt werden, ein Wort wie das nächste dem Original entsprechen. So gerne hätte er seine eigenen Gedanken aufgeschrieben. Aber die Schreibutensilien blieben im Kloster, kein Schüler durfte sie mitnehmen.

„Wirklich?“, Erías Stimme weckte ihn aus seinen Gedanken, er schaute sie an. „Würdest du mir wirklich das Lesen und Schreiben beibringen?“, wiederholte sie. „Klar“, sagte er „meinetwegen können wir gleich anfangen“. Sie setzten sich auf den warmen Fels, Arduin nahm ein Stöckchen und begann, Buchstaben in den Sand zu kratzen …

Anfangs kicherte Ería über jeden Buchstaben. Einer sah aus, wie ein Haus, sagte sie, der nächste habe ja ‘eine Nase’, wieder der nächste sei ‘wie ein Tisch mit nur einem Bein’ … sie fand sie alle lustig. Aber Ería lernte schnell und bald konnte sie selbst Buchstaben schreiben, nicht nur lesen, und wenig später sogar kleine Sätze. Gleichzeitig mit der Schrift brachte Arduin ihr auch das an lateinischer Sprache bei, was er aus dem Kopf wiedergeben konnte. Latein war die Sprache der Gelehrten wie auch der Kirche. Alles, was er in der Schule schrieb, war auf Latein und religiösen Inhalts. Hier draußen aber übersetzten und schrieben sie Abzählreime, Witze und was ihnen sonst so einfiel und sie lachten reichlich dabei. Sie schrieben schon lange nicht mehr nur in den Sand, sie ritzten ihre Sprüche in die Flechten auf dem Fels oder in Rindenstücke, mit dem verkohlten Ende dünner Stöcke schrieben sie schwarz auf helle Holzbrettchen und mit dem Saft des Löwenzahns zeichneten sie ‘geheime Zeichen’ auf weißes ‘Birkenrindenpapier’, Zeichen die in der Sonne immer deutlicher hervortraten, wenn der Saft sich dunkel färbte, auf ihren Händen ebenso, wie auf der Rinde.

Einmal hatten sie gerade ein mehrzeiliges Spottgedicht auf die Tratschtanten des Dorfs bei Grottaferrata verfasst, da kam der ehrgeizige Novize Ludger überraschenderweise an ihrem Versteck vorbei. Da er die beiden Kichern hörte, bog er die Zweige auseinander und sah sie über das bekritzelte Holzstück gebeugt. „Na ihr zwei? Zählt Ihr Holzmaden?", sagte er, Arduin und Ería fuhren hoch und das Holzstück fiel zu Boden.

Ludger hob es auf und seine Mine verfinsterte sich. „Was soll das sein?", fragte er trocken. Arduin druckste herum, Ería schaute zu Boden. „Hast du daran mitgeschrieben?", fragte Ludger sie „Hmhm", erwiderte Ería kaum hörbar. „Lies´ das mal vor!", Sagte Ludger und zeigte auf die vorletzte Zeile. In holprigem Latein las sie ein Wort nach dem anderen vor. „Und was heißt das?", fragte der Pater weiter. „Wo sie fleißig weiter schnattern, Worte wie das Gift von Nattern ...", antwortete Ería gehorsam. Ludger baute sich breitbeinig vor den beiden Kindern auf und schaute erst Arduin an „Was fällt dir ein, die Sprache der heiligen Kirche zu missbrauchen? Und außerdem, wie kommst du dazu, diesem Mädchen, die Schrift und dann noch die Sprache der Gelehrten beizubringen? Weißt du nicht, dass beides in die Klöster, in die verantwortungsvollen Hände der Kirche gehört, die diejenigen, die sie anerkennen nährt und schützt? Schäm´ dich!!!", und dann an Ería gewandt sagte er „Reicht es nicht, dass deine Mutter und du von dem meisten hier bereits für Hexen gehalten werden – und ehrlich gesagt, meist ist ja ein Korn Wahrheit in solchen Gerüchten – was meinst du, werden die Leute sagen, wenn sie hören, dass du dir heimlich die Sprache der Kirche und der Gelehrten aneignest, doch sicher, um sie für deine vielleicht dunklen Zwecke zu nutzen ...". So sehr sie sich bemühte, es zu unterdrücken und sie ihr Amulett durch ihr Kleid hindurch fest in die Hand nahm, Ería musste weinen, dicke Tränen liefen ihr über das Gesicht, während sie lautlos schluchzte.

In Arduin aber stieg ein mächtiger Zorn hoch, bevor Ludger weiterreden konnte schrie er ihn an „Du hochnäsiger Klosterzögling! Wem gehört denn die lateinische Sprache? dir? Der Kirche? Die Römer waren lange da, bevor es Christen überhaupt gab, was meinst du, haben die gesprochen? Mit Händen und Füßen? Und wenn du uns hier verurteilen kannst. Wo warst *du* denn, als Oddo Azzo mitgenommen hat, und die drei Jungen dieses Jahr nach Ostern. Wo ist denn Ludger, der verantwortungsvolle, der Vertreter der Kirche, der schützt? Jeder im Kloster scheint zu wissen, was in der Villa an der Via Tuscolana passiert, aber keiner unternimmt etwas dagegen ...". Erstaunt schaute der Novize ihn an, er machte seinen Mund auf und wieder zu, ohne etwas gesagt zu haben. Schritt für Schritt ging er rückwärts, bis er den Weg erreicht hatte, von dem er abgebogen war, dann drehte er sich um und entfernte sich raschen Schritts, während Arduin ihm hinterher brüllte: „Geh nur, hau ab ... verurteilen kannst du, aber du selbst ... fass´ dir an die eigene Nase ...". Ería hatte aufgehört zu weinen und ihr Blick drückte eine Mischung aus Erstaunen, Bewunderung aber auch ein wenig Angst um Arduin aus.

Erst ging Ludger, dann lief er und schließlich rannte er das letzte Stück zurück, bis er hinter den schützenden Mauern des Klosters angekommen war. An diesem Abend wurden ausgewählte Mönche und der Novize Ludger vom Abt ins Refektorium[103] des Klosters gerufen. Nachdem Ludger den Vorfall des Nachmittags noch einmal blumig unter Hinzufügung nicht ganz wahrheitsgetreuer Details erneut berichtet hatte, entspann sich eine lebhafte Diskussion. Pater Brendean führte schließlich leidenschaftlich an, was für ein lernwilliger, wissbegieriger und auch mutiger Junge Arduin doch sei, als Gregorius, der bisher geschwiegen hatte, mit leiser, eiskalter Stimme sagte: „Oh ja, wissbegierig. Er ist neugierig, sehr neugierig, und unwillig sich zu beugen! Nähren wir ihn noch weiter mit kostbaren Wissen, *er* wird gefährlich werden!“. Totenstille folgte, bis nach einer kleinen Unendlichkeit Blasius sich erhob und sagte „Dann gehe ich morgen hinunter und sage es seinen Eltern!“, und ohne weitere Diskussion löste die Versammlung sich auf.

Am nächsten Abend empfing Arduins Vater ihn mit der Nachricht, dass er ab sofort die Schule nicht mehr besuchen dürfe. Arduin erwartete ein Donnerwetter, stattdessen ließ der Vater sich von Arduin genau schildern, was vorgefallen war. Als Arduin fertig war, meinte er „Dir ist schon klar, dass man seinen Lehrer und auch keine Novizen anzubrüllen hat, oder?“. Arduin nickte. „Ich freue mich aber“, fuhr der Vater fort „dass du mir die ganze Geschichte erzählt hast, denn aus dem Mund von Pater Blasius, den sie hergeschickt hatten, klang das alles doch sehr anders. Neben deinem Verhalten Ludger gegenüber wurde dir vor allem Gotteslästerung und Missbrauch der lateinischen Sprache vorgeworfen. Von Gotteslästerung kann ich hier nichts erkennen, und das ist gut so, was die lateinische Sprache angeht, kann man sicher streiten, was Gebrauch und was Missbrauch ist. Da du nun nicht mehr zur Schule gehst, wirst du mir ab morgen bei den Tieren und auf dem Feld helfen, wie deine Geschwister auch[104]„.

---

[103] Speisesaal des Klosters

[104] Kindheit im Mittelalter – siehe auch Anhang.

Großvaters Weihnachtsgeschenk

„Wenn man seine Nase nur in Bücher steckt, gehorchen einem keine Ziegen", neckte Mafalda ihren Bruder und nahm ihm den Strick aus der Hand. Sofort folgte das Tier mit den beachtlichen Hörnern und dem seidigen Fell dem zarten sechsjährigen Mädchen und stellte sich bereitwillig über den Eimer, um gemolken zu werden. Arduin seufzte. Wie oft hatte er in den letzten Wochen solche und ähnliche Sprüche gehört. Und seine Geschwister, Cousinen und Cousins hatten ja recht. Er konnte lesen, sehr gut sogar und kam selbst mit den schwierigsten Schriften und Abkürzungen zurecht, was nicht einmal seine Lehrer wussten, und ebenso heimlich hatte er sogar die Notenschriften gelernt, für Azzo. Azzo, wieder stieg Traurigkeit in ihm auf, als er an ihn denken musste, der fröhliche, unbeschwerte Azzo, jetzt erinnerte er sich, dass ihm die Tiere des elterlichen Hofs ebenso gehorcht hatten, wie seine kleineren Geschwister. „Arduin?", … „Mama, Arduin guckt schon wieder Löcher in die Luft!", hörte er durch seine Gedanken hindurch plötzlich Mafalda rufen. Er tauchte aus seinen Träumereien auf und zischte „Du bist selbst eine Ziege, deshalb gehorchen dir die Ziegen!", und huschte zur Stalltür hinaus. Er würde das alles lernen! Er würde ihnen zeigen, dass wer lesen kann, das andere mit links macht … oder mit rechts? Schließlich war er ja Linkshänder, und trotzdem hatte er unter den Prügeln der Novizen mit der rechten Hand schreiben gelernt. Heimlich aber, wenn keiner guckte, schrieb und zeichnete er immer noch mit links.

Mit einem Messer, dass sein Großvater ihm geschenkt hatte, löste Arduin vorsichtig Schicht um Schicht der hauchdünnen, weißen Birkenrinde ab und schnitt sie zu etwa gleich großen, rechteckigen Blättern zu, die er in einer selbst gefertigten kleinen Kiste aufhob. Irgendwann würde er versuchen, an etwas Tinte und eine Feder zu kommen, dann würde er dieses ‚Naturpapier' beschreiben. Das hatte er sich fest vorgenommen. Arduin richtete sich auf. Hatte da etwas geknackt? Schritte, oder war das nur ein Vogel im Reisig? Nichts. Arduin beugte sich wieder über den gefallenen Baumstamm, er würde ihm noch viele Blättchen liefern, da war er sicher. Vielleicht mehr, als seine kleine Kiste fasste.

Da! Da war wieder ein Geräusch! Arduin setzte sich hin und lauschte gespannt. Nach der Begegnung mit Ludger vor einigen Monaten hatte er wirklich keine Lust, einem Klosterangehörigen erklären zu müssen, was er machte, auch wenn diese das nichts mehr anzugehen schien. Nicht nur sein Leben hatte sich seit dem grundlegend verändert, auch das seiner Familie und der Familie von Ería. Einerseits wurde peinlich darauf geachtet, ob sie ihren Gottesdienstpflichten nachkamen, andererseits wurden sie von den anderen Gemeindemitgliedern geschnitten. Unverständlicher Weise betraf das Ería und ihre Mutter noch stärker, als Arduin und seine Familie. Der Ruf, sie seien möglicherweise Hexen, haftete ihnen schon lange an und man verdächtigte sie der Zauberei und des Wahrsagens. Bei Tageslicht wollte kaum einer etwas mit ihnen zu tun haben, im Schatten der Dämmerung und Nacht aber, suchten sie alle ihre Hilfe. Die Menschen waren schon komisch. Armut und Krankheiten machten das Leben schwer, aber am schwersten machten sie es sich gegenseitig! Es knackte wieder – diesmal war es ziemlich in der Nähe und Arduin war sich ganz sicher. Schnell ließ er sein Kästchen unter seinem verschlissenen Leinenkittel verschwinden, gerade noch rechtzeitig, als er sich etwas im Gebüsch bewegen sah. Ein Tier? Er griff das Messer fester! „Nein", atmete er erleichtert auf. Was immer sich ihm näherte, war eindeutig ein Mensch, Tiere bewegen sich geschickter durch das Unterholz.

„Arduin! Was machst Du denn hier?". Es war Arduins Großvater, der auf der Suche nach essbaren Pilzen, Wurzeln und Kräutern den Wald durchstreifte und bereits einen ganzen Korb voller leckerer Steinpilze gefunden hatte, bei deren Anblick Arduin das Wasser im Mund zusammen lief. Der Großvater sah das, setzte sich, zog aus seiner Hemdtasche einen Kanten Brot, den er teilte und mit einem der Pilze in dünnen Scheiben belegte. Gierig verschlang Arduin das Pilzbrot und merkte erst jetzt, wie hungrig er war. „Du hast ja auch das Mittagessen verpasst", sagte der Großvater, „wir haben uns schon gewundert! Vor allem, weil es heute doch Hirschragout gab, von dem Hirschen, den dein Onkel vor 2 Wochen erlegt hat. du musst etwas sehr Wichtiges zu tun gehabt haben!", und reichte ihm noch die Hälfte seines Brots.

Als Arduin es nahm, rutschte das Kästchen zur Hälfte unter seinem Kittel hervor. Arduin erschrak, der Großvater aber sagte nur: „ich hatte mich schon gewundert, dass dein Bauch so eckig ist, nicht so schön rund wie meiner!", und lachte. Verlegen zog Arduin die Schachtel ganz hervor und legte sie neben den Korb des Großvaters. „Verrätst du mir, denn, was darinnen ist?", fragte der Großvater schmunzelnd, „edle Steine, Gold und Silber etwa?". „Nein, nur etwas Baumrinde und so?", erwiderte Arduin zögerlich, protestierte aber nicht, als der Großvater das Kästchen nahm, um hinein zu schauen. Erstaunt blickte der Großvater auf. „Arduin, das sieht ja fast aus wie Papier, wie feinstes, weißes

Papier … wo hast du das her?". Stolz berichtete und zeigte Arduin dem Großvater, wie er mit Hilfe der dünnen, scharfen Messerklinge feinste Schichten der Birkenrinde ablöste und zuschnitt. Der Großvater erriet sofort, weshalb Arduin dies tat und sagte: „Ich kann dir nichts versprechen, aber ich werde versuchen, zu Weihnachten etwas zu besorgen, damit dieses wunderbare Papier nicht ungenutzt bleibt. Geheime Bücher in geheimen Kisten haben in unserer Familie Tradition!", fügte er hinzu. Als Arduin ihn drängte, das zu erklären aber lächelte er nur und sagte: „Alles zu seiner Zeit!". Arduin hasste diesen Spruch, er kam immer dann, wenn es am spannendsten war. Er wusste aber auch, dass es sinnlos war, zu versuchen, in diesem Moment mehr zu erfahren, denn Großvater würde schweigen wie ein Grab. Und Großmutter, wenn sie es mitbekam, würde sagen: „Was ist das erste, was Kinder lernen müssen? … Geduld!", und damit wäre das Thema erledigt für die Erwachsenen, egal, ob man als Kind nächtelang wach lag und sich den Kopf nach einer Antwort zermarterte!

Weihnachten kam, und tatsächlich: unter hemd- und schuhverdächtigen Päckchen lag da ein sehr Kleines, das auffällig schwer in der Hand lag. Eingeschlagen war es in feinem, gestreiften Leinen und verschlossen mit blutrot gefärbtem Bast. Arduin hob es sich ganz bis zum Schluss auf, dann löste er mit zittrigen Fingern den Bastfaden und stellte fest, dass es sich nicht um ein Leinentüchlein, sondern um ein fein gearbeitetes Leinensäckchen handelte, in dem sich drei Gegenstände befanden. „Sei vorsichtig!", hörte Arduin seinen Großvater sagen und in dem Moment schauten alle auf ihn. Seine Geschwister, Cousinen und Cousins hatten alle ihre Geschenke bereits geöffnet und freuten sich über allerlei Spielzeug und Kleidung, jetzt aber starrten sie alle auf ihn und verstummten. Arduin war das unangenehm, aber er war zu neugierig, um noch zu warten. Hatte Großvater sein Versprechen vom Herbst wirklich wahr gemacht?

Er tastete. Drei Gegenstände, unterschiedlich schwer, unterschiedlich groß und unterschiedlich geformt konnte er erahnen. In der Stube war es recht dunkel, auch wenn vier Kerzen und sechs Öllampen sowie das Kaminfeuer brannten. Vorsichtig zog Arduin zunächst den kleinsten und leichtesten Gegenstand heraus. Es war eine kleine Messerklinge in einer winzigen Holzscheide. „Ein Schabmesser", jubelte Arduin, „ich weiß nicht, ob es auf Birkenpapier funktioniert", sagte der Großvater, „aber ich habe es ´mal machen lassen, vielleicht für später". "WAS ist das? Damit kriegt er doch nicht mal nen Birkenblatt abgeschnitten!", sagte Arduins Onkel. „Schschschsch…", bedeuteten ihm die anderen, sie hatten Angst, die folgenden 'Enthüllungen' nicht mit zu bekommen. Als nächstes zog Arduin einen recht langen, flachen Holzgegenstand aus dem Säckchen. Als er das grüne Seidenband gelöst hatte kam zwischen zwei leicht ausgehölten Holzbrettchen sicher geschützt eine große Gänse-Schreibfeder zum Vorschein. Noch bevor Großvater: „Die Holzschatulle habe ich selbst für dich gefertigt", zuende sagen konnte, fiel Arduin ihm um den Hals, denn er wusste jetzt ganz genau, was der letzte, kalte schwere Gegenstand war, der sich im Säckchen befand. Der Rest der Familie aber bestand darauf, dass er auch diesen herausholte und herum zeigte: Es war ein echter Glasflacon mit dunkler Tinte! Tinte, wie sie nur die älteren, erfahrenen Mönche im Kloster zum Schreiben hatten verwenden dürfen, Tinte, wie sie im Kloster jeden Abend in einem großen Schrank eingeschlossen wurde, da sie so wertvoll war. Arduin hielt sie mit beiden Händen, die anderen durften sie ansehen, aber nicht anfassen, das legte der Großvater fest. Arduin war überglücklich, sein Vater jedoch fragte: „Vater, was soll er damit? Er geht nicht mehr zu Schule!". „Das", erwiderte der Großvater schmunzelnd „das ist unser Geheimnis!". Und Arduin setzte strahlend hinzu: „... und da hilft nicht einmal Geduld!", woraufhin Großvater meinte: „Großmama weiß schon ein wenig Bescheid, sonst hätte ich nie so viel Geld ausgeben dürfen!". Das verstand Arduin natürlich und sicherheitshalber vertraute er die Aufbewahrung seines größten Schatzes jetzt auch seinen Großeltern an.

„Die größte Überraschung aber habe ich für dich an Beltaine nächstes Jahr!", flüsterte Großvater Arduin ins Ohr, als sie sich verabschiedeten. Arduin zuckte zusammen. Das Wort Beltaine durfte doch nicht ausgesprochen werden, es konnte Verfolgung und sogar Scheiterhaufen bedeuten! Großvater lächelte, als habe er ihm nur, „Gute Nacht", gewünscht und sagte laut „ ... ist doch nur ein Tag, wie jeder andere, und er kommt jedes Jahr wieder". Keiner schenkte dieser Bemerkung Beachtung, bis auf Arduin. Da war es wieder, das Ding mit der Geduld. Als er diesen Abend im Bett lag, zählte er in Gedanken die Tage bis Beltaine und stellte fest, dass er gar nicht genau wusste, wann das war, aber es war definitiv nach Ostern, aber auch nach Pfingsten? Großvaters Überraschungen hatten es in sich!

Das Geheimnis

Das Neue Jahr hatte mit heftigen Stürmen begonnen, die den alten Stallungen der Familie übel zugesetzt hatten. Mehrfach hatten alle, auch die Kinder, nachts bei Regen und Kälte aufstehen und die verstörten Tiere in Sicherheit bringen müssen. Tags hatten sie dann gemeinsam die Verschläge wieder hergerichtet.

Die Zeiten, als Arduin sich dumm anstellte bei der körperlichen Arbeit waren vorbei. Er hatte auch hier schnell gelernt und seine Ideen, wie man sich die Arbeit durch Werkzeuge und die Ausnutzung von Hebelwirkung und Nutzung von Keilen erleichtern konnte, waren nicht nur in der Familie sehr geschätzt.

Wenn immer aber er freie Zeit hatte, ging er zu seinen Großeltern, wo er sein Birkenpapierkästchen und seine Schreibwerkzeuge hatte und freute sich über die Anerkennung seiner Großeltern für seine Schreib- und Zeichenkunst, gleichzeitig wusste er, dass sie ihn nicht verraten würden. Schade war nur, dass er dies alles heimlich machen musste. Äußerte er dies seinem Großvater gegenüber, antwortete dieser geheimnisvoll: „Es wird noch viel größere Geheimnisse geben, warte nur ab!". Schon wieder Geduld … wofür sollte die nützlich sein?

Er gestaltete filigrane Initialen, die jedes Stundenbuch geziert hätten, schrieb kleine Geschichten in feinsten, gleichmäßigen Buchstaben auf das halb durchsichtige 'Papier' und ein Mal brachte der Großvater ihm sogar ein kleines Stück Pergament, einen feinen Haarpinsel und rotes sowie grünes Pigment vom nahegelegenen Markt mit. Er hatte es im Austausch gegen Eier und Fleisch erhalten von einem Käufer, der kein Geld mehr übrig hatte, aber allerlei Ware zum Tausch anbot, deren Herkunft er nicht preisgeben wollte. Gut möglich, dass es sich um Diebesgut aus einem Kloster handelte. Der Käufer war nicht müde geworden, den Wert dieser Artikel anzupreisen, mit denen der Großvater wenig anfangen konnte. Am Abend zeigte er sie Arduin, der sofort Bescheid wusste. Arduin freute sich riesig und rührte gleich ein wenig Pigment mit Eiweiß und Wasser an und verzierte seine schönste Initiale auch noch farbig. Die Großeltern waren beeindruckt und der Großvater war zufrieden, auf den Tausch eingegangen zu sein.

Das Wetter wurde besser, die Tage länger, doch vergingen sie für Arduin und seine Geschwister recht gleichförmig. Frühes Aufstehen, Versorgen der Tiere, Frühstück, Arbeiten auf dem Feld oder im Gemüsegarten, Mittagessen, wieder Arbeiten auf dem Feld, Abendessen … das Schönste war das Geschichtenerzählen und gemeinsame Singen am Abend, obgleich Arduin dann schon immer sehr müde war. Hieran merkte er immer noch, dass er nicht, wie seine Geschwister, von frühester Kindheit an körperlich mit gearbeitet hatte, sondern sehr früh eigentlich für Arbeit mit dem Kopf vorgesehen worden war. Wenn er auf dem Feld war, versuchte er sich die Zeit damit zu vertreiben, dass er die Natur genau beobachtete und vor allem auch das Wetter. Ería und ihre

Mutter wussten so viel und konnten am Himmel lesen, was die nächsten Stunden bringen würden: Regen, Sonne, Gewitter …. Nach und nach hatte er es sich von ihnen beibringen lassen und übte nun, währen der dem Pflug folgte, säte oder mit der Sense Heu für die Tiere machte. Und er wurde auch darin immer besser.

Ostern war schon vergangen, es waren noch 18 Tage bis Pfingsten und Arduin setzte gerade vorsichtig die letzten Pinselstriche auf das Pergament. Das gut erwachsenenhandgroße Stück glatter Tierhaut zeigte jetzt das Bild seiner Großeltern, wie sie gemeinsam vor einer Eiche standen, zu ihren Füßen die schönsten Blumen, Schmetterlinge und ein roter Pilz. Zufrieden betrachtete Arduin sein Werk, als der Großvater sich über ihn beugte und ihm ins Ohr flüsterte: „Morgen, morgen ist Beltaine!!! Erinnerst du dich, was ich dir an Weihnachten gesagt hatte?“. Und ob er sich erinnerte! „Morgen ist aber nicht Sonntag!“, flüsterte er zurück. „Ich habe schon mit deinem Vater gesprochen und ihm gesagt, dass ich morgen deine Hilfe brauche, er war einverstanden!“. Arduin schlief die ganze Nacht nicht vor Aufregung!

Schon vor fünf Uhr stand er auf, wusch sich und ging vor dir Tür. „Wir werden eine Weile laufen müssen“, hatte Großvater gesagt. Arduin schaute an den Himmel, der dunkelwasserblau war, ein blasser Vollmond zeichnete sich auch in der Dämmerung noch ab. Der Himmel war wolkenfrei, auch an den letzten beiden Tagen hatte Arduin keine Schlechtwettervorboten erkennen können. Trotzdem huschte er in der Morgendämmerung zum Haus von Erías Familie, das etwa zwanzig Minuten entfernt von dem seiner Familie lag. Ería schlief mit ihren Geschwistern im Erdgeschoss, der Fensterladen stand offen. Leise pfiff Arduin, Ería hörte ihn sofort. „Sag ´mal spinnst du, mich um diese Zeit zu wecken, um zu fragen, wie das Wetter wird?“, fauchte sie, als sie gehört hatte, was er von ihr wollte. Plötzlich kam Arduin sich auch verrückt vor. Er entschuldigte sich verlegen, dann lachte Ería und fragte: „Was hast du denn vor, dass das Wetter so wichtig ist. Willst du auf Händen bis Rom laufen?“. „So ungefähr“, erwiderte Arduin betreten. „Großvater will mir sein größtes Geheimnis verraten, dafür müssen wir ein Stück durch unwegsames Gelände zurück legen, da wollte ich wissen …“. „Schon gut“, sagte Ería, die natürlich auch von Großvaters Weihnachtsgeschenk wusste, „verrätst du mir denn hinterher auch, was es ist?“. Ganz kurz zögerte Arduin, dann sagte er: „Natürlich!“. Ería und er teilten eigentlich alle Geheimnisse.

Lange vor dem Frühstück war Arduin zurück, von seinem morgendlichen Ausflug hatte zuhause keiner etwas gemerkt. Er brachte kaum einen Bissen herunter vor Aufregung, Großmutter bestand jedoch darauf, dass er aß. „Sonst kann ich dich nicht mit Großvater mit lassen. Ich weiß, wo er mit dir hin will!" sagte sie. Mühsam würgte Arduin eine halbe Schale Haferbrei mit Ziegenmilch herunter, was sonst sein Lieblingsessen war. Aus dem Augenwinkel beobachtete er Großmutter, wie sie Großvater Brot, Käse, etwas Trockenfleisch und die letzten schrumpeligen Äpfel des Vorjahres einpackte als Wegzehrung. „Der Junge braucht noch viel mehr, als wir, denk dran`", ermahnte sie ihren Mann. „Und sieh´ zu, dass ihr am Wasserfall noch ´mal ´was trinkt, das ist das letzte Wasser bis zur Höhle!". „Und wenn ihr zu lange braucht, bleibt über Nacht in der Höhle, geht bloß nicht im Dunkeln heim, man hört so viel in diesen Tagen!". Großvater lachte sein unbeschwertes Großvaterlachen und sagte: „Arduin würde eine Nacht in der Höhle sicher gefallen, andererseits – was sollten die Wegeräuber bei uns holen? Deine wunderbaren Äpfel? Die haben wir bis dahin doch aufgegessen! Und Wein willst du mir ja nicht mitgeben!". Ausgelassen knuffte Großmutter den Großvater in die Seite, „Du wieder!", sagte sie und war so fröhlich, als ginge sie mit auf die Expedition.

Es war heller Tag, als sie endlich aufbrachen. Der Weg war der Gleiche, den Oddo damals mit den unglücklichen Klosterzöglingen eingeschlagen hatte. Erinnerungen stiegen in Arduin hoch, vor allem auch an den Rückweg mit der Verletzung, das war alles schon so lange her, er erinnerte es aber, wie gestern. Sie kamen an den herrlichen Ort mit dem gespaltenen Fels und der klaren Quelle von der aus man das Meer zwischen den Baumwipfeln blau schimmern sehen konnte. „Mare mediterraneum, das Meer der Erdmitte", sagte Großvater. Hier zeigte er Arduin, wie man um zu trinken, über einen versteckten Einstieg an den Oberlauf eines kleinen Baches kam, der sich weiter unten mit dem Wasser aus der kräftigen Quelle zu einem bemerkenswerten Flüsschen vereinigte. Das Wasser war eiskalt und schmeckte herrlich, die Luft duftete nach wildem Thymian und Majoran, dies musste ein Fleckchen übrig gebliebenen Paradieses sein. „Vielleicht können wir ja auf dem Rückweg hier baden", sagte Großvater und Arduin nickte. In Gedanken war er beim Ziel ihrer Wanderung, beim großen unbekannten Ziel, das er noch nicht kannte und über das Großvater ihm nichts, aber auch gar nichts sagen wollte.

Nach der Quelle verließen sie den Weg und bahnten sich einen Pfad durch das Unterholz. Sehr genau orientierte sich der Großvater an Steinen und Bäumen, um sich nicht zu verlaufen. Hier und da wies er Arduin auf alte Markierungen an

Bäumen hin, die er lange zuvor gemacht hatte und legte dann und wann neue an. Er nahm Arduin das Versprechen ab, zunächst nicht zu versuchen, diesen Weg alleine zu gehen, bevor er nicht mit ihm vertraut wäre. Arduin versprach es ihm, während seine Spannung immer weiter stieg. „Dieser große Wald gehörte einst unserer Familie, bis dein Vater, und deine Onkel ihn an die Kirche abtraten, um für drei Generationen das Recht auf Schulbesuch für je einen ihrer Söhne zu bewirken. Außerdem bekamen sie den kleinen Wald einschließlich begrenzter Jagdrechte direkt am Feld", erzählte Großvater. Ungläubig schaute Arduin ihn an. „Aber meine Cousins arbeiten im Kloster, sie putzen, verrichten die gleiche Arbeit im Klostergarten, im Stall und auf dem Feld, die meine Geschwister und ich zuhause verrichten. Der einzige, der wirklich die Schule besucht hat, war ich! Und ich gehe jetzt auch nicht mehr hin … Und das kleine Waldstück am Feld ist in weniger als einer Stunde gut durchquert … das ist doch kein guter Handel!". Achselzuckend nickte Großvater seinem Enkel zu. „Der Wald lag aber sowieso so weit vom Dorf entfernt, dass er zum Holz-oder Pilzesammeln kaum genutzt werden konnte und die Jagdrechte hier hatte unsere Familie schon vor langer Zeit verloren".

Es kam Arduin unendlich lange vor, dass sie, meist bergauf, durch meist dichtes Unterholz, seltener lichte Esskastanienwälder und über große Felsen kletterten. Nach etwa drei Stunden kamen sie unvermittelt auf eine Lichtung und Großvater sagte: „Wir sind da!". Ungläubig schaute Arduin ihn an. Sie standen auf einer Waldlichtung, wie es in der Nähe von Grottaferrata hunderte gab! Dafür waren sie fünf oder sechs Stunden gelaufen? In der Ferne sahen sie eine große Stadt in der Ebene. „Das ist Rom", sagte Großvater. Arduin versuchte interessiert zu schauen. Großvater würde ihn doch nicht hierher gebracht haben, um ihm einen Blick auf die berühmte Stadt Rom zu zeigen, oder?

Großvater setzte sich und verteilte vom Proviant. Hungrig aßen sie beide, wobei Arduin immer noch darauf wartete, den Kern des Geheimnisses zu erfahren. „Und, bist du gestärkt und vorbereitet, auf die Überraschung?", fragte Großvater. „Klar", antwortete Arduin. Geschickt bog Großvater einen Haselzweig beiseite und ließ Arduin daran vorbei. Dann teilte er, ebenso vorsichtig, als wollte er die Pflanzen nicht verletzen, einen Vorhang aus wilder Clematis, die bereits begonnen hatte, zart blau zu blühen und dahinter befand sich, zu Arduins völliger Überraschung, eine Tür. Mit einem Eisenhaken öffnete Großvater das Schloss. „Den habe ich mir selbst geschmiedet, eigens, um diese Tür zu öffnen", sagte er. Knarrend öffnete sich die Tür zunächst eine Hand breit, nach einem weiteren Ruck sprang sie ganz auf. Aus dem Innern der Höhle schlug ihnen modrig-kühle Luft entgegen, es war stockfinster hier drin.

Das Mithräum im Wald[105]

Erst allmählich gewöhnten sich die Augen an das Dunkel und durch das schwache Licht, das durch den grünen Vorhang drang konnte Arduin nach und nach einen eher kleinen Innenraum ausmachen, an dessen zwei Seiten Bänke verliefen und an dessen Stirnseite sich ein wundervoll behauener Stein befand. Der ganze Raum entsprach auch eher nicht einer natürlich Höhle, er war kunstvoll in den Fels gehauen und seine Decke war gewölbt wie die einer wunderschönen Kirche, nur kleiner. „Geh´ ruhig hinein", hörte er Großvater sagen. Arduin machte einen Schritt in den Raum hinein, dann noch einen. Der Großvater folgte, er musste sich an der Tür ducken, so niedrig war der Durchgang. Drinnen aber konnte auch er aufrecht stehen. „Darf ich …",

[105] Aquarell von Maja Groll

hauchte Arduin. „Ja, natürlich darfst du hier alles anfassen, es gehört keinem mehr, das heißt, natürlich gehört es letztlich dem Kloster, ich bezweifle aber, dass sie überhaupt von der Existenz dieses Orts wissen, ich HOFFE, dass sie nichts davon wissen. Nur du und ich … und Großmutter weiß, dass es diesen Ort gibt sie war aber noch nie mit mir hier“. Arduin tastete sich voran, bis er bei dem Bildnis war. „Hier ist ein Junge, oder ein Mann drauf, ein Stier … hier sind noch mehr Tiere … warte … ein … Rabe? … vielleicht ein Hund? Oder Löwe? … oder beides? … Großvater WAS ist das???“, flüsterte Arduin andächtig, obgleich sie keiner hören konnte.

„Ich weiß es nicht, Arduin!“, erwiderte der Großvater wahrheitsgemäß. „Ich denke, es ist ein uralter Tempel, eine geweihte Stätte, die Menschen lange, lange vor unserer Zeit angelegt haben“. Jetzt lief Arduin ein Schauer über den Rücken. Die Furcht und Scheu vor allem Heidnischen hatte man ihn im Kloster gut gelehrt. Gegenüber Ería und ihrer Mutter hatte diese Erziehung keine Wirkung auf ihn gehabt. Die beiden waren ihm seit frühester Kindheit vertraut. Aber hier … Plötzlich kam ihm die Luft zu dick zum Atmen vor, die dunkle Enge beklemmte ihn, am liebsten wäre er an Großvater vorbei nach draußen geeilt. „Für uns aber ist sie noch etwas ganz anderes, sie bewahrt unser größtes Familiengeheimnis!“, sagte Großvater. Arduin horchte auf und vergaß die Angst, die ihn beschleichen wollte. Großvater hatte sich in den Mittelgang gehockt und begann eine der Steinplatten der seitlichen Bank zu bewegen. Nach anfänglichem Widerstand ließ diese ich leicht nach vorne schieben und gab einen Hohlraum frei, in dem sich eine Kiste befand. Großvater nahm diese Kiste heraus, wischte sie liebevoll mit dem Ärmel seines Hemdes ab und machte Arduin ein Zeichen, ihm nach draußen zu folgen.

Gemeinsam öffneten sie die wundervoll verzierte, alte Holzkiste, zum Vorschein kamen sieben unterschiedlich dicke aber gleich große Bücher. Arduin traute seinen Augen nicht. „*WIR* haben *BÜCHER*???“, fragte er ungläubig. „Ja“, antwortete der Großvater, „aber das ist unser Geheimnis! Sie sind sehr, sehr alt, von einem Vorfahren von uns vor vielen Jahrhunderten geschrieben, ich weiß selbst nicht genau, wann. Ich habe sie von meinem Großvater erhalten, dieser von seinem Vater. Und auch mein Großvater weiß nicht genau, wer sie geschrieben hat, nur, dass sie immer in der Familie bleiben müssen. Da ich nicht zur Schule gehen durfte, wie du, kann ich auch nur das Allernötigste lesen, ich habe keine Ahnung, was in diesen Büchern steht. Aber ich wusste, dass man sie mir wegnehmen und verbrennen würde, wenn die Kirche erfährt, dass ich solche Bücher aus vermutlich heidnischer Zeit habe. In unserer Familie kennt man so viele Geschichten, die kaum ein anderer kennt, über Feste, die die Kirche nicht kennt, zum Beispiel heute, Beltaine, über Lieder, die die außer Erías Familie die anderen Familien nicht kennen, daher müssen wir erst einmal annehmen, dass es Bücher mit heidnischen Geschichten sind. Wenn das die Kirche erfährt, würden sie vernichtet, ohne dass wir wüssten, was darin stand. Also habe ich vor ungefähr zwanzig Jahren mit deiner Großmutter besprochen, dass ich sie in unserem abgelegenen Wald verstecken würde. Und dabei habe ich diesen alten Tempel entdeckt, der seither unser Geheimnis ebenso hütet, wie ich das Geheimnis seiner Existenz!".

Mit offenem Mund hatte Arduin seinem Großvater gelauscht. Jetzt öffnete er das erste und schmalste der Bücher. Buchstabe für Buchstabe versuchte er den Text zu entziffern. Es war schwierig, zumal er nicht alle Buchstaben lesen konnte. Mit den Zahlen war das schon einfacher. „Und???", jetzt war Großvater ungeduldig. „Ich weiß auch nicht", erwiderte Arduin, „wenn ich das richtig verstehe, steht da: Dies ist das Buch von Taog, genannt Tuccius, Sohn von Claudius und Julia sowie von Beathag und Colla ...". Fragend schaute er seinen Großvater an. „Ein Kind kann doch nur zwei Eltern haben ...". „Ja", bestätigte der Großvater „da musst du etwas falsch verstanden haben ...". Es dämmerte bereits, als sie die Bücher wieder in die Kiste legten, versteckten und die Tempelhöhle so verließen, wie sie sie vorgefunden hatte, versteckt hinter Clematis und Haselstrauch.

Bergab ging es schneller, trotzdem war es schon fast dunkel, als sie die Quelle erreichten. Daher folgten sie der Straße ins Tal und zu Arduins Erstaunen führte Großvater ihn zur Höhle, in die er sich nach dem Hundebiss geflüchtet hatte. „Maria ist eine entfernte Verwandte von uns, wer immer hier vorbei kommt, ist willkommen, die Höhle zu nutzen", sagte er. Wie damals hörte Arduin Paula klopfen und bald darauf stand Maria mit einem Korb mit Essen vor der Tür. Als sie Arduin neben Großvater stehen sah, bestand sie darauf, dass die beiden ihr ins Haus folgten, bei ihr zu Abend aßen und auch dort die Nacht verbrachten. Sie erzählte viel und lachten. „Warst du wieder oben im Wald", fragte Maria „Ja", antwortete Großvater, „... und ab jetzt wird, das nehme ich zumindest an, auch Arduin öfter mal dort sein". Arduin nickte und Maria sagte: „Na, wenn's spät wird weißt du ja, wo du über Nacht bleiben kannst. Schön, dass dein Bein so gut wieder verheilt ist, dass du auf solche Abenteuer gehen kannst! Was macht die Schule?". Betreten schaute Arduin zu Boden, Großvater schilderte kurz, was vorgefallen war. Maria runzelte die Stirn, während sie zuhörte, dann aber lächelte sie und sagte: „Die wichtigsten Dinge lernt man ohnehin, wenn man mit offenen Augen durch das Leben geht! Ich bin auch nie zur Schule gegangen und weiß sehr viel!“. „Stimmt“, meinte Großvater, „Schade nur, weil Arduin Bücher so liebt!“. „Dann muss er eben heimlich selbst eins schreiben“, meinte Maria und Arduin zuckte zusammen, da er sich ertappt fühlte, aber die Erwachsenen hatten das Thema schon wieder gewechselt.

Jeden freien Tag, dessen Wetter es erlaubte, verbrachte Arduin fortan bei der Tempelhöhle. Er legte alleine den Weg sehr viel schneller zurück, als mit dem Großvater zusammen und hatte auch eine Abkürzung gefunden, die nur bedeutete, dass er nicht mehr an der Quelle vorbei kam und er sich in einem Schlauch Wasser für unterwegs mitnehmen musste. So konnte er den Weg zu seinen geliebten Büchern in nur drei Stunden zurücklegen. Immer leichter fällt ihm das Lesen der alten lateinischen Texte und schon im Hochsommer des gleichen Jahres ist er sich sehr sicher, dass er sich mit den zwei Elternpaaren des Autors nicht geirrt hatte, auch wenn im schleierhaft war, wie das gehen sollte. Aber nicht nur Lesen lernt Arduin immer flüssiger und nicht nur Latein, wenn auch ein sehr anderes, als es an der Schule von Grottaferrata gelehrt worden war. Je weiter er sich in den Büchern vorarbeitet, desto mehr erfährt er über Mathematik, über Wetterkunde und über Astronomie, was ihn besonders fasziniert. Jedes Mal kommt er mit Neuigkeiten aus dem Wald zurück, auf die sein Großvater bereits neugierig wartet. Zusammen beobachten sie die Sterne am Himmel und versuchen nachzuvollziehen, was Arduin gelesen hat.

Bei den mathematischen Formeln aber kann der Großvater Arduins Beschreibungen nicht mehr folgen, auch kann Arduin die Frage, wofür man das denn brauche, nicht beantworten, trotzdem fasziniert es ihn. Und er liebt die alten Namen, die er in den Büchern findet. Pythagoras, Archimedes, Hippokrates … er glaubt sich zu erinnern, dass Pater Gregorius anderen Mönchen gegenüber diese oder ähnliche Namen erwähnt hatte, er konnte sich aber auch irren, es können natürlich auch Mönche anderer griechischer Klöster gewesen sein. Er bedauerte, dass es nicht möglich sein würde, Pater Gregorius zu fragen …

Im Herbst nahm Arduin erstmals Ería mit zur Tempelhöhle, nachdem sie beim Wissen ihrer Mutter, Groß- und Urgroßmutter geschworen hatte, das Geheimnis für sich zu behalten. Ería war genauso beeindruckt, wie er bei seinem ersten Besuch und wollte sich von dem Reliefbild im Innern gar nicht wieder trennen. Erst als Arduin androhte, sie alleine in der Höhle zu lassen, kam sie doch mit nach draußen und schaute sich die Bücher an.

Ería lernte schnell, sowohl Latein, als auch lesen und es gelang ihr bald fast so flüssig, wie Arduin selbst, stellte dieser erstaunt fest. Warum also durften Mädchen die Schule von Grottaferrata nicht besuchen, auch nicht, wenn die Eltern bezahlten? Die Mathematik interessierte Ería nicht so sehr, wie Astronomie und vor allem die Wetterkunde. „Das ist ja genau das Gleiche, was in unserer Familie von Generation zu Generation von der Mutter an die Tochter weitergegeben wird!“, sagt sie wiederholt. „Woher wusste dieser Taog das alles?“, ein anderes Mal sagte sie: „Die einen Eltern von Taog haben normale Namen, die anderen Namen, wie sie in Geschichten meiner Familie vorkommen könnten, alte, heidnische Namen … vielleicht sind seine wirklichen, heidnischen Eltern ja ums Leben gekommen, vielleicht wurden sie sogar umgebracht und freundliche christliche Eltern haben sich seiner angenommen?“. Das wäre natürlich eine Erklärung, stimmte Arduin ihr zu, auf diese Idee war er noch gar nicht gekommen.

Im Winter waren die Tage zu kurz, zu dunkel und zu kalt und das Wetter zu nass, um ‚in den Wald‘ zu gehen, wie die beiden es nannten. Aber sowie es wieder heller und wärmer wurde nahmen sie die Studien in ihrer freien Zeit wieder auf, Arduin war immer ein Buch vor Ería, die inzwischen ohne seine Hilfe alleine las. „Arduin!!!! Das kenne ich!!!!!!!! Das ist ein Lied meiner Familie und keiner weiß, was es bedeutet!!!! Hier: …“, Ería war ganz aufgeregt: „Hier … ich kenne sogar die Melodie dazu …“, sagte sie und stimmte leise eine sehr einfache, an ein Kinderlied erinnernde Melodie an mit den Worten:

Rúndiamhra ama suite go
daingean in imeacht aimsire
Cabhraíonn na beacháin dhearga chun an slabhra a bhogadh
Eitleoidh tú ach ní bhíonn an tuirlingt maistrithe ag an uile duine
Bearnaí ama,eítri éimse
Athrú saoil
Nuair boghann na réalta go tréan.
An bhfuil sé de dhánacht ionat?
Drúcht crann teile, am eacaineachtúil
Cuhacht neamh laghdeithe bhealtaine
Gan curtha i gcrích leis féin amháin sas chás áirithe seo
Ag léimt díreach ar aghaidh b'fhéidir
Ach ag féachaint siar áfach

Ní chabhraíonn cumha,
Le himeacht ama agus na síóga ag boghadh
Go mín réid gasta san oíche
Rédhorcha chun an bearna a chlúdach le ceo bog liath
Ní aimseoidh tú an bealach ceart ar ais.

„Arduin!!! Das ist ein Zauber, das weiß ich ganz genau!!!", Arduin, der sie die ganze Zeit wortlos angestarrt hatte, schluckte. Ería war ihm so vertraut, aber jetzt wurde sie ihm unheimlich. „Ein Zauber?", presste er fast stimmlos hervor. „Ja, meine Mutter sagt, es sei ein Zauber, der erst wirkt, wenn die Zeit reif ist. Und sie hat ihn von ihrer Mutter und diese wieder von ihrer und so weiter …". „Und ich weiß nur, dass Beltaine darin vorkommt, und dass das ein Datum ist, das nur deine und meine Familie kennt und das meinem Großvater, meinen Großeltern ganz wichtig ist", flüsterte Arduin vor Aufregung … „Meinen Eltern auch", sagte Ería „das darf ich aber keinem sagen". „Ich auch nicht", sagte Arduin und plötzlich hatten beide das Gefühl, die Luft sei deutlich abgekühlt, obgleich der Himmel so blau war, wie zuvor und die Sonne auf die Lichtung schien. Wie um Schutz zu suchen griff Ería nach dem Bernsteinanhänger, den sie immer unter ihrem Kleid trug und hielt ihn fest umklammert.

„Ería, das ist mir unheimlich!", sagte Arduin schließlich. „Mir auch, Arduin", antwortete Ería, … „lass uns weiter lesen!". „in Ordnung", erwiderte Arduin. Natürlich hatte auch er dieses Gedicht in fremder, zungenbrecherischer Sprache gelesen, ihm aber ebenso wenig Beachtung geschenkt, wie den anderen Liedern oder Gedichten.

Im Kloster standen ganze Bücher voll Gedichten ´rum, warum sollte nicht auch Taog welche aufgeschrieben haben, offenbar im Zusammenhang mit irgendwelchen Ausflügen. Bei den Büchern, das hatte er begriffen, handelte es sich offenbar um Tagebücher dieses Jungen oder Mannes. Was er so über seine Begegnungen und Vergnügungen berichtete, hatte er bald nur noch überflogen, er suchte nach den mathematischen Formeln, den naturwissenschaftlichen Beobachtungen und astronomischen Berechnungen. Diese faszinierten ihn. Ería hingegen genoss die Geschichten die er schrieb und in diese eingebettet befanden sich die Lieder oder Gedichte.

„Arduin …", Ería hatte diesmal nur ganz leise und zögerlich gefragt … „Ja", sagte dieser und hob den Kopf, „was ist …". … „Ich habe noch mal zurück geblättert … weißt du, was da steht?????“. „Nein, was denn?“, erwiderte Arduin. „ …war mit Niamh vor der Stadt verabredet, habe sie mit Gebäck überrascht …“, übersetzte Ería holperig Wort für Wort „sie aber überraschte mich mit einem geheimnisvollen Ort, einem winzigen Tempel in den Berg gehauen mit verstecktem Eingang, den sie nicht öffnen kann. Sie beschreibt mir den kleinen Raum mit gewölbter Decke von Menschenhand gehauen, rechts und links aus Fels eine Bank für die Gläubigen, es können nicht viele sein. Der junge Gott heißt Mithras, er tötet den Stier, alle anderen Tiere auf dem Bild haben auch symbolische Bedeutung“. Ungläubig schauen Ería und Arduin sich an, Arduin nimmt Ería das Buch aus der Hand und übersetzt rasch weiter: „Niamh weiß nicht sehr viel hierüber. Frauen ist der Kult verboten, das ärgert Niamh, sie aber glaubt, dass das Wissen mir nützen könne. Mithras und Astronomie gehören zusammen. Hipparch hält den Schlüssel in der Hand für den Übergang vom Stier zum Widder zu den Fischen zum Wassermann. Wer ist Hipparch und wer kann mir von ihm berichten?“. Wieder schauen sich Arduin und Ería an. „Der Mann, der Stier, die anderen Tiere, der winzige Tempel … das ist HIER!“, sagt Arduin und beiden läuft ein Schauer über den Rücken.

„Aber dein Großvater hat doch gesagt, dass er die Bücher hier versteckt hat, damit sie vor der Verbrennung durch die Kirche sicher sind!“, flüsterte Ería, sie zitterte ein wenig. „Ja“, erwiderte Arduin, „und wenn er das sagt, dann stimmt das auch. Was aber, wenn das Zauberbücher sind, die hierher zurück wollten und meinen Großvater nur benutzt haben für ihre Zwecke?“. Beide ließen bei diesem Gedanken die Bücher in das Gras fallen.

Als sie so da lagen, sahen sie so harmlos aus, dass sie sie wieder aufhoben, lachten und sich gegenseitig versicherten, dass sie ja nicht abergläubisch seien. „Guck‘ mal weiter, da kommen noch mehr Lieder und Gedichte“, sagte Arduin zu Ería, „bei mir ist es auch spannend, ich will hier weiter lesen. Er schreibt immer wieder von ‘Bewegen in der Zeit’, ich habe keine Ahnung, was er damit meint“. „Vielleicht nicht alt werden?“, meinte Ería und wandte sich wieder ihrem Buch zu. Als sie an die Übersetzung des fremdsprachigen Liedes gelangt, muss sie Arduin erneut unterbrechen. „Arduin, das halte ich nicht aus, dass ich die Einzige bin, die weiß, was das Lied heißt!!! Ein Lied, das alle Frauen meiner Familie kennen und keiner kennt seine Bedeutung!“. Streng fragend schaut Arduin sie an … und rasch fügt sie hinzu: „Natürlich bewahre ich das Geheimnis, das habe ich ja geschworen!“.

Wenige Wochen später kam auch Ería an die Stelle mit dem lateinischen Gedicht:

DAS TOR IST DA, MUSST ES NUR FINDEN
HILFE SEI DIR DEIN VERSTAND
ENGELWURZ UND TAU VON LINDEN
ROTER SCHIRM MIT WEIßEM BAND
ZAHLEN MÜSSEN HARMONIEREN
ZEITEN WOHL BERECHNET STIMMEN
WENN GESTIRNE SICH VERLIEREN
VOLLZIEHT ERNEUERUNG SICH VON INNEN.
SPALTE DARF NUR SCHEINBAR ENDEN
ZEIGT DEN WEG ZU TIEFER KLARHEIT
MUSS AM GRUNDE LEBEN SPENDEN
DER WEG IST WEIT, GEH IHN ZU ZWEIT!
DIE ZEIT IST WEG, DER WEG DIE ZEIT!
UND MERK DIR WOHL DEN PUNKT DER QUELLE
DENN NUR IN DER ZEIT DES WANDELS
FINDEST DU ERNEUT DIE SCHWELLE
DIE DIE RÜCKKEHR DIR ERLAUBT.

„Da ist wieder ein roter Pilz drin und der Lindentau“, analysiert Ería … und wenn das nicht unser herrlicher gespaltener Quellstein ist, von dem hier gesungen wird, dann bin ich auch nicht Ería mit den kastanienroten Haaren!“. … Arduin pflichtete ihr bei und meinte: „Ohne Frage! Das ist unsere Quelle … schon toll, dass wir ein Buch haben, dass irgendein Vorfahre vor urlanger Zeit über unser Wäldchen geschrieben hat, oder?“. Ería nickte.

„Du, Ería …“, diesmal war es Arduin, der Ería unterbrach. „Ja?“, Ería schaut auf. „Hier ist plötzlich Schluss ...“, sagte Arduin. „Wie?“, erwiderte Ería. „Naja, Taog schreibt, dass er das Geheimnis gelöst hat, das mit dem Bewegen in der Zeit, er schreibt aber nicht wie, nur irgendwas von rotem Pilzsud, den Niamh besorgt und von Beltaine mal wieder und vom Quellfels, der ja vermutlich unser Quellfels ist … und von Nacht und Sonnenaufgang … und dann kommt nichts mehr, dabei hat man den Eindruck, dass genau das Spannendste hier fehlt …“. „Fehlen denn Seiten? Ist da etwas ´rausgerissen?“, fragt Ería. „Nein, kannst gucken … da ist auch noch genug Platz, bestimmt zwanzig Seiten!“. „Das sieht ja fast so aus, als sei da etwas passiert“, meint Ería, „Vielleicht ist sein Experiment verunglückt und er wohnt jetzt auf dem Mond oder am

Meeresgrund …". „Ein Unglück bestimmt!", pflichtete Arduin ihr bei. „Vielleicht wurde er ja auch umgebracht … oder du hast Recht, bei Alchemisten geht ja auch immer mal wieder was schief und die Bude geht in die Luft … schade, genau wo es am spannendsten wird, ist Schluss …".

Arduin der Alchemist

Die Sonne war eben erst aufgegangen, als Arduin mit Tasso, dem Sohn seines Erstgeborenen Azzo, den er nach seinem besten Schulfreund benannt hatte, aufbrach. Tasso war fast vierzehn, hatte bei Arduin das Lesen und Schreiben gelernt und zeigte großes Interesse an den Naturwissenschaften und der Kunst der Alchemie, die sein Großvater betrieb, während Azzo neben seinem Beruf als Landwirt als Schreiber für die einfachen Leute tätig war, die selbst des Lesens und Schreibens nicht mächtig waren. Auch Azzo hatte sich für die Himmelsbeobachtung interessiert, die Wetterbestimmung und Bestimmung der Sternenpositionen. Doch hatte er den Hof des Onkels seiner Mutter übernommen, als dieser zu alt geworden war, ihn alleine zu versorgen, da diesem Kinder versagt geblieben waren. Er war mit ganzen Herzen Landwirt, das freute den Vater zu sehen, stammte er selbst doch auch aus einer Bauernfamilie. Arduin hatte, als er etwa fünfzehn Jahre alt war, Grottaferrata verlassen und war mit einem Alchemisten nach Ostia ans Meer gegangen. Der gebildete Mann war auf der Durchreise in Grottaferrata auf Arduin und sein erstaunliches naturwissenschaftliches Wissen aufmerksam geworden und hatte ihm angeboten, bei ihm in die Lehre zu gehen, sogar ohne, dass seine Eltern ein Lehrgeld zu entrichten brauchten. Immer wieder staunte der Lehrherr, über welches Wissen der Junge verfügte und konnte gar nicht glauben, wie intensiv die Schule von Grottaferrata ihren Zöglingen das Wissen vermittelte. Denn die Quelle seines Wissens hatte Arduin natürlich streng geheim gehalten.

Nach 7 Jahren war Arduin nach Grottaferrata zurück gekehrt und hatte sein Labor zu Herstellung allerlei Tinkturen und Tränken in seinem Geburtsort eingerichtet. Das Lernen war für ihn dabei noch lange nicht beendet, denn er wusste sehr wohl, dass seine Jugendfreundin Ería über viel Wissen im Bereich der Heilkunst verfügte und da er seinerzeit jedes noch so gehütete Geheimnis mit ihr geteilt hatte, hatte er mit Recht gehofft, dass sie nun auch ihre Geheimnisse mit ihm teilen würde. Ería hatte leichte Bedenken, als sie hörte, dass Arduin sein Wissen aufschrieb. War das Wissen ihrer Familie doch über Jahrhunderte nur mündlich weiter gegeben worden. Arduin gelang es jedoch, diese Bedenken auszuräumen, indem er sie daran erinnerte, wie begierig sie beide

Taogs Bücher gelesen hatten. Und indem er ihr zusicherte, dass seine Schriftstücke keiner geringeren Geheimhaltung unterliegen würden, als Taogs.

Das Ergebnis war eine Reihe sehr wirksamer Tränke und Tinkturen zur äußerlichen Anwendung, allen voran ein Trunk aus der Kappe des Roten Rauschpilzes, der einen seligen Rausch auslöste ohne aber die unangenehmen Folgen am kommenden Tag, da er zugleich mit einem Gegengift versetzt war, um das bis zu diesem Zeitpunkt nur die Familie Erías wusste, ein Wissen, das bis zu diesem Zeitpunkt noch nie aufgeschrieben worden war. Vor allem diesem Trunk war es zu verdanken, dass Arduin es in den letzten Jahren zu einem ansehnlichen Wohlstand gebracht hatte, was von seinen Mitbürgern nicht ganz ohne Neid betrachtet wurde. Inzwischen lebte Arduin jedoch sehr gelassen mit den verhaltenen Verdächtigungen bei Tageslicht und dem Hilfesuchen der gleichen Personen im Schatten der Nacht, er schmunzelte, dass sich die Menschen kaum von denen in seiner Kindheit unterschieden, war es doch schon Erías Mutter so gegangen.

Wie vor ungefähr 35 Jahren sein Großvater hatte er einen Beutel mit reichlich Proviant für sich und den Jungen dabei. Sie rasteten an der Quelle und Arduin zeigte Tasso den Einstieg, um an den kleinen Bach zu gelangen, der sich weiter unten mit dem reichlichen Wasser der Quelle verbinden würde und der die letzte Möglichkeit, zu Trinken darstellte auf ihrem heutigen Hinweg. Dann bog er, wie damals, vom Weg ab. Die Abkürzung, die er als Junge immer genommen hatte, war ihm inzwischen zu beschwerlich, auch hatte er das Gefühl, das Unterholz sei viel dichter, als damals. Einmal hatte er es seit seiner Rückkehr nach Grottaferrata noch versucht. Er konnte sich gut vorstellen, wie der Junge, der ohne viel zu sagen aber mit glänzenden Augen neben ihm lief, sich fühlte. Arduin zeigte ihm die Wegmarkierungen und versuchte an den inzwischen gut armdicken Bäumen vielleicht noch Spuren der Markierungen seines Großvaters, Narben in der glatten grauen Rinde zu entdecken. Hier und da meinte er sogar, dass es ihm gelang. Sie gelangten zur Lichtung und Arduin blickte hinunter auf die riesige Stadt Rom. Das heilige, große Rom … und vor hier oben sah es aus wie Kinderspielzeug. Fragend schaute Tasso ihn an und er erklärte, dass sie jetzt erst einmal essen würden, um sich zu stärken, dann staunte er, wie viel ein Junge in kurzer Zeit verdrücken konnte. Sie hatten alle Vorräte bereits vertilgt, als Tasso das letzte Päckchen aus dem Beutel zog und fragte: „Was ist das? Nachtisch von Oma?“. „Nein“, erwiderte Arduin schnell und nahm ihm das Päckchen ab, „das ist nichts zu essen“.

Vorsichtig bog Arduin die Haselzweige beiseite, teilte den Clematisvorhang, wie vor 35 Jahren waren die Blüten eben im Begriff, sich zu öffnen, dann öffnete er mühelos die Tür mit einem Schlüssel. Vor etwa zehn Jahren war ihm das uralte Schloss unsicher vorgekommen und er hatte es ersetzt. Das alte Original lag jetzt bei ihm zuhause im Schrank, zur Erinnerung. Im Nachhinein hatte er sich gewundert, dass es überhaupt funktioniert hatte und gar nicht gewundert, dass Niamh, wie die Bücher besagten, es damals nicht hat öffnen können, wenn es noch das gleiche Schloss gewesen war.

Gierig sog Arduin den modrigen Geruch ein, der mit so vielen Erinnerungen verbunden war. Tasso betrat neugierig den Raum und hielt dann inne, bis er etwas sehen konnte. Magisch angezogen vom Bild am Ende des kleinen Gewölbes tastete er sich nach vorne. „Was ist das, Opa?“, fragte er. „Ich weiß es auch nicht genau, aber was ich weiß, will ich dir draußen gern erzählen!“. Dann nahm er den Stein weg, unter dem sich die Kiste befand. Zusammen gingen sie nach draußen und Arduin erklärte seinem Enkel, was er über die Kiste, deren Inhalt und diesen Ort wusste. „Ich habe nie erfahren, worauf unser Urahn Taog hinaus wollte, und eigentlich auch nicht, warum er vier Eltern hatte, zwei Mütter und zwei Väter. Aber der Inhalt dieser Bücher, das Wissen und die Art, wie es aufgezeichnet war, hat mein gesamtes weiteres Leben bestimmt und letztlich auch das deines Vaters und schließlich deines. Diese Kiste wird in unserer Familie seit urlanger Zeit immer an den ältesten Sohn weiter gegeben bzw. an den ältesten Enkel. Seit wie lange, weiß niemand so genau, auf jeden Fall aber länger, als seit dem Großvater meines Großvaters, und vermutlich länger, als seit dem Großvater des Großvaters meines Großvaters, denn mindestens so lange lebt unsere Familie in Grottaferrata und der Urahn, der diese Bücher verfasst hat, lebte nach allem, was ich verstehen kann, in Rom selbst“.

Gespannt hatte Tasso seinem Großvater gelauscht, jetzt nahm er eines der Bücher zur Hand und schlug es auf. „Das kann man ja gar nicht richtig lesen …“, sagte er erstaunt. „Doch, man muss sich nur daran gewöhnen … Hier steht: schickte das Fuhrwerk zurück und ging zu Fuß weiter. Der Regen hatte die Wege aufgeweicht und selbst zu Pferd wäre ich kaum schneller voran gekommen. Ich hatte keine Ahnung wie weit es bis zum weisen Gurus Manix sein würde …“. Tasso mit dem Zeigefinger gefolgt, als Arduin die Zeilen auf Latein vorlas. Mühsam tastete er sich jetzt selbst weiter voran. Dann blätterte er weiter, bis er auf eine mathematische Formel stieß. „Das kenne ich! Das Prinzip des Archimedes!“, sagte er. „Richtig! Alles, was ich aus diesem Büchern gelernt habe, habe ich versucht, dir beizubringen, fast alles, ein wenig fehlt schon noch!“, erwiderte Arduin. „Und ab jetzt liegt die Verantwortung für dieses Geheimnis unserer Familie bei dir, hüte es wohl!“, Tasso nickte. „Was machst du?“, fragte er, als Arduin das Päckchen aus dem Proviantsack nahm, das er zuvor Tasso abgenommen hatte. „Ich lege dies dazu …“, sagte er, indem er ein Büchlein identischer Größe auswickelte, „… es enthält alle alchemistischen Geheimnisse, die ich im Laufe meines Lebens gesammelt habe. Ich möchte das neue Wissen, indem uraltes Wissen von Erías Familie enthalten ist, dem uralten Wissen unserer Familie hinzu fügen“. Gemeinsam legten sie die Kisten mit den nunmehr acht Kodices zurück in ihr Versteck und hinterließen den Ort so unberührt wirkend, wie sie ihn vorgefunden hatten. Den Schlüssel nahm Tasso feierlich an sich.

Kapitel 5: Familien mit spannenden Geheimnissen

GANZ NORMALE SCHULKINDER

Es ist ein schöner sonniger Montag im Mai 2010, als Sarah den Schulweg zurück ging, den sie schon tausend Mal gegangen zu sein schien. Sie hatte die acht Schulstunden glücklich überstanden und trottete gedankenverloren über den Asphalt. Heute war Montag, da war das Restaurant ihrer Eltern geschlossen und ihre Mutter würde da sein, wenn sie heim kommt.

Zuhause angekommen schloss sie die Tür auf und rief: „Hallo! Ich bin wieder da!", und statt einer Antwort hörte sie, wie etwas, oder besser jemand, die Treppe herunter gerannt kam. Es konnte nur … und da war er auch schon. „Sarah! Sarah! Ich habe ein neues Play…", rief Paul, Sarahs kleiner Bruder außer Atem, „ein neues Playmobilauto! Totototal toll, kann man Männchen rumfahren und macht … hör mal.". Er drückte auf einen Knopf und ein nervenaufreibendes Lalülala ertönte, als er ihr das Gefährt unter die Nase hielt. „Toll", sagte Sahra und schob sich an ihm vorbei in den Flur. „Du guckst ja gar nicht richtig", maulte Paul. „Doch", sagte Sarah „damit kann man bestimmt ganz toll spielen!", während sie ihre Jacke auszog, in die Küche ging und sich auf einen Stuhl fallen ließ. „Nun, wie war die Schule?", fragte ihre Mutter, die am Herd stand. „Wie soll Schule schon sein!", entgegnete Sarah, die wenig Lust hatte zu erzählen. Stattdessen stand sie auf und inspizierte die Kochtöpfe mit dem Mittagessen. Hähnchenbrust mit Salat und Kartoffeln.

Sarah rümpfte die Nase. „Wieder ‚Paulessen'!", maulte sie, denn sie mochte keine Salzkartoffeln und der Salat sah auch nicht so aus, als ob er ihr schmecken würde. „Wann gibt es was zu essen?", schob sie gelangweilt nach. „In zehn Minuten, wenn die Kartoffeln gar sind", sagte die Mutter, und als sie Sarahs Gesicht sah, fügte sie hinzu: „und wenn du die Kartoffeln nicht willst, kannst du ja ein Stück Brot dazu essen, dass machen Nonna[106] und Nonno[107] in Italien auch immer so! Die mögen Kartoffeln auch nicht als Beilage. Du kannst ja inzwischen schon einmal die Geschirrspülmaschine ausräumen", und ging ins

[106] Nonna = Oma auf italienisch
[107] Nonno = Opa auf italienisch

Wohnzimmer, wo sie dabei gewesen war, die Wäsche der Familie zu bügeln. Sarah ließ sich wieder auf den Stuhl fallen. „Kann das nicht Paul machen? Ich hatte acht Stunden Schule!“, stöhnte sie. Die Mutter antwortete nicht, obgleich Sarah sicher war, dass sie durch die offene Verbindungstür gehört hatte, was sie gesagt hatte. „Nein, kann ich nicht“, stellte stattdessen Paul fest.

„Kannst du wohl!“, ereiferte sich Sarah, „Ich mach das jetzt schon seit zwei Jahren und als ich angefangen habe, war ich genauso alt, wie du!“. Jetzt meldete sich die Mutter von nebenan: „Sarah, du weißt doch, dass er noch zu ungeschickt ist! Du warst eben in seinem Alter schon geschickter, jetzt mach schon, sonst bist du bis zum Essen nicht fertig!“. Leise Flüche murmelnd, damit Mutter sie ja nicht, Paul sie aber wohl hörte, erledigte Sarah die ungeliebte Aufgabe und deckte zum Schluss drei Teller auf, die so gar nicht erst in den Schrank wandern mussten. Dann rief sie: „Paul, ich habe die Teller gedeckt, das Besteck machst aber du!“. Man hätte denken können, ein Elefant und nicht ein achtjähriger Junge betrete die Küche, so stampfte er auf, schmiss aber kommentarlos drei Gabeln und drei Messer auf den Küchentisch und setzt sich auf seinen Platz.

Während die Mutter die Teller auffüllte, stand Sarah noch einmal auf und holte sich eine Scheibe Brot. Sie dachte nach, schließlich war sie ja die Ältere, es musste ihr doch gelingen … jetzt hatte sie es: „Paul“, sagte sie auffällig freundlich, als sie fast aufgegessen hatten „Paul, sag‘ mal, bist du eigentlich schlau?“. „Klaro“, antwortete Paul im Brustton der Überzeugung. „Und geschickt?“, bohrte Sarah. „Auch!!!“, erwiderte er. „Kannst du alles, wo man Geschicklichkeit braucht?“. „Kann ich alles ALLES! Brauchst du Hilfe???“, fragte Paul. „Sarah?!“, die Mutter zog eine Augenbraue hoch und sah sie an. „Sarah, das macht er *nicht*!“. Paul fuhr zu seiner Mutter herum. Was sollte er da nicht machen dürfen? Er, Paul der Alleskönner?

Er drehte sich wieder zu Sarah um, die scheinheilig sagte „Zeig‘ mir doch bitte mal, wie man ganz geschickt die Geschirrspülmaschine ausräumt, ja?“. „Klaro! Kein Problem, ich zeig‘ es dir auch fünf Mal, bis du genau weißt, wie es geht!“, warf Paul sich in die Brust. Die Mutter seufzte. Es war ein ganz normaler Montag.

Nach den Hausaufgaben rief Sarah ihre beste Freundin Leonie an. „Mama, ich geh‘ nachher mit Leonie zum Baumhaus, ist das o.k.?“. „In Ordnung“, erwiderte die Mutter „aber nur, wenn du nicht wieder zu spät zum Abendbrot kommst!“.

Sarah holte ihr Fahrrad aus der Garage und fuhr los. Am Feld links der Kreuzung traf sie Leonie. Zusammen radelten sie gemütlich zu einer großen, alten Kopfweide am Feldrand, die seit ewigen Zeiten nicht mehr geschnitten worden war. Leonie und Sarah hatten mit Hilfe von Sarahs Nonno Andrea[108] Trittbretter in den neben der Weide stehenden Zaunpfahl geschlagen, über diese gelangten sie in einen in der dichten Krone der Weide gut versteckten Verschlag, den man von unten kaum sehen konnte. Es war Leonies und ihr Geheimversteck, der Zutritt war selbst Paul verwehrt, abgesehen davon war es fraglich, ob er die steile Leiter schon hätte überwinden können. Nur Nicoló hatte zwei Mal mit hier herein gedurft, das hatte sich nicht verhindern lassen. Nicolós und Sarahs Eltern waren eng befreundet und auch die Großeltern der Kinder verband viel. Nicoló und Sarah waren zusammen in den Kindergarten gegangen, ihre Großeltern hatten abwechselnd auf sie aufgepasst und auch in der Grundschule waren sie in der gleichen Klasse gewesen. Erst jetzt auf dem Gymnasium waren sie in Parallelklassen gekommen, während Leonie und sie zusammen geblieben waren. Dadurch hatten sich Sarah und Nicoló, die so oft geneckt worden waren, „seid ihr etwa Zwillinge?“, ein wenig aus den Augen verloren.

Sarah konnte es kaum abwarten, Leonie die Geschichte mit Paul und der Geschirrspülmaschine zu erzählen. Beide lachten herzlich und lange darüber. Dann schwiegen sie eine Weile. „Weißt du, was toll wäre?“, fragte Leonie schließlich, Sarah schaute sie fragend an, „wenn endlich mal etwas richtig spannendes in unserem Dorf passieren würde! Irgendwas … aber hier in diesem Kaff in der ostwestfählischen Einöde …“. Sarah kicherte. „Klingt ja wie hintersibirisches Fischerdorf!!!“, sagte sie. „Genau!“, sagte Leonie, „hier in der ostwestfählischen Einöde passiert ja einfach *GAR NICHTS*! Wenn wir nur in Berlin leben würden, da ist was los, und wenn nichts los ist, kann man wenigstens shoppen gehen!“. … Sie wechselten einen Blick, kramten ein großes Schreibheft unter der Schilfschütte, die den Boden bedeckte, heraus, und begannen, ihre Traumstadt voller Abenteuer zu entwerfen … ein Schwimmbad mit Naturwasserfall, ein Bahnhof, auf dem ein Dieb sich versteckt, eine Schlossruine in der es fraglich spukte … die Liste wurde immer länger!

[108108] In Italien ist Andrea ein Männername – über Frauen, die Andrea heißen kann ein Italiener herzlich lachen.

Der Schul-Dienstag war nicht annähernd so langweilig, wie es der Montag gewesen war, sie hatten Sachunterricht[109] in der Schule und hatten Würmer im Schulgarten gesucht und untersucht. Außerdem hatten sie einen neuen Mitschüler bekommen, Alexander. Er war mit seinen Eltern von Berlin hierhergekommen. Alexander, seine Geschwister und Eltern hatten olivfarbene Haut, woraus Sarah Schloss, dass sie aus einem Land stammen mussten, wo es sehr viel wärmer war, als hier. Sie fragte sich, warum man ein warmes Land wohl zu Gunsten eines kälteren verließ.

Es war Dienstag und das Restaurant hatte ab mittags wieder geöffnet. Mutter war für das Mittagessen im Restaurant verantwortlich, daher gingen Sarah und ihr Bruder nach dem Essen zu Nonna Tina. Eigentlich hieß sie Celestina, aber alle nannten sie nur Tina, das war einfacher und sie mochte es. 1960 waren Celestina und ihr Mann Andrea aus Italien, einem kleinen Dorf südlich von Rom, nach Deutschland gekommen und nach 2 Jahren herumziehen und Anstellungen in verschiedenen deutschen Städten in Steinheim am Rande des Teutoburger Waldes hängen geblieben. Zusammen mit Donatella und Eusebio, die aus dem gleichen Dörfchen stammten, hatten sie in Steinheim ein kleines Restaurant eröffnet, dessen Ruf sich auf Grund der hervorragenden Küche bald in der ganzen Gegend verbreitete.

Nicht nur das. Andrea und Eusebio waren zudem für ihre fröhliche, unterhaltsame Art bei den Gästen sehr beliebt und wenn sie sehr gut gelaunt waren, gaben sie sie schönsten Geschichten von Geistern, Nebeln, die ganze Armeen verschlingen und von einem sagenhaften Riesendamm, auf dem ein als Baby verkleideter Held seinen Widersacher in Angst und Schrecken versetzt, zum Besten. Eusebio und Andrea hatten in Italien die Schule mit gutem Erfolg abgeschlossen und sogar ein Studium der Philosophie begonnen. Dann aber waren beide kinderreiche Familie durch mehrere aufeinanderfolgende Missernten und ein Brand im Olivenhain in finanzielle Schwierigkeiten gekommen und die jeweils ältesten Söhne versuchten ihr Glück im Ausland. Erfolgreich, wie sich herausstellte, denn sie brachten es durchaus zu einem bescheidenen Wohlstand in Deutschland. In Steinheim wurden dann auch schon bald nach Restauranteröffnung Lorenzo, Sarahs Vater und Emilia, Nicolós Mutter geboren. Wenn immer der Geldbeutel es erlaubte, fuhren die beiden Familien nach Hause nach Italien zu ihren Eltern, Geschwistern, Cousinen und

---

[109] Politik, Erdkunde und Biologie in einem Fach zusammengefaßt

Cousins. So war es auch nicht verwunderlich, dass Lorenzo seine Asia und Emilia ihren Leonardo ebenfalls in Grottaferrata, jedem kleinen italienischen Dorf kennenlernte.

Und genauso wenig verwunderlich war es, dass Asias und Lorenzos Eltern in Grottaferrata blieben, dass nun auch für die Enkel, für Sarah und Nicoló wie deren Geschwister eine starke Verbindung zu diesem kleinen Ort südlich von Rom in den albanischen Bergen bestand. Sie beide sprachen daher auch sehr gut italienisch, wenn auch mit leichtem Akzent, der ihre Cousinen und Cousins immer zum Lachen brachte.

Heute war, wie gesagt Dienstag und Sarah würde, wie Paul auch, bei Nonna Tina zum Mittagessen sein, doch dann würde sie schnell nach Hause radeln und warten, dass Leonie kommt. Ihr Vater hatte ihr etwas mehr Taschengeld gegeben und sie wollte mit Leonie einen schönen Nachmittag in der Eisdiele verbringen. Sarah Schloss den Fahrradschuppen auf, schnallte die Tasche auf den Gepäckträger, holte ihr Rad heraus, das eigentlich wieder einmal geputzt werden müsste und schob es durch das Gedränge des Schulhofs. Nach der sechsten Stunde war es hier immer besonders voll. Es schien ewig zu dauern, bis sie das Haupttor erreichte, dann fuhr sie los. In nur dreizehn Minuten erreichte sie Nonna Tinas Haus am Südrand der Stadt. Paul öffnete ihr die Tür und plapperte sofort los. „Nonna geht heute mit mir zum Spielplatz, kommst du mit …???“. „Wann denn?“, entgegnete Sarah, „ich bin eigentlich mit Leonie verabredet!“. Nonna Tina kam zur Tür, „Lass Sarah doch erst einmal herein kommen!“, sagte sie. „Hallo Sarah, wie war die Schule?“, „Ganz o.k., wir hatten die Würmer!“ erwiderte diese. Fragend und mit leichter Abscheu schaute Nonna Tina sie an, dann mussten sie beide lachen. „Wir haben heute Würmer durchgenommen, die wir vorher im Schulgarten suchen mussten!“, verbesserte Sarah sich. „In Englisch haben wir einen Vokabeltest geschrieben, das war ganz o.k. und …“ fuhr sie fort. „Es gibt Königsberger Klops mit gaaaaanz vielen Kapern!“, unterbrach Paul. Sarah schmunzelte, *das* mochte sie mindestens ebenso gern, wie Paul. Es war ein Rezept von Leonies Großmutter und alle mussten immer lachen, wenn Nonna Tina versuchte ‘Königsberger Klops’ zu sagen, da sie nach der dritten Silbe spätestens einen Knoten in der Zunge hatte.

Eigentlich gab es zum Essen immer nur Wasser zu trinken, heute aber durften die beiden sich Apfelschorle holen, Sarah ahnte, dass das etwas Besonderes zu bedeuten hat, vergaß es aber sofort wieder, als sie bei Tisch saß. Das Essen verlief mehr oder weniger schweigend, anschließend zog Nonna Tina sich zur

Mittagsruhe zurück und da beide Kinder ihre Hausaufgaben schon fertig hatten, durften sie sich um die Fernbedienung des Fernsehers balgen. Einmal gewann Sarah, einmal Paul, damit war es objektiv betrachtet gerecht, aber keiner der beiden war so richtig zufrieden.

Es klingelte, Paul öffnete die Tür und fiel Nonno Andrea um den Hals. Nonno Andrea half Mittags immer noch in der Küche des Restaurants, er konnte es nicht lassen, auch war er unglücklich, wenn er nicht jeden Tag, an dem das Restaurant geöffnet war, mindestens drei Gäste zum Lachen gebracht hatte. Heute aber war er beim Arzt gewesen, das hatte länger gedauert, sonst wäre er schon zum Mittagessen zuhause gewesen, da er seine Enkel schon fast eine Woche lang nicht mehr gesehen hatte. „Hallo Sarah, lange nicht gesehen, rief er, bist du gewachsen?". „Nonno!", sagte Sarah, „doch nicht in einer Woche!!!!". „Wenn du eine Woche nicht wächst, wie willst du dann dein Jahrespensum schaffen?", neckte er sie. Sarah lachte, als sie merkte, dass er sie auf den Arm nahm. „Wo ist Nonna?". „Die hat sich hingelegt, wie immer!", entgegnete Sarah, „und ich bin um drei mit Leonie verabredet, wir wollen in die Eisdiele".

„Und … hat sie es euch schon gesagt?", Pauls und Sarahs Kopf fuhren gleichzeitig zu ihm herum. „Was?", fragten sie aus einem Mund. „Im Sommer, besser gesagt in den Sommerferien?", Nonno schaute sie fragend an. „*Was* im Sommer?????", fragte Sarah. „Ich habe heute die Flüge für uns alle vier nach Rom gebucht. Abflug am ersten Ferientag, Rückflug am letzten …". „Juhuuuuuu", Nonno Andreas letzter Halbsatz, „… Donatella, Eusebio und Nicoló kommen auch mit", ging in den Jubelschreien unter, die auch Nonna Tinas Mittagschlaf unsanft beendeten. Sechs Wochen Italien, so lange waren sie noch nie am Stück dort gewesen!

Als sie sich beruhigt hatten, warf Nonno der Nonna einen betretenen Blick zu, diese lachte aber und freute sich mit den Kindern, dann versuchte der Nonno zum Alltag zurück zu kommen. „Ich wollte mit Paul Bötchen auf der Emmer segeln lassen, kommst du mit, Sarah? Leonie kann doch auch mitkommen!". Aber das war jetzt noch unmöglicher, als zuvor. Nicht nur, dass Leonie und sie Eis essen und 'Girlie talks' halten wollten, wie sie es auf Neudeutsch nannten, auch musste sie Leonie *unbedingt* von den Sommerferienplänen berichten, lieber schon um halb drei, als um drei Uhr.

„Leo mach auf", rief Sarah, als sie ihre Freundin die Treppe herunter kommen hörte. „Was ist denn so eilig?", fragte diese und öffnete die Tür mit Schwung.

Und Sarah erzählte ihr sofort von den Reiseplänen. „Cool“, sagte Leonie „ich hätte auch gern Familie in Italien, meine wohnen nur in Köln und im Sauerland“. „Dafür kannst du sie öfter sehen“, tröstete Sarah, die nicht wollte, dass ihre Freundin traurig war, sondern, dass sie sich mit ihr freute. In der Eisdiele wählten sie ihre Lieblingsbecher „Hast du im Lotto gewonnen oder einen Hunderteuroschein gefunden?“, fragte Leonie. „Nee“, entgegnete Sarah, mein Vater hat mir etwas mehr Taschengeld gegeben und ich will meine Reisevorfreude mit dir feiern. Als sie in der Eisdiele saßen, sahen sie Alexander, der sie aber nicht bemerkte. Eigentlich hätten sie ihn gern angesprochen, er war ja noch neu hier und kannte bestimmt noch kaum jemanden. Sie trauten sich aber nicht und kicherten stattdessen über ihren Eisbergen.

Der Rest des Schuljahres schien wir im Flug zu vergehen und mit jedem Tag stieg die Vorfreude. Einmal sagte Alexander: „Ich würde schon auch gern zu meinen Großeltern fliegen, aber die arbeiten beide noch und haben keine Zeit“. „Wo wohnen denn deine Großeltern?“, fragte Leonie. „In Portugal“, erwiderte Alexander. „Algarve?“, Fragte Leonie gleich nach, „da waren meine Großeltern auch schon!“. „Nein, ziemlich weit nördlich von Lissabon, ganz nahe an der spanischen Grenze“, sagte Alexander. „Cool“, entgegnete Leonie wieder, es war eines ihrer Lieblingsworte. „Uncool, wenn man nicht hin darf“, murmelte Alexander und drehte sich um.

Lange Ferien in den albanischen Bergen

Die Triebwerke brummten laut, als sich das Flugzeug zur Startbahn bewegte. Sie hatten keine nebeneinanderliegenden Sitzplätze bekommen, so saß Sarah neben Nonna Tina, Paul neben Nonno Andrea, Nicoló neben seinem Nonno Eusebio, nur Nicolós Nonna Ella musste alleine sitzen, dafür saß sie am Notausgang und hatte am meisten Platz. Die Kinder konnten es gar nicht erwarten, in Italien zu landen, dabei waren sie noch nicht einmal gestartet! Die Großeltern taten ihr Bestes, um sie abzulenken und zu beschäftigen, indem sie Sarah und Nicoló in Gespräche verwickelten und Nonno Andrea die mindestens hundertste Runde Ich-sehe-was-was-du-nicht-siehst mit Paul spielte. Schließlich hoben sie ab, durchbrachen die Wolkendecke und schwebten im gleißenden Sonnenlicht über der weißflauschigen Wolkendecke, die nur dann und wann den Blick auf kleine Häuschen und Felder oder bewaldete Hügel frei gab.

Sie waren in Paderborn gestartet und würden in Rom Fiumicino landen. Als die Anschnallzeichen erloschen, boten sich verschiedene Passagiere an, die Plätze zu tauschen sodass alle sieben Grottaferratareisenden zusammen sitzen konnten. Die Kinder ließen nicht locker, bis die Großeltern berichteten, wie sie nach Deutschland gekommen waren und wie die ersten Heimreisen verlaufen waren. Erst mit dem Zug, zwei Tage lang durch Deutschland, Österreich, Südtirol, Italien bis nach Rom und von dort mit einem unzuverlässigen Linienbus weiter nach Grottaferrata. Später waren sie dann mit dem Auto gefahren, das war nicht schneller, aber bequemer, vor allem wegen des Gepäcks. Und dann irgendwann hatten sie genug Geld, um zu fliegen, erst von Frankfurt aus, später von Düsseldorf und erst seit ein paar Jahren konnten sie auch ab Paderborn starten. Und auch den Verwandten in Italien ging es inzwischen so gut, dass sie alle ein oder gar zwei Autos hatten und die deutsche Verwandtschaft am Flughafen abholen und nach Grottaferrata bringen konnten. Die Kinder konnten gar nicht genug bekommen von den kleinen Abenteuern, die die Großeltern auf der Reise erlebt hatten. Sarah hatte das Gefühl, dass die Geschichten von Erzählung zu Erzählung bunter und aufregender wurden und ahnte, dass die Großeltern sie ausschmückten, um die Enkel zu unterhalten. Aber sie behielt diese Beobachtung für sich, nicht einmal mit Leonie hatte sie sie bisher geteilt.

Nachdem es beim Start ausgesehen hatte, als wolle dieser Flug nie enden, waren die Kinder ganz erstaunt, als die Maschine zum Sinkflug ansetzte und der Pilot über Lautsprecher bekannt gab, dass man bald landen würde und wie das Wetter unten auf der Erde sei.

Heiße Luft schlug ihnen entgegen, als sie das Flugzeug verließen und ein unverkennbar italienisches, fröhlich-lautes Stimmengewirr. Während beide Großelternpaare am Band auf die Koffer warteten, was in Fiumicino erfahrungsgemäß etwas länger dauerte, schlängelten sich die Kinder durch die ihnen gut bekannte Zollkontrolle hindurch zum Ausgang, wo sie jubelnd von einer ganzen Meute von Tanten, Onkeln, Cousinen und Cousins begrüßt wurden. „Wir passen doch nie alle in ein Auto!“, zischte Sarah Nicoló zu. „Nicht mal in einen großen Reisebus“, flüsterte der zurück. Als die Großeltern mit dem Gepäck nachkamen bewegte sich die ganze Gesellschaft zum Parkplatz, wo sie insgesamt 14 Autos bestiegen, die ‘Tedeschi[110]‘ wurden wieder getrennt, diesmal aber, weil am liebsten jede Familie einen abhaben wollte, um die Neuigkeiten aus

[110] Sprich Tedeski = Deutsche auf italienisch

dem Norden als erste und aus erster Hand zu erfahren. Paul tat sich einen Moment schwer, Nonno Andreas Hand loszulassen, tauschte sie dann aber doch gegen Nonno Paolos Hand ein, der ja immerhin sein italienischer Namensvetter war und ihn so freundlich aus den kleinen blitzenden Augen anschaute. „Du siehst ganz aus, wie dein Papa“, sagte Nonno Paolo auf Italienisch, was Paul nur zum Teil verstand, weshalb er mit: „Papa geht es gut, er ist traurig, dass er nicht mitkommen konnte“, antwortete.

Schnell fühlten sich Sarah und Nicoló in Grottaferrata wieder zuhause. Mit Nicolos 'Nonna Eule', wie sie Eulalia nannten, besuchten sie das Kloster von Grottaferrata, mit Sarahs Nonna Ellia besuchten sie Zia Maria[111], eine Schwester von Nonno Andrea, die allein in einem kleinen Häuschen abseits des Dorfs wohnte und sich besonders gut aufs Pilzesammeln verstand. Und mit den Cousinen und Cousins tobten sie Tag für Tag durch den Wald, spielten Verstecken, bauten Höhlen. Voller Neid erfuhren sie, dass die italienischen Cousins nicht nur sechs Wochen, sondern ganze zwei Monate Ferien hatten.

So verflogen die ersten drei Wochen im Nu. In der vierten Woche aber verschlechterte sich das Wetter, was für die Gegend im Sommer ganz ungewöhnlich war. Angefangen hatte es mit einem heftigen Gewitter, das in manchen Dörfern zu kleinen Erdrutschen geführt hatte, die die Straßen vorrübergehend unpassierbar gemacht hatten. Und dann wollte es nicht aufhören zu regnen. Einen Tag nicht, den nächsten auch nicht. Als Sarah, Nicoló und Paul und ihre Cousins alle Brettspiele, die die Familien hatten einmal gespielt hatten, begann Langeweile, sich einzuschleichen. „Wenn die Straßen nicht so schlecht wären, würde ich ja sagen, wir fahren mal nach Rom ´rein“, sagte Nonno Paolo. Wenn!!! Sie waren aber schlecht.

Am Morgen des fünften Regentags kam Zia Maria zu Besuch, zu Fuß. „Bei diesem Wetter würde man keinen Hund ´rausschicken“, schimpfte sie, als sie sich im Flur aus den durchweichten Kleidern schälte. „Seid froh, dass Häuser innen hohl sind!“, sagte sie an die Kinder gerichtet. „Mir ist langweilig!“, antworteten mindestens fünf ihrer zahlreichen Großnichten und -Neffen, drei davon mit deutschem Akzent. Mit einem Glas Milchkaffee in der Hand hatte Zia Maria kurz darauf eine großartige Idee. „Seit Jahren vermisse ich eine bestimmte, wenn auch nicht sehr wertvolle Brosche“, sagte sie, „ich bin ziemlich sicher, dass

---

[111] Tante Maria, eigentlich Großtante Maria

sie sich noch auf dem Dachboden des Hauses meiner Eltern liegen muss. Der Boden ist allerdings schrecklich unordentlich. Würdet Ihr mir suchen helfen?". Die Bedenken von Nonna Ellia und Nonna Eule, die befürchteten, es könnte Fabrizio, dem Sohn ihres jüngsten Bruders, und seiner Frau, die das große alte Bauernhaus jetzt bewohnten, nicht recht sein, gingen im Jubelgeschrei der Kinder unter.

Unter fröhlichem Schnattern brach wenig später ein in Ölzeug gehüllter Trupp von zwölf Kindern zwischen sieben und vierzehn Jahren angeführt von Zia Maria in Richtung ihres Elternhauses am anderen Ende des Dorfes auf. „Wenn eine ganze Armee nach meiner Brosche sucht, kann sie ja nur gefunden werden!", hatte Zia Maria beim Abschied gesagt. Tina und Andrea aber waren sich nicht sicher, ob diese Brosche je existiert hatte, aber ziemlich sicher, dass Zia Maria nach einem Grund gesucht hatte, mal wieder auf dem riesigen, staubigen Dachboden stöbern zu dürfen, von dem sie als Kind nie ganz sicher gewesen waren, ob es nicht doch dort spukte, wo es doch, besonders in der dunklen Jahreszeit, immer wieder knarrte und knackte dort oben, auch wenn eigentlich keiner droben war. Und sie waren überzeugt, dass die Kinder das Stöbern ebenso genießen würden, wie Zia Marias spannende Geschichten.

Falls Fabrizio und Ornella der Überfall unangenehm war, ließen sie es sich zumindest nicht anmerken. „Ich hoffe nur, keiner von euch hat eine Stauballergie", hatte Ornella lachend gesagt, und: „Wenn Ihr dabei die Kisten auch noch so hinstellt, dass sie nicht über den ganzen Boden verstreut sind, freue ich mich sehr". Fabrizio meinte: „Bevor der Broschensuchtrupp aber verdurstet, bitte ich ihn, in die Küche zu kommen zum Traubenmostschlürfen, der muss nämlich weg, bevor im September der neue kommt!".

Das Licht auf dem Speicher war schummerig, da durch die kleinen Glasluken nur das Grau des Regenhimmels zu sehen war und es insgesamt nur vier schwache Glühbirnen gab, die von den Balken baumelten. Da war es gut, dass Fabrizio noch einmal mit vier Taschenlampen 'für die Forscher' nachkam, wie er es nannte. Zia Maria beschrieb noch einmal die Brosche, die sie suchte: halb so groß wie ein Handteller und aus Bronze, und aussehen sollte sie ein wenig wie ein römisches Buckelschild. Die Älteren unter den Kindern, darunter Sarah und Nicoló entwarfen eine Strategie, wie der Boden zu durchforsten wäre, die Kleinen wühlten so eifrig drauf los, dass die Strategie sehr bald überflüssig wurde. Gegen Mittag machten sie Pause um Most und Pizza, zu Ornellas Freude Unmengen von Pizza, in der Küche zu vertilgen. Danach wollte Zia Maria die

Unternehmung eigentlich erfolglos abbrechen, dies ließen die Kinder aber nicht zu. „Wenn du müde bist, kannst du dich ja ein bisschen ausruhen", meinte Paul mitfühlend, die anderen Kinder pflichteten ihm bei. „Wir machen das schon, wie haben ja nicht einmal die Hälfte der Kisten, Koffer und Schachteln genau untersucht!", versicherte Luigi, der Älteste von ihnen.

Frisch gestärkt stürmten sie wieder auf den Dachboden und arbeiteten sich weiter voran. Sie entdeckten uraltes Kinderspielzeug, alte Kleidungsstücke, Fotos und Bücher, alles Dinge, die natürlich betrachtet werden wollten, was seine Zeit dauerte. Es war so gegen halb fünf, der Suchtrupp war schon deutlich ruhiger geworden, jeder kramte an seiner Ecke, die Entdeckerjubelschreie ertönten deutlich seltener, da klang plötzlich ein unterdrückter Schrei aus der hintersten Ecke des Dachbodens.

„Sarah?", … nichts, „Sarah??????". Erst hatte nur Nicoló bemerkt, dass sie fehlte, jetzt riefen alle anderen auch nach ihr. „SARAH????? Wo bist du, sag was!!!". „Hier …. Ich stecke fest", kam es leise aus der Ecke. „Ich komme", rief Luigi gleich. … „Nein, Vorsicht, das ist gefährlich … ich … ich bin eingebrochen!". Schweigen … „Hol Fabrizio … holt mich hier ´raus, *bitte*!!". „Klar … bleib ganz ruhig, nicht viel bewegen, nicht, dass du noch ganz durchbrichst!". Luigi erteilte Anweisungen … Paolo sollte zu Fabrizio laufen, die leichteren unter ihnen sollten die Kisten wegräumen, die sie von Sarah trennten, aber immer vorsichtig testen, ob der Boden auch trug. Nach und nach arbeiteten sie sich zu Sarah vor, als sie den letzten, riesigen Koffer wegschoben sahen sie, dass sie bis zur Taille in einem Loch in den Planken stand. Sarah versuchte jetzt, sich auf den Rand zu legen, vergeblich, die Kanten brachen sofort weg. Das Wasser stieg ihr in die Augen, „ich kann hier nicht ´raus!". „Wir holen dich", beruhigte sie Nicoló, aber wenn immer er sich der Stelle nähern wollte, knackt der Boden verdächtig.

Endlich kam Paul zurück. Fabrizio war mit Zia Maria in den Nachbarort gefahren irgendetwas zu besorgen, aber Ornella würde gleich kommen. Paul hatte sie im Garten gefunden und sie musste erst die nassen Sachen ausziehen. Vermutlich waren es nur fünf Minuten, bis Ornella kam, aber Sarah kam es wie eine Ewigkeit vor. „Vom Eis … wir müssen sie da ´rausholen, wie wenn jemand ins Eis eingebrochen ist", sagte Nicoló plötzlich. „Und wie ist das?", fragte Luigi. Gemacht hatte Nicoló das auch noch nicht, aber gelesen, in der Zeitung. Sie holten eine Leiter, die sie gesehen hatten und schoben sie in Sarahs Richtung. Sarah ergriff die erste Sprosse und hielt sich daran fest, während Luigi und

Nicoló die Leiter langsam zu sich heran zogen. Sarah lag bereits mit dem ganzen Oberkörper auf dem Boden, als dieser knisternd nachgab und sie wieder einbrach. Diesmal allerdings war er entlang einer Kante gebrochen, die gerade war, wie mit einem Lineal gezogen.

Luigi fiel dies zuerst auf. Auf dem Bauch robbte er vorsichtig bis zu Sarah, der Boden hielt. Er betastete die Kante, schaute zur anderen Seite und sagte dann, „hier war eine Falltür! Da ist das Scharnier!", … „es war die Tür die morsch war, nicht der Rest des Bodens! Aber wo führt diese Tür hin?". … „Sarah", sagte er indem er ihr die stärkste der Taschenlampen reichte: „bevor du da ´rauskommst, schau doch ´mal, ob du sehen kannst, wo das hin geht!". Äußerst vorsichtig leuchtete Sarah zu ihren Füßen, sie traute sich kaum zu atmen, geschweige denn, sich zu bewegen, solche Angst hatte sie, vollständig durchzubrechen. Der Boden unter ihren Füßen schien aber stabil zu sein. Der Lichtkegel der Taschenlampe tastete sich über den Staub und die Reste des morschen Holzes, „Nichts, keine Ahnung!", sagte sie, da entdeckte sie plötzlich eine kleine Holzkiste, etwas kleiner, als ein DIN A 4 Blatt und ungefähr fünfundzwanzig Zentimeter hoch. „Hier ist ´ne Kiste!", sagte sie. „Kannst du sie hochheben?", fragte Luigi, „Bestimmt ein Schatz!!!", sagte Paul und die anderen wiederholten es. „Vielleicht ja auch die Brosche! Vielleicht hat ja Sarah die Brosche gefunden!", rief Silvio, der Kleinste.

In genau diesem Moment kam Ornella dazu: „Mama mia, Mädchen, was machst du da???". „Sie macht gar nichts", entgegnete Luigi, der ganz erleichtert war, seit er wusste, dass der verbliebene Boden intakt war. „Dein Haus versucht deine Nichte zu fressen! Das ist unhöflich!". „Sei still, Luigi", wies Ornella ihn zurecht, „Hilf ihr lieber da ´raus!". „Was meinst du, was wir die ganze Zeit versuchen", schmollte Luigi. „Die Kiste!", krähte Paul von hinten. „Lass doch die Kiste um Himmels willen!!!", sagte Ornella rasch. „Nein", … es war das erste, was Sarah sagte, seit Ornella da war, „Erst die Kiste, dann ich …", und hob die erstaunlich schwere kleine Kiste auf den Rand und gab ihr einen Schubs, Nicoló zog sie mit Hilfe eines Spazierstocks zu sich heran.

Dann wiederholten sie das Experiment mit der Leiter, das dieses Mal glückte und Ornella bemerkte: „Das muss Fabrizio sich gleich anschauen! Mamma mia, nicht auszudenken, wenn du da ganz durchgebrochen wärst … aber das der Boden da oben so morsch ist … nicht dass uns noch das ganze Haus zusammenbricht! Jetzt kommt erst einmal ´runter. … Alle … und alle in die Küche … jetzt gibt es erst einmal Schokoladenpudding auf den Schreck … oder wollt ihr lieber Apfelkuchen? Der ist aber noch nicht kalt, der ist noch warm … aber manche Kinder essen ja sowieso lieber warmen Apfelkuchen … ". „Ornella…", … Luigi meldete sich wieder zu Wort. „Ja, Luigi …?", „Ornella, falls du einmal Luft holen musst, würde ich dir gern schnell was sagen!". „Luigi!!!! Du bist frech!!!", „Das ist die Pubertät, Ornella, dafür kann ich nichts … aber das ist es nicht, was ich dir sagen wollte …". Ornellas Blick verriet, dass sie kapitulierte. „Sondern?", fragte sie. „Ornella, das, was da eingebrochen ist, war eine Tür, oder eine Klappe oder irgendwie ein Versteck … weißt du etwas davon?". Ornella schaute verdutzt. Sie lebte seit mehr als zwanzig Jahren in diesem Haus, aber von einem Versteck auf dem Boden war ihr nichts bekannt. „Nein", entgegnete sie, aber es ist ja das Haus meiner Schwiegereltern und deren Eltern … wir werden Fabrizio fragen, wenn er kommt. Wo bleiben die überhaupt so lange. Sie wollten doch nur eben ein neues scharfes Messer für Zia Maria kaufen … ".

Aber auch Fabrizio wusste es nicht und auch bei näherer Inspektion am folgenden Tag ließ sich nichts finden, wohin diese Tür oder Klappe geführt hatte, außer zu einer Art Zwischenboden. Dafür erinnerte sich Zia Maria daran, was es mit der Kiste auf sich hatte. Inzwischen hatten die Kinder die verstaubte Kiste liebevoll gereinigt und Fabrizio hatte sie mit seinem schärfsten Messer vorsichtig geöffnet, ohne sie zu beschädigen. Sie musste seit ewigen Zeiten ungeöffnet gewesen sein. In der Kiste fanden die Kinder acht relativ kleine Bücher, die sie nicht lesen konnten. Paul begeisterte sich vor allem für die Kiste selbst mit ihren verschlungenen ‚Brezelmustern' wie er es nannte. Zia Maria konnte sich erinnern, dass diese Kiste in der Familie immer vom Vater an den ältesten Sohn weiter gegeben wurde. „Die Kiste gehört demnach eigentlich Nonno Andrea bzw. deinem Vater, Sarah", sagte sie.

„Aber sie war hier im Haus", wandte Ornella ein, „vielleicht hat sie ja etwas mit dem Erbhof zu tun, dann gehört die Kiste doch hierhin! Immerhin war sie hier versteckt!". Fabrizio, der sehr viel mehr Freude an seinen Weinbergen und Ziegen hatte, als an Büchern und anderen Schriftstücken, meinte jedoch: „Ornella, wir haben die Kiste doch noch nie gesehen, wer weiß, wie lange die schon da oben liegt …". „Also, ich habe sie … warte Mal … also, da muss ich acht oder so gewesen sein … also vor knapp siebzig Jahren zum ersten und letzten Mal gesehen. Es war im Krieg, zur Zeit Mussolinis, da gab mein Großvater meinem Vater die Kiste und sagte, er solle gut auf sie aufpassen. Ich erinnere mich so genau, da ich die Schnitzereien auf dem Deckel so schön fand und gehofft hatte, dass die Kiste Schokolade oder mindestens getrocknete

Feigen enthält! Aber es waren damals auch nur verstaubte Bücher darin!", sagte Zia Maria. „Siehst du, Ornella", hob Fabrizio wieder an, „wenn wir diese verstaubten Bücher unser Leben lang nicht gebraucht haben, brauchen wir sie jetzt auch nicht", und an Nonno Andrea gerichtet: „Ihr könnt ja ´mal ´rauskriegen, was in diesen Büchern steht, und nächstes Mal erzählt Ihr es uns dann, einverstanden?". Es waren mit dieser Lösung alle zufrieden, am meisten Sarah und Nicoló.

Die Kinder hüteten die Kiste wie einen Schatz und hatten bald vergessen, dass sie ja eigentlich nach einer Brosche gesucht hatten. Auch Zia Maria hat die Brosche nie wieder angesprochen. Ob es diese überhaupt je gegeben hatte oder ob Zia Maria ihnen nur das Vergnügen des Dachbodenstöberns hatte machen wollen?

Nonno Andrea konnte mit Büchern, die man nicht lesen kann, relativ wenig anfangen, angesichts der Begeisterung der Kinder für ihren Dachbodenfund, und da in Grottaferrata offenbar niemand ernsthaftes Interesse an den Büchern hatte, willigte er ein, die Kiste mit nach Deutschland zu nehmen, da sie, so sagte Zia Maria, ja an seinen Sohn, an Lorenzo gehen müsste und irgendwann … ja, wie war das denn nun, was war wichtiger, das Sohnsein oder das Erstgeborensein? Davon hing ab, ob die Kiste später an Sarah oder an Paul gehen würde. Vorsichtshalber meldete Paul auf dem Rückflug schon einmal Ansprüche an für den Zeitpunkt, wo er auf die höhere Schule gehen und Latein lernen würde. „Da musst du aber erst Mal in der Grundschule gute Noten haben, damit das klappt!", bemerkte Sarah altklug. „Sarah, kümmere dich um deinen eigenen Kram", murmelte Nonna Tina, die nach so wunderbar harmonischen Sommerferien keine Lust auf Geschwisterstreitereien hatte.

Der Inhalt der geheimnisvollen Kiste

Heimkehr mit Schatz

Zuhause sprudelte das Erlebte nur so aus Sarah und Paul heraus, und zwar gleichzeitig, sodass die Eltern keine Chance hatten irgendetwas zu verstehen. Sie waren am Freitag zurückgekommen, aber erst am Sonntag und mit Hilfe von Nonno Andrea, Nonna Tina sowie Nicolós Großeltern, die am Samstag zum Mittagessen kamen, ein Luxus, den sie sich nur leisten konnten, wenn das Restaurant, wie diese und nächste Woche, Betriebsferien hatte. Asia war gern bei den Kindern zuhause, wenn die Schule wieder losging, erfahrungsgemäß gab es dann doch so einiges zu regeln am Beginn des neuen Schuljahres und sie wollte nicht alles ihren Schwiegereltern überlassen.

„Dio mio“[112], entfuhr es Asia, als sie die Geschichte hörte, wie Sarah auf dem Dachboden eingebrochen war, „was da hätte passieren können!!!“. „Ist aber nicht …“, sagte Sarah sofort, „aber … also wenn ich da nicht eingebrochen wäre, hätten wir die Kiste in zweihundert Jahren noch nicht gefunden!“. „Menschen werde nicht zweihundert Jahre alt“, warf Paul ein. „Ist doch egal“, entgegnete Sarah und redete sofort weiter. Hilflos und fragend schauten Asia und Lorenzo zu den Großeltern. Dann sagte Asia geschickt: „Also *solch* einen Fund, den müssen wir jetzt unbedingt mit einer Cassata[113] feiern, gut, dass ich am Freitag, während Ihr im Flieger gesessen habt, eine gemacht habe!“. Sarah strahlte und hechtete in den Keller zum Gefrierschrank, Paul hinterher. „Ich erinnere mich nicht, dass *DU* etwas gefunden hast!“, sagte Sarah, aber Nonna Tina hatte das noch gehört und rief: „Sarah??!!!??!“. Und die Kinder füllten sich beide große Portionen des geliebten Eises auf ihre Teller. Die Großeltern hingegen nutzten die Gelegenheit, Sarahs und Nicolós Eltern zu schildern, was genau sich ereignet hatte.

„Was heißt, du kannst die Bücher nicht lesen“, sagte Lorenzo zu seinem Vater … „Genau das, ich kann sie nicht lesen!“, antwortete dieser pikiert. „Ist die Schrift zu klein, brauchst du eine neue Brille, sind sie auf Chinesisch???“, schob Lorenzo hinterher. „Von den drei Möglichkeiten am ehesten Letzteres …“, entgegnete Nonno Andrea, Nonna Tina, Nonna Donatella und Nonno Eusebio pflichteten ihm bei und Lorenzo schaute alle vier an, als hätten sie den Verstand verloren. „Zeig doch mal her …“, sagte er schließlich. „Sarah … Sarah!!! Hol doch mal die Kiste, dein Vater möchte auch ´mal die Bücher sehen!“, rief Nonno Andrea. „Ich auch!“, riefen Emilia und Leonardo fast gleichzeitig. Sarah, die die Hälfte der Cassata schon verschlungen hatte, stellte klirrend ihren Teller auf die steinerne Fensterbank und sprang auf. Rasch holte sie die Kiste, die sie wie ein Baby vorsichtig im Arm trug und stellte sie ganz, ganz vorsichtig auf dem Esstisch ab. „Man könnte denken, da ist hochzerbrechliches Glas drin, und nicht Bücher“, scherzte ihr Vater. „Schatzbücher!!!“, tönte es von der Fensterbank, wo Paul immer noch spachtelte.

---

[112] ‘Mein Gott’ auf italienisch

[113] Leckerer italienischer Eisnachtisch mit kandierten Früchten

„Händewaschen!", fauchte Sarah, als ihr Vater nach dem ersten Buch griff, nachdem sie den Deckel der Kiste gelöst hatte. Lorenzo zuckte zurück und schaute erst Sarah, dann seinen Vater an. Nonno Andrea zuckte mit den Schultern und sagte: „Das hat Zia Maria ihr beigebracht: Bevor man alte Bücher anfasst, muss man sich immer frisch die Hände waschen oder frische weiße Baumwollhandschuhe anziehen. Wenn man keine frischen weißen Baumwollhandschuhe hat, bleibt nur das Händewaschen", sagte er. Gehorsam ging Lorenzo ins Bad, wusch sich die Hände und kehrte dann an den Tisch zurück. „Darf ich jetzt?", fragte er betont höflich seine Tochter, die es ihm mit gnädiger Miene gestattete.

Arduins Buch[114]

Lorenzo griff das erste Buch und schlug es mit selbstsicherer Geste auf. Sein erfolgssicheres Lächeln verschwand, er blätterte, dann drehte er das Buch um und schlug es von hinten auf, dann wieder von vorne. „Was soll das sein?", fragte er. Statt einer Antwort schauten ihn fünf Erwachsene und zwei Kinder ratlos an. „Also hier", … er legte das aufgeschlagene Buch auf den Tisch … „Also hier, das sind mathematische Formeln …", stellte er fest. „Ja, sieht fast aus, wie Berechnungen von Dreiecken, Pythagoras oder so …", sagte Nicoló … „Hmhm …", pflichtete Sarah ihm bei, die sich ein klein wenig ärgerte, dass sie nicht darauf gekommen war. „,… aber ansonsten … könnten auch ägyptische Hieroglyphen sein … Kickelkrackel … vielleicht … vielleicht macht sich da ja einer lustig über uns … Papa … Du bist ganz sicher, dass Zia Maria sich erinnert, wie Uropa deinem Vater diese Kiste gegeben hat … sie hat das auch nicht eben mal erfunden, so um die Kinder zu amüsieren??? Würde ich ihr zutrauen!", überlegte Lorenzo laut. „Das kann man bei Maria nie wissen …",

114 Foto Esther M. Nitsche

sagte Nonno Andrea, „zuzutrauen wäre es ihr, andererseits hatte sie dieses Glitzern der Erinnerung in ihren Augen, dass ich es diesmal eher nicht annehmen würde“. „Papa!!!!! Das sind echt alte Schinken, Familienerbe, immer der Älteste in der Familie bekommt das und muss drauf aufpassen …“, meldete sich jetzt Sarah zu Wort, die Angst bekam, ihr Fund könnte zu einem Aprilscherz degradiert werden.

„Du hast bestimmt Recht, bitte übernimm du doch diese wichtige Aufgabe für mich, ja Sarah???“, Aber Sarah hörte gar nicht mehr genau hin, noch während sie sprach, war ihr etwas aufgefallen. „Hallo, hallo, hallo … seht Ihr, was ich sehe???? *Wenn* das der Satz des Pythagoras ist, was ich da grad sehe, dann ist *das* ein *a*, und *das* ein *b* … und warte mal … *das* ein *c* … “, rief sie und steckte Nicoló mit ihrer Aufregung an. „Stimmt“, pflichtete dieser ihr bei. „… und da und da und da ist auch ein *a* …das muss auch ein *c* sein …“. „Prima“, konstatierte Lorenzo, Ihr seid ja im Begriff, diese Hieroglyphen zu entziffern, sagt mir einfach Bescheid, wenn ihr heraus bekommen habt, was in diesen Büchern steht, versprochen?“. „Versprochen!!!“, riefen Sarah und Nicoló und Paul rief: „Ihr müsst mich aber mitmachen lassen!“.

Entschlüsselungen

Die Schule hatte wieder begonnen und bald hatte der Alltag die Kinder wieder eingeholt. Es war Freitag, Sarah und Leonie hatten eine Doppelstunde Kunst, Politik, Geschichte, Englisch, Latein, Deutsch und Mathematik hinter sich gebracht und saßen nun in ihrem Lieblingseiscafé, nein eigentlich im einzigen richtigen Eiscafé Steinheims und kicherten und tuschelten. „Neee, sag bloß …“, und: „Cool“, war das einzige, was Leonie dazwischen warf, als Sarah ihr zum wiederholten Male und mit immer neuen Details vom Fund der Kiste in Grottaferrata erzählte. Die Eisdiele war voll und sie teilten den Tisch mit einer jungen Frau, die sie nicht kannten. Da diese in ein Buch vertieft war, störte sie das aber nicht im Geringsten. Sie hatten sich so viel zu erzählen.

Sie hatten gar nicht gemerkt, dass der Platz an ihrem Tisch frei geworden war, als ein „Hallo, ist hier noch frei … ich meine … darf ich mich dazu setzen?“, zu ihnen durchdrang. Die Stimme, die da so höflich gefragt hatte, war ihnen bekannt. Sie blickten auf, da stand Alexander und schaute sie fragend an. „Klar“, sagten beide gleichzeitig und: „setz dich gern zu uns, Alex …“, setzte Sarah hinzu. Er setzte sich und schlug ein Schulbuch auf, das Gespräch zwischen Sarah und Leonie wollte nicht so richtig wieder in Gang kommen. „Habt Ihr schon alles für Deutsch?“, fragte Alexander schließlich und unterbrach damit das

Schweigen. „Hm … ich denke schon …“, antwortete Sarah und Leonie nickte. „Latein ist heute viel, findet Ihr auch …“, versuchte Alexander das Gespräch fortzusetzen. Sarah nickte, Leonie aber stellte fest: „Au Mann … also ich habe keine Lust, mich in einer Eisdiele nur über Hausaufgaben zu unterhalten!“. Sarah schaute sie missbilligend von der Seite an, Alex aber lachte und sagte: „Ich eigentlich auch nicht“, und schlug das Buch zu. Es trat wieder schweigen ein, in das erlösender Weise Alex Eisbecher gebracht wurde, außerdem fragte die freundliche Bedienung, ob Sarah und Leonie vielleicht auch noch einen Wunsch hätten. Sie entschieden sich für eine Limonade, die sie sich teilen wollten.

„Darf ich fragen, auf welche Schule du vorher gegangen bist, Alex?“, versuchte Sarah das Gespräch wieder aufzunehmen. „Klar, darfst du!“, antwortete Alex … „und???“, schob Sarah nach weiteren Sekunden des Schweigens nach, … „Wie ‚und?‘, …“, entgegnete Alex und die Mädchen schauten sich an … Dann lachte Alex und sagte: „Du hast gefragt, ob du fragen darfst, frag´ ruhig?“. Jetzt lachten auch die Mädchen über ihre umständliche Art … . „Na sag´ schon, wo warst du, bevor du auf unsere Schule gekommen bist?“, fragte Leonie schließlich. „Gymnasium Lügde“, antwortete er „auch nicht viel anders, als hier … außer vielleicht ..“. „Ja? Was war anders?“, fragte Sarah. „Außer vielleicht, dass dort die Mädchen nicht fragen, ob sie fragen dürfen, sie fragen einfach …“, setzte er mit einen breiten Grinsen hinzu. Leonie und Sarah gaben sich alle Mühe, ärgerlich zu schauen, das Lachen gewann die Oberhand. Schließlich fragte Sarah aber noch: „Und warum bist du jetzt hier?“. „Meine Mutter hat Arbeit im Krankenhaus in Steinheim bekommen, da sind wir umgezogen. Sie ist MTA, das heißt, sie arbeitet im Labor des Krankenhauses und hat Schichtdienst, da wollte sie nicht mehr so weit fahren müssen. Jetzt muss mein Vater immer den weiteren Weg zur Arbeit zurücklegen, aber er sagt, das macht ihm nicht so viel aus“. „Meine Eltern arbeiten auch zu unmöglichen Zeiten“, seufzte Sarah, „aber nicht Schichtdienst …“. „Was machen deine Eltern?“, fragte Alex. „Die haben ein Restaurant … kennst du vielleicht das ‘Via Tuscolana’?“, entgegnete Sarah. „*Den* Italiener??? Klar, wer kennt den nicht … und das gehört deinen Eltern? Cool!!!!“. „Hmhm“, antwortete Sarah. Sie war mit dem Restaurant, und damit, dass ihre Eltern die meiste Zeit dort verbrachten, groß geworden, sie war es gewöhnt, dass Erwachsene in den höchsten Tönen vom Essen dort schwärmten, aber dass ein Klassenkamerad, der gerade erst nach Steinheim gekommen war, davon begeistert war, erstaunte sie.

Es war inzwischen fast fünf Uhr und Sarah und Leonie beschlossen, dass sie dem Baumhaus noch einen Besuch abstatten müssen. Sie verabschiedeten sich von Alexander mit einem herzlichen: „Bis morgen dann“, und schwangen sich auf ihre Räder. „Du Leo…“, sagte Sarah, als sie ein wenig gefahren waren. „Ja, Sarah?“, erwiderte diese „Der Alex, … also der ist ja richtig ein bisschen witzig, findest du auch?“, „Hmhm“, antwortete Sarah.

Am Montag war in der Schule die Hölle los, als Leonie und Sarah dort ankamen. Sie hatten zur zweiten Stunde, aber während Schulhof und Gänge um halb neun normalerweise verlassen und still waren, da die anderen Schüler bereits alle Unterricht hatten, hätte man heute denken können, dass die große Pause vorverlegt wurde. Überall standen Grüppchen, die kicherten, tuschelten … das Einzige, was die beiden Mädchen immer wieder hörten war „Lehrerzimmer“, „am Lehrerzimmer“, „Lehrerzimmer“, … Am Lehrerzimmer mussten sie auf dem Weg zu ihrer Klasse ohnehin vorbei, aber selbst wenn nicht, die Neugierde wäre ihnen einen Umweg schon wert gewesen. Sie bogen um die Ecke, und da sahen sie es schon. An der Tür des Zimmers prangte ein großes, nicht mehr ganz neues Schild aus Blech mit der Aufschrift >>Garantiert TBC freier Rinderbestand<<. Davor stand mit ernster Miene der Großteil des Lehrerkollegiums und diskutierte. Fast zeitgleich mit Sarah und Leonie trafen weitere Schüler ihrer und der Parallelklasse ein, unter ihnen Alexander und neben ihm Nicoló. Alle, aber auch alle, die das Schild sahen, mussten lachen, außer den Lehrern natürlich.

„Unmöglich, wirklich *unmöglich*! Wer war das???“, Herr Dontno, der Englischlehrer, hatte einen hochroten Kopf und lief vor dem Zimmer auf und ab. „Wissen wir doch alle nicht, wie sollen wir das herausbekommen?!“. Antwortete unwirsch und ungehalten Herr Schmidt, der Oberstudiendirektor, ein Dienstgrad auf dessen Erwähnung er bei offiziellen Anlässen bestand. „Warum nehmen Sie das Schild nicht einfach ab und …“. Es war Alexander, der sich, nachdem er zu Lachen aufgehört hatte, hier zu Wort meldete. „Unmöglich … *unmöglich* …“, wiederholte sich Herr Dontno, „wie *kann* jemand so respektlos sein, solch ein Schild an unserem Lehrerzimmer aufzuhängen …“. In Alex Augen blitzte es, er wartete einen ruhigeren Moment ab, wo man ihn auch hören konnte und dann sagte er mit *betont* besorgter Miene und Stimme: „Ach je … fühlt einer der Herren … oder gar eine Dame … sich nicht ganz wohl? Ich kann gern ´mal meine Mutter fragen, ob sich am Krankenhaus in Steinheim eine TBC feststellen und behandeln lässt!“. Während Nicoló ihm lachend einen bewundernden Blick zuwarf, duckte er sich, da er mit recht vermutete, dass Herr Dontno in die Luft gehen würde. Und in der Tat, sein Kopf verfärbte sich von rot nach lila, jedoch brachte er keinen Ton hervor. Herr Schmidt hingegen rang mit der Fassung und alle konnten sehen, dass er eigentlich lachen musste, dies aber in der Situation für unangebracht hielt.

Nur der kleine untersetzte Herr Salzmaul mit seinem grauen Wuschelkopf und dem an einen Terrier erinnernden, ebenfalls ergrauten Schnauzbart, liebevoll von den Schülern 'Zuckerschnut' genannt, der Mathematik- und Chemielehrer brach in schallendes Gelächter aus , bis ihm die Tränen die zerfurchten und wettergegerbten Wangen herunter liefen. Jeden Sommer war er in den entlegensten Gegenden dieser Welt unterwegs und die Schüler liebten seine Geschichten, die er vor Feiertagen und auf Klassenfahrten gern zum Besten gab. „Dontno …", presste er mühsam hervor, „Dontno … dein Husten macht … dein Husten macht …", er konnte vor Lachen kaum sprechen „dein Husten bereitet mir schon lange Sorge …". Der Direktor hatte sich wieder gefangen und sagte: „Alexander, reiß´ dich zusammen, du bist neu auf der Schule und wir wissen beide, dass du aus Lügde zwar ein gutes Zeugnis, aber auch eine Schulakte mitgebracht hast!". Unschuldig fragend schaute Alexander den Direktor, dann die anderen Lehrer an, auch Dontnos bedrohlich wirkender Zustand besserte sich zusehends.

Da schien dem Direktor etwas einzufallen „Alexander … Alexander, hast du dieses Schild besorgt und aufgehängt?!". „Nein, Herr Direktor …", antwortete dieser wahrheitsgemäß. Nicoló flüsterte ihm etwas ins Ohr und dann war da wieder dieses Blitzen in seinen Augen und er setzte hinzu, „…die Eltern meiner Mutter sind Landwirte in Viana do Castello im Norden Portugals nahe der spanischen Grenze, altes römisches Kulturland übrigens!". Herr Kasus, der Lateinlehrer, der als einziger bisher relativ unbeteiligt gewirkte hatte, horchte auf. „… falls gewünscht, kann ich mich um ein entsprechendes Schild auf portugiesisch und unter Umständen auch spanisch bemühen …".

Es dauerte einen Moment, bis das Gesagte bei Lehrern und Schülern ankam, Salzmaul begriff es als erster und es stürzte ihn in einen erneuten Lachanfall, dann fiel der Groschen bei Herrn Kasus, der diesmal auch sein Gesicht zum Anflug eines Lächelns verzog, dann erst bei Herrn Schmidt und schließlich bei Herrn Dontno. „Raus …. Ich meine *rein*", brüllte Herr Schmidt unvermittelt. „Es gehen jetzt sofort *alle* Schüler und *alle* Lehrer in ihre Klassen und es wird Unterricht gemacht! Und von Schildern will ich *nichts* mehr hören". Als sich zögerlich alle in Bewegung setzten, fügte er an Alexander gerichtet hinzu: „Du bleibst bitte hier", und man sah an Alexanders Gesicht, dass ihm das unangenehm war.

Sarah und Leonie saßen wieder einmal im Baumhaus in der Weide beisammen und redeten. „Alex ist lustig", sagte Leonie. „Total", antwortete Sarah, „aber die Idee mit Portugal, kam die nun von ihm oder von Nicoló? Ich habe die beiden öfter zusammen gesehen, ich glaube, die sind befreundet, obgleich Nicoló ja in die 8c geht und Französisch hat, nicht Latein!". „Weiß ich ja auch nicht, Nicoló ist immer so still, ich kann mir gar nicht vorstellen, dass er so ´ne coole Idee hat!", meinte Leonie daraufhin. „Ach ja, Latein … ich habe dir doch von den Büchern erzählt …", fing Sarah wieder an. „Bestimmt hundert Mal", lachte Leonie, „aber gezeigt hast du sie mir noch nicht!". „Das machen wir jetzt! du musst mir helfen, herauszufinden, was da drin steht!". Sarah und glitt aus dem Baumhaus über die Leiter auf die Erde und Leonie hinterher.

Schon eine knappe Stunde später waren sie zurück. Bei Sarah zuhause hatte Paul sie nicht eine Sekunde in Ruhe gelassen, schmollend war er zurück geblieben, als die Mädchen mit dem fünfmal eingewickelten dünnsten der Bücher und frisch mit Wasser und Seife gewaschenen Händen wieder aufgebrochen waren. „Lass mal sehen", sagte Leonie … „also erst mal … das ist Papyrus! Das habe ich schon im römisch-germanischen Museum gesehen! … und weißt du was? … die Schrift sieht auch fast so aus!". „Ne, das glaube ich nicht", sagte Sarah, „dann wären die Dinger ja fast zweitausend Jahre alt, oder so …". „Naja, eure Familie ist ja aus der Nähe von Rom", beharrte Leonie. „Trotzdem! Und die waren immer Bauern! Woher sollten die römische Dokumente haben. Außerdem", jetzt fiel Sarah etwas ein, „Herr Kasus hat gesagt, die haben auf gerolltes Papier geschrieben! Und auf Tontafeln …". „Das mit den Tontafeln, das waren die Babylonier!", sagte Leonie, „.

Schweigend beugten sie sich wieder über die Seiten. Durch Nicolós Entdeckung mit dem Satz des Pythagoras und Sarahs Schlussfolgerung, dass es sich bei bestimmten Zeichen um 'a's, 'b's und 'c's handeln musste, konnten sie die Seiten durchgehen und diese Buchstaben wiedererkennen. Mehr aber auch nicht. Dann hatte Sarah eine Idee: „Wir malen ein paar Formeln ab und zeigen sie Zuckerschnut … mal sehen, was der sagt!". „Au ja", pflichtete ihr Leonie bei, „und vielleicht auch zwei Zeilen vom Text, und den zeigen wir Kasus!". Und genauso machten sie es. Herr Salzmaul zeigte sich beeindruckt, jede der Formeln erkannte er sofort und er fragte, wo die Kinder diese her hätten. „Aus einem Buch", entgegneten Sarah und Leonie. Herr Salzmaul schüttelte den Kopf und meinte: „als ich so alt war wie ihr, habe ich in meiner Freizeit andere Sachen gelesen, als Mathematikbücher, soll ich euch ´mal was Spannendes geben?". „Später vielleicht, Herr Salzmaul, im Moment haben wir zu viel zu tun! Sie haben uns sehr geholfen!", bedankte sich Sarah und sie wandten sich zum gehen. Herr Salzmaul blieb kopfschüttelnd zurück.

Sie hatten nicht gewusst, dass Herr Kasus sich überhaupt für etwas begeistern konnte, aber als Sarah und Leonie mit ihren fast drei Zeilen aus dem alten Buch zu ihm kamen, glänzten seine Augen. „Kinder, Kinder … wo habt Ihr denn das her?". Was die beiden nicht wussten war, dass Herr Kasus immer davon geträumt hatte, in einem Museum zu arbeiten und alte Dokumente zu übersetzen, deswegen hatte er Latein studiert. Lehrer war er nur geworden, da es in Museen fast keine Anstellungen gab und er irgendetwas mit seinen Lateinkenntnissen anfangen musste. Er beugte sich über die Zeilen und erklärte: „das sind römische Buchstaben – antike …". „Wir glauben, das ist ein *a*, das ein *b* und das ein *c* …", sagte Sarah. „Richtig!", strahlte Herr Kasus, „und das", er zeigte auf einen Buchstaben, „ist ein *m*, das ein *l*, … und das hier, das ist eine damals ganz gebräuchliche Abkürzung … mir ist entfallen, wofür, aber ich schaue das nach, versprochen! Also sinngemäß steht hier *DIES IST DAS BUCH VON TAOG, GENANNT TUCCIUS, SOHN VON CLAUDIUS UND JULIA SOWIE VON BEATHAG UND COLLA, IN DEM ICH ALLES AUFSCHREIBEN WERDE, WAS* … also das da, das letzte Wort, das kann ich nicht lesen, das kann *SUC* heißen oder *SUD* … toll … wo habt Ihr das her? Aus dem Museum in Rom? Du warst doch diesen Sommer in Rom, haben mir deine Eltern im Restaurant erzählt, Sarah?". Sarah nickte. Ihr Buch war auf Latein, und es gab jemanden, der es lesen konnte! „Wir haben es aus einem Buch, Herr Kasus, falls wir wieder einmal nicht weiter kommen, dürfen wir Sie noch einmal ansprechen?". „Selbstverständlich!", strahlte Herr Kasus, und wie Herr Salzmaul meinte er dann: „Aber mal ehrlich – als ich so alt war, wie Ihr, habe ich alles Mögliche gelesen, aber keine Bücher mit lateinischen Texten!". Nur anders, als bei Herrn Salzmaul taten sich die Mädchen schwer, sich vorzustellen, dass Herr Kasus überhaupt irgendwann einmal so alt gewesen war, wie sie.

Als sie sich zum Gehen wandten, sahen sie, dass Alexander in der Tür des Klassenraums stand, er hatte offenbar auf sie gewartet. „Na Ihr ...", grüßte er fröhlich. „Na, Alexander, neue TBC Fälle im Lehrerzimmer?", fragte Sarah. Ein Schatten huschte über Alexanders Gesicht. „Hör mir auf", sagte er, „die haben gesagt, wenn ich weiter dumme Scherze mache, kann ich die Schule wechseln und sie würden meinen Eltern empfehlen, mich auf ein Internat zu schicken, wo ich lerne, was angebracht ist, und was nicht …". „Der Scherz war lustig, und gar nicht dumm", empörte sich Sarah. „Das fanden Herr Salzmaul und Herr Kasus, von dem ich es am wenigsten erwartet hätte, zum Glück auch, sonst wäre ich jetzt vielleicht schon nicht mehr hier. Aber im Moment ist es vielleicht schon besser, wenn ich nicht zu sehr auffalle. Aber sagt mal ihr … erst Zuckerschnut, dann Kasus … es geht nicht vielleicht um das Buch vom Dachboden in Grottaferrata?".

Sarah und Leonie fuhren herum. „Was weißt DU denn davon????", fragte Sarah. „Nicoló hat es mir erzählt. Wir haben uns sofort angefreundet, als ich nach Steinheim kam, er ist cool! Wir treffen uns regelmäßig auf dem Hochsitz am Waldrand oben. Ich musste ihm versprechen, dass ich keinem davon erzähle, es sei hoch geheim, nur euch dürfte ich es sagen". „Nicoló sagt, Leonie wisse sowieso alles von dir und Du", sagte er an Sarah gewandt, „hast das Ding ja schließlich gefunden … und ziemlich abenteuerlich, wenn das stimmt, was Nicoló erzählt, so mit durchs Dach brechen und so …". „Super … vielleicht teilt Nicoló den Fund noch dem Steinmeier Stadtanzeiger mit? Damit es auch alle wissen?", maulte Sarah. „Sarah!", sagte Leonie, „wenn Alex Nicolós bester Freund ist, kann er es ihm doch erzählen, du sagst mir doch auch alles!". „Jungs haben keine besten Freunde, Jungs haben Kumpel!!!". Ungläubig schauten Leonie und Alexander Sarah an. „Manche Mädchen sind manchmal einfach zickig!", murmelte Alexander und ging alleine den langen Schulflur herunter. Leonie schaute Sarah an: „Du kannst *so doof* sein, der hat uns doch nichts getan!", Sarah zuckte mit den Schultern, wusste aber sehr wohl, dass Leonie Recht hatte.

Vorsichtig unterbreitete Sarah am übernächsten Tag Alexander ein Versöhnungsangebot, indem sie ihn nach der Schule fragte, ob er mit in die Eisdiele kommen wolle in der Freistunde, die sie in der fünften Stunde überraschend hatten, da Herr Dontno erkrankt war. Das fast einstimmige: „TBC oder Schlaganfall???", der Klasse, als der Direktor dies in der Pause nach der zweiten Stunde mitgeteilt hatte, hatte dieser geflissentlich überhört. Alex nahm die Einladung der Mädchen an und so saßen sie, wie eine Woche zuvor, gemeinsam an einem Tisch und teilten sich, das Taschengeld ging bei allen dreien der Neige zu, eine Limonade und eine Cola. Thema war das Buch bzw. die Bücher. Sarah und Leonie hatten aus den Informationen von Herrn Kasus ein unvollständiges Alphabet gemacht und die nächsten Zeilen abgeschrieben. Buchstabe für Buchstabe übertrugen sie nun die 'Hieroglyphen' in vertraute lateinische Schrift und versuchten sich an der Übersetzung. Dabei stellte sich heraus, dass Alexander geradezu ein Lateingenie war! „Portugiesisch und Latein sind sich sehr ähnlich!", sagte er, „ähnlicher noch, als italienisch und Latein, nur sprechen wir vieles so komisch aus, weil die Araber auch noch ihre Spuren in unserer Sprache hinterlassen mussten. Und wo meine Großeltern wohnen, ist der ganze Wald voll alten Steinen mit römischen Inschriften. Die haben wir schon als kleine Kinder zusammen gesucht und mein Großvater hat sie mit uns übersetzt!". „Willst du denn mal so ein Buch in echt sehen?", fragte Sarah schließlich. Und ob Alexander wollte. „Aber es wäre nur fair, wenn Nicoló auch dabei ist", meinte er dann. Sarah und Leonie schauten sich an, dann nickten sie. „Heute um vier, wir treffen uns am Kreisel", sagte Sarah.

Das Baumhaus bot mehr Platz, als man von außen annehmen würde. Nicoló, Alexander, Sarah und Leonie saßen im Kreis und schauten auf das kleine Buch mit den Papyrusseiten. „Irre", sagte Alexander als einziges zum wiederholten Mal. „Bisschen dunkel hier, hab´ ich ja schon gesagt", sagte Leonie, die ein Ringbuch auf dem Schoß hielt und einen weichen Bleistift in der Hand, da sie es übernommen hatte, die Übersetzungen zu notieren. „Schriftführerin", hatte Alexander sie genannt. „Hab´ da ´ne Idee", sagte Nicoló und holte drei batteriebetriebene LED Leuchten aus der Tasche und befestigte sie in der Mitte des Dachs der Hütte. Sofort wurde es wunderbar hell im Haus. „Habt Ihr euch alle die Hände gewaschen?", Sarah schaute streng von einem zum anderen, alle nickten. „Mit Seife?", schob sie nach, die anderen drei nickten wieder. Dann schauten sie wieder andächtig auf das Buch.

„Congregatio Casa Salix", sagte Alexander plötzlich. „Was???", erwiderte Leonie „Vereinigung des Weidenhauses", sagte Alexander, „ich finde, wie brauchen einen Namen!". „Congregatio Casa Salix", wiederholten alle. „Cocasa", kürzte Nicoló ab … „großartig", fanden alle … Dann beugten sie sich wieder über das Buch. Zeile für Zeile übertrugen sie zunächst in lesbare Schrift, dann versuchten sie sich an der Übersetzung, bei den mathematischen Formeln war Nicoló ganz in seinem Element.

Fast jede freie Minute traf sich die 'Cocasa', solange da Wetter es erlaubte, im Weidenhaus, dann meist bei Alexander zuhause, der fast immer sturmfreie Bude hatte. An Weihnachten etwa waren sie mit dem ersten Buch fast fertig, aber immer noch wussten sie nicht genau, was sie da eigentlich übersetzten. Ein Junge, so alt sie sie - oder jünger? - schrieb von seiner Schule, von endlosen Schreibübungen und seiner Liebe zur Mathematik. Ob es stimmte, dass er schreiben musste, bevor er lesen konnte? Als er die Bücher geschrieben hat, musste er ja wohl lesen können! „Schade, dass da keine Fotos drin sind!", sagte Leonie einmal. „Die römischen Kameras sind beim Vesuvausbruch alle verschüttet worden!", sagte Nicoló … Fragend sah Leonie ihn an. „War ´n

Scherz, die Römer hatten Fußbodenheizung, aber keine Kameras!", schob er nach. Leonie schnappte vorrübergehend ein.

Die Öffentlichkeit interessiert sich für die Bücher

Anfang des neuen Jahres[115] saßen sie ´mal wieder alle zusammen. „Also, ich wüsste schon gern, was das eigentlich ist und vor allem, ob es wirklich so alt ist, wie wir immer denken!", sagte Alexander zum sicher hundertsten Mal. „Im Internet habe ich was gefunden, was sie wohl in England gefunden haben, da haben Römer auf Holzfurnier geschrieben … das sieht ganz ähnlich aus!". „Dann müssen wir vielleicht doch einmal ein solches Buch Herrn Kasus zeigen, was meinst du?", sagte Leonie. „Ich will nicht, dass auch nur eines der Bücher in die Schule kommt! Ich habe Angst, dass es dort kaputt geht!", sagte Sarah und Nicoló pflichtete ihr bei.

„Museum!", sagte Leonie schließlich, „Wir fragen einfach im Museum". Diese Idee wurde einstimmig begrüßt. „Welches Museum", fragte Sarah. „Städel, die haben viele alte Bücher und auch eine Restaurationswerkstatt", wusste Alexander, dessen Onkel in Frankfurt wohnte. „Neee", sagte Leonie, „römisch-germanisches Museum in Köln! Das soll doch römische Schrift sein!". Das leuchtete allen ein. Alexanders Mutter hatte über die Feiertage viele Nachtschichten gearbeitet und hatte jetzt mehrere Tage am Stück frei. Sie bot sich an. Mit allen vier Kindern auf deren dringenden, den Erwachsenen nicht unbedingt verständlichen Wunsch hin, ins Museum nach Köln zu fahren.

Der erste Besuch war vergeblich, da sie nicht daran gedacht hatten, dass Museen montags geschlossen haben. Zwei Tage später betraten sie andächtig das Museum und schauten sich erst einmal um. Sie waren fast die einzigen Besucher an diesem Tag. Zum Erstaunen von Alexanders Mutter gingen sie eher achtlos an den vielen Statuen, Alltagsgegenständen, Schmuck und Waffen vorbei, die Kinder doch am ehesten interessieren, sondern suchten gezielt die Vitrinen mit Schriftrollen und –tafeln auf. „Hier", rief Leonie, „hier ist das, was ich erzählt habe, schau mal, das sieht doch ganz ähnlich aus!". Heftig diskutierend standen sie vor der Vitrine, was ihnen die Aufmerksamkeit und das Misstrauen des Museumspersonals eintrug. „Können wir den Damen und Herren irgendwie helfen?", fragte ein uniformierter Mann, der bestimmt so alt war, wie Sarahs Großvater. „Ja", strahlte Sarah ihn an, „wir … wir haben auch so was aus

---

[115] 2011

Papyrus und wüssten gern, was das genau ist!". Erstaunt schaute der Museumswächter das Mädchen an, dann schmunzelte er. „Du hast auch so etwas? Schön! … Hast du es selbst geschrieben, oder hat es jemand für dich gemacht?".

Das Museum bot Erlebnistage an, an denen ganzen Schulklassen das Schreiben mit Feder und Tusche wie auch das Schreiben auf Papyrus und, wenn die Eltern bereit waren, dies zu bezahlen, sogar auf Pergament nahe gebracht wurde. Er nahm an, dass es das war, was Sarah ihm erzählen wollte. „Nein", antwortete diese, „es ist ein Familienerbstück. Ich habe es im Rucksack, den ich an der Garderobe abgeben musste!". Sie hatte alles versucht, um den Rucksack nicht hergeben zu müssen, die Frau an der Kasse aber war hart geblieben. Sie hatte den Rucksack mit Taogs Tagebuch an der Garderobe abgeben müssen, um ins Museum zu gelangen. Die Frau an der Garderobe aber hatte versprochen, ganz besonders gut und persönlich auf ihren Rucksack aufzupassen. Als der Museumswächter jetzt zwinkernd sagte: „Junges Fräulein, ein Familienerbstück gibt man doch nicht so einfach an der Garderobe ab!", wusste sie nicht, ob sie heulen sollte, oder ihm die Augen auskratzen. Sie schoss an ihm vorbei in Richtung Ausgang, während er ihr verdutzt hinterherrief: „He, du hast noch lange nicht alles gesehen, hier geht es weiter!". Die anderen drei warfen ihm nur einen genervten Blick zu und hechteten hinter Sarah her.

Atemlos erreichte Sarah die Garderobe und verlangte ihren Rucksack, den sie fest umklammerte, als sie ihn wiederhatte, während Leonie, Nicoló und Alexander, der der größte und schlacksigste von ihnen war, sich schützend vor sie stellten. Der Museumswächter wie Alexanders Mutter folgten völlig verwirrt, nicht minder irritiert und geradezu gekränkt schaute die eigentlich sehr freundliche, rundliche Garderobenfrau. „Hast du gedacht, ich esse deinen Pausenapfel auf, während du im Museum bist?", fragte sie. Als der Wächter und Alexanders Mutter die Kinder eingeholt hatten, versuchte der Mann 'schön Wetter' zu machen. Zaghaft lächelnd ging er auf die feindselig dreinblickende Kindergruppe zu und sagte: „Dann zeig´ mir doch mal das Familienerbstück, ja?". Die Kinder wechselten Blicke, dann nickte Alexander kaum merklich und Sarah öffnete im Zeitlupentempo ihren Rucksack. „Aber nur gucken!!!", sagte sie, als sie das mehrfach eingewickelte kleine Buch herauszog.

„Donnerwetter", entfuhr es dem Museumswächter und sein Gesicht verriet, dass er überrascht und beeindruckt gleichzeitig war. „*Das* nenne ich ein Erbstück!", wenig später setzte er hinzu: „Du hast Glück, junge Dame, heute ist der Kurator, Professor Doktor Doktor Doktor hc Knerz, im Haus! Ein ausgewiesener Experte auf dem Gebiet antiker Schriften. Ich werde mal sehen, ob er einen Moment Zeit hat für dich!".

Er hatte! Und während sie im Flur vor seinem Zimmer warteten, dass er sein Telefonat beendete, sagte Alexanders Mutter: „Kann mir hier mal irgendjemand erklären, was hier los ist, bevor Interpol und der CIA sich auch noch einschalten?!". In kurzen Worten erklärten die Kinder gemeinsam, worum es ging. Sarah schilderte den Fund, Nicoló, wie sie die Formeln erkannt hatten, Leonie, wie Herr Kasus ihnen Hilfestellung in der Entzifferung gegeben hatte und Alexander, wie sie tagelang übersetzt hatten. Hier zog Sarah Leonies Notizen ebenfalls aus dem Rucksack. „Cocasa war ungemein aktiv im letzten halben Jahr", Schloss Alexander den Bericht professionell, während seine Mutter hörbar ausatmete und nur das gleiche sagen konnte, was der Museumswächter auch schon von sich gegeben hatte: „Donnerwetter!".

Professor Knerz war ein freundlich wirkender, hagerer grauhaariger Mann, der hinter seinem riesigen Schreibtisch mit hohen Stapeln von Papier klein wirkte, es aber gar nicht war, wie sich herausstellte, als er sich erhob, um 'Cocasa' zu empfangen. Alexanders Mutter hielt sich im Hintergrund. Gut, dass sie sich ein wenig abgesprochen hatten, dachte Sarah, als Professor Knerz anfing zu fragen. „Der muss nicht alles wissen", hatte Alexander gesagt, sie hatten sich darauf geeinigt, dass Cocasa neben dem Schriftführer auch einen Sprecher braucht und zu diesem wurde Alexander ernannt, circa dreißig Sekunden, bevor sich die Tür geöffnet hatte, um sie einzulassen.

„Was kann ich denn für euch tun?", fragte Professor Knerz freundlich, nachdem sie sich gesetzt hatten. „Wir wüssten gern, aus welcher Zeit ein Buch stammt, das wir haben, und was genau für ein Buch das ist!", sagte Alexander und machte Sarah ein Zeichen. Der Professor warf einen Blick auf das Büchlein, seine Miene verriet sofort, dass auch er dachte, dass es sich um etwas Interessantes handelte. Er stand auf, wusch sich die Hände, zog weiße Baumwollhandschuhe an und griff erst dann danach. „Wo habt ihr das her?". „Familienerbstück, mehr wissen wir auch nicht!", beantwortete Alexander die Frage nur teilweise. „Römisch … auf jeden Fall römisch! …", und dann murmelte er noch etwas, was die Kinder nicht verstehen konnten. Nach ein oder zwei Minuten, während derer die Kinder ihn gespannt beobachteten sagte er: „Das ist ein Zeitdokument von allgemeinem Interesse, es muss nicht nur wissenschaftlich bewertet und ausgewertet werden, sondern gehört auch der

Allgemeinheit. Ich denke, es ist in unser aller Interesse, wenn ihr dieses Buch hier lasst. Und wenn ihr mal wieder in Köln seid, schaut ihr am besten ´rein, wenn ich da bin, und dann schon weiß, was für ein Buch das ist, dann erzähle ich es euch!“. Sarah wurde schwindelig! Der wollte das Buch behalten! IHR Buch!!!!! Cocasas Schatz!!!!! Hilflos schaute sie zu den anderen, dann zu Alexanders Mutter, die auch völlig überrumpelt war.

„Das Buch gehört Sarahs Familie, nicht mir, Sarah ist nicht volljährig! Das geht nicht, weder ich, noch Sarah können entscheiden, dass das Buch hier bleibt, da müssen Sie sich bitte mit Sarahs Familie in Verbindung setzen, gern gebe ich Ihnen Namen und Adresse, aber einfach hierlassen, das geht nicht!“. Der Professor legte das kleine Büchlein mitten auf seinem überfüllten Schreibtisch ab und schaute über den Rand seiner Lesebrille. „Sehen sie Frau …“, … „Oliveira da Silva“, sagte Alexanders Mutter. „Frau da Silva“, fuhr der Professor fort. „Oliveira da Silva!“, korrigierte Alexanders Mutter, die ihre Fassung wieder erlangt hatte, „in Portugal lieben wir Doppelnamen“. „In Ordnung, Frau Oliveira da Silva“, sprach der Professor weiter und bemühte sich, so ruhig und freundlich, wie möglich zu sein. „Dieses Buch ist von allgemeinem, wissenschaftlichem Interesse. Es ist ein sogenannter Kodex, eine alte Buchform, allem Anschein nach entstanden zu einer Zeit, wo die deutlich verbreitetere Buchform die Schriftrolle war. Das Lässt vermuten, dass es sich um ein höchst wichtiges Staatsdokument, einen Vertrag, etwas … etwas ganz außerordentliches handelt, verstehen Sie?“. „Das verstehe ich schon“, erwiderte Alexanders Mutter, „aber deshalb gehört dieses Buch trotzdem Sarah und ihren Eltern und mit letzteren müssen Sie sich in Einvernehmen …“. „Nein nein“, unterbrach der Professor sie und erhob sich. Alexanders Mutter stand noch immer neben der Tür und hatte bereits ein Stück Papier aus ihrer Handtasche gekramt und angefangen, die Sarahs Adresse darauf zu schreiben. Der Professor ging jetzt auf sie zu. „solche Dokumente sind per se kein Privateigentum! Es wäre ein Diebstahl an der Gesellschaft!“.

Sarah fing an zu weinen, lautlos liefen ihr die Tränen die Wangen herunter, während Alexander und Nicoló Blicke wechselten. Nicoló kippelte auf dem ohnehin etwas wackeligen Holzstuhl, auf dem er saß und ließ ihn krachend auf den Marmorboden fallen, alle Köpfe fuhren zu ihm herum. In diesem Moment stand Alexander, der auf der anderen Seite saß auf und machte drei Schritte zu ihm herüber, er fragte: „Hast du dir ´was getan?“. „Neeee“, antwortete Nicoló zögerlich. „Kinder!“, sagte Alexanders Mutter, „jetzt habt doch noch einen Moment Geduld, ihr seht doch, dass ich mit dem Professor rede! Wir sind gleich fertig!". „Ich muss aber aufs Klo!", sagte Alexander. „Gleich", erwiderte seine Mutter gereizt. „Ich hab´ *Durchfall*!!!", schob Alexander nach. „Ach Du Schreck", sagte seine Mutter, „Warum hast du denn nichts gesagt?". „Dann wären wir ja heute nicht gefahren", sagte er und kniff demonstrativ die Pobacken zusammen, während er sich leicht nach vorne krümmte. „Geh, schnell … aus der Tür ´raus rechts, dann wieder rechts", sagte der Professor und öffnete die Tür. Alexander machte ein gequältes Gesicht und beeilte sich, heraus zu kommen. Professor Knerz wirkte genervt „Wo waren wir stehen geblieben? Ach ja …". „Ich muss Pipi, ganz dringend!", meldete sich jetzt Leonie. Alexanders Mutter und der Professor seufzten gleichzeitig. „Da sind zwei Klos", sagte der Professor, Alexanders Mutter kramte in ihrer Handtasche, zog den Autoschlüssel hervor und gab ihn Leonie. „Geh mit Alexander doch gleich ins Auto, der sah ja ganz elend aus, wir fahren gleich! Ihr zwei bleibt aber bitte hier!", sagte sie an Sarah und Nicoló gerichtet. Durch den Tränenschleier schaute Sarah zu Nicoló und meinte ein Lächeln auf seinem Gesicht zu sehen. „Wie kannst du grinsen, wenn sie uns unser Buch wegnehmen!", presste sie stimmlos hervor. Er reagierte nicht.

Kurz darauf verließ Frau Oliveira da Silva mit den Worten: „In meinen Augen ist das Unrecht, ja sogar Diebstahl … aber darum müssen sich jetzt Sarahs Eltern kümmern, auf Wiedersehen … oder auch nicht!", den Professor. Die zum Abschied hingehaltene Hand übersah sie geflissentlich und auch sein: „eine schöne, intelligente Frau wie sie …", überhörte sie. Sie schob die inzwischen laut heulende Sarah und einen stumm-versteinerten Nicoló durch die hohe Tür in den hallenden, schlecht geheizten Flur.

Rasch gingen sie die marmorne Treppe herunter und verließen unter den fragenden Blicken des Museumswächters, der Garderobenfrau und der Kassiererin das Museum. Sie hörte auch nicht, dass die Garderobenfrau ihr hinterher rief: „Zwei Kinder sind schon ´raus, der Junge sah nicht gut aus …". Auf dem Rücksitz des Autos saß zusammengekauert Alexander, daneben Leonie mit ungerührter Miene. Sie stiegen ein, Sarah durfte vorne sitzen. Während Alexanders Mutter den Parkplatz mit portugiesischem Temperament verließ, redete sie ununterbrochen auf die heulende Sarah ein: „Das kriegen wir wieder! Das geht nicht!!! Sarah, Nicoló, ihr kommt doch aus Italien, keine Cousins bei der Mafia?", Nicoló kicherte. Und da sie so schnell waren, erfuhren sie nie, dass zehn Minuten, nachdem sie weg waren Professor Doktor Doktor Doktor hc Knerz mit hochrotem Kopf im Eingang des Museums erschien und die Straße herunter schaute, während er hilflos den kleinen zerknitterten Zettel in seiner rechten Hand hielt, den Alexanders Mutter ihm gegeben hatte. Hinter ihm standen der Museumswächter, die Kassiererin und die Garderobenfrau.

„Hallo …haaaaalllllooo!“, Endlich hörte jemand, dass Alexander sich meldete. „Ach Gott, Junge, … musst du?????“, entfuhr es seiner Mutter, „entschuldige, …!“. „Neee … fahr weiter, alles o.k. … alle anderen, *du* nicht Mama … du fährst schon so gefährlich genug!“, sagte er… . „Alex!!!“, fuhr sie dazwischen, „Du bist frech, so krank kannst du gar nicht sein!“. „Bin ich auch nicht! Alle anderen Mal herschauen“. Unter Jubelgeschrei aller zog er das Buch unter seinem Sweatshirt hervor. Als Nicoló den Stuhl umgeschmissen hatte, hatte er den Augenblick, als alle zu Nicoló schauten, genutzt und das Buch gegriffen … Nicoló und er klatschten die Hände gegeneinander und alle grölten: „Wir sind ein Team!“, es musste bis zum Museum zu hören sein. Alexanders Mutter war sprachlos. „Und der Durchfall???“, „Schauspielerisches Talent“, warf Alexander sich in die Brust, er genoss die allgemeine Bewunderung für seine Heldentat.

Von der ganzen Aufregung erschöpft wurde die Truppe anschließend ganz still. Nach etwa einer halben Stunde Fahrt sagte Alexanders Mutter schließlich „Was ist, wenn der Professor recht hat? Wenn das Buch … oder die Bücher, es gibt doch noch mehr, oder? …also, wenn die Bücher tatsächlich der Allgemeinheit gehören?“. Betretenes Schweigen füllte das Auto. Auf einem lauschigen Waldparkplatz abseits von Autobahn und größeren Straßen stellte sie den Motor ab. „Wir müssen jetzt ganz gut überlegen, wie wir weiter vorgehen!“, sagte sie. „Hast du denn eine Idee?“, fragte Alexander, der seine Mutter gut kannte. „Also, wenn ihr mich fragt, habt Ihr das Buch nie genommen! Es ist im Museum geblieben … und … die andern Bücher …“, sie zuckte mit den Schultern, als habe sie keine Ahnung, was mit denen passiert ist und wo die sein könnten. Sie diskutierten noch ein wenig hin und her und beschlossen dann, dass das die beste Lösung war, zumindest, bis Gras über die Geschichte gewachsen war.

Wieder in Steinheim berichteten alle, Sarah unter Tränen, was im Museum passiert war. Alles, bis auf das Ende, das behielten sie für sich. Sarahs Großeltern regten sich furchtbar auf, Sarahs Eltern hingegen meinten resigniert: „Wenn das das Gesetz ist!“. Nonno Andrea versprach, alles daran zu setzen, das Buch wieder zu bekommen und es gelang ihm auch, seinen Sohn und dessen Frau davon zu überzeugen, dass das Museum nie etwas von den anderen sieben Büchern erfahren durfte. „Die können es meinetwegen abschreiben oder nachbasteln, aber *das* Buch gehört uns!“, sagte er wiederholt. Sarah bekam schon ein schlechtes Gewissen, wusste sie doch mehr.

Aber es kam zu gar keiner Aktion von Nonno Andrea, da bereits nach zwei Tagen ein scharf formulierter Brief des Museums ankam, in dem stand, dass man die *sofortige* Rückgabe des entwendeten Buchs verlange. Anstelle von Sarahs Eltern oder Großeltern beantwortete Alexanders Mutter diesen Brief, indem sie das Museum der Verletzung der Aufbewahrungspflicht fremden Eigentums beschuldigte, erst nehme man minderjährigen Kindern das Eigentum ihrer Eltern weg, was sie unverändert für unrecht hielte, dann werde dieses auch noch verschlampt, sie sei empört. Das Museum ließ jedoch nicht locker, auf Briefe des Museums folgten Briefe des Nordrhein-westfälischen Kultusministeriums, schließlich der Rechtsabteilung des Museums und zu guter Letzt tauchte sogar die Polizei mit einem Durchsuchungsbefehl auf. Nonno Andrea schüttelte den Kopf. Er liebte seine Enkel, Sarah ganz besonders, und er hätte alles getan, um ihr das geliebte Buch, ihren Schatz zurück zu ergattern. Aber hier spielte ein ganzer Staat verrückt um ein Buch, das keiner lesen kann?! „Die spinnen, die Tedeschi“[116], wiederholte er unzählige Male.

Alle Bemühungen der Behörden aber blieben erfolglos. Gleich am Tag nach dem Museumsbesuch im Januar waren Alexander, Nicoló, die Väter der beiden sowie Sarahs Vater zum Weidenbaumhaus gefahren. Sarah hatte sich erinnert, dass der Stamm der alten Kopfweide, über dem sie den Boden des Hauses gezimmert hatten, innen hohl war. Mit einer feinen Stichsäge hatten die Männer trotz leichten Frosts ein quadratisches Stück aus dem Boden geschnitten und den darunter liegenden Stamm durch herausschälen morschen Holzes weiter ausgehöhlt und dann mit einer Folie ausgelegt und die Kiste hineingestellt. Den Ausschnitt hatten sie mit einem Scharnier auf der einen und einem Sicherheitsschloss auf der anderen Seite versehen. Dann hatten sie den Boden wieder mit dem alten Schilfschnitt bedeckt, als wäre nie etwas gewesen.

Den Abend hatten sie, das heißt Lorenzo, Leonardo, Alexanders Vater Marcello, seine Mutter Gloria und die vier Kinder ‚Das Verschwinden der Bücher‘ im Restaurant Via Tuscolana gefeiert. Einvernehmlich hatten sie Asia, Emilia, Celestina und Donatella nicht in ihr Geheimnis eingeweiht, da sie befürchteten, sie könnten zu ehrlich sein. Es war der sechste Januar, Epiphanie[117] gewesen, der Tag, an dem die Kinder in Italien ihre Geschenke bekommen und der Größer gefeiert wird, als Weihnachten selbst. Beim Nachtisch, eines göttlichen

---

[116] Die Deutschen
[117] Heilige drei Könige

vanilleeisgefüllten Panetone, hatte Nicoló gesagt: „Wisst Ihr, was mir grad einfällt? … Leo, hast du deine Mitschriften dabei?". Leonie reichte ihm das Heft, er blätterte darin. „Hier … da ist es … > und dann entriss Caecilia mir, Taog, mein Buch, dieses Buch, und brachte mich in große Schwierigkeiten … < … ich glaube, dass es an diesem Buch liegt, dass es unrechtmäßig entwendet wird, vielleicht liegt ein Fluch darauf?". Ein leicht gruseliges Schweigen füllte kurze Zeit den Raum. „Nein, kein Fluch, ein Segen", sagte Gloria in diese Stille hinein, „ein Segen, dass es immer wieder zu seinem angestammten Besitzer zurückkehrt, egal, was passiert!". Damit waren alle zufrieden und die Erwachsenen bettelten, dass die Kinder ihnen noch mehr vorlasen, was sie bereits aus dem Buch übersetzt hatten, was sie reihum bereitwillig taten, während sich alle vorzustellen versuchten, wie das vor fast zweitausend Jahren so gewesen sein mag. Nonno Andrea bewies dabei die lebendigste Fantasie.

HERBSTFERIEN IN GROTTAFERRATA

Wer darf fahren?

„Fünfzehn Uhr Cocasa?", Alexander sah Sarah fragend an. „Gebont", erwiderte diese „sagst du Nicoló Bescheid, ich sag´s Leonie?". Um kurz vor drei kamen sie wieder alle im Baumhaus zusammen. Nächste Woche waren Sommerferien. Dieses Jahr würden Sarah, Paul und Leonie zuhause bleiben, Alexander hingegen sollte zu seinen Großeltern dürfen, denen, die die Landwirtschaft – allerdings im Nebenbetrieb – am Nordzipfel Portugals hatten. Aber nur eine Woche. Sie kamen mit den Übersetzungen gut voran und waren bereits beim sechsten Buch angelangt. „Die Nebenwirkung lasse ich mir gefallen", hatte Alexanders Mutter gelacht, als sie hörte, dass alle drei, Sarah, Leonie und er im Zeugnis in Latein eine eins haben würden. Sie war dagegen gewesen, dass Alexander Latein als zweite Fremdsprache wählte, da Französisch eine lebendige und damit in ihren Augen nützlichere Sprache war. Alexander aber hatte auf seinen Vater gehört und sich dennoch für die 'Sprache der Grabinschriften' wie sie es nannte, entschieden. Jetzt aber freute sie sich, dass er so viel Erfolg hatte.

„Wo waren wir? Ach ja, Niamh trifft Taog und sie waren bei irgend so einem Keller mit Götzenbild … und dann war da das Lied, lass noch mal sehen …", Sarah und Alexander beugten sich über das in Gedichtform Geschriebene. „Also das ist auf keinen Fall Latein, was auch immer es ist ..", sagte Sarah. „Neee … das ist … ja irgendwie weiß Taog das auch nicht so genau, mal schreibt er

Cymrisch, mal was von Robogdil, mal Dalriada … also das müssen irgendwelche römischen Provinzen sein, irgendwelche Barbaren, die sie unterworfen haben. Vielleicht Nordafrika oder Kleinasien? Aber warum interessiert sich Taog so dafür?“, sagte Alexander. „Taog ist ja auch kein lateinischer Name, nach allem, was ich herausfinden konnte“, sagte Leonie. „Tuccius aber …“, bemerkte Nicoló, …“und erinnert ihr euch an das erste Buch … der hat auch zwei Paar Eltern!“. … „Raub der Sabinerinnen!“, warf Alexander ein, „Tuccius hieß eigentlich Taog, Beathag und Maon waren seine richtigen Eltern, Römer haben ihn geraubt und als Römer aufgezogen!“. „Cool“, sagte Leonie …. „Aber er schreibt doch immer wieder auch von Maon und Beathag …“, wandte Nicoló ein. „Stimmt“, sagte Alexander und alle blickten ratlos, wie so oft.

„Ist ja eigentlich auch egal“, sagte Alexander, „nur gut, dass Taog uns den Kauderwelsch ins Lateinische übersetzt hat, sonst wüssten wir bis heute nicht was es heißt“. „Um ehrlich zu sein, was es bedeutet, weiß ich auch jetzt nicht!“, sagte Leonie. „Wir haben jetzt 5 ½ von 8 Büchern übersetzt, lass uns doch einfach mal zusammentragen, was wir alles schon wissen!“, schlug Alexander konstruktiv vor. „Also: Taog alias Tuccius muss aus gutem Haus sein, sonst hätte er keine Bücher zum Schreiben gehabt, auf die das Museum in Köln so scharf ist, dass es deinen Eltern die Polizei auf den Hals hetzt, Sarah!“. Alle lachten und stimmten ihm zu. „Zweitens“, hob Leonie an, „konnte er schon als Kind schreiben und schreibt sein eigenes Buch, eine Art Tagebuch, und behauptet, dass er das sogar selbst gebunden hat aus Papyrus!“. „Drittens“, fuhr Nicoló fort, „interessierte er sich für Mathematik und Naturwissenschaften und …“, „und hat Wetter- und Sternenhimmelbeobachtungen niedergeschrieben, die immer noch stimmen!“, rief Sarah. „Genau das wollte ich auch sagen“, ergänzte Nicoló. „Und …“, hob Alexander wieder an, …“und er war verknallt in Niamh …“, sagte Leonie schnell, alle lachten. „Und …“, fing Alexander wieder an, „er war Schreiber am kaiserlichen Hof …“, machte Nicoló den Satz fertig. „Hey, lasst mich doch mal ausreden“, rief Alexander ungeduldig. „Und … also ich glaube, dass er mit der ganzen Mathematik nach einer Formel sucht, wie man in der Zeit reisen kann …“, fragend schauten sie ihn alle an. „Ja, so SciFi-mäßig … so ab in die Zukunft, hops in die Römerzeit … ein Wochenende im Steinzeitalter gefällig? Eiszeit statt Eisbecher vielleicht? … und so …“. Die anderen waren sprachlos. „Meinst du?“, fragte Sarah endlich. „Klar“, sagte er, „Guck doch mal hier, da steht *SICH IN DER ZEIT VOR UND ZURÜCK BEWEGEN KÖNNEN, WIE AUF EINER LINIE, WIE AUF EINER STRAßE* das *kann* doch gar nichts anderes heißen“. „Lass uns weiter machen!“, drängte Nicolo und suchte die Stelle, wo sie mit dem Übersetzen stehen geblieben waren.

Je länger sie dabei waren, desto schneller kamen sie voran, Leonie machte eifrig Notizen, Nicoló hatte angefangen eine Karte zu zeichnen. Er Begann mit Rom, wobei er eine im Internet leicht zu findende Karte mit den sieben Hügeln des antiken Roms zugrunde legte und auch den fand, auf dem zu wohnen Taog angegeben hatte, den Quirinalhügel. Alexander schien recht zu haben. Es war, zumindest stand das so zu lesen, eine der besseren und begehrteren Wohngegenden Roms und sei es, so hieß es im Reiseführer, den die Kinder sich in der Stadtbibliothek ausgeliehen hatten, immer noch. Die Bibliothekarin hatte gelacht: „Erst dachte ich, ihr macht ein Referat für die Schule. Dann, ihr wollt vielleicht nach Rom fahren. Jetzt bin ich sicher, ihr bereitet euch auf eure Prüfung als Fremdenführer in Rom vor!“. Sie hatten mit gelacht und das Buch eingesteckt. Dann hatte er das antike Ostia dazu getragen und die Straßen, die aus Rom heraus führten, so gut er es hinbekam.

Alexander war nicht nur der geschickteste unter ihnen am Computer, er durfte auch am meisten von ihnen ins Internet. Er kam eines Tages ganz aufgeregt, da er der Datumsfrage noch einmal nachgegangen war. „Hey hört mal, was ich gefunden habe. Die Römer, die haben eine Zeit lang nach dem sogenannten julianischen Kalender gerechnet, da muss man 45 Jahre abziehen, dann haben wir unsere Zeitrechnung nach Christus. Wenn er also schreibt >wir schreiben das Jahr 175, dann war in Wirklichkeit das Jahr 130 n. Chr. … und dann hätte dieser Professor Knerz recht gehabt, der gesagt hat, dass das ein Dokument aus dem 1.-3. Jahrhundert ist!“, erklärte er.

„Und wieso schreibt Taog dann nicht 13 nach Christus?“, fragte Leonie. „Au Mann, weil er vielleicht kein Christ war?!“, sagte Nicoló. … „Meinst du???“, fragte Leonie, „Was denn dann? Hindu …gab es die denn da schon?!“. „Nee“, sagte Alexander, „er war Römer … oder auch nicht … - aber klar, Hindus gab es da schon, aber nicht in Rom! Der Islam wurde später erfunden!“. „Römer ist aber doch eine Staatszugehörigkeit und keine Religion!“, wandte Leonie ein. „Ja und nein“, sagte Nicoló, der sich inzwischen umfassend belesen hatte, „es gab schon auch reichlich römische Götter, vor allem geklaute von den Griechen und so …“. „Ist doch hier auch wirklich egal“, sagte Alexander, wir wollten doch vor allem wissen, von wann diese Bücher sind … und sie sind wirklich *uralt*!“.

Sie wandten sich wieder der Übersetzungsarbeit zu und dann und wann ergänzte Nicoló seine Karte um den anzunehmenden Ort des Kellertempels, den vermutlichen Aufenthaltsort Gurus Manix` und des Quellsteins. Nach allem was sie den Büchern entnehmen konnten, lagen alle diese Orte südlich bis südwestlich der Stadt Rom, also ganz in der Nähe von Grottaferrata, wie Sarah und Nicoló feststellten, als sie Nicolós selbstgemalte Karte und eine Karte Italiens übereinander legten.

Einige Tage vergingen und Sarahs Vater kam am an einem Samstag von einer Reise aus Italien wieder. Er benötigte neue Geräte für die Restaurantküche und auch wenn sich heutzutage fast alles über Kataloge oder das Internet bestellen ließ, suchte er seine Arbeitsgeräte doch sehr gerne selbst aus. „Wie ein Messer in der Hand liegt, weiß man erst, wenn man es in der Hand hatte", pflegte er zu sagen, und das gleiche gelte für die Pastamaschine ebenso, wie für alle anderen Geräte. Sarahs Mutter fuhr gerade den frisch gewaschenen Citroën auf einen der vielen Parkplätze des Flughafens als Sarahs Vater bereits aus dem Haupteingang trat. Paul konnte es kaum abwarten, bis der Wagen endlich stand. „Papa! Papa! Du musst mir unbedingt erzählen wie warm es dort war. Hast du auch Nonno und Nonna besucht?", rief er schon von Weitem. „Na mein Kleiner Paul?", sagte Lorenzo, als er Paul hoch hob. „Ja ich habe Nonna Ellia und Nonno Paolo kurz besucht leider zu kurz. Da hatte ich mir überlegt ob wir diesmal nicht alle in den Herbstferien zu ihnen fliegen wollen", schlug er vor. „Oh ja!!!", rief Paul. „Hallo Papa!", sagte Sarah die mit ihrer Mutter nun auch angekommen war. „ Hallo!", lächelte Asia ihn an, sie würden sich austauschen, wenn die Kinder später im Bett waren.

Herbstferien in Grottaferrata. Gleich am nächsten Tag berichtete Sarah bei Cocasa davon. Nicoló sagte gleich: „am liebsten würde ich natürlich auch wieder mitfahren". „Also ich auch", sagte Leonie. „Nehmt Ihr mich auch mit?", fragte Alexander. „Klar", sagten die anderen. Beim Abendessen fragte Sarah zunächst: „Mama, gibt es in Italien Pilze, die high machen?". Asia wurde hellhörig. „Kind, wenn ich mitbekomme, dass du Drogen nimmst …", sie hielt inne, da sie nicht wusste, was sie dann machen würde, außer verzweifeln. „Dann gehst du ins Kloster, für immer!", beendete der Vater ihren Satz. Sarah schmollte. Sie hatte nicht wissen wollen, wie ihre Eltern reagierten, wenn sie haschte, sondern, ob es in der Gegend um Grottaferrata rote Pilze gab, die einem das Gefühl vermittelten, man schwebe. Genau das hatte nämlich Urahn Taog geschrieben. Und natürlich auch, dass es einem am nächsten Tag dreckig ging. Und nicht nur er hatte das geschrieben, auch kamen rote Pilze in zwei Gedichten des Buches vor, um die sich Taogs Aufzeichnungen seit vielen Seiten immer wieder und wieder drehten. Sarah entschied, dass heute der falsche Tag war, zu fragen, ob Leonie, Alexander und Nicoló mit nach Italien fliegen dürften. Sie zog sich in ihr Zimmer zurück und ging in Gedanken noch einmal durch, was sie heute übersetzt hatten. Alexander hatte Recht. Es ging um eine Zeitreise. Und Taog meint herausgefunden zu haben dass Ort und Zeit stimmen müssen, man aber darüber hinaus noch einen Pilzsud braucht und ‚Tau von Linden' … und dann stand da noch etwas von Beltaine, was auch immer das war. Darum wollte Alexander sich kümmern, im Internet natürlich.

„Nonno Andrea", Sarah saß neben ihrem Großvater auf der Bank im Garten und putzte mit ihm zusammen grüne Bohnen. „Nonno Andrea, würdest du mir einen Gefallen tun?". Nonno Andrea liebte seine Enkelin, aber er war durchaus ein vorsichtiger Mann, also antwortete er „Das kommt darauf an, welchen denn?". Papa hat gesagt, wir fliegen in den Herbstferien nach Italien, nach Grottaferrata, es wäre so toll, wenn Alexander und Leonie und Nicoló mitkommen könnten … es geht auch um die Bücher …", sagte sie. „Also ich finde das eine ganz tolle Idee", sagte Nonno Andrea, „ich werde einmal mit deinem Vater und deiner Mutter reden". Sarah war überglücklich. Auf Nonno Andrea war Verlass. So erzählte sie ihm auch vom neuesten Stand der Übersetzungen, Nonno Andrea lauschte gespannt. „Das ist ja spannender, als ein Krimi im Fernsehen!", sagte er zum Schluss. „So kleine rote Pilze mit weißen Streifen! Meine Schwester Maria hat da immer Mal so ´was gesagt … aber versprich mir, dass du keinen Unsinn machst, ja?".

So sehr Nonno Andrea sich bei Sarahs Eltern aber auch einbrachte, sie waren einverstanden, Nicoló mitzunehmen, dessen Großeltern ja auch in Grottaferrata wohnten, aber nicht Alexander und Leonie noch dazu. „Nein Papa", hatte Lorenzo abschließend gesagt. „Ein pubertierender Jugendlicher ist eigentlich schon genug, zwei sind Schmerzgrenze, drei und vier Selbstmord … das machen wir *nicht*!". Und dabei blieb es.

Kurz vor den Herbstferien hatte Cocasa das siebte Buch beendet, besser gesagt das siebte Buch brach einfach ab, bevor es zuende war. Tagelang saßen die Jugendlichen zusammen und zermarterten sich den Kopf darüber, warum das so war. Während Leonie und Nicoló die Ansicht vertraten, dass Taog etwas zugestoßen war, er vielleicht sogar ermordet worden war, favorisierten Sarah und Alexander die Theorie, dass sein Traum in Erfüllung gegangen war und er in der Zeit gereist war, entweder vor, oder zurück. „Römer räumten schon mal wen aus dem Weg, der unbequem war!", war Nicolós Argument. „Vielleicht läuft er ja in unserer Zeit irgendwo ´rum, vielleicht ist es ja Kasus!", meinte Alexander. Was aber hatte es mit dem achten Buch auf sich, das auf Pergament geschrieben war, auch wenn es ebenso groß war, wie die andere sieben, und dessen Schrift anders, einfacher zu lesen war, als die der ersten sieben Bücher?

Lokaltermin

„Dann müsst ihr eben den Lokaltermin alleine übernehmen, aber alles Aufschreiben!“, hatte Alexander zum Abschied gerufen. Er und Leonie hatten zusammen mit Nonno Andrea die Asia, Lorenzo, Sarah, Nicoló und Paul zum Flughafen nach Paderborn gebracht. Sarah und Nicoló konnten es kaum erwarten, anzukommen. Wie immer wurden sie herzlich begrüßt. Gleich in der Küche fragte Sarah ihre Großmutter nach einem kleinen alten Tempel mit einem Götzenbild, in der Nähe von Grottaferrata. „Das muss das Mithräum sein, was du meinst. Es liegt mitten im Wald in Richtung ... na, auf jeden Fall an der Straße nach Rom ´runter. Ich war noch nie dort, aber Zia Maria sammelt dort manchmal Kastanien und Pilze. Dann nimmt sie drei Stationen den Bus, danach ist es wohl aber immer noch eine gute Stunde zu Fuß. Da ist glaube ich nicht viel zu sehen. Ein winziger Keller und irgendwo ein Bild … Wir haben doch so schöne Sachen in und um Grottaferrata und auch in Richtung Rom. Das Mithräum lohnt die Mühe sicher nicht. Wir werde schon was Schönes zum Besichtigen finden, während Ihr hier seid!“, sagte sie.

Aber schon nach dem späten Mittagessen bei Nonna Ellia baten sie um Erlaubnis, Zia Maria besuchen zu dürfen. Die Eltern willigten ein, allerdings sollte Sarah Paul mitnehmen und auch darauf achten, dass er nicht verloren ging. Sie holten Nicoló bei seinen Großeltern ab und nahmen die Abkürzung durch den Wald. „Das kann ich nicht“, sagte Paul gleich beim ersten Felsen, über den sie klettern mussten. „Dann musst du hier auf uns warten“, entgegnete Nicoló, Paul schaute entsetzt und fing an zu klettern. Er rutschte ab und setzte sich in die Esskastanienstacheln, er fing an zu heulen. Sarah seufzte. Sie kehrten auf den Weg zurück und gingen die Viertelstunde länger, bis sie Zia Marias Haus erreicht hatten. Zia Maria freute sich riesig, die Kinder zu sehen. Von ihrem Bruder wusste sie etwas über die Bücher und die Leidenschaft, die die Kinder dafür entwickelt hatten. Andrea hatte sie auch vorgewarnt, dass da sicher Fragen kommen würden. Und die Fragen kamen!

Zia Marias Haus im Wald[118]

„Das Mithräum? Ellia hat Recht, da ist nicht furchtbar viel zu sehen, aber wenn Ihr wollt, können wir da ´mal hingehen. Der Wald ist voller Pilze dort, das lohnt immer einen Besuch. Wir müssen aber den Bus nehmen, der alle zwanzig Minuten nach Rom ´runter fährt. Wenn wir das machen, zeige ich euch auch den Lieblingspicknicksplatz von deinem Nonno Andrea und mir – aber das muss unser Geheimnis bleiben! Er liegt ganz dicht an der Bushaltestelle, und trotzdem kennt ihn kaum einer!".

Sie verabredeten sich für den nächsten Tag, als Paul gehört hatte, dass es auch im Wald des Mithräums Esskastanien gab, wollte er nicht mehr mit. Als sie aus dem Bus stiegen, bog Zia Maria sofort auf einem Weg, der kaum als Trampelpfad zu erkennen war, von der Straße ab. Nach nur zehn Minuten traten die drei auf eine kleine Felsplattform hinaus. Der Fels war gespalten und unten sah man dunkelblau eine kräftige Quelle sprudeln. Wie versteinert standen Sarah und Nicoló. Ihnen war schwindelig. Die *Quelle*, das war sie!!! „Schön, nichtwahr?", hörten sie wie von Ferne Zia Maria sagen. Es war *Taogs Quelle*!!! „Und hier", Zia Maria bog mit kräftigem Griff die Haselruten auseinander „Hier

[118] Aquarell Maja Groll

kommt man, wenn man geschickt ist, an den Oberlauf eines Baches, der sich weiter unten mit dem Wasser der Quelle vereint, er führt köstlichstes Trinkwasser!". Die Kinder erwachten langsam aus ihrem Erstaunen, kletterten zum Bachlauf empor, tranken und kamen zurück. „Zia Maria, wie lange würde man laufen, wenn man von hier zum Quirinalhügel gelangen wollte?". „Zu Fuß?", fragte Maria, „Ja, zu Fuß!", antwortete Nicoló. „Das ist zu weit, vergiss es!", sagte Maria. „Ich will ja gar nicht laufen, ich will nur wissen, wie weit es ist". „Ich weiß nicht genau", entgegnete Maria, „vielleicht zwanzig Kilometer, vielleicht fünfundzwanzig …". „Hm", sagte Nicoló und nahm sich vor, am Abend seine Karte zu korrigieren.

Nach einer knappen Stunde, die sie recht flott durch den lichten Kastanienwald gegangen waren, erreichten sie einen Hügel mit Gebüsch, wie sie viele unterwegs gesehen hatten. „Hier", sagte Maria, „Hier ist es, was ihr unbedingt sehen wolltet". Sie stellte die leeren Körbe ab, da sie entschieden hatte, Pilze werden erst auf dem Rückweg gesammelt. „Wo?!", fragten Sarah und Nicoló. Maria ging voran auf das Gebüsch zu, teilte wieder die Haselzweige, schob dann einen Vorhang aus Clematis und Efeu beiseite und zeigte auf eine kleine Tür, unter der sich selbst Nicoló würde bücken müssen. Geschickt machte Nicoló sich am einfachen Schloss der Tür zu schaffen.

„Gehört das jemandem?", fragte Sarah, als sie das sah. „Nein", antwortete Maria, „das heißt, es gehört der Kirche, und die kümmert sich um nichts, als die Holznutzungsrechte des Waldes. Im Dorf erzählt man sich, dass es mal unser Familienbesitz gewesen sei. Irgendeine düstere Geschichte mit Hexen und Zauberern … vermutlich alles Märchen!". Nicoló und Sarah tauschten einen raschen Blick und in diesem Moment sprang die Tür auf. Sie betraten den kleinen, engen und niedrigen Raum. Als ihre Augen sich an das Dämmerlicht gewöhnt hatten, sahen sie, was Taog in seinem Buch zweimal beschrieben hatte – einmal aus Niamhs Erzählungen, einmal, als er selbst als Mithrasanhänger hier – oder an einem ganz ähnlichen Ort gewesen war. Ein Schauer lief Sarah und Nicoló über den Rücken. Da waren die Seitenbänke, am Ende des Raums das Relief mit dem Jüngling, der den Stier tötete. Als sei Taog gestern noch hier gewesen! Vorsichtig zogen sie die Tür wieder zu. Als sie auf der Suche nach Pilzen den Wald auf dem Rückweg durchkämmten, flüsterte Nicoló: „Wir fahren morgen wieder her, o.k.? Ich will wissen, ob da noch mehr ist, als wir gesehen haben!".

Zuhause berichtete Sarah begeistert von ihrem Ausflug. Dann bettelte sie, Alexander oder Leonie anrufen zu dürfen. „Mein Gott", stöhnte der Vater, „ihr habt euch vor weniger als achtundvierzig Stunden zuletzt gesehen! Was ist denn so wichtiges passiert, dass ihr jetzt schon wieder telefonieren müsst!". „Viel", rief Sarah, „unglaublich viel". Und Nonna Ellia sagte: „Nimm das Telefon mein Schatz, wenn es dich glücklich macht …", und zu ihrem Schwiegersohn gewandt setzte sie hinzu: „Manchmal brauchen Mädchen das, sei froh, dass sie ihre Pubertät so auslebt! Du hättest deine Frau in dem Alter mal erleben sollen!". „Mamma!!!", sagte Asia und es hätte Sarah sein können!

„Nee … red´ weiter, erzähl!!!", hörte Paul seine Schwester immer nur ins Telefon zischen. „Noch ein Vorfahre, sagst du? Arduin??? Klingt aber weder römisch noch italienisch … hier in Grottaferrata???". …"Und das Mithräum … ja, da ist eine Bank oder so … sogar zwei, auf jeder Seite eine … ja, am Ende… wie Taog schreibt … rechts oder links? … Hmhm … Hey, das ist ja wie unser Versteck im Baum … Cool … Hm, wir wollen morgen wieder hin … ne, nur mit Nicoló …". „Mama, Nicoló und Sarah wollen morgen wieder in den Wald, alleine …", Paul hatte gelauscht und rannte zu seiner Mutter. „Sarah???!!!", es war Asias Stimme, die im Treppenhaus hallte. „Tschüss, ich muss Schluss machen, Leonie", flüsterte Sarah, „macht weiter, ich rufe dich wieder an, o.k.?". „Ja Mama?", antwortete sie dann laut. „Sarah, wir fahren morgen die Braccianos in Castelgandolfo besuchen, sie haben drei Kinder, das Mädchen ist etwa so alt wie du!". „Viel Spaß", entgegnete Sarah, „Nicoló und ich haben auch etwas Nettes vor!". „Sarah!", Die Mutter war aus der Küche gekommen. „Sarah, du kommst mit, dass das klar ist!". Sarah zog eine Schnute. „Das kann ja ein toller Nachmittag werden", sagte ihr Vater und Nonna Ellia versuchte erneut, die Situation zu retten. „Wenn sie nicht will, lass sie doch hier oder bei Zia Maria! Und mal ganz ehrlich! Als ihr Kinder wart, habt ihr immer alleine hier im Wald gespielt!". „Das waren aber auch andere Zeiten!", kam es gleichzeitig von Asia und Lorenzo. „Es sind immer andere Zeiten, wenn man älter wird. Die Kinder unseres Dorfes spielen alle im Wald, nur ganz alleine sollten sie nicht sein, schon falls sich mal einer verletzt. Aber Nicoló und Sarah sind vernünftig, da bin ich sicher!". „Ja,", sagte Asia, „so vernünftig, dass sie durch Dachböden brechen, wenn man sie allein lässt!". „Also, dafür können die Kinder ja wohl am allerwenigsten, wenn das Holz morsch ist!", empörte sich Nonna Ellia. „Ich sage ja auch gar nicht, dass die Kinder etwas dafür können, ich möchte nur nicht, dass etwas passiert!". Die Diskussion zog sich in die Länge, das Ende aber war, dass Sarah und Nicoló am Folgetag dableiben und auch in den Wald durften, wenn sie ihre Mobiltelefone mitnahmen und sich stündlich bei Nonna Ellia meldeten.

Verstrickt in eine Kriminalgeschichte

Sarah und Nicoló packten ihre Rucksäcke: Taschenmesser, ein Stück Schnur, eine Trinkflasche, zwei Taschenlampen, eine Kerze mit Streichhölzern und ein ganzer Berg Proviant. „Meint Ihr, Ihr seid zum Abflug wieder zuhause, oder sollen wir vielleicht Euren Flug umbuchen … nur so informationshalber?“, hatte Lorenzo gefragt, als er das sah. „Sieht alles ziemlich nach Abenteuer aus“, meinte Nonna Ellia, Asia sagte gar nichts. Sie war nach wie vor mit der Unternehmung nicht einverstanden. Schon kurz nach dem Frühstück brachen die beiden auf. Sie nahmen den dritten Bus des Tages in Richtung Rom, er fuhr um 8:15 Uhr. „Für einen Verwandtenbesuch hätten wir die nie so früh aus dem Bett bekommen!“, sagte Lorenzo, Asia lachte. Pünktlich nach einer Stunde klingelte das Telefon „Waren an der Quelle, sind jetzt im Wald“, meldete Sarah. Wieder eine Stunde später kam eine SMS: „Am Mithräum angekommen, Tür ist schon auf, mit Taschenlampe sieht alles noch viel cooler aus!“.

Die beiden hatten sich ausgiebig umgeschaut, jetzt begannen sie die Bänke zu untersuchen. Dritte Platte von hinten hatte Leonie gesagt, linke Seite. Sie zählten, bei der dritten Platte hielten sie an. Sie sah nicht anders aus, als die anderen Marmorplatten, ebenso wie diese trug sie deutliche Spuren der Nutzung. Vorsichtig versuchten sie die Platte zu bewegen und zu ihrem großen Erstaunen glitt sie relativ leicht nach vorne und gab einen Hohlraum frei, der jedoch nicht leer war, wie erwartet. „Hier muss vor tausend Jahren ein Urahn die Kiste versteckt haben“, flüsterte Sarah, obgleich weit und breit niemand war, der sie hätte hören können. „Habe ich verstanden“, flüsterte Nicoló zurück, „aber was ist das?“. Er zeigte auf die kleinen Plastiksäckchen mit dem weißen Pulver. „Keine Ahnung, lass uns mal eins mit ´rausnehmen“, entgegnete Sarah. Sie nahmen ein Päckchen, schoben die Platte wieder an ihren Platz und gingen ans Sonnenlicht. Auch die Tür ließen sie wieder ins Schloss fallen, zum Glück, wie sich später herausstellen sollte.

„Sieht aus, wie Zucker oder so …“, sagte Sarah und machte Anstalten, zu kosten. „Lass lieber!“, fuhr Nicoló dazwischen, der nichts Gutes ahnte. In diesem Moment hörte sie Stimmen, die sich näherten. Rasch zogen die beiden sich in ein Dickicht zurück, und legten sich bäuchlings unter einen Felsvorsprung, sodass sie hofften, nicht gesehen zu werden, selbst wenn jemand auf die Idee kam, ins Gebüsch zu schauen. Die Lichtung aber hatten sie gut im

Blick. Fünf grobschlächtige Männer, von denen vier italienisch mit einem schweren, unbekannten Akzent sprachen, stapften heran. Alle drei waren sehr leicht bekleidet und über und über tätowiert. Sie rauchten ihre Zigaretten zuende, traten die Kippen im trockenen Gras aus. Nicoló und Sarah wechselten Blicke, blieben aber mucksmäuschenstill. Dann bogen die Männer den Hasel beiseite und teilten mit unerwarteter Vorsicht den Clematis-Efeuvorhang, öffneten mit wenigen Handgriffen die Tür und betraten das Mithräum. Sarah machte Nicoló ein Zeichen, dass sie Nonna anrufen müssten. Nicoló zeigte Sarah einen Vogel. Noch bevor die Tür aufflog und die Männer wieder auf der Lichtung waren, hörten die Kinder sie brüllen. „Scheißkerl, gib zu, dass du dir einen unter den Nagel gerissen hast?!“, schrie der mit dem narbigen Gesicht … „Wer sagt denn, dass du es nicht warst!“, entgegnete der jüngste, der einzige, der akzentfrei italienisch sprach. „Sag´ das noch mal!!!“, fauchte das Narbengesicht wieder und hielt dem anderen die Pistole an die Stirn, dann Riss er sie hoch und schoss in die Luft. Sarah und Nicoló blieb fast das Herz stehen.

„Vielleicht kennt ja noch jemand das Versteck“, sagte ein dritter. „Wer???“, fuhr das Narbengesicht herum … „Wer??? Wenn nicht eine Blindschleiche oder einer dem *du* es verraten hast?“. „Ich h h hhhhhab nnnnnnichts verraten!“, stotterte der Angesprochene. „Also“, das Narbengesicht stellte sich breitbeinig auf der Lichtung auf. „Wenn hier keiner ist, der das Versteck kennt, ist es einer von uns! Und dann …“. Mit zusammengekniffenen Augen zielte er von einem auf den anderen und tat so, als würde er abdrücken, dann blies er den nicht vorhandenen Rauch von der Öffnung seiner Pistole weg. Die Männer liefen los und bogen wahllos Büsche auseinander, schauten hinter Felsen, liefen in den Wald hinein und wieder hinaus, suchten den Boden auf Fußspuren ab, während das Narbengesicht breitbeinig stehen blieb. Sarah und Nicoló hätten wer weiß´ was darum gegeben, in einem Mauseloch verschwinden zu können.

Nach etwa einer Stunde legte sich der Spuk und die beiden atmeten tief durch. Aber die Erleichterung dauerte nur wenige Minuten an, denn dann hörten sie das Narbengesicht verkünden „O.k., ihr bleibt dabei, keiner von euch war`s, keiner kennt einen der`s gewesen sein könnte???“. Er schaute in die Runde, alle schüttelten den Kopf. „O.k., wer es war, wird wiederkommen, das hier Lässt sich keiner entgehen! Dann bleiben wir eben heute Nacht hier!“. Die Männer nickten und Sarah und Nicoló rutschte das Herz in die Hose. Es begann bereits zu dämmern.

„Ich muss mal", bedeutete Sarah Nicolo. „Geht auch nicht", gab er ihr mit Zeichen zu verstehen. An ihren Proviant konnten sie ebenso wenig gehen, ohne Gefahr zu laufen, entdeckt zu werden, wie Nonna Ellia Bescheid zu geben. Das Einzige, was Sarah tröstete. Sie war sicher, ihre Mutter würde die Polizei verständigen, sowie die Familie aus Castelgandolfo zurück war, und die würden Zia Maria fragen und Zia Maria würde der Polizei sagen, wo sie suchen mussten. Hoffentlich kam nur die alte Dame nicht selbst mit und geriet in Gefahr.

Die Minuten krochen dahin. Die Männer lagerten vor dem Mithräum und rauchten eine Zigarette nach der anderen, zweimal ging einer zum Pinkeln hinter einen Baum. Wie Sarah ihn beneidete! „Im Auto ist noch Schinken und ein Stück Brot!", hörten die Kinder einen der Männer sagen, es war inzwischen zu dunkel, um zu sehen, wer es gesagt hatte. Wenn doch nur die Polizei bald käme. „Scheiße, die Karre!!!". Das war wieder die fiese Stimme von Narbengesicht. „Die Karre steht an der Straße und ist gestohlen … wenn die Carabinieri[119] … ". Daran hatte er offenbar nicht gedacht, es war wohl nur ein kurzer Besuch geplant gewesen. Ohne weitere Absprachen brachen die Männer, alle, hastig auf und stapften schimpfend durch den Wald zurück in Richtung Straße, nach etwa zehn Minuten konnten die Kinder den Lichtkegel ihrer Taschenlampen nicht mehr sehen. Waren sie wirklich alle weg? Sarah und Nicoló waren unsicher. War es besser, auch zurück zu gehen, oder hier auszuharren? Was, wenn nur vier aufgebrochen waren und einer vor dem Mithräum lauerte?

Nicoló rutschte näher an Sarah heran. „Ich mach jetzt ein bisschen Lärm", hauchte er. In der Dunkelheit würde ein eventuell zurück gebliebener Kerl auch nicht gleich wissen, wo das Geräusch herkam. Nicoló zerbrach einen bleistiftdicken Zweig, das Geräusch kam den Kindern ohrenbetäubend laut vor. Sie lauschten. Nichts. Jetzt raschelte er im Laub. Immer noch nichts. Nach ein paar weiteren Minuten hustete er. Immer noch rührte sich nichts. Jetzt waren sie ziemlich sicher, alleine zu sein. Tuschelnd verständigten sie sich weiter. Erst robbte Sarah vorsichtig unter dem Vorsprung heraus und brauchte so lange, sich zu erleichtern, dass Nicoló sagte: „Hey, du überschwemmst ja das Heiligtum", jetzt konnten sie beide schon wieder lachen. Dann riefen sie Nonna Ellia an. „Um Himmels Willen, Kinder! Wo seid Ihr, warum habt ihr euch nicht gemeldet! Mama hat schon die Carabinieri verständigt, die wollten morgen früh nach euch suchen!". „Morgen früh?????", Sarah traute ihren Ohren nicht.

---

119 =Verkehrspolizisten auf italienisch.

„Haben die Angst im Dunkeln, oder was?". Ganz knapp schilderte sie, was passiert war, und dass Nicoló und sie sich nicht aus dem Versteck trauen würden, bevor die Carabinieri nicht am Mithräum seien. Ganz verstand Nonna Ellia nicht, was da passiert war, aber sehr wohl, dass ihre Enkel aus dem Wald geholt werden mussten. Es dauerte noch weitere zwei unendliche Stunden, bevor die Kinder Lichtkegel starker Taschenlampen im Wald kommen sahen. „Lieber Gott, lass das die Carabinieri sein, und nicht noch mehr gefährliche Männer!", flüsterte Sarah, das Herz schlug beiden bis zum Hals.

Die Carabinieri kamen zu dreißig Mann mit fünf Hunden „Ich glaube, die haben doch Angst alleine im Dunkeln, du hast schon Recht!", sagte Nicoló auf Deutsch zu Sarah, damit die Männer sie nicht verstünden, als sie im Auto saßen. Die Carabinieri hatten sich alles schildern lassen, das Päckchen begutachtet, das Sarah hatte, und das Versteck im Mithräum. Sie hatten vier Mann da gelassen, zwei unter dem Felsvorsprung, wo Sarah und Nicoló gelegen hatten, zwei zwängten sich durch eine Felsritze, die die beiden gar nicht gesehen hatten. Zehn weitere Männer wurden entlang der Straße postiert, an den Stellen, wo der Abstieg in den Wald möglich war. Auf dem Revier bestätigte der Kriminalpolizist, der inzwischen aus Rom eingetroffen war, Nicolós Vermutung, dass es sich bei dem weißen Pulver um Rauschgift handelte. „Crack", sagte er, … „ein Millionenfund! Danke euch, ihr wart sehr tapfer und überlegt!". „Au Mann, ich hätte das Zeug fast gekostet!", sagte Sarah. „Man muss ja auch nicht alles gleich in den Mund stecken, du Baby", neckte Nicoló sie. Noch in der gleichen Nacht konnte die Polizei die fünf Männer festnehmen und noch vier weitere Gruppen, da die Männer offenbar nicht dicht hielten im Verhör. Auf Lorenzos Wunsch blieben die Namen der Kinder in der Zeitung unerwähnt, er fürchtete um ihre Sicherheit.

„Eins sage ich euch", sagte Asia, „Ihr geht *nie* wieder allein in den Wald, hört Ihr?". „Dafür können doch die Kinder nichts!", entgegnet Nonna Ellia anstelle der Kinder. „Ich finde, die haben sich besser verhalten, als man das von manchem Erwachsenen erwarten kann". „Darf ich Leonie anrufen?", fragte Sarah. „Klar", entgegnete ihr Vater, „aber nicht um zwei Uhr früh, ich würde mindestens bis acht warten!".

Den Rest der Herbstferien hatten weder Nicoló noch Sarah mehr Lust auf Abenteuer, sie verbrachten die meiste Zeit bei Zia Maria und ließen sich alte Geschichten erzählen. Und am Ende der Ferien hatte Sarah ihrer Großtante doch tatsächlich das Geheimnis entlockt, was es mit dem roten Rauschpilz auf sich hatte. Verglichen mit 'echtem Rauschgift' schien das wirklich harmlos zu sein, abgesehen von der 'Seepilzkrankheit' wie Zia Maria es nannte, am Folgetag.

TAOGS GEHEIMNIS AUF DER SPUR

Zurück in Steinheim tagte Cocasa natürlich bis in die Nacht und die Eltern ließen das nach allem, was passiert war, auch zu. Während Sarah und Nicolo neben ihrem Kriminalabenteuer zu berichten hatten, dass die von Taog benannten Orte scheinbar alle real und noch vorhanden waren, und dass es den kleinen, kaum kastaniengroßen roten, weißgebänderten Rauschpilz tatsächlich gab, konnten Leonie und Alexander über erstaunliche Fortschritte beim Übersetzen und über weitgehende Recherchen betreffend den Mithraskult der alten Römer wie auch das Beltaine Fest der Kelten berichten. Über beide gibt es nicht sehr viel schriftlich. Der Mithraskult war ein Geheimkult, der vermutlich aus dem nahen Osten kam, Beltaine das Fest zu Sommerbeginn der Kelten. Aber, eine ganz aufregende Entdeckung hatte Alexander gemacht. Die 'Zeitenwechsel' spielten ja bei Taogs Berechnungen eine so entscheidende Rolle: Dem Mithraskult zufolge stand im kommenden Jahr ein ebensolcher Zeitenwechsel an. 2012 würde das Zeitalter der Fische enden und das des Wassermanns anbrechen. „Wann ist Beltaine 2012?", fragte Sarah. „Haben wir natürlich ausgerechnet", sagte Leonie, „Am fünften oder sechsten Mai, je nachdem, wie man rechnet!". Sie schauten sich an. Letztes Jahr hatten sie noch geschimpft, dass die Pfingstferien zu Gunsten von Frühsommerferien auf Anfang Mai festgelegt worden waren. Jetzt sah das aus, wie ein Glücksfall. Zehn Tage Frühjahrsferien vom ersten bis zehnten Mai!

Und dann kam noch eine Überraschung: Als Sarah und Nicoló am Samstagnachmittag Nonno Andrea und Nonna Tina besuchten, erfuhren sie, dass während ihrer Herbstferien die Großeltern bereits alles für eine gemeinsame Reise der vier Kinder nach Italien im kommenden Mai beredet und auch organisiert hatten. Leonie, die auch gekommen war, und Sarah fielen sich in die Arme und tanzten durch das ganze Haus.

Die Weihnachtszeit und das Frühjahr vergingen wie im Fluge. Die Kinder lasen die entscheidenden Kapitel in Taogs Buch noch einmal ganz genau und Sarah braute nach Arduins Rezept aus getrockneten roten Rauschpilzen den Sud.

Leonie besorgte Lindenhonig und gegenseitig erzählten sie sich immer wieder, wie es wohl werden würde.

Der Tag der Abreise kam und als Sarah und Nicoló sich von ihren Eltern verabschiedeten, war ihnen schon ein wenig mulmig zumute. In Grottaferrata meinte Nonna Ellia. „Ist irgendwas, Sarah, oder wirst du einfach nur groß?“. „Neee-neee, alles in Ordnung“, hatte Sarah geantwortet. Mit Spannung erwarteten sie alle den Abend des fünften Mai. Ihren Großeltern hatten sie gesagt, dass sie diesen Abend auf dem gespaltenen Quellstein picknicken wollten, zu viert. Zia Maria hatte gesagt: „Macht aber keinen Unsinn!!!“. Ob sie etwas ahnte?

Der Tag kam, eigentlich hatten sie alle noch ein wenig ausruhen, schlafen wollen am Nachmittag, aber sie waren zu aufgeregt gewesen dazu. Sie packten die Körbe mit Proviant und die beiden romantischen Laternen, die Nonna ihnen gegeben hatte, und zogen los. Diesmal wollten sie nicht den Bus nehmen, sie liefen die Straße entlang. Kurz kamen Sarah und Nicoló unangenehme Erinnerungen an die Nacht am Mithräum in den Kopf, dann konzentrierten sie sich wieder ganz auf diese Nacht. Zuunterst im Korb lagen drei kleine Flaschen mit dem Sud, der Honig und eine Abschrift der wichtigsten Details aus Taogs Büchern, einschließlich der Gedichte und das Sudrezept von Arduin.

Sie aßen, aber alle vier hatten keinen rechten Appetit. Dann öffneten sie eines der Fläschchen und gaben einen Löffel Lindenblütenhonig dazu. Der Honig hatte unter den vieren zu einiger Diskussion geführt. Es fing damit an, dass Leonie bezweifelte, dass es sich um Honig handelte, was da besungen wurde, sie glaubte, es ist das, was während der Lindenblüte von den Bäumen kommt und die darunter geparkten Autos so klebrig macht. Keiner der anderen wollte ihr wirklich widersprechen, aber andererseits hätten sie nicht gewusst, wie man das Klebzeug sammeln sollte, und dann auch noch genug zum Zeitpunkt der Frühjahrstagundnachtgleiche! Als sich dann auch noch herausstellte, dass in 2011 zu diesem Zeitpunkt die Linden noch gar nicht blühten, einigten sie sich doch auf Honig, der am Tag der Herbsttagundnachtgleiche *geschleudert* wurde. Sie hatten auch tatsächlich einen Imker gefunden, der sich darauf einließ, einen Wabenrahmen voller Lindenblütenhonig bis zu diesem Tag stehen zu lassen und dann erst, im Beisein von Alexander und Leonie zu schleudern. Er verstand gar nicht was das sollte, hatte aber große Freude an der Begeisterung der Jugendlichen und verabschiedete sie mit den Worten: „Na, dann geht mal

Frösche und Fröschinnen damit entzaubern“. Damit hatten sie beschlossen, dass sie der Zeile 'Lindentau an gleichen Tagen' gerecht würden.

Dann steckten Sarah und Nicoló je einen Teil der Abschriften unter ihre Kleidung, zwei Fläschchen des Suds versteckten sie unter zwei verschiedenen Felsen in der Nähe der Quelle. Sie hatten erst geplant, sie im Mithräum zu verstecken, nach den Erlebnissen in den Herbstferien davon jedoch wieder Abstand genommen. Auch meinte Alexander, dass man ja nie wisse, wo es hingehe, falls es klappt, hinterher kommen sie in der Römerzeit an und das Mithräum ist noch eine aktiv benutzte Kirche! Sie gaben ihm recht.

Alexander und Leonie hatten beide ganz herzlich gedrückt. „Pass auf dich auf“, hatte Alexander beiden ins Ohr geflüstert, Leonie: „Komm heil wieder“. Jetzt saßen sie im Schneidersitz auf dem Stein, einer rechts der Spalte, einer links und schauten in das dunkelblaue Wasser, in dem der Sternenhimmel sich spiegelte. Der Mond ging eben auf, voll, rund und dunkelorange. „Da ist noch `was“, sagte Nicoló zaghaft. „Ja?“, antwortete Sarah mit nicht weniger zitternder Stimme. „Das hier“, und Nicoló reichte in der geschlossenen Faust etwas zu Sarah hinüber, „Das wollte ich dir noch geben“. Sarah öffnete ihre Hand, darin lag ein unebener flacher honiggelber Bernsteinanhänger an einem schwarzen dünnen Lederband. Er war etwa so groß, wie der Handteller eines neugeborenen Kindes und auf seiner Oberfläche waren spiralige Muster gerade eben zu erkennen. „Es ist ein Familienerbstück“, sagte Nicoló, „zugegeben, es sind keine antiken Papyri, aber ich dachte, Taog hatte Niamh doch auch …“. Sarah beugte sich nach vorne, drückte Nicoló schweigend einen Kuss auf die Wange und streifte das Band über ihren Kopf. „Danke“, hauchte sie, dann schaute sie wieder nach vorne, das Experiment konnte beginnen, der Mond war eben in ganzer Schönheit über dem Horizont erschienen.

„Also dann“, sagte sie und setzte die Flasche roten Pilzsuds an den Mund, nahm einen reichlichen Schluck und reichte die Flasche an Nicoló. „Also dann …“, sagte auch er und trank. Leise murmelten sie die beiden Gedichte, die sie auswendig gelernt hatten in einem leisen Singsang, das hatten sie geübt. Es klang hübsch, hatten Alex und Leo gesagt, schoss es Sarah durch den Kopf. Alex und Leo. Sie standen da hinten irgendwo und passten auf, dass nichts passierte, vor allem, dass sie im Rausch nicht in die Quelle plumpsten. Sie sangen auf Deutsch, da sie Angst hatten, auf lateinisch stecken zu bleiben. Kurz darauf wurde ihnen eigenartig zu mute. Instinktiv fassten sie sich über den Spalt hinweg an den Händen, sie starrten auf das Wasser unter ihnen. Fing es an zu leuchten, oder tat sich ein leuchtender Krater auf? Oder war es einfach nur das Mondlicht, das sich spiegelte? „Mir wird schlecht!“, Sagte Sarah und griff Nicolós Hand fester „Mir auch ...“. Und dann war irgendwie auch schon alles wieder wie vorher.

Kapitel 6: Eine andere Welt

Der große Sprung

Alles in Ordnung?", fragte Nicoló. Sie saßen immer noch auf dem Felsen und wussten nicht genau, wie lange der Spuk gedauert hatte. Fünf Minuten, eine Viertelstunde? „Jaja, alles o.k.", erwiderte Sarah. „Ich dachte kurz, mir wird schlecht, aber dann war es schon wieder weg. Mehr habe ich von dem komischen Sud nicht gemerkt. Du?". „Neee, auch nicht".

Dann lachten sie beide. „Naja, wir können ja morgen die zweite Flasche köpfen, ich meine, es ist ja auch verrückt, anzunehmen, dass man mit so `nem Pilz-Honig-Sud, `nem Gedicht aus antiken Manuskripten, an einem keltischen Feiertag und altrömischen Zeitwechsel eine Zeitreise machen kann. Immerhin leben wir ja im Zeitalter der Aufklärung! Aber lustig ist es schon!". „Total lustig", kicherte Sarah. „Na, doch ein wenig beschwipst?", fragte Nicoló. „I wo … sag` ´mal, wo sind denn Alex und Leonie? Wollten die nicht aufpassen?". Sie schauten sich um, sie riefen, es antwortete keiner. „Hm", sagte Nicoló, vielleicht war uns ja doch schlechter, als wir erinnern und die wollten Hilfe holen. Wir gehen am besten mal zur Straße vor. Sarah zögerte kurz, dann sagte sie: „Die andern beiden Flaschen und der Honig können ja eigentlich unter den Steinen bleiben, vielleicht kommen wir ja heute Abend wieder!". „Hab ´ich auch gedacht", sagte Nicoló

Sie gingen den vertrauten Weg zur Straße, wobei ihnen im Dunkeln die Bäume höher und mächtiger vorkamen, als in der Dämmerung, als sie gekommen waren. Sie staunten nicht schlecht, als sie anstelle der vertrauten Straße nur zwei silbrig graue Streifen, wie Schienen, vorfanden. „Wir müssen uns verlaufen haben", sagte Nicoló. „Aber das ist doch unmöglich!" entgegnete Sarah, „hier gibt es doch nur einen Weg!!! Und außerdem fährt hier oben nirgends eine Eisenbahn, die Schienen wären auch viel zu weit auseinander!". Jetzt wurde es ihnen unheimlich. Noch während sie fieberhaft überlegten, was passiert sein könnte, schwebte fast lautlos etwas auf sie zu, was wie eine silberfarbene, beleuchtete Riesenkaffebohne aussah. Sie hielt genau vor Sarah und Nicoló und ebenso lautlos, wie das Objekt sich angenähert hatte, glitt eine Tür auf, wie als wolle man sie auffordern, einzusteigen. Drinnen sah man zwei weich gepolsterte Bänke, aber keine Menschenseele, vor allem auch keinen Fahrer. Eine unverständliche Computerstimme schnarrte etwas, in der Ferne schrie ein Käuzchen und Sarah war dankbar für diesen vertrauten Laut.

„Vielleicht hat es ja doch funktioniert, der Zeitsprung meine ich“, sagte Nicoló. „Also ich glaube, wir hängen tief in einem Drogenrausch und sonst nichts“, entgegnete Sarah, „und da wir nur träumen, können wir auch ruhig einsteigen, was meinst du?“. Sie betraten die Kapsel, die erstaunlich wenig schwankte. Die Tür Schloss sich lautlos, sonst passierte aber nichts. Nach ein paar Sekunden meldete sich die Computerstimme wieder, Sarah und Nicolo verstanden kein Wort. „Zu Nonna Ellia bitte“, sagte sie schließlich und lehnte sich entspannt zurück. Nicoló schaute sie ungläubig an, die Kapsel aber setzte sich in Bewegung.

Nach allem, was Sarah und Nicoló erkennen konnten, glitten sie relativ rasch bergab. Sie merkten es an ihren Ohren. Draußen war es finster, aber sie waren auch nicht sicher, ob dieses Ding überhaupt durchsichtige Fenster hatte und sie etwa gesehen hätten, wäre es Tag. Nach nur wenigen Minuten kam die Kapsel wieder zum Stillstand und die Tür öffnete sich. Wieder ertönte elektronischer Kauderwelsch. „Heißt bestimmt ‚Hier Endstation, bitte alle aussteigen‘“, sagte Sarah und erhob sich. Nicoló kam notgedrungen mit. Sie waren noch nicht ganz draußen, da wurden sie auch schon von einer Horde Menschen umringt und angegafft. Das heißt, die sahen aus, wie ganz normale Menschen, aber statt Kleidung schienen die nur so etwas wie eine etwas dickere Farbschicht zu tragen, alle! „Wir müssen mitten in einem Bodypaintfestival gelandet sein“, meinte Nicoló. Sarah sagte gar nichts.

Wild gestikulierend redeten die Menschen auf Sarah und Nicoló ein. Immer mal meinte Sarah, ein Wort verstanden zu haben, dann wieder beschloss sie, dass sie das, was da geredet wurde gar nicht verstehen konnte. Eine sehr freundlich aussehende Frau in Begleitung zweier junger Mädchen löste sich aus der Menge. Auch sie sprach die beiden an, immer wieder wiederholte sie etwas, was wie eine Frage klang. Dann zeigte sie auf die Ohren, hilflos lächelte Sarah zurück und versuchte mit Gesten klar zu machen, dass sie nicht verstand. Langsam begriff die Frau, aber auch die Umstehenden, dass die beiden nicht ein Wort verstanden. „Wenn es nur die Sprache wäre“, sagte Sarah zu Nicolo. In diesem Moment verstummten alle und starrten sie an. „Aha“, dachte Sarah, „natürlich, ich muss denen zeigen, dass wir anders sprechen, dann wissen die auch, wo das Problem liegt!“. Laut sagte sie, „Liebe Leute, wir haben keine Ahnung, wo wir sind, wir haben keine Ahnung, ob wir hier wieder weg kommen, haben keine

Ahnung wie man sich hier benehmen muss und hoffen nur sehr, dass Ihr alles liebe Menschen und keine Menschenfresser seid!". Sie lächelte in die Runde, winkte und schickte Handküsschen. Da fingen die ersten, die ihr gebannt gelauscht hatten an, ihr Handküsschen zurück zu schicken und zu lachen. Es war ein freundliches Lachen, kein Auslachen. Nicoló sagte nur „Was *machst* du da?!". „Ich zeige Ihnen, dass wir eine andere Sprache sprechen und weder stumm, noch taub, noch blöd sind!", erwiderte sie.

Als sie die Quelle verlassen hatten, war es tiefe Nacht gewesen, jetzt ging die Sonne auf, strahlend und hell. „Wenigstens der Himmel sieht aus, wie früher!", seufzte Sarah. Dann schaute sie sich um. Wo kamen die ganzen Menschen her? Sie standen zwischen grünen Hügeln, wären da nicht die ‚Schienen' gewesen, über denen die Kapseln schwebten, hätte man hier keine Besiedlung erwartet. Alles wirkte unberührt. Die freundliche Frau mit, vermutlich, ihren beiden Töchtern, machte Ihnen schließlich Zeichen, ihnen zu folgen. Sarah und Nicola gingen mit. Sie staunten nicht schlecht, als sich plötzlich eine Grassode hob und einen Eingang frei gab. Sie gingen hinein und setzten sich in eine ähnliche Transportschale, wie auf dem Weg nach unten, nur dass diese oben offen war. Schon wenige Sekunden später stiegen sie wieder aus und betraten durch eine sich selbständig öffnende Tür eine große Wohnung. Alles schien hier automatisch zu funktionieren. Ihre Gastgeber bedeuteten ihnen, dass sie sich setzen sollten, dann sprachen sie mit der Wand, es öffnete sich eine Luke und heraus kamen zwei Pappteller oder so etwas Ähnliches mit kleinen gelben und weißen, etwas gallertig aussehenden Würfeln. Diese reichten sie freundlich lächelnd Sarah und Nicoló. Als diese sich hilflos anblickten, machte eins der Mädchen kichernd eine Handbewegung, als führe sie etwas zum Mund. „Das Zeug scheint zum Essen zu sein", meinte Nicoló und gleichzeitig bemerkte er, wie hungrig er war. Gestern hatte er vor lauter Aufregung kaum etwas essen können, jetzt war schon der neue Tag angebrochen. Vorsichtig kosteten beide die Würfel. „Der gelbe schmeckt wie Cornflakes, der weiße wie Milch", stellten sie erstaunt fest. Ungläubig kauten beide auf dem Glibber herum. Die Gastgeber redeten etwas, dann gingen sie erneut zur Wand, eine Luke öffnete sich und heraus kamen zwei Gläser mit klarem, kaltem Wasser. Gierig tranken Sarah und Nicoló. War es doch das einzige vertraute, was ihnen hier drin begegnet war. Anschließend fielen sie gleich dort auf dem Sofa in einen tiefen Schlaf, der mindestens zwanzig Stunden gedauert haben muss. Als sie aufwachten, standen die Frau und die Mädchen schon vor ihnen, sie tuschelten. Als sie sahen, dass Sarah und Nicoló wach waren, holten sie erneut etwas zu Essen und zu Trinken.

Als sie fertig waren, bedeutete die Mutter ihnen, dass sie nun aufbrechen müssten. Zu viert verließen sie wieder die Wohnung, fuhren mit der Schale zum Eingang, draußen nahmen sie wie selbstverständlich eine Transportbohne, wie Sarah und Nicoló die Gefährte getauft hatten, um schon kurz darauf wieder auszusteigen. Jetzt merkten sie, dass die ‚Bohnen' Fenster hatten, denn sie konnten herausschauen und fuhren durch eine herrliche grüne Hügellandschaft, von der sie jetzt wusste, dass die meisten von ihnen vermutlich edle Wohnblocks waren. Und sie stellten fest, wie schnell diese Dinger vorwärts kamen. „Weißt du was", sagte Sarah zu Nicoló, alle schauten sie an, „mir fällt auf, dass hier alles unglaublich leise ist!". „Stimmt", sagte Nicoló, „die Türen öffnen geräuschlos, diese Transportbohnen hört man nicht, ich habe noch kein Flugzeug gehört … und als wir auf der ‚Straße' waren, haben die Vögel gezwitschert, wie im Wald!". „Ja!", bestätigte Sarah, und irgendwie ist kaum jemand draußen. Ich sehe ab und zu Transportbohnen, aber dass mal einer draußen ´rumläuft scheint die Ausnahme zu sein, die haben auch keine Bürgersteige oder so …".

Sie hielten nach knapp fünf Minuten und verließen die Kapsel. Durch ein sich ebenfalls automatisch lautlos öffnendes Tor betraten sie einen großen Hof, den Sarah und Nicoló sofort als Schulhof erkannten. Sarah, Nicoló und die beiden Mädchen blieben zurück, während die Mutter zum Haupteingang des Gebäudes ging. Hier auf der freien Fläche vor dem Gebäude tobte das Leben und es war nur unwesentlich leiser, als auf den Schulhöfen, die Sarah und Nicoló kannten. Im Nu waren sie von Kindern umringt, die mit Fingern auf sie zeigten. Die beiden Farbmädchen standen rechts und links von Sarah und Nicoló, als wollten sie sie beschützen. Jetzt bemerkten sie, dass die Kinder des Schulhofs oft gleich angemalt waren. Die ganz kleinen grau mit grün, die, die etwa so alt waren, wie Sarah und Nicoló grau und rot und die Großen grau und lila. Es schien eine Art Schuluniform zu sein. Die Mädchen redeten und redeten, die kleinen Kinder auf dem Schulhof versuchten, Sarah und Nicoló anzufassen. Es wurde bereits ein wenig unangenehm, als sie die Mutter der Mädchen zurückkommen sahen. Sofort stoben die Kinder auseinander und ließen Sarah und Nicoló frei. Die Mutter kam nicht alleine wieder, sie war in Begleitung eines beleibten, ernsten Herrn mit graumelierten Locken und einer beachtlichen Hakennase mitten im Gesicht. Obgleich er einen sehr respekteinflößenden Eindruck machte, trug er dieselbe alberne Körperbemalung. Da half es auch nicht, dass das Muster seiner Bemalung entfernt an einen Nadelstreifenanzug erinnerte, fand Nicoló.

Man bedeutete ihnen, zu folgen, was Sarah und Nicoló auch taten. Inzwischen wunderten sie sich nicht mehr, dass die Türen lautlos aufglitten, als sie sich näherten und auch nicht, als aufgefordert wurden, vor einem, ja was war das eigentlich, am ehesten einem Roboter Platz zu nehmen. ‚K 271212' stand auf dem Bildschirm seines Bauches, darüber war etwas, was man durchaus als Gesicht interpretieren konnte. Während Nicoló noch ganz fasziniert auf dieses elektronische Kunstwerk schaute, merkte Sarah, wie Mr. Hakennase, wie sie ihn bereits heimlich nannte, wie Mr. Hakennase ihr Zeichen machte, zu sprechen. „Guten Tag, Herr Computer", hob sie an, „können Sie uns bitte mitteilen, wo wir sind, welches Jahr wir schreiben und welche Sprache hier gesprochen wird?". Das ‚Gesicht' des Roboters wirkte einen Moment lang gequält, dann erschien gleichzeitig auf dem Bildschirm, wie auch akustisch als elektronische Stimme „WILLKOMMEN IM ROM DES ZWEIUNDVIERZIGSTEN JAHRHUNDERTS, WIR SPRECHEN AMEROPISCH, EINE SPRACHE, IN DER DIE MEISTEN SPRACHEN EUROPAS UND AMERIKAS AUFGEGANGEN SIND. ES UNTERSCHEIDET SICH FUNDAMENTAL VOM ORIENTOCHINESISCHEN, DER ANDEREN GROßEN WELTSPRACHE. IHR SPRECHT EINE SPRACHE DES ATOMZEITALTERS, DEUTSCH, BITTE SAGT MEHR, DAMIT ICH ES GENAU EINORDNEN KANN, BISHER KANN ICH EUCH NUR AUF ZWEIHUNDERT JAHRE GENAU ZWANZIGSTES/EINUNDZWANZIGSTES JAHRHUNDERT FESTLEGEN". Fragend schaute Hakennase den Roboter an, der kein Ende seiner Ausführungen zu finden schien und den er offenbar nicht verstand.

Sarah und Nicoló aber kamen seiner höflichen Bitte nach und erzählten, wie sie heißen, in welche Klasse sie gehen und was ihre Hobbies sind. „WESTFAHLEN-LIPPE, ATOMZEITALTER ZWISCHEN ZWEITAUSEND UND ZWEITAUSENDZWANZIG", spuckte K271212 aus und fügte dann etwas kurz, knapp und unverständlich an, auf ameropisch, schlossen Sarah und Nicoló messerscharf. Dies Spiel fanden Sarah und Nicoló lustig, sie hätten sich gern noch weiter mit dem Roboter beschäftigt, man bedeute ihnen aber, sie sollten mitkommen. Sie betraten einen Raum, dessen Ausstattung an die Sicherheitskontrollen im Flughafen erinnerte. Mehrfach mussten sie die Metallbögen passieren, die Bildschirme dahinter aber blieben blank. Sichtlich unzufrieden mit diesem Ergebnis brachte der Direktor die Kinder wieder zu K271212 und verabschiedete die Mutter, dann ließ er die Kinder mit dem Roboter alleine.

„Hallo", hob K271212 wieder an, „Da der Direktor sich schwer tut, eure Klassenstufe zu ermitteln und zudem, aber das tut hier weniger zur Sache, meine Einstufung Eurer Personen anzweifelt , bin ich zunächst euer persönlicher Unterrichtscomputer. Das machen wir mit den Neuankömmlingen aus

Orientochina auch immer so. Also: Ich heiße K271212, wie heißt Ihr?". „Sahra Maria", antwortete Sahra, „Nicoló Tancredi", antwortete Nicoló. „Schöne Namen", erwiderte K271212, und es klang fast ein bisschen neidisch. „Also fangen wir am besten gleich mit dem Sprachunterricht an", fuhr er fort. Die Zeit verging wie im Fluge. Und schon nach wenigen Stunden beherrschten Sarah und Nicoló die ersten Sätze auf Ameropisch. In der Tat erkannten sie zunehmend Englische, Deutsche und Italienische Wortbestandteile. Nur die eher gurrende Aussprache der Worte wollte ihnen nicht gleich gelingen. Ob die Grammatik wirklich so einfach war, oder K271212 nur ganz einfach anfing, vermochten die beiden nicht zu sagen.

Als die freundliche junge Frau, die sie hergebracht hatte, wieder erschien, konnten sie bereits: „Guten Tag", „Ich habe Hunger", „Ich habe Durst", „Ich bin müde", „Danke", „Wo ist die Toilette", „Wie heißen Sie?" „Ich heiße … ", „Ich spreche kaum Ameropisch, ich spreche Deutsch und Italienisch" und „K271212 ist ein netter Kerl!" sagen. K271212 war sehr zufrieden mit ihnen und sie selbst waren es auch, umso mehr, als die junge Frau strahlte, als sie sie mit: „Guten Tag" begrüßten und die Mädchen auf der Heimfahrt in der Transportbohne in wahre Jubelschreie ausbrachen, als sie fragten „Wie heißen Sie? Ich heiße Sarah/Nicoló". Die Mutter hieß „M`Drago", die Mädchen, wenn sie es richtig verstanden hatten, ‚Tschuul' und ‚Kriesch'. „Klingt ja wie ‚*kreisch*'", meinte Nicoló zu Sarah. Die Mädchen bemühten sich redlich ‚Nicoló', zu sagen, ‚Sarah' fiel ihnen etwas leichter.

Alles ist anders, nicht besser, nicht schlechter

Da waren sie also wieder, in der Wohnung. Die Wand gab erneut Essen her diesmal bräunliche Glibberwürfel mit Hühnchengeschmack, gelbliche, die mit viel Fantasie nach Pommes Frites schmeckten und grüne mit unverwechselbarem Broccoliaroma. Dazu wieder klares, kaltes Wasser. Erstaunt stellten Sarah und Nicoló fest, wie gut diese Würfel sättigten. Auch nach dem Frühstück hatten sie keinerlei Hunger gehabt. Die Mutter wies den beiden ‚Zugereisten' ganz offensichtlich das Gästezimmer an. Ein relativ kleiner Raum mit – sie ahnten es schon – einem Computer und einem kleinen, an ein Bullauge erinnerndes Fenster nach draußen. „Sag´ mal, kannst du hier so etwas wie ein Bett sehen?", fragte Nicoló, der gerade sehr müde wurde. „Ne", sagte Sarah, „aber ich kann mir bei dem ganzen Hightechkram auch nicht vorstellen, dass die, wie sie sind, nur bemalt, auf den kalten Fliesen schlafen!".

In diesem Moment flackerte der Bildschirm des Computers. Es erschien: „HI KIDS, ZEIT DIE HAUSAUFGABEN ZU MACHEN“. „Nicoló!!! Der spricht auch unsere Sprache!“, rief Sarah erstaunt aus. „HIER SPRICHT K271212 … EUER PERSÖNLICHER LEHRCOMPUTER“, tönte es wieder aus den Lautsprechern. „Wie …ich denke, du stehst in der Schule … ich kann mich nicht erinnern, dich mitgenommen zu haben?!“, sagte nun Nicoló. „TELETEACHING“, tönte es aus den Lautsprechern, „DAS GAB ES SOGAR SCHON IM JAHR 2010! ALSO, WIE SIEHT ES AUS?“. In Windeseile wiederholten sie, was sie gerade gelernt hatten. Gerade, als Sarah und Nicoló K271212 ein paar Fragen stellen wollten, verabschiedete sich dieser höflich und der Bildschirm wurde schwarz. Und kurz darauf klopfte es an die Tür.

Die Mutter sagte etwas und machte dann Zeichen, die eigentlich nur bedeuten konnten: „Wir gehen“. In der Tat bestiegen sie wieder eine Transportkapsel, die Mädchen blieben zuhause, sie beschäftigten sich mit unverständlichen Computerspielen. Diesmal waren sie länger unterwegs. „Guck mal da!“, rief Nicoló unvermittelt. Sarah schaute aus dem Fenster. Sie glitten an einer riesigen Glaskuppel vorbei. Auch wenn diese stark spiegelte, konnte man erkennen, dass sich in ihrem Inneren das Kolosseum befand! Das ganze Kolosseum unter Glas, unglaublich. Sie würden K271212 Morgen danach fragen.

Sie stiegen aus und betraten einen prachtvollen Gebäudekomplex. „Sieht aus wie die Universität Oxford!“, sagte Sarah, die einmal Bilder von verschiedenen Colleges dort gesehen hatte. Und in der Tat befanden sie sich ganz offensichtlich in einer Universität. Wieder platzierte man die beiden vor Robotern, die jedoch nicht annähernd so höflich aussahen, wie K271212. Wieder wurden Sarah und Nicoló aufgefordert, zu sprechen, wieder lautete die ‚Diagnose‘ bei Nicoló „ATOMZEITALTER 1980-2220, DEUTSCH, MUNDART WESTFAHLEN-LIPPE“, bei Sarah hingegen „ATOMZEITALTER UM 2000, ITALIENISCH, FRAGLICH ZUORDENBAR BEI EIGENARTIGEM AKZENT“. Sie hatten sich abgesprochen. Sie waren keine Versuchskaninchen, sollten die doch ruhig rätseln. Jetzt war wieder Nicoló an der Reihe „ENGLISCH, PIGEON-ENGLISH, VERMUTLICH INDISCHE KOLONIE UM 1870“. Jetzt konnten die Kinder nicht mehr an sich halte und lachten schallend. Die Leute um sie herum, die sie für Professoren hielten, schauten entnervt und bemühten den nächsten Computer und den nächsten, immer kam das Gleiche heraus. „Atomzeitalter“, sagte Nicoló leicht angeekelt, „meinst du wirklich, so werden sie unsere Zeit irgendwann nennen? Klingt ja nicht schön!“. Sarah schaute ebenso angewidert.

Dann war wieder das Spiel mit den Scannern dran. „Flughafenspielen", stellten beide unisono[120] fest. Aber dieses Mal konnten die Computer etwas sagen. Es ging offenbar um die Kleidung. „BAUMWOLLE", „WOLLE", „LEINEN" „GUMMI", bei den Schuhen. Und dann wieder die zeitliche Einordnung: „FRÜHES 21. JAHRHUNDERT". Ungläubig und unzufrieden schauten die Professoren die Kinder an und sprachen sie in eher unwirschem Ton an, vermutlich eine Frage, Sarah und Nicoló verstanden kein Wort. „Wie heißen Sie? Ich heiße Sarah!", gab Sarah lächelnd zurück. Die Professoren gaben auf, aber nicht, ohne versucht zu haben, die Kleidung zu bekommen. Hier stellte sich allerdings M`Drago vor sie. Sarah und Nicoló fürchteten nicht nur vorrübergehend, nackt nach Hause fahren zu müssen, am meisten fürchteten sie, dass ihnen die Aufzeichnungen, die sie unter die Kleidung gezogen hatten, abhandenkommen könnte.

Zuhause gab es Abendbrot, natürlich wieder Glibberwürfel, diesmal kleinere, nach Salat und Brot schmeckende, dann durfte man zu Bett gehen. Bett … ein Stichwort … aber wo war denn eines? Höflich zurückhaltend meldete sich K271212 noch einmal: "GUTEN ABEND, FALLS ICH BEHILFLICH SEIN SOLL BEI DER ABENDLICHEN ROUTINE, LASST ES MICH WISSEN!", tönte es aus den Lautsprechern. „Ach K271212, Gut, dass du da bist!", seufzte Sarah. „Wo ist denn hier ein Bett?". „IMMER DER REIHE NACH! ERST DUSCHEN UND ZÄHNEPUTZEN, DANN KOMMT DAS BETT!", antwortete K271212 ruhig. „Und wo kann ich Duschen und Zähne putzen?". „DER KLAPPSTUHL NEBEN DER TÜR!". Wie in einer Eingebung, zog Sarah die Abschriften unter ihren Kleidungsstücken heraus, und gab sie Nicoló zu halten, dann erst setzte sie sich auf den weißen Plastikklappstuhl, der sie an einen Behelfssitz in den alten Zügen der Bahn erinnerte, die manchmal noch in Steinheim verkehrten.

Kaum saß sie, zog sich der Stuhl in die Wand zurück und nahm Sarah mit. In einer winzigen Zelle wurde sie mit warmem Wasser abgesprüht und mit rotierenden Schwämmen eingeseift und wieder abgespült. Dieser Vorgang wiederholte sich sicher sieben Mal, bis der Computer konstatierte „FALSCHE FASER! NICHT AUSREICHEND WASSERLÖSLICH!". Klitschnass und bald durchgefroren kam Sarah aus der Dusche. Sie griff zum Hals – der Bernsteinanhänger hatte die Prozedur offenbar gut überstanden. „Zieh dich lieber ganz aus", rief Sarah Nicoló zu, und das machte er auch. Er reichte Sarah

---

[120] Mit einer Stimme, gleichzeitig

die Abschriften und noch etwas. „Was ist *das* denn? dein MP3 Player?“. Nicoló machte ein verlegenes Gesicht. „Von allen Dingen dieser Welt nimmst du deinen MP3 Player mit??? Das glaube ich jetzt nicht! Und wie hast du dir vorgestellt, ihn hier zu laden?“. Nicoló schaute auf seine Fußspitzen und sagte dann nur leise: „Kannst du bitte auf ihn aufpassen, während ich dusche?“.

Zwischenzeitlich waren zwei ‚wolkenwurst‘-artige Gebilde von der Decke herabgeschwebt. „GEH RUHIG SCHON INS BETT“, sagte K271212. „In das Ding da, ist das das Bett?“, fragte Sarah, die sich eine ‚Wolkenwurst‘ herangezogen und hinein geschaut hatte. „Da ist ja gar keine Decke drin!“. “DAS IST EINE SCHLAFKAPSEL, AUCH BETT GENANNT, SIE MISST DEINE KÖRPERTEMPERATUR UND REGELT SO DIE ERFORDERLICHE WÄRME, DU BRAUCHST KEINE DECKE“. In diesem Moment kam Nicoló aus der Dusche. „In so´n Ding soll ich? Ich schlafe doch nicht in einem Heliumballon!!!“, stellte er fest. „Na dann eine gute Nacht auf dem Fußboden!“, wünschte Sarah, die schon in ihre Schlafkapsel gerochen war. Im Handumdrehen war sie eingeschlafen, als sie mitten in der Nacht einmal aufwachte, sah sie, dass Nicoló doch auch noch in seine ‚Wolkenwurst‘ geklettert war und ebenfalls tief und fest schlief.

Es wurde hell draußen und Sarah war ohne Wecker aufgewacht. Nicoló schlief noch tief und fest. Sarah schälte sich aus ihrer Schlafkapsel, in der sie wunderbar geschlafen hatte, wie sie erstaunt feststellte und war zunächst einmal verwundert, dass sich der Traum des Vortags fortzusetzen schien. Sie inspizierte das Zimmer genauer. Dafür war sie gestern zu müde gewesen. Kurz darauf wachte auch K271212 auf und wünschte ihr einen guten Morgen. Nachdem sie alle Ecken des winzigen Raums begutachtet hatte, fragte sie „K271212, gibt es hier eigentlich gar keine Schränke oder Schubladen oder so … oder einen Schreibtisch?“. Der Computer meldete: „ICH SCHAUE NACH“, … und nach drei Minuten „K271212 SUCHT NOCH“. Nach einer halben Ewigkeit meldete sich K271212: „GEFUNDEN – SCHRANK, SCHUBLADE, KOMMODE, SCHREIBTISCH … ALTE AUFBEWAHRUNGSFORM FÜR ALLTAGSGEGENSTÄNDE, DIE ES SEIT MEHR ALS FÜNFHUNDERT JAHREN NICHT MEHR GIBT, VOR ALLEM KLEIDUNG UND PAPIERE. EINZELNE EXEMPLARE KÖNNEN IN MUSEEN, Z.B. IM MUSEUM FÜR AMEROPISCHE KULTURGESCHICHTE IN ROM BESICHTIGT WERDEN“. Sarah schaute ungläubig. „Und wo haben die Leute heute ihre Papiere, ihr Schlüssel, ihre Klamotten, ihre Spielsachen?“, fragte sie. Wieder dauerte es eine ganze Weile, bis sie eine Antwort bekam. „WIR LEBEN IN EINEM PAPIERLOSEN ZEITALTER. FRÜHER MUSSTEN KINDER IHRE ZIMMER AUFRÄUMEN, HEUTE DIE FESTPLATTE. SCHLÜSSEL UND IDENTIFIZIERUNG WERDEN FÄLSCHUNGSSICHER

UND UNSICHTBAR UNTER DIE HAUT DES UNTERARMS EINGEPFLANZT, BÜCHER UND NOTIZEN SIND AUSSCHLIEßLICH ELEKTRONISCH, DIE KLEIDUNG WIRD NUR EINMAL GETRAGEN UND JEDEN ABEND RECYCELT, WENN NÖTIG NOCH ÖFTER". Sarah staunte. „K271212, ich habe da ein Problem!". „JA SARAH?", „Ich habe ganz wichtige Dokumente dabei, die dürfen auf keinen Fall verloren gehen!". „VERSTEHE!", erwiderte K271212, „ZWISCHEN DER NASSZELLE UND MIR BEFINDET SICH EIN SCHMALER SPALT, DAS IST BAUARTBEDINGT BEI DIESEM GEBÄUDE, FALLS DU DEINE DOKUMENTE DA HINEIN BEKOMMST, SIND SIE SICHER. VORSICHTSHALBER MÖCHTE ICH DIR ABER AUCH ANBIETEN, DASS DU SIE BEI MIR EINMAL EINLIEST, ICH SPEICHERE SIE DOKUMENTENECHT AB UND WENN DU MÖCHTEST, SCHAUE ICH AUCH NICHT HINEIN!". Sarah schaute den Computer ungläubig an. Auch diese Maschine, die ja von Menschen programmiert worden sein muss, war ihr ein wenig unheimlich. Aber sie befolgte K271212s Rat, ließ die Dokumente einmal durch den integrierten Scanner laufen und verstaute sie dann in der angegebenen Ritze, wo sie gut Platz fanden.

„MÖCHTEST DU DICH NICHT FÜR DIE SCHULE FERTIG MACHEN?", fragte K271212 jetzt. „NICOLÓ MUSS JA NACH DIR AUCH NOCH INS BAD!". Sarah nickte. In genau diesem Moment beantwortete sich ihre Frage, wie das denn mit dem Wecker sei. Es ertönte leises elektronisches Glockengeläut, das langsam anschwoll, dann ein Gong, und als Nicoló immer noch nicht richtig wach werden wollte, kippte die Wolkenwurst ihn einfach auf den Boden. Sarah musste lachen und war sich nicht so sicher, ob K271212 nicht auch mitgluckste. Nicoló rappelte sich auf und schimpfte: „Was soll das denn???". „ZEIT ZUM AUFSTEHEN", schnarrte K271212. Sarah setzte sich wieder auf den Plastikklappstuhl und fuhr, wie am Vorabend, lautlos und automatisch ins Bad.

Diesmal hatte sie ihre, immer noch feuchten, Kleider im Zimmer gelassen. Wieder wurde sie vollautomatisch abgeseift, auch ihre Haare wurden diesmal gewaschen und gleich darauf geföhnt. Jetzt erschien anstelle des Spiegels ein Bildschirm mit der Aufforderung: „BITTE WÄHLEN SIE IHR HEUTIGES OUTFIT!", sogar auf deutsch! Sarah wartete. Es folgte ein Auswahlmenu mit unendlich vielen Farben. „Wenn schon, denn schon", dachte Sarah und wählte ein kräftiges Orange, Weiß, Türkis, Dunkelrot und Lila. Es erschien das nächste Menü: „ORIENTALISCH", „GRAPHISCH", „KARIERT", "GESTREIFT", und eine Freitextoption. Sarah gab ein: „Hippiestyle", und wartete, was passierte. Es dauerte eine Weile, dann kam die Rückmeldung auf dem Bildschirm: „DAME WOHL SEHR GEBILDET, HIPPIES = FRIEDFERTIGE GESELLSCHAFTLICHE AUßENSEITER AUS DER MITTE DES 20. JAHRHUNDERTS, UNMITTELBAR VOR

BEGINN DES ATOMZEITALTERS V.A. IN NORDWESTAMERIKA, DAMALS TEIL DER VEREINIGTEN STAATEN AMERIKAS. BEREITS UM 2000 AUSGESTORBEN. SO GEWÜNSCHT?". Sarah drückte auf „O.K.", und erhielt die Anweisung: „JETZT STILLHALTEN". Sie sah im Spiegel, wie sie mit mehreren Schichten eines farbigen, weichen Schaums bedeckt und anschließend trocken geföhnt wurde. Den Bernsteinanhänger hatte sie bewusst mit einschäumen lassen. „Du siehst aus, wie ein bunter Teppich", hatte Nicoló gelacht, als sie aus dem Bad kam. Sarah ignorierte das und sagte nur, „Sieh ´zu, dass du fertig wirst". Nicoló erhielt die gleichen Informationen, er aber wählte grau und rot, wie die Kinder auf dem Schulhof und dann die Option: „SCHULUNIFORM GESAMTRÖMISCHE GELEHRTENSCHULE", wie die Schule offenbar hieß, in der sie gestern gewesen waren. Als der Badcomputer fertig war, blickte Nicolo an sich herunter. Ungeachtet der Farbe fühlte er sich ziemlich nackt. „OUTFIT AKZEPTIERT?", fragte der Computer. „Also hier so", Nicoló zeigte auf den Bereich, der normalerweise vom Unterhöschen verdeckt wurde, „Also hier herum, da hätte ich gern noch etwas mehr … mehr Volumen!". „WIRD GEMACHT", meldete der Computer zurück. Noch zwei Mal ließ Nicoló den Computer dort nachlegen, bis dieser die Meldung brachte: „WARNUNG: JEDE WEITERE SCHICHT WÜRDE DAS SITZEN ERSCHWEREN". Als Nicoló das Bad verließ starrte Sarah ihn ungläubig an. „Wie siehst *du* denn aus?!", fragte sie. „Guck dich doch an!", meinte Nicoló pikiert. „Ne, ich meine … du hast ja … ‚Pluderhosen' an", sagte Sarah, … „Naja, also, das war da so dünn …", erwiderte Nicoló zögerlich. „Das ist so, in deinem Alter, das wird noch dicker …", meinte Sarah daraufhin schwesterlich-überlegen. „*Das* meine ich doch gar nicht …", sagte Nicoló und wurde puterrot, „… ich …", er sprach nicht weiter. „*So* sieht es auf jeden Fall aus, als trägst du Pampers!", stellte Sarah abschließend fest. „Egal!", beschloss Nicoló und es klopfte bereits wieder an der Tür.

Nach dem Frühstück fuhren sie wieder zur Schule und K271212, ihren persönlichen Lehrcomputer begrüßten sie bereits wie beste Freunde. Bevor sie mit dem Unterricht begannen, hatte Sarah eine ganze Reihe Fragen an K271212. Wenn alles über Computer ging, wie funktionierte das mit dem Einkaufszettel und so? „DU MUSST DAS HIER MITNEHMEN! DAS TABLO", antwortete K271212 und schob Sarah und Nicoló ein kleines, an das IPhone [121] ihres Onkels erinnerndes Gerät hin. „DAMIT BIST DU IMMER MIT MIR IN VERBINDUNG. WAS AUF MIR GESPEICHERT IST, IST DANN FÜR DICH VERFÜGBAR. DU MUSST NUR

[121] Sehr modernes Mobiltelefon 2009/2010

DARAN DENKEN, ES WENN DU ZUHAUSE BIST, IN MEINEN HALTER ZU STECKEN, DAMIT ES SICH WIEDER AUFLÄDT. DEINE ANDEREN FRAGEN BEANTWORTE ICH DIR HEUTE NACHMITTAG, JETZT IST ARBEITEN ANGESAGT". Sarah und Nicoló gaben sich alle Mühe und K271212 war wieder sehr zufrieden.

Dennoch drückte Sarah zunehmend ein Problem und als sie wieder zuhause waren, duldete dieses Problem keinen Aufschub mehr. „K271212, wie geht man mit diesen Schaumklamotten auf die Toilette??? Ich kann hier keine Hose ´runterziehen!!!". Jetzt lachte K271212 wirklich, da war Sarah sich sicher. „DU GEHST EINFACH AUF DIE TOILETTE, ALLES ANDERE MACHT DER COMPUTER!". Sarah war skeptisch, aber sie hatte keine andere Wahl. Angespannt setzte sie sich wieder auf den Badezimmerhocker, der eingezogen wurde und staunte nicht schlecht, als sie am Bildschirm vor sich las: „BLASENKAPAZITÄT UM 10% ÜBERSCHRITTEN, DARMENTLEERUNG FÄLLIG". Gleichzeitig hoben vier Greifarme sie an unter den Armen und an den Oberschenkeln an, sodass sie wie in einem Hängestuhl saß, der Hocker wurde eingeklappt. „Hey", dachte sie, „das ist Privatsphäre, was geht das den Computer an???". Und dann: „Wo bitte wird das jetzt noch alles gespeichert??? Das ist ja das letzte, ein Klo, das sich meine Pipigewohnheiten merkt!!!".

Sie hatte den Gedanken noch nicht ganz zu Ende geführt, da starteten dreißig oder mehr relativ scharfe Warmseifenwasserdüsen und spülten ihre Kleidung einfach weg! Dann wartete der Computer offenbar darauf, dass sie sich erleichterte, was Sarah, nachdem sie sich von dem Schreck erholt hatte, auch tat. Anschließend stand sie auf, um in diesem Raum nach Toilettenpapier zu suchen. Kaum hatte sie sich aus der Halterung gelöst, fauchte der Computer in Schrift und erstmals mit Stimme, sogar recht laut: „SITZENBLEIBEN, DU **FERKEL**", nur um sich, als Sarah sich erschreckt zurückfallen ließ, sofort zu entschuldigen. Er habe Sorgen gehabt, sie könne hineintreten, erklärte er seine heftige Reaktion. Wieder wurde Sarah mit warmem Seifenwasser abgesprüht, der Boden wurde gereinigt, dann wurde sie trocken gepustet und musste sich hinstellen, damit der Computer ihr Outfit wieder herstellte. „Ich dachte, du kommst da gar nicht wieder ´raus", sagte Nicoló besorgt, als die Badzelle sie endlich wieder ins Zimmer spuckte. „Muss du erst einmal auf Klo, dann sprechen wir uns wieder!", sagte Sarah erschöpft, die erstmals, seit sie in der Zukunft angekommen waren, Heimweh nach der Gegenwart hatte.

Sarah und Nicoló lernten schnell und beide waren der Meinung, dass Ameropisch eigentlich eine sehr einfache Sprache war, nicht annähernd so schwierig, wie Englisch oder Französisch. Und schon am dritten Tag wurden sie in verschiedenen Fächern in die normalen Schulklassen integriert, in denen die meisten Schüler aber, wie sie, ihren persönlichen Lehrcomputer an der Seite hatten, der bei Fragen helfen konnte. K271212 hatte Recht gehabt. Es gab kein Papier, es gab keine Bücher, keine Stifte … es gab auch keine Versuchsanordnungen in Physik oder Chemie, selbst Musik wurde elektronisch erzeugt. Anfangs waren sie ganz begeistert von der ganzen Elektronik. „Cool", sagten Nicolo und Sarah abwechselnd. Mit Hilfe computerunterstützter Programme[122] fertigten schon kleine Kinder wunderbare Kunstwerke an und das tollste war der Geschichtsunterricht in einem Raum mit 3D Kinoleinwänden. Sie hatten das Gefühl, sie sitzen auf dem Forum Romanum zur Zeit Caesars und sind Augenzeugen der französischen Revolution.

Nach einer Woche erklärten sie M'Drago , was so viel hieß wie ‚Madame Drago' oder ‚Frau Drago' wie sie nun wussten, dass sie für die Bohnenfahrt zur Schule eigentlich keine Begleitung brauchten, sie würden auch gern auf Tschuul und Kriesch aufpassen unterwegs. Sie hatten gelernt, dass man seinem persönlichen Computer sagte, wo man hinwollte und die Transportbohne die Informationen direkt von dem kleinen Tablo erhielt, alternativ verstand die Transportbohne natürlich auch Ameropisch. Sie hatten sich fast an die Glibberwürfel gewöhnt, die es jeden Tag zu essen gab, und sie hatten ganz viel von K271212 erfahren. Nicht nur, dass Tschuul sich von Julia ableitete, einem alten römischen Namen und Kriesch von Christina, vor allem, hatten sie inzwischen herausbekommen, was alles zwischen dem Jahr ihres Verschwindens in der Gegenwart und heute passiert war, warum Rom so grün war und so sauber.

3097 war offenbar das Jahr der großen Katastrophe, die kaum etwas und kaum jemand überlebt hat. Rom hatte damals 11,2 Millionen Einwohner, ähnlich, wie die meisten Hauptstädte Europas, das Trinkwasser wurde knapp rationiert und die Brennstoffe zum Heizen und für die Herstellung von Waren wurden knapp. Das war aber nicht alles. Aus ungeklärter Ursache zerriss plötzlich die Ozonschicht, die ohnehin an den Polen ein Riesenloch hatte, an mehreren Stellen und die Menschen verbrannten. Die die nicht verbrannten und ihren Verbrennungen erlagen, erlitten eine starke Immunschwäche, sodass sie einfachen Virusinfekten zum Opfer fielen. Eine andere Auswirkung der zerstörten Ozonschicht war, dass die meisten Kunststoffe zerbröselten wie

---

[122] CAD computer aided design

trockener Sand unter der starken UV-Strahlung, Gebäude stürzten ein, Fahrzeuge zerfielen während des Fahrens oder gar Fliegens. Und als sei das alles noch nicht genug, wurden Vulkane, die seit Jahrhunderten geschwiegen hatten, wieder aktiv, so auch der Ätna, der Vesuv, ein Vulkangebiet in der Eifel und verschiedene Vulkane auf Island.

Während dieser Katastrophe kamen allein in Rom viele Millionen Menschen ums Leben, die Aschewolke der Vulkane aber rettete vermutlich denen, die es überstanden, das Leben. Aus dem Gebiet in und um Rom herum überlebten so etwa siebenhunderttausend Menschen, sie zogen sich an den Stadtrand zurück und entwickelten eine unterirdische Siedlungsform, die bis zum heutigen Tag genutzt wurde. Das Wissen um Elektronik und Computer war bereits hoch entwickelt, vieles andere wurde aus der Not geboren. Für die Stromgewinnung reichte bei der geschrumpften Bevölkerungszahl und angesichts des Ozonlochs das zu der Zeit verfügbare Wissen um die Gewinnung von Sonnenenergie aus. Schwieriger war schon die Beschaffung von Nahrung, da auch viele Pflanzen und Tiere die starke UV-Strahlung nicht vertrugen und sich außer Hühnern und Hunden nicht viele Tiere unter Tage halten ließen. Ein erfinderischer Biologe stellte aber fest, dass die höhere UV-Strahlung ein Wachstum großer Algen in den Ozeanen auch in größerer Tiefe begünstigte und auch, dass das daraus gewonnene Eiweiß ausgesprochen bekömmlich und gesund war. Das war die Geburtsstunde der Glibberwürfel!

Erst in den letzten dreihundert Jahren habe man versucht, das alte römische Stadtgebiet an den Ufern des Tibers erneut zu besiedeln und gleichzeitig nach Hinterlassenschaften alter Kultur zu suchen und zu konservieren. Bis dahin seien die Menschen vor allem damit beschäftigt gewesen, eine möglichst komfortable Lebensform mit möglichst wenig Müll zu schaffen. So seien auch die Einmalkleider aus hochisolierendem synthetischem Seidenproteinschaum entwickelt worden. Was abgespült wird, geht in einen Abscheider wird ent- oder umgefärbt und wird sofort wieder genutzt. Aber jetzt bestände großes Interesse an der Vergangenheit, die so dramatisch untergegangen ist 3097. Inzwischen waren ganz Italien, nein ganz Europa und Amerika und weite Teile Asiens grün. Es gab große Anbauflächen für Gemüse und Obst, aber wer etwas auf sich hielt, ließ diese Produkte immer noch in Algenprotein einbetten. Und inzwischen war die Ozonschicht wieder meterdick, so dick, dass man befürchtete, dass in einigen Jahren die inzwischen ausgefeilten Solaranlagen nicht mehr genug Strom produzieren würden, um die Nachfrage zu befriedigen. Im Parlament werde daher derzeit diskutiert, ob man Raketen in die Ozonschicht schießen sollte, um wenigstens einige Löcher zu schaffen. Dies sei im Moment jedoch noch sehr umstritten, die Umweltschützer seien streng dagegen und verwiesen immer auf 3097.

271212 konnte wunderbar berichten, die Kinder hatten fast das Gefühl, sie sprächen mit jemandem, der das alles selbst erlebt hatte

Sarah und Nicoló sind nicht krank!

Sprachverwirrungen und K271212 in Gefahr

Das Wochenende kam und damit wurde S`Drago, der Vater von Tschuul und Kriesch erwartet, der die Woche über in Norditalien arbeitete und … es bestand Aussicht auf Freizeit. Nicoló freute sich auf das Ausschlafen, Sarah auf Draußenspielen. Gleich am Samstag stand sie früh auf, machte sich fertig, inzwischen war das Duschen und Einschäumen bereits Routine und an den Schultagen trug Sarah nun auch die Uniform. Heute aber wählte sie ein fröhlich rotes Outfit mit weißen Tupfen. Sie holte sich ein kleines Frühstück aus der Wand und ein Glas kaltes Wasser, dann glitt sie mit der Schale zum Ausgang. Die Sonne schien, die Vögel zwitscherten, außer ihr schien keine Menschenseele draußen zu sein. Sarah kletterte erst auf dem grünen Hügel herum, von dem sie wusste, dass er ihr Haus war. Sie fand Sauerampfer, den sie nach kurzem Zögern aß. Dann dachte sie nach. Sie kletterte noch etwas höher, bog dann links ab und schaute durch eines der vielen Bullaugen –direkt in Nicolós verschlafenes Gesicht. Nicolós Schreck war unübersehbar, Sarah konnte ihn aber nicht hören. Als er sich erholt hatte, machte sie ihm Zeichen, er solle ´rauskommen.

Wenig später kam auch er zur Haustür heraus. „Du hast mich zu Tode erschreckt, Sarah!“, sagte er vorwurfsvoll. „Ach Mann, war doch nur ein Scherz“, entgegnete sie. Sie hüpften über die ‚Schienen‘ und passten gut auf, wenn Transportbohnen vorbeiglitten, zumal diese ja nicht zu hören waren. Amseln, Spatzen, Eidechsen, alles sah aus wie im Italien, das sie kannten. Sie liefen die Schienen entlang, aber egal wo sie entlangliefen, überall waren nur grüne Hügel. Nicht einmal einen Bach fanden sie, in dem sie hätten spielen können. Gern wären sie zu ihrer Quelle hoch gefahren, zuhause hätten sie Mama und Papa einfach einen Zettel hingelegt, wo sie hinwollen, und wären gegangen. Aber hier gab es ja keine Zettel. Sie hatten zwar 271212 gesagt, wo sie sind, aber so richtig trauten sie der Elektronik dann doch nicht. Als sie wieder ins Haus kamen, schien M`Drago aber Bescheid zu wissen. Nach einem großen gemeinsamen Frühstück bettelten Tschuul und Kriesch, dass sie mit hinaus wollten. M`Drago und S`Drago waren ganz zufrieden damit, so hatten sie ein wenig Zeit für sich und sie wollte ihm schon gern erklären, wie die beiden fremden Kinder in ihren Haushalt gekommen waren, von denen er bisher nur durch die abendlichen Telefonate wusste. „Aber nicht zu lange, wir wollen doch nach dem Mittagessen ins Museum!“, sagte M´Drago.

Zu viert verließen sie das Haus, Sarah und Nicoló fingen sofort an, den Hügel zu erklimmen. Diesmal wollten sie ganz nach oben, um zu sehen, wie weit man gucken kann, ob man vielleicht den Tiber oder sogar das Meer würde sehen können. Unschlüssig blieben Tschuul und Kriesch unten stehen. Sarah drehte noch einmal um und fragte: „Wollt Ihr nicht mitkommen?“. „Die Hauswand hoch?“, fragte Tschuul zurück. „Das ist doch keine Hauswand, nur ein Hügel!“, erwiderte Sarah. Ungeschickt und unsicher begannen die beiden Mädchen nun auch den Hügel hinauf zu krabbeln. Bei den ersten Schritten reichte Sarah ihnen noch die Hand, dann überließ sie sie verständnislos ihrem Schicksal. *Sie* wollte auf den Gipfel, wenn die beiden unten bleiben wollten, bitte. Sie war fast oben, da hörte sie ein leises Rufen, drehte sich aber nicht um. Von oben winkte ihr Nicoló ganz aufgeregt. Außer Atem drehte sie sich auf der Kuppe um und war begeistert. Man sah nicht nur das blaue Band des Tibers, der, so hatte K271212 gesagt, Trinkwasser führte und vielen Fischen ein Zuhause bot, sie sahen auch diverse Glaskuppeln.

„Das ist das Kolosseum, das haben wir schon gesehen“, sagte Nicoló, „und das muss die Engelsburg sein!“, fuhr er fort. „„Und das das Forum Romani …. Und da hinten, meinst du, das sind die Thermen?“, sagte Sarah ganz aufgeregt. „Gut möglich“, stimmte Nicoló ihr zu. Erst jetzt bemerkten sie eine riesige Menschentraube, die am Fuß des Haushügels stand und gestikulierte, allen voran M`Drago. Und in der Luft näherten sich ‚fliegende Transportbohnen‘ … . „Da muss was passiert sein!“, sagte Nicoló. „Die Mädchen!!!!!“, rief Sarah, „schnell!!!“, und sie hatte ein schrecklich schlechtes Gewissen, die beiden ungeschickten Hühner einfach alleine gelassen zu haben. Eilig kletterten sie das erste steile Stück hinunter, dann rannten sie im Slalom den Hang hinab, während das „Ahhh“ und „Ohhhhooohhhh“ der Menschenmenge immer deutlicher an ihre Ohren drang. In weniger als zehn Minuten erreichten sie so die Transportkapseltrasse. „Was ist passiert!“, rief Sarah ganz aufgeregt, noch bevor sie ganz da war. Tschuul und Kriesch standen an ihre Mutter geschmiegt, wirkten aber unversehrt zu Sarahs Erleichterung. Kaum waren Sarah und Nicoló unten angekommen stürzte M`Drago auf sie zu und schloss sie in die Arme, dann schimpfte sie unter Tränen: „Dass ihr mir das nie, nie, nie wieder macht!!!!!“, Sarah und Nicoló verstanden die Welt nicht. Was war denn passiert, was hatten sie denn gemacht … aus der Menge flogen nur Wortfetzen wie: „… sind ja verrückt“, oder: „…leichtsinnig“, und: „…lebensmüde“, zu ihnen herüber. Sie sahen, dass auch Kriesch und Tschuul geweint hatten.

Wieder in der Wohnung entschuldigten ich Sarah und Nicoló höflich und Sarah noch einmal insbesondere dafür, dass sie Kriesch und Tschuul nicht mitgenommen hatte. M`Drago erstarrte, sie drehte sich zu ihren Töchtern um und sagte: „Ihr wolltet da auch hoch? Seid ihr wahnsinnig???“, Kriesch und Tschuul beteuerten aber sofort, dass sie nie auch nur einen Moment daran gedacht hätten, auf das Dach zu klettern und wandten sich wieder ihren bunten Bildschirmspielen zu.

Das Mittagessen verlief schweigend, die Würfel schmeckten diesmal nach edlem Hummerfleisch und Kartoffelpüree mit Oliven, die schmalen hellgrünen nach Spargel. Der Nachtisch war undefinierbar süß. „Du Sarah“, sagte Nicoló auf Deutsch, damit keiner ihn verstehen konnte, „ist dir auch schon aufgefallen, dass es hier nur zimmerwarme Speisen beziehungsweise Glibberwürfel gibt? Nix Warmes, und kein Eis und so …“. „Ja“, entgegnete Sarah, „alles Zimmertemperatur und alles die gleiche Konsistenz! Nichts knackiges, keine Suppen … aber Bauchweh habe ich noch nicht bekommen, es scheint ganz gesund zu sein! Oder hast du Probleme?“. Fragend schauten die ganze Familie Drago sie an. „Wir fragen uns, was der Nachtisch wohl ist!“, erklärte Sarah. M`Drago lächelte: „Da müssen wir Minna fragen, so nennen wir unseren Küchencomputer!“. Richtig! Eine Küche hatten sie hier ja noch gar nicht gesehen, es kam alles aus der Wand! „MILCHREIS!“, spuckte Minna bereitwillig aus. „Aha!“, sagten Nicoló und Sarah und Sarah fügte auf Deutsch hinzu: „Ich glaube, Minna braucht da dringend ein neues Rezept!“.

Der Besuch im Museum begeisterte Sarah und Nicoló von der ersten Minute an. Statt einer Kasse eines Eingangs und diverser Museumswächter gab es, das hatten sie schon erwartet, nur elektronische Überwachungssysteme. Die älteren Exponate allerdings standen in Quartzglasvitrinen auf Grund der erforderlichen Atmosphäre. Bezahlt wurde, auch das hatten die Kinder bei K271212 bereits erfragt, ebenfalls streng elektronisch über den Unteramchip, M` und S`Drago lauschten ebenso neugierig wie ihre Töchter Sarahs Ausführungen zum Thema Geld. Erstaunt registrierten sie, dass Sarah und Nicoló mit den römischen

Münzen den Lira- DM- und Euromünzen gleichermaßen vertraut war und auch mit den Papierscheinen etwas anfangen konnten, es wirkte gar, als könnten sie das alles lesen!

Es folgte die ‚Schrift'-Abteilung. Hier lagen diverse Tontafeln aus Babylon, die sie im römisch-germanischen Museum schon gesehen hatten, ägyptische Papyri, chinesische Schriftrollen … und dann kamen die römischen. Stockend las Nicoló vor „… *ZEIT JULIUS CAESARS* … das kann ich nicht lesen *200 OLIVENBÄUMEN UND WEIDELAND FÜR ZIEGEN UND SCHAFE. AUF DEM GELÄNDE BEFINDEN SICH* … da fehlt wieder was … *DIE STALLUNGEN UND DAS HAUPTHAUS* … … das könnte ein Vertrag gewesen sein!". Ungläubig schaute S`Drago Nicoló an, sie gingen einige Vitrinen weiter: „Das ist eine Bibel!", rief Sarah, „die Schrift ist fast wie bei Arduin!!! *UND ES BEGAB SICH ZU DER ZEIT* … …". Wort für Wort lasen M`und S`Drago die Übersetzung der Kinder in ihrem elektronischen Museumsführer mit und wunderten sich. Drei Räume weiter fanden sich spärliche Reste von Büchern „ … *ZWEI PFUND KARTOFFELN, VIER ZWIEBELN, EIN BUND SUPPENGRÜN* … das ist ein Kochrezept, ein Fetzen eines Kochrezepts, warum liegt das denn hier?". … Und da … Sarah und Nicoló lachten: „Ein Asterix- und Obelixheft … das kenne ich sogar! Asterix bei den Briten oder so … mein Vater hatte das Heft!". … „Und hier … das ist ´ne Ecke von ne rollen Tageszeitung, Corriere della Sera, oder so …", sie huschten von Vitrine zu Vitrine, dort lagen überall kleine Fetzen von unterschiedlichen englischen, deutschen, italienischen, französischen, spanischen Schriftstücken, in der letzten Vitrine waren nicht zu entziffernde handschriftliche und gedruckte Briefe auf zerfallendem Papier zu sehen. „Haben die denn keine ganzen Bücher davon?", fragte Nicoló. „Nein", antwortete S`Drago, „aus dieser Zeit ist so gut wie nichts erhalten! Das Papier und die Tinte, die um das Jahr 1950 bis knapp 3000 verwendet wurde, haben, sich als nicht haltbar herausgestellt, dadurch wissen wir heute weniger von dieser Zeit, als von den Römern, zumindest, was die Originaldokumente angeht!".

Als die Kinder im Bett waren, setzten sich M`und S`Drago noch einmal zusammen. „Da stimmt doch irgendwas nicht", sagte S`Drago, der selbst eine sehr gute Schulbildung genossen und ein Studium erfolgreich abgeschlossen hatte. „Wir können Kinder, die der ameropischen Sprache kaum mächtig sind, die kaum wissen, wie man mit einem Computer umgeht, die als historisch verkleidete Gestalten in unser Leben treten, wie können diese Kinder fließend zwei- drei- und viertausend Jahre alte Dokumente übersetzen? Wer bringt Kindern denn so etwas bei, anstelle von Alltagsfähigkeit und setzt sie dann noch in Rom aus? Da stimmt doch etwas nicht!!!". Am folgenden Tag rief er, obgleich es Sonntag war, den Schuldirektor an. Als er den Hörer wieder auflegte, sagte er zufrieden: „Dem Direktor kommt das auch alles komisch vor!".

An diesem Montag wartete neben K271212 der Direktor Hakennase auf sie, wieder im zart gestreiften, dunklen Outfit, das, so fanden Sarah und Nicoló, seine gewaltige Körpermitte besonders gut zur Geltung brachte. Streng schaute er die Kinder und dann K271212 an und sagte nach der Begrüßung: „Heute möchte ich bitte genau wissen, was ihr wisst! Es soll im Museum zu Unstimmigkeiten gekommen sein. Und du, K271212, dokumentierst bitte lückenlos und ministeriumstauglich!". „REGISTRIERT", schnarrte K271212. „Wir haben uns im Museum nicht gestritten", wagte Sarah zaghaft einen Vorstoß. „Es geht hier nicht um Streit sondern eine Inkongruenz zwischen zu erwartendem und beobachtetem Wissen!", wies Hakennase sie zurecht, die Kinder verstanden gar nichts. „Anfangen", befahl Hakennase.

„WIE HEIßT DU?", fragte K271212. „Aber das weißt du doch!", antwortete Sarah. „Antworte!", kam von Hakennase. Brav wiederholte Sarah ihren vollen Namen. „WAS IST DEINE MUTTERSPRACHE?", fragte K271212. „Das ist schwierig!", sagte Sarah. K271212 wollte schon nachhaken, da machte Hakennase ihm ein Zeichen zu warten. „Das ist nämlich so, bis ich in den Kindergarten kam, habe ich mit Nonna und Nonno nur italienisch gesprochen, mit meinen Eltern mal italienisch, mal deutsch … im Kindergarten dann nur deutsch und in der Schule natürlich auch …". K271212 protokollierte und gab als Zwischenauswertung „ATOMZEITALTER 1990 BIS 2020, DEUTSCH, WESTFAHLEN-LIPPE, EIGENANGABE ITALIENISCH, ZEIT UNKLAR", heraus. Da war es wieder, dieser unangenehme Begriff ‚Atomzeitalter'. Jetzt war erst einmal Nicoló dran, der in etwa das Gleiche berichtete, seine Auswertung lautete daher identisch und zusätzlich stellte K271212 fest: „BEIDE SCHÜLER MIT 100% KONGRUENZ".

„Jetzt sag etwas auf italienisch, Sarah", wies Hakennase sie ungeduldig an. So gut Sarah konnte, erzählte sie von ihrem Sommerurlaub in Grottaferrata im vorletzten Jahr. „ATOMZEITALTER 1990 BIS 2020, ITALIENISCH, UNKLARER AKZENT, ORTSANGABE HISTORISCH, NÄHE ROM", wertete K271212 aus, bei Nicoló das Gleiche, nur die Vergleichsauswertung ergab dieses Mal: „BEIDE SCHÜLER MIT 99,6% KONGRUENZ, AUFENTHALTSANGABE DIFFERIERT UM 14 MONATE", Nicoló hatte ein Erlebnis aus den Herbstferien des vergangenen Jahres geschildert. Ungläubig murmelte Hakennase irgendetwas. Dann wurde das Verhör fortgesetzt. „Gibt es noch eine Sprache, die ihr sprecht?“, Nicoló und Sarah schauten sich an. „Englisch ein bisschen“, antworteten sie. „ENGLISCH SPRECHEN, IN GANZEN SÄTZEN BITTE!“, kam K271212 Aufforderung. Sarah und Nicoló gaben sich alle Mühe, trotzdem lautete die Auswertung: „ENGLISCH, TEILS AMERIKANISCHER CHARAKTER, IM WESENTLICHEN ABER EHER PIGEON-ENGLISH, DAMIT INDIEN UM 1870“, ungläubig starrte Hakennase den Computer an, die Kinder kicherten, K271212 blieb aber strikt bei seiner Interpretation. „Gibt es noch eine Sprache, die Ihr sprecht?“, fragte Hakennase.

Wieder schauten die Kinder sich an: „Bisschen Latein“, sagte Sarah. „Bisschen Französisch“, sagte Nicoló. „ERST FRANZÖSISCH, IN GANZEN SÄTZEN BITTE“, verlangte K271212. Nicoló überlegte krampfhaft, dann leierte er eine Lektion aus dem Lehrbuch herunter ‚Aurelie im Urlaub‘ oder so. Die hatte er am besten gelernt, für eine Arbeit. „ATOMZEITALTER, UM 1970, FRANZÖSISCH, SCHWERER AKZENT“, kam prompt die Auswertung. „Jetzt du“, grummelte Hakennase an Sarah gerichtet. Sarah gab die ersten Zeilen des mithräischen Zaubergedichts auf Latein wieder. „SCHÖNES GEDICHT!“, sagte K27112, Hakennase blickte ihn strafend an, so schob er schnell hinterher: „ANTIKES LATEIN, UM 100“, Hakennase schaute immer unzufriedener. Als Sarah noch Arduins rotes Pilzsudrezept anzitierte in der Lesart, von der Herr Kasus behauptet hatte, es sei mittelalterliches Latein und K271212s Auswertung lautete: „MITTELALTERLICHES LATEIN, UM 1200“, verlor Hakennase die Fassung.

Mit hochrotem Kopf und geschwollenen Halsadern brüllte er: „Du idiotischer Kleincomputer, wie kannst du solchen Schwachsinn von dir geben. Diese Kinder leben hier und jetzt, wie können sie Deutsch aus dem frühen 21., Englisch aus dem 18. und Latein aus dem 12. und 1. Jahrhundert sprechen???? Wie????? Ich werde dafür sorgen, dass du aus dem Schuldienst entlassen und verschrottet wirst!“. Betroffen saßen Sarah und Nicoló da, sie hatten doch nur gemacht, was man ihnen gesagt hatte! Vor Schreck fuhr K271212 sich erst einmal selbst herunter.

Der Schulverweis und die Verschrottung von K271212 konnte durch eine groß angelegte Petition von insgesamt vierundsiebzigtausend Schülern und Eltern abgewendet werden, die von Sarah und Nicoló angeregte öffentliche Demonstration dazu war gar nicht mehr erforderlich gewesen. Im Zuge der Aktion hatten Sarah und Nicoló K271212 den individuellen Namen Guru Manix vorgeschlagen, den dieser sehr gerne angenommen hatte. Auf einem Schulfest zu Ehren des Bleibens des beliebtesten Computers der Schule wurde dieser Name öffentlich verkündet. Ab sofort hörte K271212 auf ‚Guru Manix' und war sehr stolz darauf.

Die große Untersuchung

So schön so gut, damit war K271212 alias Guru Manix gerettet, Hakennase aber war nicht zufrieden. Mit diesen Schülern stimmte etwas nicht, da war er sich sicher. Irgendetwas war da faul, S`Drago hatte es ja auch gesagt. Es war wieder an einem Montag, als die Sarah und Nicoló sich gerade mit Guru Manix über das Wochenende austauschten, als Hakennase mit Unheil verkündendem Blick den Raum betrat. „Mitkommen", sagte er kurz und knapp. „MOMENT MAL", meldete sich Guru Manix, der seit der Geschichte mit dem Fastverschrottetwerden einerseits ein sehr gespanntes Verhältnis zu Hakennase hatte, andererseits ganz anders auftrat, viel selbstbewusster. "MOMENT MAL, MEINE UNTERRICHTSEINHEIT IST NOCH NICHT BEENDET. AUßERDEM: HABEN SIE DIE DAME UND DEN HERRN GEFRAGT, OB SIE MITKOMMEN WOLLEN?". Und an Sarah und Nicoló, die sich bereits erhoben hatten, gerichtet setzte er hinzu: „UND IHR, HABT IHR DENN GEFRAGT, WO ES HINGEHEN SOLL?". Sarah und Nicoló ließen sich wieder auf die Stühle fallen und fragten: „Wohin?". Hakennase räusperte sich und sagte: „Ihr habt einen Arzttermin!". Jetzt wurden alle drei hellhörig, Sarah, Nicoló und Guru Manix. „Schuleingangsuntersuchung, ist vergessen worden bei euch, müssen wir nachholen!", sagte Hakennase. Darauf konnte auch Guru Manix nichts antworten. „LASST EUCH NIX EINPFLANZEN", blitzte kurz auf den Tablos der Kinder auf, sie tauschten einen Blick, sie hatten es beide gelesen.

Die Klinik war blitzsauber und, warum sollte es hier anders sein, voller Computer und Roboter. Bei der Anmeldung gab es ein paar Fragen, da die Kinder keinen Identifizierungschip trugen, wie er normalerweise gleich nach Geburt eingesetzt wurde, das regelte aber Hakennase. Nach nur zehn Minuten wurden Sarah und Nicoló in ein Sprechzimmer gebeten. „Stimmt das, dass ihr allerlei alte Sprachen sprecht?", fragte der freundliche grauhaarige Herr hinter dem Schreibtisch. Sarah und Nicoló schauten sich an, dann antworteten Sarah wahrheitsgemäß: „An alten Sprachen nur Latein und nur ich und richtig Sprechen kann man das auch nicht nennen. Die anderen Sprachen sind nur für Sie alt, für uns nicht!". Jetzt wechselten Hakennase und der Arzt Blicke, dann schaute der Arzt wieder betont freundlich die Kinder an: „Das ist ja total spannend! Davon müsst Ihr mir mehr erzählen". „Also wir …", hob Nicoló an.

„Au!!!“, unterbrach er sich, als Sarah ihm empfindlich auf den Fuß trat. „Wir lesen sehr gern!“, machte sie den Satz mit breitem Lächeln fertig. Nicoló schmollte. Mehr bekam der Arzt aus den Kindern nicht heraus, egal, wie er sich abmühte. Nach einer knappen halben Stunde beschloss er daher, zur körperlichen Untersuchung überzugehen.

„Was sollte *das* denn?!“, fragte Nicoló Sarah, als sie wieder zusammen auf dem Flur saßen. „Ich hatte Angst, dass du denen zu viel erzählst und die uns entweder einsperren - was würdest du denn denken, wenn dir in Steinheim einer entgegen kommt und sagt ‚Hi, ich bin aus der Steinzeit‘ … ab in die Klapse, oder? … also, dass die uns entweder einsperren oder, genauso schlimm, uns glauben und an unserer statt mit unserem Sud in unsere Zeit reisen und wir sind für immer hier, wo wir nicht ´mal auf einen Hügel klettern dürfen!“. Nicoló schaute Sarah betreten an, soweit hatte er gar nicht gedacht! Sarah aber lächelte aufmunternd zurück. „Also … wir sprechen unsere Geheimsprache, weil wir Spaß daran haben … und fertig, o.k.?“, fragte sie. „O.k.“, nickte Nicoló.

Die Untersuchung ging viel schneller als erwartet. Das Ergebnis konnten der Arzt und Hakennase dem Zentralcomputer entnehmen, ferner wurde es an Familie Drago übermittelt. Es enthielt im Wesentlichen folgende Aussagen: Beide Jugendliche waren gesund, Sarah hatte ihre sexuelle Reife bereits erreicht – Sarah schaute zu Boden, wen ging es denn etwas an, dass sie ihre Regel schon hatte? Musste das hier laut vorgelesen werden??? – Nicoló noch nicht - „Die spinnen ja“, murmelte dieser. Die Hirnstromkurve war völlig normal, wenn sie auch eine hohe Aktivität in den motorischen Zentren aufwies, die man, so Computer, eigentlich nicht braucht. Es bestanden zu Beginn Zweifel an der klaren zeitlichen örtlichen Orientierung, die aber im Verlauf der Untersuchung ausgeräumt werden konnten, indem die Kinder zugaben, sich in einer Art Geheimsprache zu verständigen, die zufälliger Weise dem Deutschen des frühen 21. Jahrhunderts sehr ähnlich war. Auffällig war ein extrem starker Knochenbau, der sich, so Analysecomputer, nur durch eine unglaubliche körperliche Belastung /Aktivität im Kleinst- und Kleinkindesalter erklären Lässt und, dass beide Jugendliche über Abwehrstoffe gegen Erreger verfügten, die seit hunderten, einige bereits seit weit mehr als tausend Jahren ausgestorben galten. Dies beschäftigte die Fachleute am Längsten.

Sarah und Nicoló hatten im Krankenhaus ihren Spaß gehabt und erzählten nach ihrer Heimkehr alles und in allen Einzelheiten Guru Manix. Hakennase war unzufrieden, da wieder nur bestätigt wurde, *dass* etwas nicht stimmt, aber nicht, *was* es war. Familie Drago war glücklich, dass sie nun wussten, dass die beiden gesund waren. Nachdem geklärt war, dass man nicht auf Hausdächer klettert, auch wenn diese aussehen, wie einfache grüne Hügel, durften Kriesch und Tschuul regelmäßig mit Sarah und Nicoló nach draußen. Fasziniert spielten sie einfache Hüpfspiele und fangen zusammen, wobei Kriesch und Tschuul immer sehr schnell außer Atem waren. „Was machen die eigentlich im Schulsport?“, fragte Sarah. „Weiß nicht, wir hatten ja noch keinen Sport“, entgegnete Nicoló. Es stimmte, sie gingen zwar bereits zwei Wochen hier mit zur Schule, Sportunterricht aber hatten sie noch nicht gehabt.

„Du Nicoló?“, „Ja Sarah?“, sie lagen beide schon in ihren Schlafkapseln, als Sarah Nicoló noch einmal angestupst hatte. „Eigentlich finde ich … also … ich habe jetzt irgendwie genug Computer für den Rest meines Lebens gesehen … ich … ich würde gern wieder nach Hause gehen“. „Ich auch“, entgegnete Nicoló. „Vor allem müssen wir ja zurück sein, wenn der Flieger geht!“. „Schreck lass nach!!!“. Sarah saß senkrecht in der Schlafkapsel. Sofort ging Guru Manix an, „IST WAS?“, fragte er, aber die beiden hörten ihn gar nicht. „Nicoló, wir sollten nur *zwei* Wochen in Grottaferrata bleiben, erst nach vier Tagen sind wir überhaupt los … und jetzt sind wir schon *elf* Tage hier!!!! Der Flieger *ist* schon zurück gegangen, gestern!!!“.

Jetzt saß auch Nicoló im Bett. Im Handumdrehen stiegen sie aus. „Die Klamotten, schiieeeet … die haben die Dragos dem Museum gestiftet, oder der Uni oder so!!! So in diesem Seidenschaumscheiß können wir doch nicht …“, sprudelte Sarah. „Müssen wir aber“, sagte Nicoló, der sich bemühte, jetzt sachlich und klar zu denken. Sie gingen nacheinander ins Bad, Sarah wählte ein Outfit, von dem sie am ehesten annahm, dass es wie Leggings und T-Shirt aussah. Dann erst sahen sie, dass Guru Manix auch wach war und sie die ganze Zeit beobachtete. „WO WOLLT IHR HIN? ES IST SCHON ZEHN UHR NACHTS UND STOCKDUNKEL DRAUßEN!“, sagte er. „Wir müssen nach Hause“, sagte Sarah, „leb` wohl, Guru Manix, du bist der beste aller Computer!“, und sie tätschelte zärtlich seinen Bildschirm. Guru Manix versuchte zu verstehen, aber keine seiner Dateien verriet ihm, was hier vor sich ging.

Heimlich huschten Sarah und Nicoló den dunklen Wohnungsflur entlang, bedacht darauf, ja keinen Lärm zu machen. Lautlos glitten sie zur Haustür und traten in die klare Nachtluft hinaus. Es war sternenklar. Sie nahmen die erste Transportbohne, die kam und ließen sich in die albanischen Berge bringen, an der korrekten Stelle hielt die Kapsel. Mühelos fanden sie den Weg zur Quelle, wo sie sich erst einmal mit Herzklopfen hinsetzten. „Und Familie Drago?“, fragte Sarah. „Guru Manix wird ihnen sagen, was er weiß, und mehr können die doch auch gar nicht verstehen!“.

„Nur jetzt keinen Fehler machen!“, sagte Nicoló, rasch gingen sie noch einmal durch, wie sie hergekommen waren: Pilzsud mit Honig versetzen, warten, bis der Mond aufgeht, wenn er ganz über dem Horizont ist, einen Schluck nehmen und warten. „Was ist, wenn wir falsch ankommen? Noch weiter in der Zukunft? Zu weit hinten?“, gab Sarah zu bedenken. „Im Lied heißt es: ‚findest du den Rückweg nicht‘“, sagte Nicoló, „also muss es einen Rückweg geben. Hierbleiben will ich den Rest meines Lebens auf jeden Fall auch nicht!“. Die dünne Sichel des Mondes erschien am Horizont, sie stieg, unter ihnen gurgelte die Quelle. „Und heute ist keiner hier, um aufzupassen!!!“, sagte Sarah. „Hey, was ist denn los mit dir?“, fragte Nicoló, „Du bist doch sonst nicht so ein Angsthase! Machen wir es nun, oder nicht?“. „Klar machen wir es!“, gab Sarah zaghaft zurück. Der Mond hatte sich vom Horizont gelöst, die Luft war so klar, dass man meinte den vollen Mond erkennen zu können, obgleich nur ein schmales Band erleuchtet war. Sie nahmen den Schluck und ergriffen sich bei den Händen, in ihrem Ausschnitt spürte Sarah den warmen Bernsteinanhänger, sie hatte ihn in diesen vierzehn Tagen nie abgelegt.

Wie beim ersten Mal spürten beide eine aufsteigende Übelkeit, die aber so schnell wieder verschwand, wie sie gekommen war. Sie öffneten die Augen und schauten sich an, dann fielen sie sich in die Arme, lachten, tanzten und machten sich auf den Weg zur Straße. Dort endete ihre Euphorie jäh. Keine Straße, „Schienen“! Und als die Transportbohne angeschwebt kam, fing Sarah bitterlich an zu weinen. Auf dem Weg zurück wechselten sie kein Wort, auch nicht, als sie ihr Zimmer erreichten. Guru Manix, der sie mit den Worten: „HALLO, IHR LIEBEN, WIE WAR DER AUSFLUG“, begrüßte, ignorierten sie. Erschöpft und verzweifelt ließen sie sich in voller Seidenschaummontur in die Schlafkapseln fallen und fielen in einen tiefen, traumlosen Schlaf.

MANCHMAL IST ALTES WISSEN NICHT SCHLECHTER, ALS NEUES

„Hey, aufwachen“, … das waren Tschuul und Kriesch, die an den Schlafkapsel rüttelten. „Hey aufwachen, Papa ist da und wir wollen heute doch wieder ins

Museum, das ist soooooo lustig mit euch!!!“. Mühsam öffneten Sarah und Nicoló die Augen und setzten sich hin. Was war los? „Baaahhhh Ihr seid ja ungeduscht ins Bett!!!! Iiihhhh“, rief Tschuul, als sie sah, dass beide ‚angezogen‘ waren. „DIE WAREN NUR ZU EINEM NACHTSPAZIERGANG, DAVOR HABEN DIE SCHON GEDUSCHT, SONST SINKT DAS BETT JA GAR NICHT AB!“, meldete sich Guru Manix. „Nachtspaziergang …“, wiederholten Tschuul und Kriesch ungläubig … die waren verrückt, diese ‚Außerirdischen‘, wie sie Sarah und Nicoló heimlich nannten.

Langsam schälten die zwei sich aus ihren Betten. Hatten sie nur schlecht geträumt, oder hingen sie tatsächlich fest in dieser Welt aus Computern und grünen Hügeln? Sie schauten an sich herunter, es hing Laub und Moos an ihrer Kleidung, sie waren also tatsächlich draußen gewesen und jetzt waren sie wieder hier. „Guru Manix, den wievielten haben wir heute?“, Guru Manix antwortete korrekt. Es war genau einen Tag später, als gestern. Wenn es stimmte, dass sie gestern versucht haben, hier wegzukommen, hatten sie nur noch einen weiteren Versuch – für mehr würde der Pilzsud nicht reichen!

Sie machten sich fertig und gesellten sich zum Rest der Familie, gemeinsam brachen sie auf, um den zweiten Teil des Museums zu besichtigen, den Technikteil. Sarah und Nicoló versuchten, den Tag zu genießen, auch wenn ihnen das Abreiseproblem nicht aus dem Kopf gehen wollte. Interessiert betrachteten sie Flaschenzüge, Abaci[123], Schubkarren, Pfannen, Töpfe, Messer. „Was hat das denn mit Technik zu tun???“, zischte Sarah Nicoló zu. Tschuul und Kriesch blieben dicht bei ihnen, sie wollten keine der spannenden Erklärungen der beiden verpassen. Einmal musste Kriesch Pipi, Sarah und Tschuul warteten auf sie, während Nicoló weiter ging.

Schon von Weitem sah Sarah ihn kurz darauf vor einer Vitrine stehen, er krümmte sich vor Lachen. „Ich …. Ich … ich mach gleich in die Hose!“, johlte er. In der Vitrine stand auf einem Tisch eine klassische, mechanische, italienische Nudelmaschine, mit der man Teigplatten für Lasagne oder auch Bandnudeln herstellen konnte. Statt Nudelteigs aber war darin eingeklemmt eine ausgeleierte Baumwollunterhose.

---

[123] Mehrzahl von Abacus, einer römischen Rechenhilfe, bei der Kugeln auf Drähten hin- und hergeschoben werden

Der elektronische Museumsführer erläuterte: „ÜBER VIELE JAHRZEHNTE VERWENDETEN DIE MENSCHEN IN GANZ EUROPA DIESES GERÄT, UM IHRE UNTERWÄSCHE, DIE ZU DIESER ZEIT MEHRFACH BENUTZT WURDE, SCHNELL UND UNKOMPLIZIERT IN FORM ZU BRINGEN!“.

Sarah brach ebenso in Gelächter aus. Die Mädchen, die annahmen, dass die Heiterkeit der Tatsache geschuldet war, dass Unterwäsche mehrfach getragen wurde, lachten verhalten mit

Die Nudelmaschine im Museum[124]

. Es dauerte sehr lange, bevor Sarah und Nicoló wieder so viel sprechen konnten, dass sie erklären konnten, wofür die Nudelmaschine wirklich da war. Die Tatsache, dass die Menschen hier nur Glibberwürfel und keine Nudeln kannten, machte das Erklären nicht einfacher. Die Diskussion schlug so starke Wellen, dass der Museumsdirektor davon erfuhr. Erst war er sehr skeptisch, als die Kinder ihm aber technische Details der Maschine nennen konnten, die durch die Vitrine nicht erkennbar waren, stutze er.

Und von sich aus machte er den Vorschlag, doch die Museumsküche einmal in Betrieb zu nehmen, und das Gerät auszuprobieren. Man könnte das Ganze ja dann filmen und zukünftigen Zuschauern vorführen.

Das war leichter gesagt, als getan! Sie brauchten Mehl, kaltes Wasser, kochendes Salzwasser … und eigentlich ja auch noch eine Nudelsauce oder so … Letzteres

---

124 Foto Esther M. Nitsche

wurde gleich aus Einfachheitsgründen auf Olio et Aglio[125]reduziert, aber auch das musste besorgt werden. Nach drei Tagen war es so weit. Tschuul und Kriesch waren mit von der Partie. Unter fröhlichem Johlen wurde der Nudelteig gefertigt und in schmale Streifen geschnitten. Bevor Sarah etwas sagen konnte, verschwand ein Streifen in Krieschs Mund, der sich kurz darauf angeekelt verzog. „Das muss vorher gekocht werden!“, sagte Sarah. „Das muss *was*???“, fragten Tschuul und Kriesch. „Mann ist das anstrengend!!!“, meinte Nicoló. Tschuul und Kriesch kannten keine Lebensmittelherstellung und auch kein kochendes Wasser. Permanent mussten Sarah und Nicoló irgendwo aufpassen. Schließlich landeten die Nudeln aber doch fast alle im Topf, wurden gar, dann abgegossen und mit Salz, Olivenöl und Knoblauch versetzt. Der Museumsdirektor verdrehte vor Genuss die Augen, M´Drago bezeugte Sarah und Nicoló ihre Bewunderung, Tschuul meinte: „Kann man essen“. Nur Kriesch konstatierte: „Mag ich nicht!“. Sarah und Nicoló aber schlugen sich mit den Nudeln den Bauch voll. Seit fast zwei Wochen hatten sie keine warme Mahlzeit mehr gehabt! S`Pulente aber, der Museumsdirektor, lud Sarah und Nicoló für den nächsten Tag zu sich nach Hause ein. Er wollte unbedingt erfahren, ob die beiden noch mehr kulinarische Geheimnisse hüteten.

Die Wohnung von Herrn Pulente lag etwa außerhalb der Stadt. Sie war nicht annähernd so luxuriös, wie die der Dragos, aber erheblich gemütlicher und sie hatte einen ganz großen Vorteil: Sie hatte einen Garten! Und auf diesen Garten waren S`Pulente und seine Frau ungeheuer stolz. Sarah und Nicoló fanden, dass dieser Garten nicht anders aussah, als der ihrer Nonna Ellia, das trauten sie sich aber nicht, zu sagen. Stattdessen bewunderten sie die kräftigen Rhabarberpflanzen, den noch sehr zarten Mangold, fragten, ob die Kohlrabi noch größer würden, oder ob es die kleinbleibende Sorte sei und ob die Apfelbäume eine leckere Sorte trügen. S`Pulente kam aus dem Staunen gar nicht heraus. Er seinerseits erklärte den Kindern, dass dies ein Garten nach historischem Vorbild sei, er habe ihn nach historischen Dokumenten gepflanzt. Die Pflanzen zu besorgen sei das größte Problem gewesen, jetzt vermehre er sie immer aus selbst gewonnenem Samen. Sarah und Nicoló tauschten heimlich Blicke. Das würde ihnen Nonna Ellia nie glauben, wenn sie zurück wären … *wenn*!!! In einer Nische, die Pulentes ‚Küche‘ nannten, ein Name, den dieser Plätzchen aber kaum verdiente, zeigte M`Pulente den Kindern, wie sie die Gemüse zubereitete. Alles wurde im ‚Prozessor‘ wie sie es nannte, püriert und

[125] Olivenöl und Knoblauch

‚essbar' gemacht, wie sie sagte, mit Algeneiweiß versetzt und nach dem Erstarren in Würfelchen geschnitten. Die Kinder durften alles kosten. Es schmeckte nicht schlecht, aber dennoch … . „Macht ihr das zuhause auch so?", fragte M`Pulente, die nach allem, was sie mitbekommen hatte, davon ausging, dass die Familien von Sarah und Nicoló auch Gärten bewirtschafteten. „Ein bisschen anders", antwortete Sarah diplomatisch.

Als die beiden auf dem Tisch eine Schale mit echten, ungelierten, ungewürfelten Äpfeln zu Gesicht bekamen, kamen ihnen fast die Tränen. „Die muss ich noch fertig machen", sagte M`Pulente, aber wenn ihr wollt, mache ich Apfelwürfel heute Nachmittag! „Dürfen wir einen einfach so essen?", bettelte Nicoló. M`Pulente blickte ihren Mann fragend an. Der sagte: „Habt Ihr das schon mal gemacht?". „Ständig", sagten Sarah und Nicoló wie aus einem Mund. „Na dann …", Beide griffen gierig nach einem Apfel und bissen vor den Augen ihrer erstaunten Gastgeber hinein.

Die Äpfel waren köstlich. „Cox", stieß Sarah mit vollem Mund hervor. „Mindestens …", antwortete Nicoló. S`Pulente war sprachlos. Die beiden Bäume, die er für viel Geld aus einer auf historische Rückzüchtungen spezialisierten Gärtnerei im Süden der britischen Inseln, aus Kew, besorgt hatte, liefen unter der Bezeichnung ‚Cox Orange'. Hatte dieses Mädchen, dieses halbe Kind, das so gierig einen unbehandelten, ganzen Apfel verschlang eben ‚Cox' gesagt? Zögernd nahm er selbst ein Stück des duftenden Obsts in die Hand. Es war vom Vorjahr, hielt sich aber in der Frischekammer, die er vor vier Jahren angeschafft hatte, sehr gut. Nicoló sah seine Unentschlossenheit und fragte: „... vielleicht wollen Sie ihn sich lieber aufschneiden?". „Wie bitte?", fragte S`Pulente. „Mit dem Messer … wenn meine Eltern und Großeltern Äpfel essen, teilen sie sie sich vorher immer in Spalten und nehmen das Kernhaus heraus!". S`Pulente verstand gar nichts. Sarah ging in die ‚Küche', um nach einem Messer zu schauen. Dort aber gab es nur glatte Flächen und zwei Luken, an denen stand ‚Nahrungsbereiter'. Keine Schublade, kein Schneidbrett, keinen Kochtopf.

Dann fiel ihr etwas ein. Ein Museumsdirektor hatte sicher einen Museumskatalog. Und so war es auch, natürlich einen elektronischen! Rasch blätterte Sarah am Computer, das beherrschte sie inzwischen so sicher, wie zuvor im Papierbuch, da kamen sie: Erst die Steinzeitklingen, dann die Bronzezeitmesser … und schließlich ‚ganz normale' Messer. Sie zeigte es S`Pulente. Der schüttelte den Kopf. „Das ist im Museum, so was hat man doch nicht zuhause!", meinte er. „Und womit ernten Sie ihr Gemüse?", fragte Nicoló.

Er schaute sie fragend an. „Das mache doch nicht ich, das macht er hier!“, und er zeigte auf einen kleinen, wendigen Roboter. „Er erntet, säubert und bereitet das Gemüse für den Prozessor vor, er holt sogar die Äpfel und Weintrauben herunter, da er klettern kann, dauert nur ein bisschen. Ich verrate euch noch ein Geheimnis: Vorgestern habe ich mir einen Persimonbaum bestellt, ich bin schon ganz aufgeregt“. Er strahlte über das ganze Gesicht. Sarah und Nicoló freuten sich mit ihm, auch wenn sie sich nicht ganz sicher waren, ob es ein Pfirsichbaum oder ein Khakibaum[126] sein würde. Nicoló kniete sich hin und untersuchte die ‚Hände‘ des elektronischen Gartenhelferns. Da war wohl so etwas, wie eine kleine Sichel dran, aber nichts, womit man einen Apfel hätte zerkleinern können.

„Verzeihung, aber meinen Sie nicht, wir könnten uns so ein Messer mal kurz ausleihen?“, fragte Nicolo jetzt. S`Pulente wiegte den Kopf hin und her. „Von denen mit der Keramikklinge habe ich mindestens zehn Stück gesehen“, schob Nicoló nach. „Hm … und davon haben wir noch etliche hinten. Die Klingen der Stahlmesser sind so korrosionsanfällig, davon haben die wenigsten die Katastrophe von 3097 überstanden … Warum eigentlich nicht“. Zu dritt fuhren sie ins Museum und kamen mit etwas zurück, was Sarah und Nicoló ein ‚kleines Küchenmesser‘ genannt hatten, was hier aber hohen musealen Wert genoss. Mit wenigen geschickten Handgriffen teilte Nicoló den Apfel in kleine Spalten und reichte diese den Pulentes. Wieder verdrehte S`Pulente vor Genuss die Augen, auch M`Pulente strahlte, beließ es aber bei einer Spalte, während er den Rest vertilgte. Der Nachmittag und Abend verging wie im Fluge. Beim Abschied sagte S`Pulente „… ich würde ja sehr gerne ´mal eure Eltern und Großeltern kennenlernen! *Sehr* gerne!“. „Das ist schwierig, die wohnen so weit weg!“, antwortete Sarah schnell „Oh“, sagte S`Pulente, „ich würde da kaum eine Mühe scheuen, wie weit denn?“. Was sollte Sarah jetzt sagen, nur knapp zwanzig Kilometer aber mehr als zweitausend Jahre? Dann kämen sie endgültig in die Irrenanstalt. So sagte sie nur: „sehr, sehr weit“. Als sie in die Transportbohne stiegen, die sie zurück zu den Dragos bringen sollte, hörte sie, wie M`Pulente zu ihrem Mann sagte: „Lass´ gut sein, vermutlich sind sie Waisen und wollen nicht darüber reden. Bei den Dragos sind sie doch sehr gut untergekommen!“.

Am nächsten Tag meldete sich S`Pulente bei Familie Drago und erkundigte sich angelegentlich nach dem gesundheitlichen Befinden der Kinder. Er selbst hatte die ganze Nacht Bauchschmerzen gehabt und erklärte das mit dem Verzehr des

---

[126] Persimon im Englischen

Apfels. Den Kindern aber ging es blendend. Als Sarah und Nicoló davon erfuhren meinte Nicoló: „vielleicht sind die Menschen hier ja schon so mutiert, dass die nur Glibberwürfel essen *können*!“. Dieser kleine Zwischenfall hinderte die Pulentes aber nicht daran, Sarah und Nicoló bei nächster Gelegenheit wieder zu sich zu holen. S`Pulente wollte die beiden unbedingt seiner Mutter und seiner Schwester vorstellen, die noch weiter oben in den Bergen wohnten. Zumal seine Schwester Zwillinge im Alter von Sarah und Nicoló hatte.

Als die Transportbohne an der Stelle vorbei glitt, an der sie hätten aussteigen müssen, um zur Quelle zu gelangen, versetzte es Sarah und Nicoló einen Stich. „Alles in Ordnung?“, fragte S`Pulente. „Jaja“, antwortete Sarah, „alles o.k.!“.

Von der ‚Bergfamilie‘, wie S`Pulente diesen Teil seiner Familie nannte, wurden sie herzlichst empfangen. Vor allem die Kinder wollten alles ganz genau wissen von Sarah und Nicoló. Endlos mussten sie Sätze auf Deutsch, Italienisch, Englisch, Französisch und Latein wiederholen. Irgendwann hatte Nicoló eine grandiose Idee. Sie brachten den beiden ‚Bruder Jakob‘ in drei Sprachen bei, die sie dann zusammen sangen. Als das Essen fertig war – Glibberwürfel, versteht sich – kamen alle im eher einfach eingerichteten Esszimmer zusammen und Sarah und Nicoló mussten ‚Essensgeschichten‘ erzählen. Wie die Großeltern Pasta herstellten und zubereiten, wie sie Salat machten … und was ihnen sonst noch so einfiel. Sarah und Nicoló kamen zwar aus Restaurantfamilien, aber so gut kannten sie sich da auch nicht aus. Mamas und Omas kochten zuhause, sie halfen allenfalls mal mit. „Zia Maria sammelt sogar sehr viel selbst, was man essen kann“, sagte Sarah, als ihr nichts anderes mehr einfiel. Alle am Tisch sahen sie fragend an. Diese plötzliche ungeteilte Aufmerksamkeit bereitete Sarah Unbehagen. „Was denn zum Beispiel?“, fragte S`Pulente freundlich. „Ja … erzähl …“, drängelten die Zwillinge. „Vor allem Kastanien und Pilze“, sagte Sarah.

Auf der Fahrt hier hoch hatte sie das Gefühl gehabt, die Gegend zu kennen und sie war sich fast sicher, dass sich das S`Pulentes Elternhaus, in dem sie sich jetzt gerade aufhielten, dort befand, wo einst Grottaferrata stand. „Darf ich ´mal was zur Geschichte der Gegend fragen?“, wechselte sie das Thema. „Klar“, sagte S`Pulentes Schwester, „mein Bruder weiß da eigentlich alles!“. S`Pulente lächelte freundlich. „Haben Sie schon einmal den Namen ‚Grottaferrata‘ gehört?“, fragte sie. Nicoló zuckte zusammen. Worauf wollte Sarah hinaus? „Aber sicher!“, antwortete S`Pulente. „Grottaferrata ist eine kleine historische Siedlung, die sich ziemlich genau hier befand. Sie hatte ein altes Kloster, der Ort ist schon seit mehr als viertausend Jahren urkundlich erwähnt gewesen. 3097 ist er, wie fast alles, weitgehend zerstört worden und von den knapp 2000 Familien, die hier gewohnt haben, haben nur drei überlebt. Eine davon sind wir", strahlte er. „Aber warum interessiert dich von allen Orten dieser Welt ausgerechnet Grottaferrata?". „Nur so", antwortete Sarah und Nicoló staunte. „Wenn ihr mögt, können wir morgen ´mal zu den Ruinen des Klosters ´rübergehen, das ist ganz hier in der Nähe. Wir müssen aber vorsichtig sein, die Ausgrabungsstätte wurde noch nicht gesichert".

Die Zwillinge teilten das Zimmer mit ihnen, sie schliefen tief und fest und träumten von Grottaferrata, von Nonna Emilia und Zia Maria, von Fabrizio und Ornella, und vom alten Mithräum. Als sie aufwachten, brauchten sie eine Weile, um zu begreifen, dass sie nicht in ihrer Zeit aufgewacht waren, sondern im Jahr 4172 an einem Ort, an dem Grottaferrata einmal gestanden hatte. S`Pulente hingegen hatte am Abend noch lange wach gelegen, da ihm nicht in den Kopf gehen wollte, woher diese Kinder so viel historisches Wissen nahmen.

Am nächsten Tag gingen sie zu den kläglichen Ruinen des einst mächtigen Klosters und Sarah und Nicolo mussten sehr an sich halten, den Archäologen dort nicht genau zu sagen, wie es 2010 dort ausgesehen hatte. Auf dem Rückweg sagte S`Pulente allerdings „Es ist immer das Gleiche, die bräuchten sich doch nur die alten Dokumente anzuschauen, es gibt ja aus dem dritten Jahrtausend genug Fotos, wie das Kloster aussah. Ich glaube, die lieben es einfach, zu rätseln!".

Und S`Pulente hatte nicht vergessen, was Sarah über Zia Maria gesagt hatte. „Was sind eigentlich Kastanien", fragte er, als er neben Sarah über die Wiese schlenderte, unter der sich, vielleicht, irgendwo die Straßen Grottaferratas befanden. „Die wachsen auf Bäumen und sind furchtbar stachelig", antwortete Sarah, „aber sie reifen im Herbst, wie fast alles, auch die meisten Pilze wachsen im Herbst". „Schade", sagte S`Pulente etwas enttäuscht, aber dann meinte er fröhlich: „dann müssen wir eben im Herbst wieder kommen!". „Hoffentlich nicht!!!", schoss es Sarah durch den Kopf denn das würde bedeuten, dass sie im Herbst immer noch in 4172 wären! „Manchmal hat man auch Glück, dann findet man im Mai noch Frühlingsmorcheln oder schon Sommersteinpilze", sagte sie, „wollen wir heute Nachmittag ´mal schauen gehen?". Dieser Vorschlag gefiel nicht nur S`Pulente, er löste auch bei den Zwillingen Begeisterung aus.

Nach dem Mittagessen brachen sie auf, auf Empfehlung von Sarah und Nicoló waren sie bis zur Quellhaltestelle mit der Transportbohne gefahren und dann rechts in den Wald abgestiegen. „Das sind Kastanienbäume!“, sagte Sarah. Sie waren zwar viel höher, als sie in Erinnerung hatte, hatten aber das gleiche lichte Laub und hatten offenbar gerade geblüht. Im Laub auf dem Boden fand sie auch einige stachelige Fruchthüllen, die sie S`Pulente zeigte und sogar mehrere Kastanien, die aber bereits seit dem vorangegangenen Herbst dort lagen. Sie fanden tatsächlich eine ganze Menge Sommersteinpilze und ein paar Sommerparasole dazu. Es waren viel mehr Pilze, als Sarah um diese Zeit je erwartet hätte. Bis sie zur Lichtung kamen, waren die Körbe bereits alle voll. Sarah und Nicoló blieben stehen. „Was sucht ihr hier?“, fragte S`Pulente, „Pilze haben wir doch jetzt genug, oder?“. „Es könnte hier ein spannendes Versteck geben!“, sagte Nicoló und ging auf einen Felsen zu, vor dem reichlich Büsche wuchsen.

Das zugewachsene Mithräum[127]

„Hier?“, fragte S`Pulente. „Ja“, sagte Sarah, „Sogar ´was ganz Historisches!!!“. Da hörte sie auch schon Nicolós Freudenschrei aus dem Gebüsch: „Komm, Sarah, schnell!!!“. Das Mithräum war, wo es immer gewesen war, als wäre die ganze Zeit unbemerkt an ihm vorbei gestrichen. Es hatte keine Tür mehr, die Büsche schützten es aber ausreichend und wie es aussah hatte in den ganzen Jahrhunderten auch kein Tier diese bequeme Höhle für sich entdeckt. Rechts und links an der Wand befanden sich die Sitzbänke, der dritte Stein von vorne auf der linken Seite war locker, der Hohlraum darunter leer. Und an der Stirnseite befand sich das Relief, das den Jüngling zeigte, der den Stier opferte.

Auch S`Pulente und die Mädchen hatten den Schrei gehört und kamen neugierig herbei. „Puh … das muss uralt sein“, entfuhr es S`Pulente. „Ungefähr viertausend Jahre alt“, sagte Sarah. „Es ist eine Mithraskultstätte aus der Zeit der Römer“, fügte Nicoló hinzu.

[127] Pastellkreide Esther M. Nitsche

Durchdringend sah S`Pulente die Kinder an. *Wer* waren diese beiden Jugendlichen? Woher wussten sie das alles??? „Wir haben eine Bitte", sagte Nicoló mitten in S`Pulentes Überlegungen hinein. „Bitte lassen Sie diesen Ort unser Geheimnis sein, ja? Es wäre so schrecklich schade, wenn hier Horden von Besuchern durchlatschen würden. Man kann es ja vielleicht fotografieren und nachbauen oder so, meinetwegen auch im Museum, aber bitte nicht hier!". S`Pulente versprach es hoch und heilig, die Zwillinge auch. „Vielleicht doch Außerirdische???", fuhr es S`Pulente durch den Kopf, dann wischte er den Gedanken sofort wieder weg. So ein Quatsch … wie konnte er als Wissenschaftler überhaupt so etwas denken!

Müde erreichten sie mit ihrer reichen Beute wieder S`Pulentes Elternhaus. Nachdem die Pilze hinreichend bewundert worden waren, stellten sich drei Dinge heraus: Erstens war ‚Schaumkleidung' nicht geländefest. Sie hing in Fetzen von allen Vieren herab, was sehr zur Belustigung der Daheimgebliebenen beitrug. Zweitens, Nahrungsmittelbereiter hatten keine Ahnung, was man mit Pilzen machte und Drittens, auch in diesem Haushalt fehlten jegliche Küchenutensilien. „Improvisieren ist meine Stärke", verkündete Nicoló. Hinter dem Haus in einem Schuppen hatte er ein annähernd flaches Blech gefunden, jetzt baute er aus einem flachen Stein eine Feuerstelle, die mit Holz beheizt wurde, auf dem Blech sollt darüber dann die Pilze gebraten werden. Nicoló arbeitete im Schweiße seines Angesichts, alle andern schauten bewundernd zu. Das Öl von den Nudeln hatten sie glücklicherweise mit gebracht. Als das Feuer brannte, legte Nicoló in gutem Abstand das Blech auf, goss etwas Öl darauf … und bevor er Gelegenheit gehabt hätte, die vorbereiteten Pilze darauf zu legen, stand das ganze Blech in Flammen und unmittelbar darauf die Küche unter Wasser, da die Stichflamme den Feuerlöscher und den Kabelbrandalarm ausgelöst hatte.

Niedergeschlagen betrachtete Nicoló das Chaos, während alle umstehend beteuerten, das sei nicht so schlimm. Und tatsächlich, innerhalb weniger Minuten hatten die kleinen Haushaltsroboter die Ordnung wieder hergestellt Stein und Blech nach draußen geräumt und nichts erinnerte mehr an den Zwischenfall. Auch Nicoló war wieder guter Dinge, er stellte fest, dass ‚Outdoor-cooking' [128] vielleicht doch angesagter sei und begann aufs Neue eine Feuerstelle zu basteln. Zwischenzeitlich aber hatte sich S`Pulente bei Sarah

---

[128] Engl. für draußen Kochen

erkundigt, ob das Museum nicht vielleicht auch Geräte vorrätig hätte, die diesen Zubereitungsvorgang unfallärmer gestalten könnten und waren aufgebrochen. Und kurz nachdem Nicoló die zweite Feuerstelle fertig gestellt hatte, kamen sie mit drei Bratpfannen, einem Kochtopf, dem restlichen Mehl und dem restlichen Salz aus dem Museum zurück. Die Feuerstelle reichte sogar für zwei der Kochgeschirre, auf einer briet Nicoló die Steinpilze, auf der anderen bereitete Sarah eine köstliche Parasolpilzsuppe zu.

„Willkommen im Ristaurante Via Tuscolana“, sagte Sarah, als die Topf und Pfanne auf den Tisch hob. Gut, dass S`Pulente und sie Löffel mitgebracht hatten aus dem Museum. Es mussten alle aus einem Topf essen, da es ja auch keine Teller gab! „Via Tuscolana – eine der beiden großen südlichen Ausfallstraßen des antiken Roms …“, murmelte S`Pulente, wo hatte sie das schon wieder her? Beide Gerichte wurden unter großem „Aaahhh“ und „Ohhhh“ vertilgt.

Anschließend meinte S`Pulente: „ich glaube, es ist an der Zeit, dass wir uns beim Vornamen nennen, nicht wahr? Also ich bin Claudius, meine Schwester heiß Donatella, meine Frau Ahnsch, meine Nichten Lucia und Lavinia“. Sarah und Nicoló staunten „Claudius, Donatella, Lucia, Lavinia …???“. „Ja, das sind ungewöhnliche Namen, ich weiß, aber in unserer Familie lieben wir die historischen Namen! Ahnsch kommt auch von Angela … es ist nur die moderne Form …“. Nachdem sie ‚Ihre Beschichtungen‘ erneuert hatten, wie Nicoló es nannte, Lucia hatte die Bezeichnung ‚Umziehen‘ bevorzugt, verbrachten sie den ganzen Abend mit Geschichtenerzählen. „Es ist total spannend, wenn Ihr da seid“, hatten Lucia und Lavinia Sarah zugeflüstert. „Ich finde es auch total lustig mit euch“, hatte Sarah zurück geflüstert. Sie machte sich ein wenig Sorgen, ob auch allen die Pilze bekommen würden.

GURU MANIX KANN UND WEIß MEHR, ALS ERWARTET

Am nächsten Morgen stellte sich heraus, dass diese Sorge unbegründet war. Sie fuhren zurück nach Rom, da sie am Montag ja wieder Schule haben würden. Aber nur zwei Tage hatte Guru Manix sie getröstet, dann sind kleine Ferien! Er hatte alles von ihnen wissen wollen, alles ganz genau, was sich an diesem Wochenende ereignet hatte. Wieder in Rom holte Sarah und Nicoló auch das Problem der ‚Rückreise‘ wie sie es jetzt nannten, wieder ein. Niedergeschlagen saßen sie in ihrem Zimmer und grübelten. Guru Manix ließ nicht locker, bis sie sich ihm schließlich anvertrauten. „ACH DU SCH…“, sagte er, blieb aber mitten im Wort stecken, da er so programmiert war, dass ihm Fäkalsprache nicht über die Lautsprecher kommen durfte. „DAS GLAUBT EUCH JA KEIN MENSCH!!!“. „Danke“, sagte Sarah schnippisch, „so weit waren wir auch schon!!!“. „Mann Sarah“, sagte Nicoló, „Guru Manix kann auch nichts dafür!“.

Jetzt saßen ein bedrückter Computer und zwei bedrückte Jugendliche in einem winzigen Zimmer in Rom und schauten durch ein Bullauge auf einen fast wolkenfreien Maihimmel. „DARF ICH DIE GEDICHTE DENN ´MAL SEHEN?“, fragte Guru Manix zaghaft. „Mach nur“, antwortete Sarah, du hast sie schon auf der Festplatte!“. Erstaunt schaute Nicoló sie an und Sarah erklärte ihm kurz, wie sie die Dokumente eingescannt hatte, da sie nicht wusste, wie sie sie unter den Schaumklamotten mitnehmen sollte. „COOL“, ertönte Guru Manix, das hatte er von Sarah gelernt. „ALSO, ICH BIN JA EIN COMPUTER UND DAMIT PER DEFINITION SACHLICH UND LOGISCH“, hob er dann an. „WIR MÜSSEN EINFACH STRUKTURIERT VORGEHEN HIER, SONST WIRD DAS NICHTS!“. „Super, und was ist deine Strategie?“, fragte Nicoló gereizt und Sarah sagte: „Hast du mir nicht gerade gesagt, dass Guru Manix nix dafür kann?“. „Da hat er aber noch nicht geklugscheißert!“, antwortete Nicoló. „BITTE!!!“, klang es nur spitz aus dem Lautsprecher und Guru Manix fuhr sich herunter. „Na toll!“, sagte Sarah. „*Was* toll … glaubst du, der Computer kann helfen? Wir sind ohne ihn hierhergekommen, wir müssen auch selbst wieder weg finden!“, legte Nicoló fest. „Aber wir könnten uns doch wenigstens anhören, was er zu sagen hat! Immerhin ist er der erste, der uns hier verstanden hat, er hat uns Ameropisch beigebracht …“, wandte Sarah ein. „Hallo??? Dafür ist der programmiert! Aber nicht für Zeitreisen auf Basis antiker Vorfahren. *Deiner* Vorfahren übrigens!!!“. Nicoló drehte sich demonstrativ von Sarah und Guru Manix weg.

Jetzt war Sarah richtig aufgebracht. „Wer hat *dir* denn gesagt, dass du mitkommen sollst??? Und ich sag` dir was … *ich* spreche jetzt mit Guru Manix. Und wenn *der* mir hilft, kannst *du* hierbleiben, dann gehe ich alleine zurück und erzähle zuhause, dass du leider deiner *Blödheit* zum Opfer gefallen bist!“. „Geh doch, Ziege!“, erwiderte Nicoló. „Wenn du bitte jetzt den Raum verlässt, damit ich in Ruhe mit Guru Manix sprechen kann?“, zischte Sarah. Und zu ihrem Erstaunen stand Nicoló tatsächlich auf und ging, kurz darauf sah Sarah ihn vor dem Haus Steinchen werfen.

Sie schaltete den Computer ein, er fuhr zwar hoch, sagte aber gar nichts. „Hallo Guru Manix?!“, versuchte Sarah es. Nichts. „Bitte entschuldige Nicolós

Verhalten". Nichts bis auf ein leises Knistern, von dem Sarah nicht einmal hätte sagen können, ob es aus Guru Manix` Lautsprechern kam. „Computer sind technische, programmierte Geräte, die logisch arbeiten und keinen Emotionen unterliegen", dozierte Sarah jetzt mit klarer, deutlicher Stimme, als diktiere sie etwas zum Mitschreiben, „damit ist ausgeschlossen, dass ein Computer beleidigt, eingeschnappt, gekränkt sein *kann* … !". „HABE MICH NUR DEFRAGMENTIERT", murmelte es aus Guru Manix Lautsprechern. „Aha!", sagte Sarah. „„TSCHULDIGUNG, STEHE WIEDER ZUR VERFÜGUNG!", murmelte es wieder, aber schon etwas deutlicher. „Also …", Sarah setzte sich wieder, „wie lautet deine Strategie …". „MEINE IDEE WAR", sagte Guru Manix, „DASS IHR MIR ALLES, ABER AUCH ALLES SAGT, WAS EUCH ZU EUREM VORFAHREN, DESSEN IDEE UND DER ZEITREISE EINFÄLLT. ICH NEHME DAS AUF, SORTIERE UND STRUKTURIERE ES UND DANN SEHEN WIR, OB SIE DARAUS EINE LÖSUNG ERGIBT!". „Einverstanden", sagte Sarah, „lass uns gleich anfangen!". Sie setzte sich hin und zählte alles auf, was ihr einfiel, ohne Rücksicht auf Reihenfolge und Zusammenhang. Guru Manix ratterte und ratterte, so schnell rechnete und sortierte er.

An drei Stellen fragte er zwischen, es betraf den mithräischen Zeitenwechsel Widder/Fische und Fische/Wassermann, den Lindenhonig und das Cymrische Gedicht. Hier wollte er vor allem wissen, ob es auch aus Taogs Büchern stammte. Sarah bejahte. „DAS IST EIGENARTIG!", stellte Guru Manix fest, „ER SCHREIBT, NIAMHS MUTTER, VON DER DAS GEDICHT IST, SEI CYMRU?". „Ja" erwiderte Sarah, soweit ich mich erinnere … . „DIE CYMRU SIND EIN URALTES KELTISCHES VOLK, DAS AM SÜDWESTZIPFEL BRITANNIENS ZUHAUSE WAR, SPÄTER HIEß DIE ECKE WALES UND ZU DEINER ZEIT GEHÖRTE ES ZU GROß BRITANNIEN. DAS GEDICHT IST ABER AUF IRISCH GÄLISCH GESCHRIEBEN … DAS PASST NICHT WIRKLICH!". Sarah schaute ratlos, als Guru Manix ihr das interpretierte. „SIND DIE EINE ORTSBESCHREIBUNG MIT DER QUELLE UND DAS PILZSUDREZEPT JEWEILS FOTOKOPIEN?". „Ja, alles andere ist abgeschrieben!". „SARAH!!! … SO MACHT MAN ABER ALTE MANUSKRIPTE KAPUTT!!!". Sarah schaute auf ihre Fußspitzen: „Ich weiß, aber die Zeit wurde knapp!". „AUF JEDEN FALL KANN ICH DAS VON DIR ANGENOMMENE ALTER BESTÄTIGEN. DAS ERSTE MANUSKRIPT STAMMT VON CA. 50 BIS 100 NACH CHRISTUS, DAS ANDERE UM 1050 … ICH FASSE ZUSAMMEN: VORFAHRE UM 50 N. CHR. FORSCHT UND IST DEM GEHEIMNIS DER ZEIT, INSBESONDERE DER FREIEN BEWEGUNG IN DER ZEIT AUF DER SPUR, ER MACHT VIELE AUFZEICHNUNGEN MIT MATHEMATISCHEN FORMELN UND ZWEI GEDICHTEN. ANGELPUNKTE SIND: DAS KELTISCHE BELTAINE FEST, DIE VERSCHIEBUNG DER EKLIPTIK UND DIE

WANDERUNG DES FRÜHLINGSPUNKTES, EIN ROTER RAUSCHPILZ UND VERMUTLICH LINDENBLÜTENHONIG, DER ZUR TAG- UND NACHTGLEICHE GESCHLEUDERT WURDE. HABE ICH ETWAS VERGESSEN?". „Nein", sagte Sarah und überlegte, ob eine Festplatte als Gedächtnis vielleicht doch besser ist, als ein Gehirn. „DANN ENTSCHULDIGE MICH JETZT BITTE, ICH MUSS RECHNEN UND VIELLEICHT AUCH ÜBER DAS NETZ NOCH EINEN BEFREUNDETEN COMPUTER KONTAKTIEREN!", verabschiedete sich Guru Manix höflich.

Die Tür ging auf und Nicoló kam herein. „Und?", fragte er, „Lösung gefunden?". „Uninteressant für dich", erwiderte Sarah schnippisch, „Du bleibst ohnehin hier!". Auch beim Abendessen sprachen sie kaum ein Wort miteinander, Nicoló aber war schleimig-freundlich zu Tschuul und Kriesch, fand Sarah. Sie gingen früh zu Bett beziehungsweise zu ‚Wolkenwurst'.

Sie war noch nicht ganz wach, obgleich schon heller Tag war und Nicoló bereits im Badezimmer, da meldete sich Guru Manix. „SARAH! HEY SARAH!!! DU MUSST DOCH AUSGESCHLAFEN SEIN!", Sarah rieb sich die Augen und gähnte. „Ja?", „AUFNAHMEBEREIT?", „Fast", murmelte Sarah. „Ich hab`s ..", „Was hast du?", „WIE DU ZURÜCK KOMMST!!!", Mit einem Schlag war Sarah hellwach. „Wie?", fragte sie. „ALSO AM EINFACHSTEN AN BELTAINE 6332 …". „*Sehr* witzig!", kommentierte Sarah. „HE … WAR `N SCHERZ … KAM ABER ALS ERSTES BEI MEINEN BERECHNUNGEN HERAUS. WENN IHR ABER IN DIESEM ZYKLUS ZURÜCK WOLLT, HABT IHR NUR EINE CHANCE UND DIE FUNKTIONIERT AUCH NUR, WENN DER HIMMEL WOLKENFREI IST: IN DER NACHT VOM 2. AUF DEN 3. JUNI, DAS IST NÄCHSTE WOCHE SAMSTAG AUF SONNTAG, IHR HABT NOCH ACHT TAGE ZEIT! WICHTIG IST AUCH, DASS IHR UNBEDINGT WARTET, BIS DER MOND GANZ AUFGEGANGEN IST, SONST KANN ES AUCH NICHT KLAPPEN. ICH KONNTE NICHT HERAUSFINDEN, WELCHE ROLLE DAS MONDLICHT BEI DER GANZEN SACHE SPIELT, ABER ES SPIELT EINE!". Sarah seufzte, „auf die Wolken am Himmel habe ich ja nun wirklich keinen Einfluss". „NEIN, NATÜRLICH NICHT, ABER EIN KLEINES RISIKO IST BEI JEDER REISE!", meinte Guru Manix. „Das kleine Risiko hier besteht darin, dass ich eventuell nie mehr nach Hause komme!", erwiderte Sarah heftig. „MANN SARAH!", sagte Guru Manix, „WIRD SCHON KLAPPEN!".

In diesem Moment kam Nicoló aus dem Bad, er hörte nur Guru Manix letzten Satz. „Und?", fragte er aufgeregt, „Hat er eine Lösung?". Sarah schwieg, aber Guru Manix meldete sich wieder. Er hatte noch nicht ganz vergessen, was gestern vorgefallen war. „JA", sagte er, Sarah schaute ihn erstaunt an und meinte einen Augenblick, er hätte gezwinkert. Dabei wusste sie, dass das unmöglich war, Computer konnten nicht zwinkern! „ICH HABE HERAUSGEFUNDEN, DASS ES EUREN VORFAHREN TAOG VERMUTLICH WIRKLICH GEGEBEN HAT. MEIN FREUND K291212 AM HISTORISCHEN INSTITUT HAT IHN GEFUNDEN, ALLERDINGS UNTER DEM NAMEN TUCCIUS ALS SCHREIBER AM KAISERLICHEN HOF IN DEN JAHREN 133 BIS 161, BEDAUERLICHER WEISE WURDE ER AN SEINEM FÜNFZIGSTEN GEBURTSTAG AUS HABGIER MEUCHLINGS ERMORDET, ER HINTERLIEß EINEN SOHN, DER ZU DIESEM ZEITPUNKT BEREITS EIN JUNGER MANN WAR, ER WAR BEREITS LANGE VERWITWET“.

Betroffen sah Sarah Guru Manix an: „Niamh ist vor ihm gestorben?“. „NEIN, SEINE FRAU HIEß SYLVIA, VON EINER NIAMH IST IN DEN AUFZEICHNUNGEN NICHTS ZU FINDEN“, fuhr Guru Manix fort. “ABER EUREN ANDEREN URAHN HABE ICH AUCH AUSFINDIG GEMACHT. ARDUIN. ER WAR KLOSTERSCHÜLER IN GROTTAFERRATA, WAR DORT IN DEN BÜCHERN GEFÜHRT. DANN MUSS IRGENDETWAS UNEHRENHAFTES PASSIERT SEIN, AUF JEDEN FALL WURDE ER DER SCHULE VERWIESEN. DIE KIRCHE BEHIELT ABER ALLE LÄNDEREIEN, DIE DIE FAMILIE IHR ALS GEGENLEISTUNG FÜR DIE BESCHULUNG DER KINDER ÜBERLASSEN HATTE. DABEI WAR, NACH ALLEM, WAS K291212 UND ICH HERAUSFINDEN KONNTEN, NUR EIN EINZIGES KIND, EBEN DIESER ARDUIN, DIE SCHULE JE BESUCHT, EINE HAND VOLL WEITERER WAREN IM KLOSTER ALS ARBEITSKRÄFTE BESCHÄFTIGT. DANN GIBT ES LANGE NICHTS ÜBER DIESEN ARDUIN UND IRGENDWANN TAUCHT ER IN DEN BÜCHERN DER STADT WIEDER AUF ALS ANGESEHENER ALCHIMIST UND PÜNKTLICHER STEUERZAHLER UND IN DEN BÜCHERN DER KIRCHE ALS EIN GEFÄHRLICHER MANN, DER EINEN RAUSCHTRANK AUS ROTEN PILZEN AN DIE EINFACHEN LEUTE VERKAUFT, EIN TRANK, DESSEN REZEPT DEM KLOSTER UNBEKANNT WAR. SEIN SOHN WAR BAUER IN DER GEGEND … DAS IST ALLES“,

Sarah und Nicoló standen mit offenem Mund vor Guru Manix. Taog war also tatsächlich ermordet worden, hatte deshalb nie weiter geschrieben und selbst nie erfahren, dass seine Entdeckung funktionierte! Und Arduin … es war unglaublich.

„ACH JA“, das war noch einmal Guru Manix, „DAS MIT DER ZEITREISE HÄTTE FÜR EUREN URAHN ÜBRIGENS NACH UNSEREN BERECHNUNGEN NICHT FUNKTIONIERT. DIE MITHRÄER FEIERTEN ZWAR JEDEN 36TEL FORTSCHRITT IN DER EKLIPTISCHEN BEWEGUNG. DIE ZEITSCHLEUSE ÖFFNET SICH ABER NACH ALLEM, WAS WIR BERECHNEN KONNTEN, NUR ZUR ‚VOLLEN ASTRONOMISCHEN

STUNDE‘, DAS HEIßT NUR IMMER DANN, WENN DER FRÜHLINGSPUNKT DAS STERNZEICHEN WECHSELT, NUR ALLE 2160 JAHRE, DESHALB MACHTEN VIELLEICHT DIE MITHRÄER SO EIN TAMTAM UM DIESEN ZEITPUNKT … OBGLEICH NIE ÜBERLIEFERT WURDE, DASS SIE DIE ZEIT GEWECHSELT HABEN“.

Ein schwacher Trost fanden Sarah und Nicoló. „UMSO WICHTIGER, DASS IHR DAS NÄCHSTEN SAMSTAG AUF DIE REIHE BEKOMMT!“, schob Guru Manix nach. „Wie jetzt … morgen?“, fragte Nicoló ganz aufgeregt. „NEIN, NÄCHSTE WOCHE, WENN WIEDER VOLLMOND IST!“, beruhigte Guru Manix ihn. Jetzt fiel Sarah wieder etwas ein: „Sag ´mal, Guru Manix, kann es passieren, dass man falsch landet bei dieser Sache? In einer ganz anderen Zeit?“, Guru Manix machte ein Geräusch, das klang wie ein Seufzen. „JA UND NEIN … EIGENTLICH KOMMT MAN AN BELTAINE NUR VORWÄRTS UND IN DER DARAUF FOLGENDEN VOLLMONDNACHT NUR RÜCKWÄRTS. MAN BEWEGT SICH AUF JEDEN FALL MIT DIESER METHODE NUR IN 2160 JAHRESSPRÜNGEN VON ZEITENWECHSEL ZU ZEITENWECHSEL. OB MAN DABEI VERSEHENTLICH ÜBER DAS ZIEL HINAUSSCHIEßEN KANN, DAS HEIßT, OB ES EUCH PASSIEREN KANN, DASS IHR STATT IN 2012 IM JAHR 140 VOR CHRISTUS LANDET, WEIß ICH EBENSO WENIG, WIE OB ES NOCH ANDERE TECHNIKEN DER BEWEGUNG IN DER ZEIT GIBT“. Sarah und Nicoló schauten nachdenklich. Und Guru Manix meinte aufmunternd erneut: „WIRD SCHON KLAPPEN“.

Sarah und Nicoló hatten ihren Streit vergessen. Gemeinsam planten sie ihre ‚Rückreise‘ nun mit den Informationen, die sie von Guru Manix erhalten hatten, dann versuchten sie, mit Gedanken bei dem erneuten bevorstehenden Ausflug zu Donatella und Claudius zu bleiben, auf den sie sich eigentlich gefreut hatten. Kaum, dass sie oben auf dem Berg waren, wurden sie von der Herzlichkeit der Familie gefangen genommen. Donatella erzählte, dass sie schon immer den Wunsch hatte, ein Restaurant zu eröffnen, dass ihr aber immer die Idee gefehlt habe, die sie von den vielen schon existierenden Restaurants abheben würde. Jetzt wisse sie es: Sie würde ‚historisches Essen in geschichtsträchtiger Umgebung‘ anbieten, Auslöser waren die Pilzgerichte gewesen. Sie fragte Sarah und Nicoló über weitere Küchengeheimnisse aus, ihr Hauscomputer schnitt alles mit.

Nach einem erneuten erfüllten Tag und einer ungemein herzlichen Verabschiedung, bei der nur Sarah und Nicoló wussten, dass sie vermutlich für immer sein würde, kehrten die Sarah und Nicoló nach Rom zurück. Es war Guru Manix Idee, dass Sarah ihm alles, was ihr in der Zwischenzeit an Rezepten und Leckereien einfiel, erzählen sollte. Er wollte es nach ihrer Abreise sozusagen als Erinnerung an Donatella und Claudius weitergeben.

In der letzten Schulwoche sahen Sarah und Nicoló alles mit sehr anderen Augen. Sie hatten das Gefühl, dass sie alles aufsaugen mussten, um es anschließend zuhause zu erzählen. Andererseits hatten sie auch das Bedürfnis, irgendetwas von sich in dieser Welt zu lassen. Nicoló schenkte seinem Schulfreund Tom seinen MP3 Player, nachdem Claudius ihm gesagt hatte, dass man sicher einen Weg finden könnte, ihn wieder aufzuladen. Außerdem hatte Claudius so etwas wie Papier besorgt und einen Stift und vor den faszinierten Augen der anderen Kinder schrieben und malten Nicoló und Sarah ‚ganz ohne Computer' wie die Mitschüler immer wieder staunten. Zum Schluss unterschrieben sie und gaben das Bild ihren Klassenkameraden. Dem Direktor hinterließen sie ein Bild eines seriösen Firmenchefs im blauen Nadelstreifenanzug vor einem altmodischen Auto, das ihnen Guru Manix aus irgendeinem Archiv besorgt hatte, auf dem Zentralcomputer der Schule. Es sollte ab Montag dem 4. Juni morgens als erstes auf dem großen Bildschirm erscheinen. Und für Familie Drago, die so viel Freude am Gesang von Sarah und Nicoló gehabt hatte, nahmen sie den Canon ‚Dona nobis pacem' mit zig Wiederholungen auf dem Hauscomputer auf und sagten zum Schluss, „… und dass Ihnen nie wieder jemand aufs Dach steigt". „Für Claudius würde ich am liebsten ein Kilo Samen von Raiffeisen schicken, aber das wird in zweitausend Jahren noch nicht ankommen". Sie lachten beide, sie freuten sich riesig auf zuhause. Den Gedanken, dass es wieder schief gehen könnte, schoben sie beiseite.

Der Freitag kam, und der Samstag. Sarah und Nicoló hatten alle Vorbereitungen abgeschlossen, sich von allen verabschiedet, ohne, dass diejenigen das wussten, nur von Guru Manix, der auch ganz gerührt wirkte, verabschiedeten sie sich erst im letzten Moment. Ein letztes Mal bestiegen sie die Transportbohne, da sprang Sarah wieder heraus und rief: „Warte, nur einen Moment!". Sie stürzte ins Haus zurück, sprang in die Gleitschale, wieder heraus in die Wohnung und zu Guru Manix: „NUN?", fragte dieser, „WAS VERGESSEN?". „Ja", Sarah rang nach Luft, „Ich wollte dich die ganze Zeit fragen, woraus diese Transportbohnen sind, und wie sie fahren!". „UND DAFÜR KOMMST DU ZURÜCK UND RISKIERST DEN SPRUNG NACH HAUSE??? DU BIST WIRKLICH VERRÜCKT!", hätte Guru Manix hier einen Kopf gehabt, den er hätte schütteln können, er hätte ihn geschüttelt. „DAS MATERIAL HEIßT MEPLA, VEREINIGT DIE EIGENSCHAFTEN VON METALL UND KUNSTSTOFF AUF SICH, IST NICHTLEITEND, HOCH ISOLIEREND, UV-BESTÄNDIG UND IM UNWAHRSCHEINLICHEN FALL EINES UNFALLS ELASTISCH

UND FEDERND. DIE KAPSELN BEWEGEN SICH ÜBER DEN SCHIENEN MIT MAGNETKRAFT, ABSEITS DER SCHIENEN MIT LUFTKISSEN, ANGETRIEBEN WERDEN SIE, WIE FAST ALLES BEI UNS, MIT SOLARENERGIE … JETZT ABER LOS!!!". „Danke!", rief Sarah und rannte auch schon aus der Tür. „Du spinnst ja!!!", rief Nicoló, als Sarah zu ihm in die Transportbohne sprang. „Sagt Guru Manix auch!", erwiderte sie, „Wir können los!!!". Nicoló hatte einen Kopf zum Schütteln und er schüttelte ihn, er schüttelte ihn, bis sie oben waren und aussteigen mussten.

Sie mussten sich beeilen. Durch Sarahs Eskapade hatten sie Zeit verloren, der Mond begann bereits über den Horizont zu lugen. Sie holten die Flasche, versetzten ihre letzte Pilzsudflasche mit dem Honig, setzten sich, rekapitulierten in weniger als einer Minute die Gedichte … und warteten. Langsam, viel zu langsam für ihr Gefühl erhob sich der Mond über den Horizont. „Nicht eine Wolke", flüsterte Sarah, „Was für ein Glück!!!". fragend schaute Nicoló sie an. „Erkläre ich dir später!", sagte sie schnell. Der Moment war da! Sarah setzte die Flasche an und nahm einen Schluck, dann reichte sie sie Nicoló. Er setzt die Flasche an den Mund. In diesem Moment glitt sie ihm aus der Hand und zerschellte hörbar unten auf den Steinen an der Quelle. Beide erstarrten! „Hast du …", ‚schon getrunken', wollte Sarah sagen, da fühlte sie bereits die aufsteigende Übelkeit. Sie griff nach Nicolós Hand, der die ihre fest drückte. Wie beim ersten Mal hatte Sarah das Gefühl, als werde der Reflex des Mondlichts auf der Quelle plötzlich blendend hell, nur für einen Augenblick. Sie schloss die Augen. Als sie sie wieder öffnete, hielt sie immer noch Nicolós Hand. Um sie herum hatte sich nichts verändert.

Sie standen auf, ihre Knie waren etwas weich, aber ansonsten war alles in Ordnung. Sie gingen den vertrauten Weg zurück. Im Dunkeln kamen ihnen die Bäume dunkler und niedriger vor, als sie gekommen waren und die Gebüsche dichter. Aber das konnte auch alles nur Einbildung sein. „Lieber Gott, lass da vorne Asphalt oder Schienen sein, bitte keine Römerstraße oder gar nichts!", flüsterte Sarah und sie sprach Nicoló aus dem Herzen. Er hatte nur nichts sagen wollen.

Sie erreichten … die Straße. Der Asphalt sah im hellen Vollmondlicht grau und unschuldig aus, die Bäume, die die Straße säumten träumten vor sich hin. Irgendwo rief ein Käuzchen, ein Bushaltestellenschild ragte schief und einsam in den sternenklaren Himmel. Sarah und Nicoló fielen sich um den Hals und weinten vor Freude. Sie hatten es geschafft! Sie waren zurück in ihrer Zeit!

Was sie nie erfahren sollten, war, dass Donatella das Gourmet-Restaurant ‚Via Tuscolana' noch im gleichen Sommer eröffnete, dessen Spezialitäten Pilze, Wildkräuter und Kastanien wurden. Das eigens neu errichtete Gebäude war etwas schief und wirkte einen Hauch instabil.

Das lag daran, dass Donatella entgegen aller Einwände des Architekten darauf bestanden hatte, dass es detailgetreu nach Sarahs Zeichnung ‚Das Haus meiner Großmutter Ellia' gebaut wird und Sarah sich mit dem perspektivischen Zeichnen noch etwas schwer tat. Und sie würden nie erfahren, dass Donatellas Traum, dieses Restaurant, innerhalb von zehn Jahren den Ruf des besten Restaurants in ganz Europa genießen sollte, zu dem Feinschmecker aus der ganzen Welt pilgerten.

Ebenfalls erfuhren sie nie, dass Claudius bis zu seinem Lebensende nicht aufgegeben hat, nach Sarah, Nicoló, deren Eltern und Großeltern zu forschen. Vergeblich natürlich, da Guru Manix dicht gehalten hat.

Und Guru Manix? Es heißt ja, dass Computer streng rational sind, aber anders, als durch eine große Schwermut ließ sich der Zustand, in den er nach Abreise von Sarah und Nicoló verfiel, nicht erklären. Als er sich, circa ein halbes Jahr später, davon erholt hatte, quittierte er von sich aus den Schuldienst und zog nach Grottaferrata um, wo er, nicht zuletzt auf Grund seines unerklärten Spezialwissens auf dem Gebiet der historischen Kochkunst, Donatellas rechte Hand wurde und bald Kultstatus erlangte. Er prahlte nie damit, dass das mit der Eventgastronomie seine Idee gewesen war. Eine Idee, die nicht unwesentlich zur Berühmtheit des oft kopierten, nie erreichten Restaurant-Konzepts beitrug. Guru Manix konnte die wunderbarsten Geschichten erzählen, wenn er dazu aufgelegt war und häufig las man auf der Speisekarte des Via Tuscolana „Ein Schmaus für Augen, Zunge und die Ohren: Genießen Sie unsere Steinpilzspezialitäten, während Guru Manix Sie mit den besten Pilzmärchen und -sagen aus dem 20. Und 21. Jahrhundert unterhält". Und mal ehrlich, wer würde sich *das* entgehen lassen!

Aber all das, wie gesagt, sollten Sarah und Nicoló nie erfahren, da sie glücklich in ihre Zeit zurück gefunden hatten, bevor ‚Zeitenwandelelfen' die ‚Spalte' wieder sacht verstrichen hatten.

Kapitel 7: Als wäre nichts geschehen, oder doch?

HEIMLICH KLAPPT FAST

„Wann ging noch ´mal der erste Bus?", fragte Sarah schließlich. „Keine Ahnung … um sieben??? Oder vielleicht erst um acht???", antwortete Nicoló. Sarah rechnete nach. Um ungefähr zehn war der Mond aufgegangen, gegen elf war er gerade ganz über den Horizont getreten … es konnte noch nicht später, als Mitternacht sein, eher früher. Die Vorstellung bis zum Morgen auszuharren, gefiel ihr gar nicht. Da sagte Nicoló, „Wir können uns ja zum Mithrastempel durchschlagen und dort warten, bis es hell ist!". „Das ist jetzt nicht dein Ernst, oder???", entfuhr es Sarah, die Erinnerungen an die Stunden im Versteck, als die Rauschgiftgang sich unmittelbar vor ihrer Nase in die Haare gekriegt hatte, kamen so deutlich, als wäre es gestern passiert. „Nee, natürlich nicht. Aber was sollen wir jetzt machen?", grummelte Nicoló. Sie setzten sich auf zwei große Steine am Wegesrand und dachten, teilweise laut, nach. „Der Bus braucht eine Viertelstunde, oder vielleicht auch zwanzig Minuten nach Grottaferrata", murmelte Sarah, „ja, aber immer bergauf", erwiderte Nicoló. „Dann … dann wären es etwa eine, höchstens zwei Stunden zu Fuß", schätzte Sarah, Nicoló seufzte nur. „Hey … du tust ja so, als wärst du aus dem 41. Jahrtausend hier herübergeflogen, vielleicht noch mit mir auf dem Rücken!", neckte Sarah ihn. „42. Jahrtausend …", korrigierte Nicoló sie und setzte dann hinzu „… das ist weit!". „Klar", stimmte Sarah zu, „aber hierbleiben ist auch doof!". „Und dann, wenn wir da sind?", fragte Nicoló. Sarah schaute ihn an: „Dann gehen wir erst ´mal ins Bett … und vorher auf ein ganz normales Klo!!! Paul, Alexander und Leonie … die sind doch alle schon wieder in Deutschland. Wir schleichen uns einfach durch den alten Stall in den Gesindeanbau und hoffen, dass Nonna Ellia die Betten noch nicht abgezogen und weggepackt hat. Wie ich sie kenne, Lässt sie sich damit Zeit …". „Gute Idee …", nickte Nicoló, dann grinste er: „auf ein ganz normales Klo in Schaumüberzug-Klamotten, das kann ja lustig werden!". Daran hatte Sarah gar nicht mehr gedacht. Sie seufzte nur. Dann standen sie beide auf und gingen los, bergauf in Richtung Grottaferrata.

Schweigend hatten sie den Weg zurück gelegt. Erst, weil sie beide ihren Gedanken nachhingen, dann, weil sie doch ziemlich aus der Puste waren. Am

Ortsschild Grottaferrata knufften sie sich, als hätten sie doch noch leichte Zweifel gehabt, im richtigen Jahrhundert gelandet zu sein. Alles sah aus, wie vor vier Wochen. Die Häuser waren dunkel, die Straßenbeleuchtung spärlich. Der Mond aber schien hell, sodass sie sogar die Plakate an der Kirche lesen konnten, obgleich tiefe Nacht war. Als Nonna Ellias Haus auftauchte, gingen sie schneller. Beide konnten es kaum erwarten, wieder zuhause zu sein. Vorsichtig, ganz vorsichtig öffnete Sarah die alte Stalltür, um ja keinen Lärm zu machen. Die Tür quietschte so laut, wenn man sie zu rasch öffnete. Sie drückten sich durch den Spalt, warteten einen Moment, bis sich die Augen an das Dunkel im Innern gewöhnt hatten und huschten dann die alte Stallgasse entlang zur Außentoilette. Nicoló hörte sie durch die verschlossene Tür leise fluchen, dann kam Sarah wieder heraus. Am Hinterteil fehlte ein Stück Anzug. Sarah schimpfte: „Diese Schaumbeschichtung ist das idiotischste, was die Bekleidungsindustrie in den letzten zweitausend Jahren erfunden hat!!!“, Nicoló kicherte. Sarah herrschte ihn an: „Reiß‘ dich zusammen, du weckst das ganze Haus auf, was sage ich, ganz Grottaferrata!“. Sie erreichten die Hintertür. Diese war, wie immer, unverschlossen und sie gelangten in den Anbau des Hauses, der nur für Besuch genutzt wurde. Sarah zeigt auf eine Tür. Dort hatte Alexander geschlafen, sie selbst näherte sich der Tür gegenüber, wo Leonie untergebracht gewesen war. Gleichzeitig drückten sie lautlos die Klinken herunter und schlüpften in die dunklen Zimmer, um sich in die Betten fallen zu lassen.

„Aaaaarrrriiiiiiieeeeerrrrrghaaaaaaaa!!!“. Ein gellender Schrei ließ Sarah aus dem Bett fliegen, auf den Boden fallen und ebenfalls aufschreien! Kurz darauf ging das Licht an, Leonie, im Bett sitzend, schrie noch immer, Sarah schaute sie ungläubig an, dann versuchte sie: „Leonie … Leonie … ich bin´s, Sarah … Leonie … wieso bist du noch hier …“. Leonie schrie weiter „Hiiiiilfe…“. Gleichzeitig schrie Paul im Nachbarzimmer mindestens ebenso entsetzt und Alexander stieß nur immer wieder hervor: „Gespenst … weg, weg, weg … Hilfe“. …. Nur Sekunden später waren nicht nur alle im Haus versammelt und rieben sich die Augen, nach und nach gingen in allen Häusern Grottaferratas die Lichter an. Ungläubig starrten alle Sarah und Nicoló an. „Wo wart Ihr?“. „Wo kommt Ihr her?“, „Was ist?“. „Seid Ihr o.k.?“. … Alle redeten, nein riefen durcheinander. Und irgendwann hatten sich auch Leonie, in deren Bett Sarah steigen wollte, und Paul, auf den Nicoló sich hatte fallen lassen, wieder beruhigt und Alexander begriffen, dass es sich nicht um Geisterbesuch handelte.

An Schlafen war nicht mehr zu denken. In der großen Küche versammelten sich alle und schließlich sprach Sarahs Vater, nachdem sein Wunsch, den beiden

Ausreißern, wie er sie nannte, eine Tracht Prügel zu verpassen der Freude des Wiedersehens gewichen war, ein Machtwort. „Jetzt seid doch ´mal alle still, sonst *können* die beiden doch nicht erzählen, was los war!". Sarah und Nicoló aber, die ja erwartet hatten, alle anderen seien in Deutschland zurück und sie hätten Zeit bis zum Morgen, sich zu überlegen, wie sie ihre Geschichte so erzählen, dass alle sie verstehen, waren mindestens ebenso verwirrt, wie alle andern in der Küche. Schließlich war Sarah als erste in der Lage wieder zu sprechen, während nach und nach die Nachbarn und Verwandten ebenfalls in die Küche drängten. „Wieso seid *ihr* nicht in Deutschland, und *ihr*", sie schaute Alexander und Leonie an, „nicht in der Schule?". „Weil wir nachts keine Schule haben, vergessen? Warum kommt ihr mitten in der Nacht zurück und wollt dann statt in eure eigenen Betten, in unsere?", entgegnete Alexander, der ebenfalls sein freches Mundwerk wiedergefunden hatte. Leonie schaute ärgerlich zu Alexander: „Hey, wer weiß, was die in den letzten vier Wochen erlebt haben! Kannst du vielleicht etwas netter sein?". Und während Alexander „Tschuldigung, war `n Scherz", murmelte setzte sie an Sarah gewandt hinzu: „ … in Island ist ein Vulkan ausgebrochen, der hat so viel Asche gespuckt, dass in Europa keine Flugzeuge starten und landen können. Das gab es vor zwei Jahren doch schon einmal. Deshalb mussten wir hierbleiben und haben verlängerte Maiferien. Aber was ist mit euch … wo wart Ihr??? Hat es geklappt??????".

Hier wurde Leonies Vater hellhörig. „Hat *was* geklappt?", fragte er mit einem strengen Blick auf Leonie, „… und *was* wusstest du und hast es uns nicht gesagt, obwohl wir dich tausend Mal gefragt haben?". Nicoló aber sagte: „Und *ob* das geklappt hat!!! Wir waren in 4172 und um ein Haar hätten wir nicht zurück gefunden, das war echt knapp!". Jetzt packte Sarahs Vater Sarah und Nicoló recht unsanft am Arm: „*Wo* ist 4172 und *was* ist dort? Und was bildet ihr euch ein, dort hin zu gehen, ohne jemandem, ich meine ohne einem Erwachsenen Bescheid zu geben und vier Wochen lang nicht wieder aufzutauchen? Wisst Ihr, was ihr hier ausgelöst habt? Eure Großeltern, wir, haben nächtelang nicht geschlafen euretwegen. Haben das Restaurant geschlossen und sind halsüberkopf hierher geflogen. Erst haben Nonna, Nonno und Zia Maria gesucht, dann wir mit, überall, dann eine Polizeigroßfahndung veranlasst, Verdacht auf Entführung, wir haben euch schon tot gesehen!!! Und jetzt kommt Ihr hier ´rein, versucht euch ins Bett zu schleichen, als wäret Ihr nie weg gewesen. Tickt ihr noch ganz richtig???". Er war aufgebracht, wütend, während Asia und ihre Großmütter nur vor Erleichterung, die beiden gesund und munter zu sehen, schluchzten und die Großväter es noch gar nicht ganz glauben konnten.

Sarah befreite sich aus dem unangenehmen Griff ihrer Vaters. Das hatten sie sich nicht wirklich überlegt, bevor sie aufgebrochen waren. Andererseits, wie hätten sie es ihren Eltern sagen sollen. Sie hätten ihnen entweder nicht geglaubt, oder es ihnen erst recht verboten. Sarah schluckte. Dann versuchte sie, zu berichten, was geschehen war. Sie fing an mit den Büchern, Taogs Geheimnis, und endete mit einer Schilderung Roms im Jahr 4172. Nicoló und sie waren aufgeregt und müde, sie bemerkten nicht den immer ungläubigeren Blick ihrer Eltern und anderen Verwandten. Leonies und Alexanders Augen hingegen glänzten beim Zuhören. Sarah war gerade bei der Schilderung der Glibberwürfel angekommen, da unterbrach ihr Vater sie: „Jetzt reicht es aber … erwartest du, dass irgendjemand dir diese Märchen abnimmt?“, fragte er. Sarah verstummte, es stiegen ihr die Tränen in die Augen. Nicoló ging es nicht besser. Jetzt griff Asia ein: „Lorenzo, jetzt lass doch die Kinder, siehst du nicht, dass die ganz erschöpft sind? Wer weiß, was die durchgemacht haben in den letzten Wochen. Die gehören ins Bett! Oder habt Ihr noch Hunger?“. Sarah und Nicoló schüttelten den Kopf. Sie standen auf und wollten in Richtung ihrer Zimmer gehen, da sagte Nonna Ellia in sehr bestimmten Ton: „Oh nein, meine Lieben, ihr schlaft ab sofort oben! Nicht dass ihr noch Mal in die Zukunft abhauen müsst, weil euch einfällt, dass ihr dort etwas vergessen habt!“.

Als die Kinder längst in den Betten lagen, redeten die Erwachsenen immer noch. Was war mit Sarah und Nicoló passiert? Asia war es schließlich, die den Gedanken aufbrachte, dass das Erlebnis der Kinder etwas mit der Rauschgiftentdeckung in den Herbstferien zuvor zu tun haben könnte. Was, wenn die Kinder ein Beutelchen heimlich beiseite geschafft hatten, bevor die Dealer gekommen waren und lange, bevor sie die Polizei verständigt hatten. Hatte Sarah nicht gesagt, sie hätte um ein Haar gekostet? Was, wenn die Kinder sich heimlich in einem Versteck einen Trip nach dem anderen verschafft hätten. Oder noch schlimmer, was, wenn doch bekannt geworden war, wer den Dealerring hatte auffliegen lassen und aus Rache noch nicht gefasste Teile des Rings jetzt diese beiden Kinder drogenabhängig gemacht hätte. Auch nachdem sie in den frühen Morgenstunden ins Bett gegangen waren, machten die Eltern von Sarah und Nicoló ebenso wenig ein Auge zu, wie die Großeltern. Auch Alexander und Leonie konnten nicht wieder einschlafen, da sie sich Sorgen machten, was mit Sarah und Nicoló weiter geschehen würde.

Am nächsten Morgen saßen alle sehr unausgeschlafen und schweigend am Frühstückstisch, nur Paul plapperte: „erzähl´ doch noch ´mal, Sarah, wie war das in viertausendundso?“. Aber Sarah war nach allem Möglichen, nur nicht nach

Erzählen. Unmittelbar nach dem Frühstück kamen Nicolós Eltern und Sarah und Nicoló wurden ohne große Erklärung in ein Auto verfrachtet. Sie fragten auch nicht, die Stimmung war denkbar schlecht.

Entsprechend dem Familienbeschluss fuhren Lorenzo und Emilia ihre Kinder in die Universitätskinderklinik in Rom. Als Sarah und Nicoló dies mitbekamen, seufzten sie. Erinnerungen an 4172 kamen hoch, die Klinik mit den tausend Computern und die ‚Notlüge' ihrer Geheimsprache. *Geheimsprache*! Was 4172 ging, ging 2012 natürlich auch! „Weißt du was?", fragte Sarah Nicoló auf Ameropisch, dieser fuhr zu ihr herum „Wie???", fragte er zurück. „In 4172 war Deutsch unsere Geheimsprache, hier ist es Ameropisch!!!". „Klar!", sagte er, „Wir spielen jetzt das ganze Spiel rückwärts!". „Außer, dass zu befürchten steht, dass die hiesigen Diagnosecomputer Ameropisch nicht erkennen können!". Sie lachten.

In der Klinik angekommen zog sich zunächst die Aufnahmeprozedur endlos hin. Sie saßen in Warteräumen und auf Fluren, ihre Eltern mussten unzählige Formulare ausfüllen, da sie ja in Deutschland lebten. Dann irgendwann mussten sie Urin abgeben, es wurde ihnen Blut abgenommen. Und nach Stunden bekamen sie auch einen Arzt zu Gesicht, der sie körperlich untersuchte. Urin und Blut waren, das erfuhren sie am frühen Nachmittag, in Ordnung. Insbesondere gab es keinen Hinweis auf Drogen. Die körperliche Untersuchung ergab ebenfalls einen Normalbefund. Gegen siebzehn Uhr wurden die beiden dann Doktor Sognolio vorgestellt, dem Jugendpsychiater. Dieser unterhielt sich lange und eingehend mit ihnen, ohne dass die Eltern dabei waren, gemeinsam, aber dann auch getrennt. Sarah und Nicoló blieben bei ihrer Version der ‚Geschichte' verknüpft mit der ‚Geheimsprache'. Mehr wurde nicht verraten. Besonders interessierte sich Doktor Sognolio für die ameropische Sprache und zeigte sich beeindruckt, wie gut die beiden diese beherrschten. Er testete dies, indem er Nicoló und Sarah trennte und sich gegenseitig über das Telefon Anweisungen auf ameropisch geben ließ, die der jeweils andere ausführen sollte. Es waren Dinge wie: „Stell jetzt bitte den Stuhl ans Fenster, steige darauf und zähle langsam bis zehn". Oder: „Geh zum Waschbecken, wasch dir die Hände und dann sing ein Lied", … egal, welche Aufgabe, die ausschließlich telefonische ameropische Anweisung wurde zu seinem Erstaunen befolgt und zu seiner noch größeren Verwunderung, ließ das Gesagte sogar so etwas wie eine grammatikalische Struktur erahnen.

Es war fast zwanzig Uhr, als Doktor Sognolio zu dem Entschluss kam, dass die Kinder gesund seien und von einer außerordentlichen Fantasie und Sprachbegabung. Er teilte den Eltern mit, dass er es sehr kreativ und keineswegs krank fände, eine Geschichte und eine fiktive Fremdsprache zu erfinden, um ein wohl gehütetes Geheimnis auch bei noch so starken Druck seitens der Eltern nicht preisgeben zu müssen.

Zum Leidwesen der Eltern beglückwünschte er Sarah und Nicoló dazu und ermahnte sie lediglich aufzupassen, dass sie bei ihren Unternehmungen nicht in Gefahr gerieten. Er endete mit den Worten: „Wenn Ihr eine neue Geschichte habt, und seid ´mal wieder in Rom, kommt doch vorbei! Ich würde die Geschichte nur zu gerne hören!". Mit einem strahlenden Lächeln und festem Händedruck verabschiedete er sich von Sarah und Nicoló, die glücklich waren, und von Lorenzo und Emilia, die entschieden weniger glücklich waren mit dem Ergebnis der Untersuchung. „Haben sie sich, wenn sie so etwas von sich geben, denn einmal überlegt, dass wir die Verantwortung haben für diese Kinder?", fragte Lorenzo Doktor Sognolio. Dieser entgegnete unverändert lächelnd: „Wenn man Kinder so zur Selbständigkeit und Eigenverantwortung erzogen hat, wie sie, kann man stolz darauf sein!". „*Wo* waren diese Kinder und *was* ist passiert?", fragte Lorenzo zunehmend ungehalten. „Das weiß ich nicht besser, als Sie", entgegnete Doktor Sognolio, „Im Moment müssen wir akzeptieren, dass sie eine Geschichte erfunden haben, in der sie im Rom des Jahres 4172 gewesen sein wollen und ihr Geheimnis ist ihnen so wichtig, dass sie eigens eine hochkomplexe Geheimsprache erfunden haben, in der sie sich verständigen können. Freuen Sie sich doch einfach, dass sie gesund und munter wieder hier sind".

Und mit einem Schmunzeln setzte er nach einer kurzen Pause noch hinzu: „Meine Kinder sind ist inzwischen erwachsen, aber besonders bei meinem Sohn bin ich ganz glücklich, dass ich nicht alles wusste, was er ausgefressen hat, als er so alt war, wie Ihre beiden hier. Er hat es mir später erzählt, und ich war ihm dankbar, dass er mich seinerzeit damit verschont hatte".

Sarah und Leonie schauten sich ungläubig an. Sie hätten so gerne alles erzählt, hatten es ja sogar versucht, aber die Wahrheit glaubte ihnen ja keiner! Ob es stimmte, dass Erwachsene manchmal gar nicht alles wissen wollen? Bei ihren Eltern schien es anders zu sein, die wollten schon alles wissen, verstanden es dann aber nicht. Und sie waren Doktor Sognolio sehr dankbar, dass er ihre

Eltern beruhigte und ihnen bescheinigte, dass sie völlig gesund und auch nicht verrückt waren. Er war schon schwer in Ordnung, der Mann.

Die Rückfahrt allerdings verlief schweigend, schweigender, als Sarah und Nicoló nach den beruhigenden Informationen von Doktor Sognolio gehofft hatten. Und auch in den darauffolgenden Tagen bis zu ihrem Rückflug nach Deutschland war die Stimmung ausgesprochen gedämpft. Selbst Zia Maria war verhalten und sagte nur einmal: „Ich hatte euch doch gesagt, Ihr sollt keinen Unsinn machen!".

Leonie und Alexander brannten darauf, endlich mehr von dem zu erfahren, was Sarah und Nicoló erlebt hatten. Wie auch immer sie es aber anstellten, sie erhielten keine Gelegenheit, sich unbeobachtet und vor allem unbelauscht zu unterhalten. Wenn keiner der Erwachsenen dabei war, was selten genug der Fall war, klebte Paul an ihnen, wie eine Klette und merkte sich jedes Wort, das sie sagten. Am achten Juni endlich wurden einige Flughäfen wieder für Start und Landung kleinerer Maschinen freigegeben, so auch Fiumicino und Düsseldorf.

Sarah und Nicoló sind wirklich nicht krank!

„Du wirst sehen, jetzt wird alles wieder, wir früher", flüsterte Leonie Sarah in der Warteschlange beim einchecken zu, „wir lassen ein bisschen Gras über die Sache wachsen, sehen zu, dass wir den versäumten Schulstoff aufholen und dann trifft Cocasa sich wieder im Weidenhaus!". Sie zwinkerte Sarah zu, die dankbar zurück lächelte. Gut dass es Freundinnen wie Leonie gab! Alexander und Nicoló hatte keine Gelegenheit, sich auszutauschen, Nicoló kam zwischen seinen Eltern nicht weg. „Vielleicht wollt Ihr mich ja lieber an die Leine nehmen!", hatte Nicoló gesagt und sein Vater hatte nur geantwortet: „Du bleibst hier, und wenn jemand sich freche Bemerkungen verkneifen sollte, bist du das!".

Als sie in Düsseldorf landeten, stellten die beiden Zeitreisenden fest, dass nichts war, wie früher. Alexanders Mutter sowie Leonies Eltern und Großeltern waren an den Flughafen gekommen, um sie abzuholen. Die Begrüßung fiel nicht annähernd so herzlich aus, wie man erwartet hätte. Die Jugendlichen erhielten nur kurz Gelegenheit, sich voneinander zu verabschieden und als sie sich zum Gehen wandten, hörte Sarah, wie Alexanders Mutter zu ihm sagte: „…und ich will jetzt ganz genau wissen, was ihr da angestellt habt, hörst du?!". Alexander antwortete zwar etwas, das aber konnte Sarah nicht mehr hören. Aber auf

Alexander war Verlass, das wussten sie und Nicoló. Auch Leonies Familie entfernte sich sehr schnell, sie wollten das Wochenende noch in Köln bei den Großeltern verbringen.

Als Sarah und Nicoló wieder in ein Auto und das zusammen mit Emilia und Lorenzo verfrachtet wurden, ahnten sie schon nichts Gutes. Und tatsächlich, Emilia und Asia konnten sich mit der sehr entspannten Art, mit der Doktor Sognolio mit dem Verschwinden und Wiederauftauchen der beiden Dreizehnjährigen umgegangen war, überhaupt nicht anfreunden. Es plagte sie der Gedanke, dass die beiden doch gesundheitlichen Schaden genommen hatten mindestens ebenso, wie die Frage, *was* die beiden denn gemacht hatten und *wo* sie gewesen waren. Nach einer Stunde merkten Sarah und Nicoló, dass sie offenbar nicht nach Hause fuhren. Sarah fragte: „Wo fahren wir hin?“, ihr Vater aber antwortete nur: „Das erklären wir euch, wenn wir da sind!“. Selbst, als sie auf die Toilette mussten, blieb einer der beiden Erwachsenen vor der Tür stehen, während der andere in der Raststätte etwas zu Trinken besorgte.

„Sag ‘mal, bin ich dein Sohn, Mama, oder euer Gefangener???!!!“, maulte Nicoló schließlich. Aber auch Emilia war nicht auf den Mund gefallen und gab zurück: „Solange Lorenzo und ich nicht wissen, wo ihr wart, und wir nicht wissen, ob ganz sicher ist, dass so etwas nie wieder passiert, könnt ihr euch getrost als Gefangene verstehen!“. Entsetzt schauten Sarah und Nicoló sich an. „Scheiße, was soll das, Papa???“, fragte Sarah. Lorenzo bremste und fuhr herum: „Fäkalsprache verbitte ich mir in meinem Auto!“. „Dann lass uns ´raus!!!“, konterte Sarah, die ihren Mut wiedergefunden und ihre Pubertät offenbar wiederentdeckt hatte. „Das könnte euch so passen!“, lachte Lorenzo trocken und gab Gas. Schweigend fuhren sie weiter.

Von Düsseldorf waren sie direkt nach Gießen gefahren, wo Emilia, obgleich Samstag war, die Vorstellung der beiden in der Universitätskinderklinik vereinbart hatte, da weder sie noch Lorenzo und Asia den Ergebnissen der italienischen Untersuchungen trauten. „Das ist nicht euer Ernst!!!“, entfuhr es Nicoló, als er erkannte, wo sie waren. „Oh doch!!!“, antwortete Emilia. Die Aufnahmeprozedur zog sich noch mehr in die Länge, als in Rom. Stunden warteten sie auf unbequemen Stühlen in schmuddeligen Wartebereichen, bis sie endlich in ein kleines, abgeschabtes Zimmerchen abseits der eigentlichen Notaufnahme gebeten wurden, in dem alle vier nebst Arzt nur knapp Platz fanden. Der blasse Doktor mit der spitzen Nase hörte sich die ganze Geschichte an und fragte dann: „Sie waren schon in Rom in der Klinik? Und was sollen wir jetzt genau machen?". Nachdem Emilia und Lorenzo wiederholt betont hatten, dass sie befürchteten, es sei in Italien etwas übersehen worden und außerdem sei der Jugendpsychiater doch sehr eigenartig mit der Problematik umgegangen, seufzte der Arzt.

Erst als Lorenzo den Zwischenfall im letzten Herbst mit der Drogenmafia anführte, wurde er hellhörig. „Das können wir jetzt aber nicht ambulant, da kommt nicht mehr heraus, als in Rom auch", stellte er fest. Sarah und Nicoló verstanden kein Wort, dies änderte sich zu ihrem Schrecken aber bereits mit dem nächsten Satz: „… dafür müssen die beiden hier bleiben!". Auch das noch!!! „Papa!!! Wir haben so schon mehr als drei Wochen Schule versäumt! Das geht nicht!!!", protestierte Sarah, doch sofort erklärte der Arzt: „Schule werde Ihr auch hier haben, unsere Krankenhauslehrerin, Frau Mümpel, wird sich mit Eurer Schule in Verbindung setzen und den Stoff erfragen, da mach dir mal keine Sorgen, junge Dame! Du könntest uns natürlich auch einfach erzählen, wo Ihr wart und was Ihr gemacht habt, dann …". „Das glaubt uns doch sowieso keiner!", sagte Sarah und Nicoló nickte. „Warum sollte ich euch nicht glauben?", fragte der Arzt und wurde spürbar freundlicher. „Naja", sagte Sarah, „weil es … naja, es ist nicht so einfach zu glauben …". „Einen Versuch wäre es aber doch wert, oder?", ermunterte der Doktor Sarah und mit einem Blick auf Lorenzo und Emilia setzte er hinzu: „ich habe das Gefühl, dass wir das jetzt besser unter uns ausmachen, würden Sie einen Moment vor die Tür gehen?". Widerwillig verließen Emilia und Lorenzo das Zimmer.

Gespannt lauschte der Arzt den Berichten von Sarah und Nicoló, die versuchten, in wenigen Sätzen ihre Geschichte vom Fund der Bücher bis zur Rückkehr in die Gegenwart zusammen zu fassen. Besonders faszinierte ihn, dass die beiden sich so absolut einig waren, und als sie ihm dann noch eine kurze Unterhaltung auf ameropisch vormachten, war er sprachlos. „Das ist die tollste Geschichte, die ich seit langem gehört habe!", sagte er bewundernd. „Dennoch denke ich, dass ihr hierbleiben solltet, damit wir ganz sicher sein können, dass ihr euch in viertausend…", er stockte, „4172", half Nicoló ihm, „genau, dass ihr euch in viertausendeinhundertzweiundsiebzig keine Vergiftung zugezogen habt!". Er lächelte verbindlich und aufmunternd. Sarah und Nicoló seufzten.

Die Untersuchungen zogen sich endlos hin. Neben Blut und Urin, wie in Italien, wurden Haare und Fingernägel untersucht, außerdem jeden Tag irgendein anderer Test gemacht, dazwischen langweilten sich Sarah und Nicoló schrecklich. Aber es half ihnen ebenso wenig, wenn sie tobten und schrien, dass in 4172 alles *viel* effektiver gewesen sei und fragten, ob die Ärzte zu doof seien, Computer einzusetzen für die Analysen, wie wenn sie schweigend alles über sich ergehen ließen. Die Ärzte und Schwestern behandelten sie ausnahmslos zuvorkommend und erklärten mit unendlicher Geduld wiederholt, dass die Untersuchungen doch nur der Sicherheit dienten, dass sie gesund seien. Und einmal am Tag kam für eine Stunde die Lehrerin, die ihnen Hausaufgaben brachte, die sie aber bereits in einer weiteren Stunde erledigt hatten.

Am lustigsten, wenn man überhaupt von lustig sprechen konnte, waren noch die Untersuchungen durch den Psychologen, zu einen waren da die Tests, die ganz unterhaltsam waren und Sarah an die Zeitschriften ihrer Mutter erinnerten, zum anderen die Gespräche. Nicoló und Sarah verabredeten sich immer, was sie erzählen würden und einmal sogar sprachen sie ausschließlich ameropisch. Sie genossen das verwirrte Gesicht ihres Gegenübers. Aber all diese kleinen Lichtblicke trösteten sie nicht darüber hinweg, dass sie eingesperrt und nicht zuhause waren. Einmal weinte Sarah sogar und flüsterte Nicoló zu: „Wenn ich das gewusst hätte, wäre ich nicht zurückgekommen!". Und Nicoló flüsterte zurück: „… hab´ auch schon gedacht, wäre vielleicht besser gewesen, du hättest mich da gelassen, hast du ja mal angedroht, erinnerst du dich?!". Sarah kicherte kurz auf. „So ´was wie Guru Manix werden die hier in fünftausend Jahren noch nicht haben!!!", flüsterte Sarah nach einigen Minuten des Schweigens erneut. „Hmhm … statt sich zu freuen, würden die denken, der ist falsch programmiert!!!", gab Nicoló, ebenfalls flüsternd, zurück.

Nach einer Woche kamen Leonie und Alexander zu Besuch, sie hatten einen Hungerstreik angedroht, wenn sie ihre Freunde nicht sehen durften und waren mehr als froh, dass ihre Eltern nachgegeben hatten, denn die Vorstellung, nichts zu essen war ihnen fürchterlich. Andererseits machten sie sich große Sorgen um die Freunde, bekamen sie doch immer wieder beunruhigende Gespräche der Erwachsenen mit. Sie hatten Sarah und Nicoló Schokoladen mitgebracht und als sie erklärten, dass diese ganz vorsichtig einzeln auszupacken und zu essen seien, begriffen Sarah und Nicoló sofort.

Die vier Freunde hatten nicht viel miteinander gesprochen, da sie befürchteten, dass auch diese Gespräche von irgendjemandem mitgehört wurden. Als sie gegangen waren, wickelte Sarah vorsichtig das erste Stück Schokolade aus und fand einen kleinen Zettel darin: „4. Passt auf … die halten euch für verrückt!!! …". Schnell wickelten sie jede einzelne Praline aus, bis sie sieben nummerierte Zettelchen zusammen hatten. In der richtigen Reihenfolge lasen sie sich wie folgt: „1. Liebe Sarah, lieber Nicoló, haltet die Ohren steif, 2. Wir machen uns Sorgen um euch, 3. Ihr müsst wiederkommen, Ihr fehlt uns und Cocasa kann ohne euch nicht arbeiten! 4. Passt auf … die halten euch für verrückt. Die tun nur so, als würden sie euch glauben. 5. Überzeugt die davon, dass ihr die Geschichte nur erfunden habt, 6. um eure Ruhe zu haben, sonst kommt Ihr da nie weg!. 7. Großer Cocasa Gruß Leo & Alex“.

Erschreckt blickten sich Nicoló und Sarah an. Dann setzte sich Sarah aufrecht hin und sagte: „Weißt du was, Nicoló, als wir noch in 4172 waren, da haben wir logisch nachgedacht!“. Während sie das sagte, griff Sarah nach dem warmen Bernsteinanhänger, den sie unter dem T-Shirt trug. Auch hier hatte sie sich standhaft geweigert, ihn abzulegen. „In 4172 waren wir so logisch, so überlegt … aber hier, da lassen wir uns einfach ins Bockshorn jagen! Wieso eigentlich? In 4172 da war uns, zumindest mir, klar, dass die uns für verrückt halten müssen, wenn wir sagen, wir stammen aus 2012 … Wenn uns vor fünf Jahren einer …“. „Jaja“, unterbrach Nicoló sie „…in Steinheim gesagt hätte, er kommt aus der Steinzeit …“. Er erinnert sich genau an den Fußtritt in der Klinik in 4172! „Genau!!!“, sagte Leonie. Und damit war die Strategie klar.

Der Psychologe war glücklich, er war überzeugt, dass es sein Verdienst war, das die beiden zugaben, doch alles nur erfunden zu haben. Die Kleinigkeit, dass er immer noch nicht wusste, was sich in den fraglichen vier Wochen ereignet hatte und wo die beiden gewesen waren, übersah er geflissentlich. Er gratulierte den Jugendlichen zu ihrer tollen Geheimsprache und schrieb seinen Bericht.

Der Psychiater blieb etwas verhalten, er fand die Fantasie der beiden doch eher ungewöhnlich überschäumend und vor allem die Hartnäckigkeit, mit der sie versucht hätten, die Profis an der Nase herum zu führen, und er sprach durchaus aus, dass unklar blieb, wo die beiden Patienten sich in den fraglichen vier Wochen aufgehalten und was sie gemacht hätten. Und es erklärte nicht das weit, weit überdurchschnittliche technische Verständnis der beiden insbesondere im Umgang mit Computern, das dem Arzt Rätsel aufgab. Dennoch wurden die psychologischen Tests und Gespräche und die psychiatrische Überwachung eingestellt. Die ersehnte Entlassung aber ließ noch auf sich warten, da die Augen- und die Hals-Nasen-Ohren-Klinik ihre Untersuchungen nicht abgeschlossen hatte, beziehungsweise die Ergebnisse nicht glauben konnte und die Untersuchungen mehrfach wiederholte.

Schließlich aber wurden Sarah und Nicoló nach zwei Wochen und einem Tag Kliniksaufenthalt, doch zum Abschlussgespräch in das Zimmer des Chefarztes gerufen. Die gute Nachricht war, dass sie gesund waren und sich auch keinerlei Spuren von Drogen, Medikamenten oder anderer Gifte bei den Untersuchungen hatten finden lassen. Der Psychiater gab noch einmal seiner Sorge über ‚zu viel Fantasie' und ungewöhnliche Verstocktheit in Bezug auf die ‚fraglichen vier Wochen' Ausdruck, der Kinderneurologe sah darin eine mögliche Erklärung für eine sehr lebhafte, wenn auch normale Gehirnaktivität, die er im Schlaf-EEG festgestellt hatte.

Und dann kam etwas ganz Erstaunliches. In der Augenklinik hatte man festgestellt, dass beide, Sarah und Nicoló sehr viel schärfer und besser sehen konnten, als andere Menschen, vor allem auch im Dunkeln, fast so gut, wie Raubvögel, die in der Dämmerung jagen. Und in der Hals-Nasen-Ohrenklinik hatten sie festgestellt, dass auch das Hörvermögen deutlich über dem lag, was ein Mensch normalerweise hat. Das galt für die Lautstärke ebenso, wie für die Tonhöhen. Sarah und Nicoló hatten zwar bemerkt, dass sie gut sahen, sogar im Dunkeln noch lesen konnten, und gut hörten, was ihnen beim Belauschen der Gespräche zwischen Ärzten und Krankenschwestern in den letzten Wochen aber auch nicht wirklich geholfen hatte, da diese mit lauter Fremdworten um sich warfen. Aber *wie* gut, das hörten sie jetzt selbst mit Erstaunen.

„Wir haben …", erklärte ein kahlköpfiger Mann, den Sarah und Nicoló während ihres Kliniksaufenthalts nie bewusst wahrgenommen hatten. „Verzeihung, wer sind *Sie*?", fragte Lorenzo, dem die ganze Veranstaltung etwas zu viel wurde, recht ungehalten. „Ich bitte um Entschuldigung", beeilte sich der Kliniksdirektor zu sagen, „das ist Professor Gmein, der Leiter des Max-Planck-Instituts für molekulare Biologie und Erfinder der intravitalen Makromolekülanalyse!". „Erfinder der *was*???", entgegnete Lorenzo, nicht weniger gereizt. „Mit dieser Methode kann man einzelne große Moleküle eines Gewebes untersuchen, ohne, dass dieses Gewebe entnommen, zerstört oder auch nur geschädigt wird!", erklärte der Chefarzt freundlich. „Au Mann!!!", rief Nicoló dazwischen, „dann hättet Ihr uns gar nicht so viel Blut dauernd abnehmen müssen???". „Genau dafür wird diese Methode entwickelt, noch sind wir aber nicht so weit, bisher funktioniert sie nur für oberflächlich gelegene Zellschichten, die sich nicht bewegen … aber jetzt lass uns doch ´mal hören, was Professor Gmein herausgefunden hat!". Der Kahlkopf räusperte sich und begann von Neuem. „Wir haben …", er hielt inne, falls noch jemand beabsichtigte ihn zu unterbrechen, dann fuhr er fort: „Wir haben bei beiden Jugendlichen eine sehr erstaunliche Entdeckung gemacht. Im Augenhintergrund wie auch im Innenohr der beiden haben wir Eiweißstoffe identifiziert, die bisher nur von einer bestimmten Algenform bekannt sind, die relativ tief im Meer wächst. Diese Eiweiße sorgen bei den Algen auf noch ungeklärte Weise dafür, dass sie mit sehr wenig Licht sehr effektiv wachsen und gedeihen können. Wir gehen davon aus, dass das erstaunliche Seh- und Hörvermögen unserer beiden Probanden ebenfalls mit diesen Eiweißen zusammenhängt".

„Die Glibberwürfel", zischte Sarah auf ameropisch, „dann waren die doch zu ´was gut!". „Was passiert, wenn man solche Algen isst?", fragte sie laut auf Deutsch. „Die werden verdaut, wie ein Stück Wurst oder Käse auch! Das heißt die Eiweiße werden in ihre Bausteine zerlegt und kommen nicht am Stück in den Augen oder Ohren an", antwortete der Professor zunehmend freundlich, „Deshalb kann man davon auch nicht besser gucken! Schade eigentlich, sonst würde ich im koreanischen Restaurant sofort Algensalat bestellen!", er schmunzelte. Nicoló runzelte die Stirn, „... und was passiert mit Eiweißen, die wir im Körper haben?", fragte er. „Ihr seid ziemlich neugierig und ziemlich schlau!", erwiderte Professor Gmein, „In der Regel werden Eiweiße nach einer gewissen Zeit abgebaut, da sie ‚schlecht' werden, wie ein Joghurt im Kühlschrank auch! Die Bausteine werden wieder verwendet, unser Körper ist ganz groß im Recycling!". Nicoló und Sarah seufzten gleichzeitig und dachten das Gleiche: „Wir hätten herausfinden sollen, was genau der ‚Nahrungsbereiter' mit dem Essen macht und wie die Glibberwürfel hergestellt werden". Aber das war jetzt zu spät. Aber sie versprachen Professor Gemein, ihn zwei Mal im Jahr zu besuchen, um nachzuschauen, ob die Eiweiße noch da waren, dafür versprach dieser, ihnen beim nächsten Besuch sein Labor, und vor allem die großen Computer darin, zu zeigen.

‚Cocasafu' und das neunte Buch

Montag, erster Schultag – Sarah und Nicoló graute davor. Was würden sie sagen, wenn die Klassenkameraden fragten, wo sie gewesen seien? „Im Krankenhaus, unsere Eltern, dachten, wir seien krank", hatten sie sich abgesprochen. Und die Lehrer? Ob die sich mit einer solchen Erklärung zufrieden geben würden? Und, was wussten die schon, was nicht? Was hatten die Eltern auf die Entschuldigungen geschrieben, nachdem ein Rückflug möglich geworden war?

Aber es passierte gar nichts. Leonie begrüßte Sarah herzlich, die anderen taten so, als sei sie nie weggewesen. Auch die Lehrer fragten nur kurz: „Geht es dir wieder gut?", dann machten sie weiter im Stoff. Nicoló ging es ähnlich. Erst nach der Schule, als sie das Schulgelände schon verlassen hatten, wurden sie von ihren Mitschülern bestürmt und erfuhren, dass es klare Anweisungen von ganz oben gegeben hatte, dass man den ‚Vorfall Grottaferrata', wie er genannt wurde, nicht zu thematisieren hatte, bei Strafe. In buntesten Farben gaben Sarah und Nicoló wieder, was nach ihrer Rückkehr alles passiert war, und die Klassenkameraden waren so fasziniert davon, dass sie gar nicht merkten, dass ihre eigentliche Frage, „Wo wart ihr gewesen?", gar nicht beantwortet wurde. Laut schnatternd bekundeten aber insgesamt fast siebzig Schülerinnen und Schüler, wie schön es sei, dass alle wieder da seien und wie sehr man sie vermisst hatte.

Die Lehrer aber hatten sich zu ihrem Mittwochs-Stammtisch ausnahmsweise einmal im Via Tuscolana verabredet. Ganz zufällig, versteht sich! Und es waren alle da, auch die, die sonst nie mit kamen, wie Herr Dontno. Nur Herr Schmidt fehlte, der Direktor, aber er war auch nicht wirklich eingeladen gewesen. „Heute müssen wir mal die glückliche Heimkehr Ihrer Enkel feiern", verkündete Herr Salzmaul, als Sarahs Nonno Andrea und Nicolós Nonno Eusebio an ihren Tisch kamen. „Großartig", sagte Nonno Eusebio, „das gibt doch gleich eine Runde aufs Haus". … „Nach dem Essen, nach dem Essen!", rief Salzmaul, „sonst sind wir ja gleich beschwipst", und sie bestellten alle das Gericht des Tages. ‚Spaghetti Maria' stand auf der handgeschriebenen Karte und dahinter: ‚Spaghetti fatto in casa con Cantarelli', hausgemachte Spaghetti mit Pfifferlingen. Die Pilze hatten die Großeltern am Wochenende in großer Menge in der Nähe von Schwalenberg gefunden und gleich auf die Speisekarte gesetzt. Die Lehrerinnen und Lehrer speisten und sprachen dem Hauswein zu.

Dann und wann versuchte einer von ihnen, etwas aus den Großeltern heraus zu bekommen. Diese waren großzügig mit unterhaltsamen Geschichten aber ausgesprochen geizig mit Informationen betreffend ihre Enkel. „Sagt mal, wo waren die eigentlich", versuchte auch Salzmaul es ganz nebenbei, während er sich einen Löffel Tiramisu in den Mund schob, das er sich als Nachtisch gegönnt hatte. „In Italien!", sagten Andrea und Eusebio wie aus einem Munde und strahlten ihn an, um gleich darauf von den unglaublichen Pilzfunden Marias zu berichten, und zu erzählen, dass das Tagesgericht nach Maria, der Schwester Andreas, benannt war. Salzmaul lachte und gab auf. „Ach", seufzte er, „Solche Opas hätte ich auch gern gehabt!".

Es war zwar erst kurz nach acht Uhr, doch nach und nach verabschiedeten sich die Lehrer, da sie teilweise zu ihren Familien, teilweise noch an den Schreibtisch wollten. Nur Dontno, der dem guten Roten in ungewöhnlichem Maße zugesprochen hatte, blieb. „Lehrer sein ist ganz schön schwer! Wisst Ihr das eigentlich? Gaaaaanz schön schwer!!!“, sagte er mit schwerer werdender Zunge. „Kann ich noch ein Glas haben?“. Er hielt sein fast leeres Glas gegen das Licht und blinzelte hindurch. In diesem Moment kamen Sarah und Nicoló durch den Hintereingang und die Küche in die Gaststube, da sie gehört hatten, dass sich die Lehrer im Restaurant ihrer Eltern getroffen hatten, was ihnen Sorgen bereitete. Die Gaststube war fast leer, außer Dontno waren nur noch vier weitere Gäste da. „Alles in Ordnung“, flüsterte Asia ihrer Tochter zu, „Nonno würde euch nie ´reinreiten!“. … „… noch ein Glas?“, hörten sie Dontno wieder sagen. „Was ist denn mit dem los?“, fragte Nicoló besorgt. „Na was wohl?!“, antwortete Asia, „Der trinkt wahrscheinlich sonst keinen Wein, oder höchstens ein Glas!“. Da sahen sie auch schon, wie Eusebio auf Dontnos Tisch zu tänzelte, die Flasche in der Hand, Andrea kam von der anderen Seite. „Ob es ihnen gut tut, Lehrer zu sein, können wir beide nicht beurteilen“, sagte Andrea, „aber voller kriegen wir sie auf jeden Fall!“, setzte Eusebio hinzu und schenkte ein. Dontno, der kein Wort verstand, zuckte mit den Schultern und trank. Auch Sarah und Nicoló verstanden nicht, Asia aber kicherte und verschwand in der Küche. Dann kamen Eusebio und Andrea, um die Spaghetti für Tisch drei abzuholen. „Der ist ja nervig! Hallo Kinder – wie haltet Ihr den aus?“, Sarah und Nicoló zuckten mit den Schultern und Nicoló meinte: „Vom Umtausch ausgeschlossen!“. „Ach so“, schmunzelte Eusebio, dann wurde er wieder ernster: „Wie kriegen wir den los, ohne dass wir ihn nach Hause rollen müssen?“. „Soll ich???“, fragte Asia. „Du???“, fragten Andrea und Eusebio wie aus einem Munde.

Asia wischte sich die Hände an einem Küchentuch ab und ging zum langen Tisch, an dem Dontno jetzt alleine saß. Sie griff ein paar Teller und fragte dann freundlich und mit ihrem strahlendsten Lächeln:„Und? Hat es Ihnen geschmeckt?“. „Vorzüglich!“, nuschelte Dontno, „Vooorzüglich!!! Wirklllich!“. „Die Pilze haben meine Schwiegereltern und Nicolós Großeltern letztes Wochenende selbst gesammelt“, erklärte sie, „Ich habe sie geputzt, das ist bei Pfifferlingen immer eine ziemliche Arbeit, aber es lohnt sich!“. „Uuunbedingt!“, pflichtete Dontno ihr bei. Sie hatte sich bereits mehrere Teller gegriffen und war im Begriff zu gehen, da fasste Dontno sie am Arm, sodass sie aufpassen musste, dass das Geschirr nicht zu Boden fiel. Sie drehte sich wieder um und sagte: „Ja?“. Dontno ließ sie immer noch nicht wieder los. Mit schwerer Zunge fragte er: „Nun sag doch … was war mit Nicoló und Sarah, ist doch ihre Tochter, oder?". „Das kann ich Ihnen nicht sagen, das ist geheim!", sagte Asia und befreite sich, immer noch lächelnd, aus Dontnos Griff. „Bitte! Ich behalte es auch ganz sicher für mich!", bettelte Dontno. Asia blieb standhaft. Sie brachte die Teller in die Küche, wo sie sich einen Weg durch die Großväter und ihre Enkel bahnen musste, die die Unterhaltung zwischen Lehrer und Mutter genau verfolgt hatten.

Dann ging sie wieder zum Tisch, um in aller Gelassenheit abzuräumen. „Sie halten mit wohl nicht für vertrauenswürdig?", lallte Dontno inzwischen, „Das finde ich nich in Ooodnung! Gaaa nich in Ooodnung!". „Es ist ein Geheimnis, verstehen Sie doch, das kann ich unmöglich laut im Restaurant sagen!", erwiderte Asia. „Dann fl … fl …flüstern Sie es mir doch ins Ohr!", kam nach einer Weile von Dontno. Asia zierte sich noch eine kurze Weile, dann beugte sie sich nach vorne und flüsterte Dontno etwas ins Ohr. Blitzartig saß Dontno kerzengerade auf seinem Stuhl und wirkte kein bisschen mehr betrunken. „*Was*????", fragte er erregt, „*Was*???". Asia zuckte unschuldig lächelnd mit den Schultern. „Das kann bei Selbstgesammelten schon ´mal vorkommen!", sagte sie. Dontno sprang auf und verlangte ein Taxi. Nonno Andrea machte einen großen Schritt nach vorne und meinte „Vorher wollen Sie aber sicher noch zahlen, nicht wahr?", indem er Dontno die Rechnung hinlegte, die Dontno wortlos beglich. Dann stürzte er zur Tür, vor der das von Nonno Eusebio gerufene Taxi bereits wartete.

Asia lachte. Nonno Andrea sah sie mit hoch gezogenen Augenbrauen an „Asia, du hast doch nicht … ???". „Doch!!!", antwortete sie. „Was???", fragte Sarah und Nicoló fragte: „Was hast du ihm denn ins Ohr geflüstert???". Asia lachte immer noch: „Dass Ihr in Italien eine Pilzvergiftung hattet!". „Mama!!!!", stieß Sarah hervor, Nicoló meinte trocken: „So kann man das auch nennen!". Und Asia stellte fest „Wenn Ihr mit Geschichten Spaß haben könnt, ich kann das auch!".

Dontno erschien am nächsten Tag pünktlich zum Unterricht, sah aber nicht gut aus. Ob er sich den Rest seines Lebens gefragt hat, ob Kopfschmerzen und Übelkeit vom Rotwein oder den Pilzen kamen, ist nicht bekannt. Auf jeden Fall hat er nie wieder gefragt, was in jenen Frühjahrsferien in Grottaferrata los war.

„Vierzehn Uhr Cocasa?", fragte Alexander. Sarah strahlte. Es schien doch alles wieder so zu werden, wie früher. „Vierzehn Uhr", bestätigte sie. Und pünktlich trafen sich alle vier im Weidenbaumhaus. Als Alexander eine Flasche mit blaßrotorangefarbener Flüssigkeit aus ihrem Rucksack holte, schreckten sie alle zurück. Es dauerte einen Moment, dann lachte er. „Das ist kein Pilzsud, das ist ein Granatapfelgetränk nach einem Rezept meiner Großmutter. Keine Angst, meine Familie ist nicht bekannt dafür, dass sie Zaubersprüche verbreitet und Zeitreisen plant!". Sie lachten und schenkten sich alle etwas in die mitgebrachten Becher ein. Jetzt endlich konnten Sarah und Nicoló berichten, was sich wirklich ereignet hatte. Von ihrer ‚Abreise' in der Nacht zum fünften Mai über ihre Zeit im Jahr viertausendeinhundertzweiundsiebzig bis zu ihrer Rückkehr. Sie brauchten sieben Nachmittage und zwei volle Wochenenden und Alexander und Leonie kamen aus dem Staunen nicht heraus. Immer wieder klagte Leonie: „halt, nicht so schnell", denn sie nahm ihre Aufgabe als Schriftführerin sehr ernst.

Es war Alexanders Idee, dass auch Nicoló und Sarah ihre Entdeckungen in ein Buch schreiben sollten, das für eventuelle Nachkommen erhalten bleiben sollte. „Ich kann das tippen", bot Sarah sich an, die über den Luxus eines eigenen Laptop-Computers verfügte, den sie auch mit einem Passwort schützen konnte, sie hatte ihn sogar mit. Sie überlegten lange. Eine CD würden sie auf jeden Fall dazu legen, aber nach allem, was Sarah und Nicoló gesehen hatten, hatten die Computer in 4172 kein CD Laufwerk gehabt. Sie stellten fest, dass sie versäumt hatten, zu fragen, wie, außer durch ein Netzwerk oder die integrierten Scanner, Daten auf den Computer übertragen wurden. Die Schüler kommunizierten über Sprache und Bildschirmberührungen mit dem Computer, aber wie war das mit älteren Daten? Also, eine CD … und dann ein handgeschriebenes oder ein ausgedrucktes Dokument? „Und was sagst du dazu?", fragte Sarah Leonies Laptop und tätschelte den Bildschirm von hinten. „Der ist noch zu jung, der kann noch nicht sprechen", sagte Nicoló und alle lachten.

„Sag ´mal", fing Alexander wieder an, „als ihr da im Museum wart, was war da an Büchern?". „Genau!!!", rief Nicoló, „unsere Bücher, davon war praktisch nichts mehr übrig! Papyri so naja … aber die Pergamentschinken, die waren alle noch erhalten und gut zu lesen!". „Na dann!!!", rief Alexander. „Auf geht´s … ich bin übrigens dafür, dass wir uns für dieses Projekt umbenennen in Cocasafu – Congregatio casa salix futura – da wir uns ab sofort nicht mehr mit der Vergangenheit, sondern mit der Zukunft befassen!".

Nonno Andrea schaute Sarah ungläubig an, als diese ihm gesagt hatte, sie hätten ein neues Projekt. „Das ist jetzt nicht dein Ernst, Sarah, oder???", fragte er verzweifelt. „Nein, Nonno! Nichts Schlimmes, wir wollen nur ein Buch schreiben, ein altes sozusagen, und wir brauchen deine Hilfe, wir brauchen

Pergament!". Erleichtert sicherte Nonno Andrea seiner Enkelin jegliche Hilfe zu, die in seiner Macht stand. In einem Museumsladen im nordhessischen Glaubach erstand er nicht nur ein loses Blatt Pergament[129], sondern ein ganzes fertig gebundenes Büchlein aus diesem traditionellen Material, mehrere Schreibfedern und ein Fässchen passender Tinte.

Alle vier Jugendlichen übten zunächst das Schreiben mit den antiken Geräten. Nachdem sie zunächst glaubten, es sei nie zu lernen, ging es ihnen zum Schluss ganz flott von der Hand. Leonie hatte eine Zusammenfassung des Berichts von Sarah und Nicoló angefertigt, den die beiden mehrfach korrigiert hatten, Nicoló hatte vorausschauend den genauen Längen- und Breitengrad des Quellsteins bestimmt, von dem allein die Abreise möglich zu sein schien. Nun schrieben sie reihum immer eine Seite in das Buch mit den Pergamentseiten.

Es war Mai, der fünfte Vollmond im Jahr, es war Beltaine 2013, als Sarah, Nicoló, Leonie und Alexander feierlich eine CD und den neunten Kodex in die kleine Truhe mit den keltischen Flechtmustern auf dem Deckel legten, in der Hoffnung, dass irgendjemand sie rechtzeitig vor Beltaine 4172 finden, lesen und verstehen würde. Ob er so mutig wäre wie sie, und einen Sprung nach 6332 wagen würde?

---

[129] Siehe Anhang – Pergament wird aus speziell behandelten Tierhäuten hergestellt und wird seit der Antike für wichtige Dokumente verwendet.

Nachtrag:
Sechstausendreihundertneunundzwanzig

Es ist das Jahr 6329, ein junges, leicht bekleidetes Mädchen gräbt im Garten ihrer Eltern, um im Schatten eines hohen Mangobaums Topinambur und Papaya zu pflanzen. Es ist heiß, doch die Sonne nähert sich im Norden bereits dem Horizont. Im Norden? Jawohl, im Norden. Im Jahr 4190 hatte es bei dem Versuch, Löcher in die immer dicker werdende Ozonschicht zu schließen, um ausreichend Licht für die Sonnenenergieanlagen zu erhalten, einen kleinen Unfall gegeben. Dabei hatte sich die Erdachse mit einem Ruck so gedreht, dass der Äquator fortan entlang des etwa nullkommafünften Grads östlicher Länge verlief und die Sonne im Süden auf und im Norden unterging. Die Pole hatten sich entsprechend verlagert, was für vorrübergehende Hektik bei der Umsiedlung der Eisbären und Pinguine geführt hatte, zumal die Experten sich nicht einig waren, wer an den West- und wer an den Ostpol gehörte. Das Ergebnis: Jetzt war an beiden Polen beides anzutreffen und die Tierschützer klagten, dass die Eisbären die Pinguine jagten. Die Weltmeere hatten sich ebenfalls umverteilt, dabei ging etwa genauso viel Land verloren, wie dazu gewonnen wurde. Einem hervorragenden Katastrophenmanagement war es zu verdanken, dass kaum Menschen zu Schaden kamen. Der Umstand jedoch, dass von einem Tag auf den anderen sämtliche Computer versagten, bedingt durch die stark veränderten Magnetfelder, bedeutete eine erhebliche Umstellung für die Menschheit. Aber sonst hatte sich nicht viel geändert. Außerdem war das war lange her.

Siri grub fleißig weiter. Bis zum Einbruch der Dunkelheit, wenn ihre Eltern von der Jagd zurück kamen, wollte sie gepflanzt haben. Plötzlich traf ihr Spaten auf etwas Hartes. Vorsichtig grub sie mit der Hand nach. Es waren Mauerreste, wie sie in dieser Gegend häufig waren. Vor tausenden von Jahren, so hatte Siri in der Schule gelernt, hatte es hier, wo jetzt ihr Dorf stand, eine Siedlung mit dem Namen Steinheim gegeben. Vielleicht deshalb die vielen Steine. In kurzer Zeit hatte Siri etwas freigelegt, was einer relativ kleinen Tür ähnlich sah, oder einem Fenster mit stabilem Fensterladen. Sie öffnete die Klappe und zog neugierig ein Kästchen heraus, das sich dahinter befand. Mit einem Zipfel ihres Kleidchens wischte sie den Staub und die Erdspuren vom Decken der Kiste und öffnete sie. Die Kiste enthielt Bücher. Neun kleine, unterschiedlich dicke Bücher.

Siri setzte sich auf einen Stein, der zur Gartenbegrenzung gehörte, nahm eines der Bücher heraus und schlug es auf …

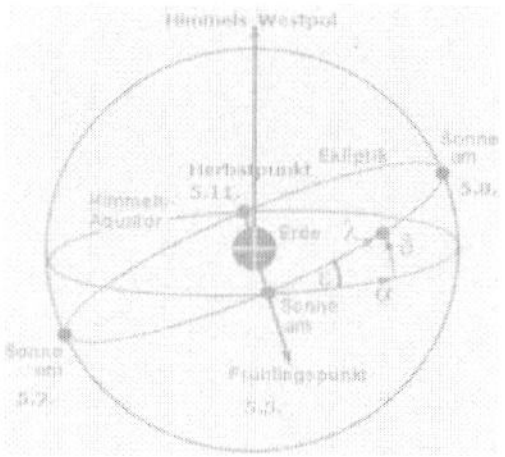

Anhang

DIE KELTEN UND IHRE ERZÄHLTRADITION

Die Kelten haben nichts aufgeschrieben, zumindest so gut wie nichts. Das lag aber nicht daran, dass sie nicht lesen und schreiben wollten. Es war Teil ihrer Kultur, ihr Wissen mündlich weiter zu geben. Die keltische ‚Literatur' wurde von den sogenannten ‚Fili' gepflegt, einem geistlichen Stand, der eine intensive Ausbildung erhielt und der sich aus Druiden (Priester), den Sehern und den Barden zusammensetzte. Die Fili waren damit Priester, Richter, Historiker und die offiziellen Poeten der Kelten, verantwortlich für den Erhalt der Traditionen und die Durchführung jeglicher Zeremonien und Riten. Und es waren die Fili, die darauf bedacht waren, dass das Wissen ausschließlich mündlich weitergegeben wurde. Die Fili waren geachtet und gefürchtet, so ist es überliefert, zuweilen arrogant und traten häufig fordernd auf. Wenn ihre Forderungen nicht erfüllt wurden, drohten sie mit einem *Àer*, dem Fluch des Poeten, der den Ruf eines Herrschers leicht ruinieren konnte, man erzählte sich sogar, er könne töten! Der Umstand, dass Rechtsprechung noch vor nicht allzulanger Zeit harte Strafen für den Missbrauch des Áers vorsah, lässt ahnen, wie sich die Furcht vor einem solchen Fluch bis in unsere Zeit gehalten hat[130]. Das Christentum hat sehr früh nach Irland gefunden und die Leidenschaft Manuskripte anzufertigen stand im Gegensatz zur mündlichen Tradition der Kelten. Dennoch ist es eben jenen frühen Manuskripten, wie auch den Aufzeichnungen von Julius Caesars Leuten in Gallien, zu verdanken, dass wir heute doch einiges über die Kelten wissen.

Die Schriftform der Ogham ist zwar erst sehr viel später belegt, es kann aber davon ausgegangen werden, dass es sich um eine Art keltische Runenform gehandelt hat, also letztlich eine Schriftform ‚für Notfälle' existiert hat. Die beeindruckenden Bauwerke, die teilweise zur Zeit der ägyptischen Hochkultur, bereits so früh wie 3000 vor Christus errichtet wurden (Stonehenge in England, die Steine von Carnac, die Tempelanlage auf den Äußeren Hebriden, Newgrange, Knowth und Dowth), die Kunstgegenstände mit den filigranen Flechtmustern wie auch die überlieferten Geschichten erzählen von eine hoch entwickelten Kultur. Daher müssen wir annehmen, dass diese Menschen sehr wohl hätten schreiben können, wenn sie dies für sinnvoll erachtet hätten.

Allerdings hat die Zeit auch gezeigt, dass an dem Sprichwort ‚wer schreibt, bleibt' etwas dran ist. Heute wissen wir viel mehr über die Babylonier, die nach unserem Kenntnisstand die erste, weithin genutzte Schrift entwickelt haben, von Ägyptern, Griechen, Römern und Germanen, den frühen chinesischen Kulturen als von Kelten,

---

[130] Aus der Encyclopaedia Britannica 15. Ausgabe 2003

Azteken und anderen Hochkulturen, die auf eine schriftliche Dokumentation ihres Daseins verzichtet haben, obgleich sie uns in Form von Bauwerken, oder im Fall der Kelten auch Geschichten, Zeugnisse ihrer Kultur hinterlassen haben.

Eine dieser Geschichten ist die vom *DAMM DES RIESEN*, und die geht so:

Die Geschichte vom Damm des Riesen

Einst baute Fionn McCumhaill (sprich McCool) einen Damm von Antrim im Norden Irlands durch die Irische See, um trockenen Fußes zu seinem Feind Benandonner in Schottland zu gelangen und diesen zu bekämpfen. Tag und Stunde des Kampfes wurde vereinbart und die Gegner bereiteten sich darauf vor. Als Fionn sich verspätet, kommt Benandonner nachschauen, wo er bleibt. Fionn und seine Frau aber waren schon auf dem Weg nach Schottland, sie befanden sich auf dem besagten Damm. Als sie den riesenhaften Benandonner sehen, bekommen sie einen großen Schreck. Benandonner ist schon fast bei ihnen, als Fionns Frau in ihrer Not eine Decke über ihren Mann wirft und ihn als ihr Söhnchen, ihr Baby ausgibt! Benandonner sieht das vermeintliche Baby und denkt: „Donnerwetter, wenn schon das Baby diese Größe hat, wie groß und wie stark mag dann erst sein Vater sein?“. Er dreht sich um und rennt und rennt zurück nach Schottland. Den Damm hinter sich aber reist er ab, damit Benandonner ihn nur ja nicht verfolgen kann. Sehen kann man heute noch die Basaltformation, die an eine riesige Kopfstein gepflasterte Straße erinnert, an der Küsten Antrims und eine ähnliche Formation, als setze dieses Straße sich fort, auf der anderen Seite des Meeres in Schottland auf der Insel Staffa.

DIE OGHAM SCHRIFT

Sprich ‚O-em‘. Zu ihrer Entstehung es sehr unterschiedliche Theorien gibt. Eine (MacAlister) besagt, dass es sich um eine um 600 vor Christus erfundene Geheimschrift gallischer Druiden handelt, ursprünglich Handzeichen zur Kommunikation, die den Römern verborgen blieb, dann aber auch zum Hinterlassen von Botschaften verwendet wurde. Andere denken, sie ist um 100 vor Christus in Irland entstanden (McNeill) als Geheimschrift, die die Römer nicht verstanden, die England besetzt hielten, wieder andere denken, sie ist erst 400 nach Christus entstanden (McManus) in den irischen frühchristlichen Gemeinden. Wir gehen hier mal von Theorie zwei aus, das passt am Besten in unsere Geschichte!

BELTAINE

Dieses Fest zu Ehren der Urmutter Morrigan wurde in der Nacht des fünften Vollmonds nach der Wintersonnenwende begangen. Es kennzeichnete den Beginn des Sommers und wurde vermutlich ausgelassen gefeiert. Und es kann angenommen werden, dass auch alkoholische Getränke, wenn nicht sogar Drogen eine Rolle spielten. Ähnlich wie der Walpurgisnacht wird dieser Nacht nachgesagt, dass sich in ihrem

Verlauf magische Dinge ereignen können. In Irland erzählt man sich noch heute Geschichten von Kindern, die in der Beltainenacht unter wundersamen Bedingungen gezeugt wurden und über geheimnisvolle Fähigkeiten verfügten.

MENHIRE

= Hinkelsteine. Diese großen, einzeln in der Landschaft senkrecht aufgestellten Steine sind charakteristisch für die keltische Kultur. Es ist anzunehmen, dass sie eine religiöse Bedeutung hatten und vermutlich auch der Zeitmessung dienten, das heißt der Bestimmung von Sonnenwenden, der Tag-Nacht-Gleiche etc. Vielleicht wurden sie sogar zu astronomischen Beobachtungen und Berechnungen genutzt. Überall, wo Kelten waren, finden sich diese Steine.

Die Wiege der keltischen Kultur steht nicht etwa, wie wir immer glauben, auf den britischen Inseln oder im Norden Frankreichs. Bis ca. 500 v. Chr. lag das keltische „Kerngebiet" in der Mitte Europas, etwa da, wo heute das Elsass, Belgien, Luxemburg, der Süden Deutschlands, die Tschechei und Slowakei, Österreich und der Norden Ungarns auf der Landkarte verzeichnet sind. Ab ca. 500 v. Chr. breitete sich das Keltentum flächendeckend nach Westen im Bereich des heutigen Frankreich, nach Norden auf die britischen Inseln, nach Norditalien und im Südosten bis in den europäischen Teil der heutigen Türkei. Von Spanien aus verbeitete sich das Keltentum in großen Teilen des heutigen Spaniens und in ganz Portugal (Keltiberer), Thraker wanderten nach Griechenland, Illyrer in das heutige Kroatien und die Galater von der Westtürkei aus nach Kleinasien hinein.

CURRAGH

Ein Boot aus Weidengeflecht und Holzrippen, bespannt mit gegerbten Tierhäuten, mit Segeln, Rudern für eine Flaute und einer sehr einfachen Holzinnenausstattung (Bänke unter Deck und wenige Kisten)

DUN

Unsere Helden des ersten Kapitels finden auf schottischem Boden ein ‚Dun' vor. Diese für Schottland und Irland typischen, meist runde Befestigungen aus Trockenmauern, waren einst durch ein Dach aus Holz und Stroh oder Schilf oder aber auch aus flachen Steinplatten geschützt. Obgleich sie in der Stein- oder Eisenzeit errichtet wurden, wurden sie oft noch bis ins Mittelalter genutzt. In vielen Ortsnamen lebt der Begriff noch fort, wie zum Beispiel im Namen der Hafenstadt Dublins Dun Laoghaire

Wenn schon sämtliche Geschichten und Lieder und Gedichte mündlich weitergegeben wurden, wurden es Küchengeheimnisse erst recht. Einen Anspruch auf Autentizität erheben daher die folgenden, als ‚keltisch' gehandelten Gedichte nicht. Den Zutaten zufolge, könnten sie es aber fast sein!

‚Grüne Frühlingssuppe' aus Brennnesseln und Wiesenkerbel

Vermutlich war das vor einem Fest so: Die Frauen, vielleicht zusammen mit Guirmean, streiften durch die Wälder und sammelten alles an jungen Brennnesseln, was sie finden konnten, vielleicht so fünf oder sechs Waschkörbe voll, dazu zwei Waschkörbe voll Giersch, einen voll Wiesenkerbel und einen halben voll Bärlauch. Das Grünzeug hackten sie fein, kochten in dem Kessel, in dem sonst vier Kleinkinder gleichzeitig baden konnten, etwa fünfzig Liter Meerwasser auf mit Knochen und Fleischresten eines Tieres, das sie gejagt hatten. Die Knochen wurden herausgefischt, das Grünzeug kam hinein und wurde gut durch gekocht. Zum Schluss wurde das Ganze mit so viel Schafschmand abgeschmeckt, wie die Speisekammer hergab.

Diese Methode ist heute sicher nicht mehr zeitgemäß. Dem, der sich aber doch die Suppe zum Buch zubereiten möchte, sei Folgendes empfohlen (reicht aber nicht für eine Keltenparty, nur für vier nicht zu hungrige Personen!):

Zutaten:	100 g	junge Brennnesseln fein gehackt (max. 7 cm hoch, besser 5 cm. Bevorzugt von einer Stelle, die von Hunden nicht so häufig aufgesucht wird, auch wenn dort die Brennnesseln dichter stehen)
	50 g	junger Giersch fein gehackt (darf größer sein, als die Brennnesseln, bezgl. des Fundorts gilt das Gleiche)
	0,5 l	Gemüsebrühe
	30 g	Wiesenkerbel gehackt
	10 g	Bärlauch gehackt
	250 g	Sauerrahm
	Salz nach Geschmack	

Gemüsebrühe aufkochen, Brennnesseln und Giersch zugeben, nach 10 Min. Kerbel und Bärlauch zugeben. Unter gelegentlichem Rühren bei niedriger Temperatur noch 50 Min. weiter köcheln. Wenn die Suppe durch Verdunstung zu stark eindickt, eventuell etwas Wasser angießen. Mit Salz abschmecken, kurz vor dem Servieren den Sauerrahm unterrühren.

‚Rhianús grüne Genesungssuppe' aus Bärlauch

Dies ist ja eine Stärkung für den geschwächten Kranken. Daher wurde sie natürlich auch nicht in so riesiger Menge zubereitet. Wer sich beim Lesen auch stärken will – oder gar Muss – um bis zum Ende des Buches durchhalten zu können, versuche das Folgende. Er wird feststellen, wie köstlich sorgfältig zubereitetes Unkraut schmeckt!!! Also:

Zutaten: 100 g Bärlauch gehackt
0,5 l Hühnerbrühe – frisch zubereitet oder als Fertigprodukt -
0,5 l Wasser
Salz nach Geschmack

150 g Vollkornbrotwürfel (bevorzugt Weizen-Vollkornbrot) als Bröckchen in 70 g Butter geröstet zum Bestreuen

Die Gemüsebrühe aufkochen, den gehackten Bärlauch zugeben, 60 Min. köcheln lassen. Da die Brühe verdampft, immer so viel Wasser nachgießen, dass es eine Suppe bleibt. Die fertige Suppe unmittelbar vor dem Servieren mit den Bröckchen bestreuen.

Haselnuss - Mohnbrot

Wie das so vor zweitausend Jahren war, als Niamh und ihre Mutter Leckereien für das Beltaine Fest im Exil in Rom vorbereitet haben? Ich nehme mal an, dass sie einen *Modius*[131] Dinkel im Getreidehandel erwarben und mit allerlei Wildgrassamen verfeinert haben, da beide sich mit Kräutern und dergleichen ja sehr gut auskannten. Die Haselnüsse wurden im Herbst gesammelt, eingelagert und nach dem Knacken daraufhin untersucht, ob sie auch nicht ranzig waren! Mohn[132] war in Rom verbreitet und beliebt. Wer aber zum Handel mit Mohn berechtigt war, ist uns nicht bekannt.

Natürlich gab es weder Trocken- noch Würfelhefe. Wir sind ziemlich sicher, dass als Triebmittel ein Sauerteig verwendet wurde, der bei jedem Backvorgang neu abgenommen wurde. Die Getreide, die vermutlich gedroschen erstanden wurden, wurden entspelzt, von Steinchen befreit und dann vor dem Backen für ein Brot ein *Sextarius*[133], für viele Brote entsprechend mehr, zwischen Mühlsteinen frisch gemahlen. Die Nüsse wurden vermutlich gehackt …

Man muss sicher nicht zu einem Beltainefest eingeladen sein, um mit einem ganz ähnlichen, heute sehr viel leichter herzustellenden Brot seine Gastgeber zu begeistern:

---

[131] = 1 Scheffel, knapp 9 Liter, Siehe auch römische Hohlmasse hier im Anhang

[132] Siehe auch 'Mohn in Rom … und anderswo' hier im Anhang

[133] = $^1/_{16}$ Scheffel entsprechend $^1/_6$ Muschelschale oder 2 Hemina, etwas mehr, als ein halber Liter, ca. 500 g Mehl – siehe auch „römische Hohlmaße" hier im Anhang

Zutaten: 300 g Dinkelvollkornmehl
200 g Weizenvollkornmehl
200 g grob gehackte Haselnüsse
100 g gemahlener Mohn
42 g Hefe oder 1 Pck. Trockenhefe
1 EL Meersalz
0,3 – 0,4l lauwarmes Wasser oder Buttermilch mit 1-2 EL Honig
Mehl zum Bestäuben
2 EL Apfelessig + 2 EL Honig zum Bestreichen

Die Würfelhefe in 300 ml lauwarmem Honig-Wasser oder –Buttermilch auflösen und 15 Minuten gehen lassen, Trockenhefe einfach unter die Mehle mischen. Mehle, Nüsse, Mohn und Salz mischen, das (Hefe)-Wasser oder die (Hefe)-Buttermilch zugeben und alles zu einem elastischen Teig verarbeiten, gegebenenfalls dafür bis zu 100 ml Wasser mehr zugeben. Den Teig ½ - 1 Stunden zugedeckt an einem warmen Ort gehen lassen. Anschließend den Teig durchkneten, das Brot zu einem Laib formen, auf ein Blech mit Backpapier setzen, mit Mehl bestäuben. Erneut mit einem Küchenhandtuch bedeckt 1 – 12 Stunden gehen lassen. Je länger die Zeit des Aufgehens ist, desto lockerer, aber gleichzeitig grobporiger wird das Brot, wir bevorzugen eine sogenannte „lange Teigführung", wo das Brot über Nacht geht; Es wird dadurch herrlich locker und sehr bekömmlich.

Den Ofen auf 250 °C vorheizen, das Brot in den Ofen schieben und in die Fettpfanne auf dem untersten Rost ½ l Wasser gießen, das verdunstet und für eine knusprige Kruste sorgt. Nach 10 Minuten die Temperatur auf 200 °C reduzieren, bei dieser Temperatur das Brot weitere 40 Minuten Backen. Jetzt das Brot mit der Essig-Honigmischung bestreichen und weitere 10 Min. backen. Das Brot ist gar, wenn es, von unten beklopft, hohl klingt. Besonders lecker mit frischer Butter und Meersalz oder Honig bestrichen!

Hohlmaße im alten Rom - ohne Anspruch auf Vollständigkeit

Anfangs wurden auch Flüssigkeiten gewogen, irgendwann aber kam in der Antike einer auf die Idee, dass sie sich viel besser in Hohlmaßen messen ließen. Es entstand eine große Zahl von Hohlmaßen, die sich auch nicht so einfach ineinander umrechnen ließen. Das römische Reich war riesig, so wechselte das Volumen der Hohlmaße von Zeit zu Zeit und Region zu Region (siehe Medimmum, griechischer Scheffel!), der Name blieb aber gleich. Man kann sich gut vorstellen, wie schwierig da eine mathematische Aufgabe werden kann!

Die *hemina*, der Becher, fasste etwa einen Viertelliter (genau 0,273 Liter). Eine *hemina* fasste 12 *unciae* (Flüssigunzen zu 22,75 ml) unterteilt. Vor allem Olivenöl wurde so abgemessen, das Gerät, der Becher mit 12-unziger Einteilung wurde daher auch Ölpfund oder Pfundhorn genannt.

12 *heminae* ergaben einen *congius* (Muschel, Schale zu 3,28 Liter). Ein Sechstelcongius hiess passend *sextarius* (Sextar 0,546 Liter) und war eines der am meisten benutzten Hohlmasse im täglichen Gebrauch.

Ein Drittel *sextarius* wurde *triens* genannt (Flüssigtriente zu 0,18 Liter), ein Viertel *quadrans* (Flüssigquadrant zu 0,135 Liter), ein Sechstel *sextans* (Flüssigsextans zu 0,091 Liter), ein Achtel *acetabulum* (Essigschüsselchen zu 68,25 ml), ein Zwölftel *cyathus* (Schöpfbecher zu 45 ml), der 288. Teil *scripulum* (Flüssigskrupel zu 1,9 ml) und schliesslich zur Verwirrung noch fünf Zwölftel *quincunx* (Quinctar zu 0,228 Liter).

16 *sextarii* (8,74 l) hiessen *modius* (Scheffel), der *modius* war das am weitesten verbreitete Getreidemaß. Ein halber *modius* wurde *semodius* (Halbscheffel zu 4,37 Liter) genannt.

Sechs *modii* ergaben ein *medimnum* (grch. *medimnos*, der griechischer Scheffel zu 52,5 Liter). Der griechische Scheffel war ein unglaublich verbreitetes Hohlmaß, es wurde nicht nur in Rom, sondern im gesamten Römischen Großreich verwendet, wobei schon seit dem 7.Jh.v.Chr. sein Volumen ständig verändert wurde, es reichte von etwas über 27 bis etwas über 65,5 l. Und ganz abgesehen davon gab es unzählige lokale Scheffelmaße.

Ein anderes Maß war der *pes quadratus* (Kubikfuss! zu 25,93 l) der in etwa der weiter verbreiteten *amphora* (Amphore, ca. 26 Liter) entsprach, die zwei *urnae* (Urne ca. 13 Liter) enthielt.

Das grösste bekannte Hohlmass war der 160 *congii* umfassende *culleus* (Schlauch zu 524 l).

metrisches Volumen	Römische Bezeichnung	Verhältnis zu anderen Hohlmaßen
Ca. 534 l	Culleus = Schlauch	160 congii
Ca. 52,5 l (27 - > 65,5!)	Medimmum = griech. Scheffel	6 modii
Ca. 26 l	Amphora	2 Urnae
Ca. 25,9 l	Pes quadratus = Kubikfuß	
Ca. 13 l	Urna = Urne	

Ca. 8,75 l	Modius = Scheffel	2 Semodii	16 Sextarii		
Ca. 4,375 l	Semodius = Halbscheffel	8 Sextarii			
Ca. 3,28 l	Congius = Muschel	6 Sextarii	12 Heminae		
Ca. 0,546 l	Sextarius = Sextar	2 Heminae 3 Trientes	4 Quadrantes 6 Sextans	8 Acetabuli 12 Cyathi	24 Unciae 288 Scripula
Ca. 0,273 l	Hemina = Becher (Ölpfund, Pfundhorn)	2 Quadrantes 3 Sextantes	4 Acetabuli 6 Cyathi	12 Unciae 144 Scripula	
Ca. 0,228 l	Quincunx = Quinctar	5 Cyanthi			
Ca. 0,18 l	Triens = Flüssigtriente	2 Sextantes	4 Cyathi		
Ca. 0,135 l	Quadrans = Flüssigquadrante	2 Acetabuli 3 Cyathi	6 Unciae 72 Scripula		
Ca. 91 ml	Sextans = Flüssigsextante	2 Cyathi 4 Unciae	48 Scripula		
Ca. 68,25 ml	Acetabulum = Essigschüsselchen	3 Unciae 3 6 Scripula			
Ca. 45 m l	Cyathus = Schöpfbecher	2 Unciae 24 Scripula			
Ca. 22,75 m l	Uncia = Flüssigunze	12 Scripula			
Ca. 1,9 ml	Scripulum = Flüssigskrupel				

MOHN IN ROM ... UND ANDERSWO

Blaumohn ist der Samen des Schlafmohns (Papaver somniferum), der seit prähistorischer Zeit als Nutzpflanze kultiviert wird. Neben dem Mohnsamen liefert die Kapsel des Schlafmohns einen weißlichen Saft, der Morphin erhält, aus dem Opium gewonnen werden kann. Die Ernte und Verwendung von eingedicktem Mohnsaft ist für den Mittelmeerraum seit der Jungsteinzeit nachgewiesen (etwa 6000 v. Chr.). Schriftlich erwähnt wurde die Gewinnung von Mohnkapselsaft als Medikament bereits in Keilschriften (4000 v. Chr.). Die Sumerer nannten den Schlafmohn „Pflanze der Freude". Aus der Bronzezeit wurden auf Zypern Fläschchen in Mohnkapselform zur Aufbewahrung von Opium gefunden. 1975 wurde ebenfalls dort ein Bronzezylinder aus dem 12. Jahrhundert vor Christus ausgegraben, von dem man annimmt, es sei ein Opiumpfeifchen und stammt aus einem Tempel der Fruchtbarkeitsgöttin. Seit 1800 v. Chr. finden sich Rezepturen für opiumhaltige Tränke, die in speziellen Bibil-Krügen gelagert und u.a. bei Kulthandlungen eingesetzt wurden. Auch die Griechen nutzten Opium für kultische und medizinische Zwecke. Die Mohnkapsel stand für Schlaf (Gott Morpheus), Tod (Gott Thanatos) und Nacht/Traum (Göttin Nyx)[134].

In Rom schließlich erhielt der Mohnsaft neben der kultischen und medizinischen Bedeutung die zweifelhafte Rolle einer Wohlstandsdroge. 214 wurden bei einer Auflistung aller Güter des kaiserlichen Palastes unter anderem 17 Tonnen Opium aufgeführt. Aber nicht nur der Mohnsaft spielte eine Rolle, auch Mohnsamen als Delikatesse wurde verwendet, so sind antike Rezepte zum Beispiel für GLOBVLI überliefert, kleine Teigbällchen, die in Fett ausgebacken und anschließend in Honig und Mohn gerollt wurden. Der Mohnsamen enthielt ebenfalls geringe Mengen Morphins, selbst die modernen morphinarmen Züchtungen enthalten noch so viel von dieser Substanz, dass der Verzehr in deutschen Gefängnissen verboten ist, da es das Drogenscreening unbrauchbar macht.

Im Christentum war seit dem 4. Jh. n. Chr. die Verwendung von Opium zur Schmerzlinderung verboten, da die Kirche Krankheit und Schmerz als Strafe Gottes ansah, die nicht erleichtert werden durften, ein Verbot, das 810 von Karl dem Großen erneuert wurde.

Die moderne Medizin, seien es Operationen oder die Versorgung von Schwerverletzten oder Krebskranken wäre ohne Opium und Opiumverwandte gar nicht mehr denkbar! Es kehrte mit der Arabischen Medizin nach Europa zurück!

Mohnsaat, wie sie bei uns gehandelt wird, enthält sehr wenig Morphin, in der Regel um 0,005 ‰. Vermutlich bedingt durch neue Erntemethoden, bei denen die Mohnkapseln gequetscht werden, kommt aber wohl immer mehr Mohn mit höherem Morphingehalt von bis zu 0,06 ‰ auf den Markt, sodass in Europa über einen zulässigen Morphingrenzwert für Speisemohn nachgedacht wird.

Während unsere prähistorischen und historischen Vorfahren Mohn rund um das Mittelmeer angebaut haben, ist der Mohnanbau in Deutschland streng genehmigungspflichtig, auch für Privatpersonen und auch als Zierpflanze. Genehmigungen kosten Geld (derzeit 75 € für Privatpersonen) und sind schwer zu kriegen (derzeit max. 10 m^2 für zwei Jahre für Privatpersonen). Aber wenn die Genehmigung fehlt, drohen bis zu fünf Jahren Haft und/oder eine Geldstrafe.

---

[134] Informationen aus Matthias Seefelder: *Opium. Eine Kulturgeschichte.* Ecomed, Landsberg 1996, ISBN 3-609-65080-X

PANE ET CIRCENSEM - BROT UND SPIELE

Ein probates Mittel der Römer, um das Volk friedlich zu stimmen. Brot ist klar, Spiele war damals zugucken dürfen, wie Gladiatoren gegeneinander oder Gladiatoren oder Gefangene gegen Löwen kämpften und meist verloren … Etwas humaner ist es inzwischen geworden: Heute ist es Fußball und Bier … damit sind die 'Spiele' für die Zuschauer oft gesundheitsschädlicher, als für die Spieler.

SCHREIBEN IM ROM DER ANTIKE

Tabula, das Holztäfelchen

Auf 'Tabula' genannten Holztäfelchen schrieben die Römer sich kurze Nachrichten, aber auch Einladungen zum Essen oder zu Geburtstagsfeiern. Überall, wo die Römer waren, wurden solche Tabulae gefunden, genannt werden sie heute nach einem Ort, wo man besonders viele ausgegraben hat, nach Vindolanda im heutigen Großbritannien. Tabulae wurden mit Galleeisentinte beschrieben. Diese Schrift ist so haltbar, dass man die Texte auf den Holztäfelchen, auch wenn sie lange in der Erde lagen, nach 2000 Jahren noch lesen kann.

Tabula und Stylus - Wachstafel und römischer Griffel

Für Notizen, die nicht ewig halten mussten, aber auch zum Schreiben lernen in der Schule wurden Holztafeln benutzt, die mit einer dünnen, gefärbten Wachsschicht überzogen waren. In diese Wachstafeln ritzte man mit Hilfe von Griffeln *(lat. stylus)* aus Eisen, Bronze oder Knochen die Schrift ein, das helle Holz schimmerte hindurch und man konnte die Schrift lesen. Mit der flachen Rückseite glättete man das Geschriebene wieder, um sie erneut zu beschreiben. Damit war der Griffel sowohl Stift als auch "Radiergummi" in einem.

Tabula und Stylus[135]

Die Wachstafeln gab es „einfach", häufig aber zu zweien verbunden, sodass sie zugeklappt werden konnten und die innen liegenden Wachsschichten geschützt waren.

---

[135] Geschrieben und fotografiert von Maja Groll

Aber auch dreifach-, vierfach- und buchartig mehrfach zusammengefügte Wachstafeln gab es.

Obwohl so eine Wachsschicht gegen allerlei Einflüsse, nicht zuletzt Hitze, sehr empfindlich war, wurden durchaus auch Verträge auf solchen Tafeln, die zu diesem Zwecke mit Sigeln versehen waren, niedergeschrieben. Und, was noch erstaunlicher ist, es existieren durchaus Wachstafeln, die bis heute, mehr als 2000 Jahre später, noch lesbar sind. Teilweise natürlich, weil die Griffelspitze auch das unter der Wachsschicht liegende Holz geritzt hat, teilweise aber durchaus, weil die Wachsschicht noch so gut erhalten ist, dass es zu lesen ist wie zu der Zeit, als es geschrieben wurde. Ob das mit unseren Computerdateien auch der Fall sein wird, möchten wir schwer bezweifeln! Vermutlich halten nicht einmal unsere handgeschriebenen Briefe so lange, da die Tinte irgendwann verblasst. Das „ewige Rom“ hat offenbar wirklich für eine kleine Ewigkeit geschrieben!

Wer auch einmal dieses „römische Schreibgefühl“ bekommen will, kann verschiedene fertige Wachstafeln, aber auch Bauanleitungen dafür, und Styli nach antikem Vorbild heute wieder kaufen[136].

Papyrus, Volumen (Schriftrolle) und Kodex (Heft oder Buch)

Sollte das Dokument etwas haltbarer werden, verwendeten die Römer Papyrus, den sie jedoch aus Ägypten importieren mussten, wo er bereits mehr als 1000 Jahre zuvor verwendet wurde. Seit dem 6. Jhr.v.Chr. wurde Papyrus von Ägypten nach Griechenland exportiert und diente auch dem römischen Reich als unverzichtbares Schreibmaterial.

Der Papyrus wurde in Handarbeit hergestellt und aus Oberägypten importiert. **Plinius secundus berichtet :** *(naturalis historia 13,11-13)*

"Das Stengelmark der Pflanze wird in dünne Streifen geschnitten, auf eine quer zu den Markfibern verlaufende zweite Schicht gelegt und so übereinander gepresst, dass eine Seite mit horizontalen und eine Seite mit vertikalen Fibern entsteht“

Und genau so wird er auch heute noch hergestellt, von Hand in mehreren zeitaufwändigen und arbeitsintensiven Schritten:

Die Papyruspflanze wächst im sumpfigen Nildelta in Ägypten und braucht sehr viel Wasser.

---

[136] Z.B. bei Schwarzweiss Dienstleistungs GmbH, Beningsgasse 1, 63695 Glauberg oder unter auch online unter www.FORUMTRAIANI.de

Die dreieckigen Stiele werden im Wasser geschnitten und zur Werkstatt transportiert zur weiteren Verarbeitung. Alle Halme werden dann auf die benötigte Länge geschnitten.

Nun werden die gekürzten Papyrusstangen in gleiche Streifen geschnitten. Die Frauen benutzen heute eine Angelschnur um die Schale des Papyrus zu entfernen. Außerdem ist die Verletzungsgefahr viel geringer als die Benutzung eines Messers. Die äußere grüne Schale wird heute nicht mehr gebraucht. Die einzelnen Streifen der Papyruspflanze werden gesammelt und in Nilwasser eingelegt damit sie weich bleiben.

Das Papyrusblatt entsteht indem die einzelnen Streifen erst horizontal dann vertikal gelegt werden. Der Papyrus wird leicht überlappend gelegt, damit keine Lücken entstehen und das Blatt stabil wird. Jedes Blatt wird auf ein Bauwolltuch gelegt, Schicht für Schicht. Die Arbeit ist seit tausenden von Jahren gleich geblieben. Die Blätter sind nach wie vor reine Handarbeit.

Jetzt wird der ganze Baumwollpack mit den Blätter in einfache Pressen gelegt. Der Druck auf den noch nassen Papyrus wird mittels einer Schraubwinde erzeugt. Diese wird über mehrere Stunden immer wieder nachgedreht, damit möglichst viel Wasser ausgepresst wird. Das Papyrusblatt hat nun eine gute Grundfestigkeit. Die einzelnen Fasern haben sich unter dem Druck miteinander verbunden und können in einem Stück vom Baumwollstoff abgelöst werden.

Die Blätter sind natürlich immer noch feucht und werden zum Trocknen einzeln zwischen Hartfaserkarton gelegt. Die glatten Papyrusblätter werden nun wieder in eine Presse gelegt und erneut, diesmal an der Sonne, gepresst. Damit sie die restliche Feuchtigkeit verlieren wird genau dieser Vorgang etwa 4-5 mal wiederholt.

Die nicht benötigten Papyrusbüschel eignen sich für Tiere als weiches "Nest".

Schriftrollen (lat. Volumen) aus Papyrus waren in der römischen Antike wohl die am häufigsten verbreitete Buchform. Sie wurde in der Regel aus zwanzig oder mehr aneinander geklebten Papyrusblättern *(lat. kollemata)* hergestellt. Beschrieben wurde die Buchrolle vorzugsweise auf der Innenseite (recto), das bedeutet die Seite in welcher die Fasern des Papyrus horizontal laufen. Dies war deutlich leichter, da das Schreibrohr den geringeren Schreibwiderstand hatte. Das erste Blatt der Volumenrolle nannte man das *protokollon* und blieb unbeschrieben, da es als Schutzhülle diente. Beschrieben wurde die Buchrolle in einzelnen Kolumnen *(lat. pagina)*.

Der **Kodex** ist eine antike Buchform kommt unseren heutigen Büchern am nächsten, sie wurde aus Papyrus, später auch Papier und sogar Pergament angefertigt. Die Grundform ist immer ein zusammengefaltetes Blatt, im Fall unseres Helden Taog/Tuccius ein Blatt Papyrus. Bei mehreren Papyrusblättern werden alle ineinandergelegt und im Falz mit einem Faden vernäht. Man versieht den Kodex sogar mit einem schützenden Einband, ähnlich wie bei unseren heutigen Schulheften. (Bsp. Kodex Bodmer, 3.Jh.n.Chr., "Meanderkomödie“). Neben den einlagigen Kodices wurden im Verlauf auch mehrlagige „Bücher“ hergestellt, in denen mehrere solcher Hefte aufeinander gelegt und die Nahtfäden der einzelnen „Hefte“ am Rücken verwebt wurden. Die Größe war sehr unterschiedlich und reichte von wenige cm x wenige cm bis zum riesigen Buch. Die Decken waren meist aus Holz. Die Form war zunächst rechteckig, später wurde eine quadratische Form bevorzugt[137].

Pergament

Papyrus musste, wie schon erwähnt, aus über weite Entfernungen transportiert werden. Im Gegensatz dazu ist Pergament ist ein Beschreibstoff, der in Rom selbst hergestellt werden konnte.

Es ist eine in Kalklauge gebeizte Tierhaut, die durch das Einlegen sämtliche Haare und Fettreste verliert. Mittels eines Schabers glättet man das Pergament schließlich und beizt es erneut in der Lauge. Am Ende der Bearbeitung wird sie auf einen Rahmen gespannt und getrocknet.
Ab dem 4. Jhr.n.Chr. hatte sich das Pergament endgültig als Schreibstoff durchgesetzt, da man es problemlos überall herstellen konnte.

Für größere Bücher (lat. codices) benötigte man bis zu 500 Schafshäute[138].

Calamus (Schreibrohr) und Penna Scriptoria (Schreibfeder)

Beschrieben wurden Papyrus und Pergament mit Schreibrohr oder Feder.

Aus dem Halm eines Schilfes wurden einfach Schreibstifte, ähnlich dem heutigen Füller, geschnitten. Der spezielle Schnitt und die besondere Auswahl des Schilfrohrs (Frankreich, gallia narbonensis) verleiht dem Schreibgerät seine Funktionstüchtigkeit.

---

[137] Die Detailbeschreibung der Papyrusherstellung, Volumen und Codes sowie die Bilder verdanke ich der Schwarzweiss Dienstleistungs GmbH, wo traditionell hergestellter ägyptischer Papyrus ebenfalls bezogen werden kann (Fußnote 112), wie Volumenrollen und Kodices.

[138] Diese Informationen verdanke ich der Schwarzweiss Dienstleistungs GmbH, wo auch Pergament käuflich erworben werden kann.

Echte Gänsefedern dienten in der Antike bis ins Mittelalter als Schreibfeder. Die Spitze wurde zusätzlich in erhitztem Quarzsand (Bsp. Vogelsand) gehärtet. Sie ist jederzeit wieder neu zuschneidbar in verschieden breite Schreibspitzen[139].

Gallus-Eisentinte

Galläpfel sind Auswüchse, welche an Blättern, Zweigen und Knospen bestimmter Eichenarten entstehen. Ursache für die Wucherungen ist die Eiablage einer Gallwespe, durch welche das pflanzliche Gewebe zum Wachstum angeregt wird. Eine Galle ist die Schutzhülle für eine heran-wachsendeWespenlarve. Galläpfel und Gummi arabicum werden für die Herstellung von Eisen-Gallus-Tinte benötigt, welche schon in der römischen Antike und natürlich später im Mittelalter bekannt war.

Herstellung von Eisen-Gallus-Tinte:

1. Die gemahlenen Galläpfel (50g) werden in 500ml Wasser ausgekocht.
2. Das Eisensulfat stellen wir mit alten Nägeln oder Schauben und Essigsäure her.
3. Als Bindemittel wird das Gummi arabicum (20g) untergemischt. FERTIG !

Die Nägel/Schrauben in der Dose mit dem Essig mischen. Bläschen werden aufsteigen und am Eisen arbeiten, nach 3-4 Tagen werden die Blasen weniger. Jetzt schüttet man den Überstand am besten durch einen Kaffeefilter und fertig ist unser "Eisensulfat". Es wird später zum Galläpfelsud und dem Gummi arabicum gemischt.

Diese Tinte ist anfangs nur schwach gefärbt, aber durch Oxidation mit dem Luftsauerstoff bildet sich die sehr haltbare, lackartige Tintenfarbe, welche sichtbar nachdunkelt, bis sie fast schwarz ist. Bitte benutzen sie diese Tinte nur mit Schreibfedern (Gänsefeder) oder Schilfrohr (calamus). Ziehen Sie sie niemals in Füller auf! [140]

Kiliker oder Cilicer

Kilikien oder auch Cilicien ist ein antiker Staat in Kleinasien, heute Türkei, etwa in dem Gebiet um Adana und Mersin. Es ist mindestens seit der Bronzezeit durchgehend besiedelt, die Kiliker galten als Seevolk, mit dem die Griechen

---

[139] Diese Informationen verdanke ich der Schwarzweiss Dienstleistungs GmbH, wo auch Calami und Federn erworben werden können.

[140] Die Rezeptur stammt von Schwarzweiss Dienstleistungs GmbH, wo auch Galläpfel und Gummi Arabicum für die Tintenherstellung erworben werden können

zunächst Kontakt hatten, später erobert Alexander der Große ihr Land und noch später die Römer.

Die Religionen im antiken Rom – insbesondere der Mithraskult

Die im antiken Rom vertretenen Religionen waren so vielfältig, wie die Herkunft der Bewohner. Rom war bereits vor zweitausend Jahren eine „Weltstadt", natürlich bezogen auf die „alte Welt". Die „Römischen Götter", die uns aus den Sagen geläufig sind, waren von den Griechen übernommen worden, so entspricht Jupiter Zeus, Venus Aphrodite und so weiter. Daneben aber gab es unzählige „kleinere" Religionen auch zu der Zeit, als unsere Geschichte dort spielt. Gut möglich, dass wir nicht einmal alle kennen. In Rom gab es Christen, zu dieser Zeit noch als Minderheit und vorwiegend Sklavenreligion, Juden, diverse „heidnische Religionen", die von den Sklaven aus ihren Ursprungsländern mitgebracht wurden. Und es kam gerade zu dieser Zeit der sogenannte Mithraskult auf.

Über den Mithraskult ist, wie auch über die keltische Religion, extrem wenig bekannt. Und das, obgleich ja bei den Römern ein Bedürfnis bestand, alles aufzuzeichnen. Alles, was man weiß, hat man versucht an den Resten der Mithrasheiligtümer, der Bilder und minimalen Inschriften abzulesen. Dass man so wenig weiß, liegt nicht zuletzt daran, dass es ein Geheimkult war. Der Glaube kam vermutlich in seiner ursprünglichen Form mit Söldnern aus Kleinasien / Persien nach Rom. In Zentraleuropa machte er aber eine ganz eigene Entwicklung durch und nur einzelne Elemente des eigentlichen römischen Mithraskults scheinen dabei erhalten worden zu sein. Bekannt ist, dass der Glaube sich in Rom sehr rasch ausbreitete, dass er Männern vorbehalten war dass die Stadt Rom im Jahr 300 n.Chr. allein ca. 800 Mithräen hatte – zum Vergleich: Die Stadt Rom mit 2,8 Mio Einwohnern hat heute ca. 200 Kirchen.

Eine zentrale Rolle soll die Astronomie bei diesem Kult gespielt haben. 128 vor Christus hat der griechische Gelehrte Hipparch eben eine Entdeckung gemacht, die er Präzession, Vorwärtswanderung nannte. Sie bedingt, dass der Frühlingspunkt langsam durch die Sternbilder wandert. Heute geht man davon aus, dass dieses Phänomen auf einer ganz langsamen Taumelbewegung der Erdachse beruht, bei der ein Zyklus mehr als 25.900 Jahre dauert. Diese Wanderung und damit langsamen Verschiebungen des Sternenhimmels spielten allem Anschein nach im Mithraismus eine zentrale Rolle.

Ferner ist so gut wie sicher, dass der Sonntag (*dies sol invictus*) den Mithräern heilig war, es 7 Einweihungsstufen gab. Nach den Überlieferungen hieß die erste Einweihungsstufe Corax (Rabe) und war dem Planeten Merkurzugeordnet, die zweite hieß Nymphus (Bräutigam) und war Venus zugeordnet, die dritte hieß Miles (Soldat) und war Mars zugeordnet, die vierte Leo (Löwe) und war Jupiter zugeordnet, die fünfte Perses (Perser) und war Saturn zugeordnet, die sechste Heliodromus (Sonnenläufer) und war der Sonne zugerodnet, die siebte und höchste Stufe hieß Pater (Vater) und war dem Mond zugeordnet. Es wird angenommen, dass es einen Mahl-Ritus gab, der dem Abendmahl des Christentums sehr, sehr ähnlich war und bei dem die höchsten Eingeweihten Mithras und Helios darstellten, deren gemeinsames Mahl von großer symbolischer Bedeutung war. Es wird angenommen, dass die übrigen Mithrasanhänger daran teilnehmen durften. Außerdem wurden Stiere wohl nur symbolisch, aber nicht tatsächlich geopfert wurden. Manche Kunstgeschichtsexperten, wie David Ulansey, beschreiben, dass die Anhänger des Mithraskults ihre Kultstätten nach 300 nach und nach einfach aufgegeben haben, andere, wie Eberhard Sauer, sprechen von einer unvergleichlichen Zerstörung von Kultstätten mit grausamer Ermordung von Menschen in diesem Zusammenhang im Zuge der Christianisierung Roms.

Immer wenn man wenig weiß, ist viel Platz für Vermutungen. Diese reichen im Fall des Mithraskults von der Annahme, dass ganz Europa auch heute noch mithrasgläubig sein könnte, wenn das Christentum durch irgendwelche Umstände an seiner Ausbreitung gehindert worden wäre (Ernest Renan). Andere denken, dass die Tatsache, dass es ein reiner Männerkult, dem offenbar in kleinen Vereinigungen, nicht in großen Gemeinden nachgegangen wurde, der Grund war, dass diese Religion „ganz natürlich zu Grunde gegangen", sozusagen „eingeschlafen" ist (David Ulansey, Manfred Clauss). Unumstritten ist aber, dass es sehr viele Parallelen zwischen Mithraskult und Christentum gab und erstaunlich ist, wie wenig dieser Kult auch in den frühen christlichen Dokumenten erwähnt wird. Das meiste, was diskutiert wird, wird aus den Abbildungen und den spärlichen Inschriften in den vielen, häufig relativ gut erhaltenen, Mithräen abgeleitet.

Schule im Mittelalter

Die Internatsschule = Scola interna, Schule für Laien von Außerhalb = Scola extrena. Ursprünglich hatten die Klöster nur Internate, die Beschulung war eigentlich denen vorbehalten, die später selbst Mönche werden wollten. Erst nach und nach erhielten auch Schüler von außerhalb die Möglichkeit zumindest Lesen, Schreiben und Rechnen (das Trivium, der Dreiweg) zu erlernen, aber nur Jungen, Mädchen konnten keine Schulbildung erwerben, es sei denn, sie gingen selbst ins Kloster.

Nach dem Zerfall des römischen Reichs mit öffentlichen Grund-, Grammatik- und Rethorikschulen, die Mädchen und Jungen, in der späten römischen Zeit sogar unter bestimmten Bedingungen Sklaven zur Verfügung stand, lag das öffentliche Bildungswesen im Mittelalter völlig danieder.

In der Tat scheinen es zuerst die Klöster auf den britischen Inseln gewesen zu sein, die sich zu Bildungszentren auch für Schüler von außen entwickelten, z.B. unter

Mönchsgelehrten wie St. Columban. Durch die irische Mission in Europa wurde diese Idee auch hier verbreitet, obwohl eher unerwünscht. 817 auf der Synode von Aachen wurde sogar ausdrücklich festgelegt, dass die Schulen nur Mitgliedern des Klosters (Mönchen und Novizen) offenstehen soll. Tatsächlich aber besuchten weiterhin externe Schüler diese Schulen, was für die Klöster nicht zuletzt deshalb interessant war, weil die Eltern ein nicht unerhebliches Schulgeld zu zahlen hatten.

Es existierte „Schule" also nur in den Klöstern und später den Domschulen weiter und war einer ganz kleinen Schicht vorbehalten. Die Kirche hatte damit ein sogenanntes „Bildungsmonopol", d.h. wer Bildung wollte, konnte sie nur über die Kirche bekommen und die Kirche entschied, wem sie zugänglich gemacht wurde, und wem nicht und wenn, in welchem Umfang. Und die Kirche entschied natürlich auch, wer was lesen durfte, wenn er es einmal bei ihnen erlernt hatte, das Lesen. Und die Kirche, aber auch die weltlichen Anhänger der Kirche, waren nicht zimperlich in der Vernichtung wertvoller nicht- und vorchristlicher Bücher. So ging viel überliefertes Wissen verloren und das Mittelalter wurde „finster".

Gregorianischer Choral

Die klösterlichen sogenannten gregorianischen Gesänge, benannt nach Papst Gregor I. (gestorben 604 nach Chr.), gehen vermutlich auf alte römische Musik zurück. Sie folgten strengen Regeln, wurden aber bis weit ins Mittelalter hinein nur mündlich weiter gegeben. Erst im 9. Jahrhundert wurden sie so etwas wie „notiert", das heißt die Noten aufgeschrieben, damit die Melodien nicht in Vergessenheit gerieten. Erst erhielten die Texte nur kleine Anmerkungen[141], die es dem Sänger, der des Lesens mächtig war, erleichtern sollten, die Melodie dazu zu erinnern. 1025 wurden dann von Guido de Arrezzo die Notenlinien und Notenschlüssel (C-oder Violinschlüssel und F-Schlüssel) erfunden und die Gesänge in der sog. Quadratnotation aufgeschrieben, die unseren Noten bereits recht nahe kam. Die Noten – alle Noten – waren aber nur dem Chorleiter und vielleicht einzelnen Mönchen zugänglich. Die Schüler mussten alles auswendig lernen und es gibt unzählige alte Berichte, in denen dieses Erlernen als „quälend" beschrieben wurde.

Kindheit im Mittelalter

Eine Kindheit im eigentlichen Sinne gab es bei den Römern sehr wohl, für die gebildete Oberschicht sogar eine relativ lange, bei Schulzeiten die in etwa den unsrigen

---

[141] Neumen, 'Winke'

entsprechen. Im Mittelalter aber gab es eine 'Kindheit' so gut wie nicht. Die Kinder einfacher Bürger mussten arbeiten, sowie sie dazu in der Lage waren, die Kinder Adliger wurden sehr früh in ihre höfischen Pflichten eingewiesen. Sie wurden auch sehr früh verheiratet, häufig noch bevor sie vollständig entwickelt waren.

Tradition der Castratensänger

Über Jahrhunderte wurden Jungen, die besonders gut singen konnten, vor Beginn der Pubertät kastriert, das heißt, man hat ihnen die Hoden abgeschnitten oder mit einer speziellen Zange abgekniffen. Es wird geschätzt, dass im Laufe der Zeit mehr als 100.000 Jungen dieses Schicksal erlitten, nur, damit sie nicht in den Stimmbruch kämen und weiter so hoch und klar singen würden als „Kastraten". Häufig waren es Waisenjungen, Eltern verkauften aber auch ihre Kinder dafür, um zum Beispiel Schulden bezahlen zu können, andere Eltern ließen sich durch die Menschenhändler überreden, die dem Kind eine glänzende Karriere als Musikstar vorhersagten. Die meisten Jungen aber überlebten den Eingriff an sich nicht, der unter unsterilen Bedingungen und ohne medizinisches Wissen durchgeführt wurde. Sie verbluteten oder bekamen heftige Wundinfektionen. Von denen, die überlebten, wurde eine kleine Zahl berühmt, die anderen fristeten ein trauriges Dasein. In der Gesellschaft waren sie nicht gut akzeptiert und das Ausbleiben der Pubertät hat noch mehr Folgen, als nur das Ausbleiben des Stimmbruchs. Je nach Kastrationstechnik konnten sie den Urin nicht halten und mussten die Harnröhrenöffnung mit einer Art Stopfen oder Stift verschließen, was wieder Infektionen zur Folge hatte. Ausnahmslos bekamen sie früh Knochenentkalkung (Osteoporose) und andere Krankheiten.

Schon römische Kaiser hatten Versuche unternommen, die Kastration im Dienste der Musik unter Strafe zu stellen, einen kleinen Erfolg brachte es, als kastrierte Sklaven nur zu einem relativ geringen Preis gehandelt werden durften.

Im Christentum an sich verbietet sich eine Verstümmelung theoretisch und vor allem Mönchen und Priestern war es verboten, Hand anzulegen. Ein ausdrückliches päpstliches Verbot gab es aber erst 1587. Andererseits war gerade die Kirche der Ort, wo diese Jungen und später Männer eine Anstellung als Sänger fanden. Der Chor der Sixtinischen Kapelle in Rom wurde bis 1921 von einem Kastraten, Alessandro Moreschi, geleitet, von dem es auch eine Plattenaufnahme gibt.

Die Kastratenstimme, in vorangegangenen Jahrhunderten so hoch gelobt und bejubelt, klingt für unsere Ohren wie „Pavarotti auf Helium", wie ein BBC Moderator es einmal ausdrückte. So kann sich das Empfinden für das, was Jahrtausende als schön galt binnen weniger Jahrzehnte verändern.

INHALT